講談社文庫

転生(てんせい)の魔

私立探偵飛鳥井の事件簿

笠井 潔

講談社

⊙目次

転生の魔　私立探偵飛鳥井の事件簿

1

　壁の時計を見ると、あと十分ほどで約束の時刻だった。事前調査のつもりで検索したのだが、山科三奈子の名前ではなにも引っかかってこない。ノートパソコンを閉じてデスクを離れ、窓から舟町の裏通りを見下ろした。

　街路のアスファルトが真夏の太陽に焦がされている。梅雨明けから三日がたち、今日の最高気温は三十五度を超えたのではないか。

　巽探偵事務所を引き継いだ当時から古びていた雑居ビルは、いまや築後六十年になろうとしている。あと何十年かたてば、表参道で蔦にからまれていた同潤会アパートに匹敵する歴史的建造物になるだろう。地震かなにかで、その前に崩壊しなければ。

　クリーム色の塗装が褪めた外壁は昔と変わらないが、ビルの四階に取りつけられた〈国際調査・巽探偵事務所〉の看板は比較的新しい。四年前の大地震で、看板を壁面に固定していたビスが何本か飛んだ。目に付くほどに傾いた看板を放置していれば、そのうち残りのビスもはずれて路上に落下しかねない。危険なので作り直したのだ。

貧乏探偵の懐（ふところ）には痛い出費だったが、地震で家が潰（つぶ）れたり津波で流されたりした東北の被災者を思えば、この程度のことで文句はいえない。同じ規模の大地震が三陸沖でなく首都直下で起きていれば、老朽化した巽ビルは倒壊したろう。

看板を新調するなら〈飛鳥井（あすかい）探偵事務所〉に変えたらどうかと、巽俊吉（しゅんきち）には勧められた。元通りに〈巽探偵事務所〉で作り直すことにしたのは、ここが仮の棲（す）み家（か）にすぎないことを忘れないためだ。巽老人には、アメリカ帰りの風来坊を拾ってもらった恩義もある。

巽探偵事務所の看板を下ろしたくないから、巽俊吉は破格の条件で風来坊に事務所を委ねた。かまわないと口にしていたが、〈巽探偵事務所〉の看板が〈飛鳥井探偵事務所〉に掛け替われば、多少は気落ちするのではないか。

二〇〇六年に探偵業法が成立し、探偵業者は都道府県公安委員会に届け出ることが義務づけられた。書類は飛鳥井の名前で出している。法律の上で巽探偵事務所は九年前に消えたわけだが、看板くらいは元のままでいい。

雑居ビルの所有者は、三十歳のころに事故で両親を亡くした巽俊吉だ。遺産の土地を半分売り、相続税を払った残りの資金で、もう半分の土地に四階建ての小さなビルを建てた。それ以来、引退して八王子（はちおうじ）の山奥に引っこむまで、四階の二室をオフィスと住居に使っていた。

ロサンジェルス時代のボスの紹介で、はじめて巽探偵事務所を訪れたときのことだ。もしも事務所を引き継ぐ気があるなら、四階のオフィスと住居は無料で使っていいし、業務用の自動車も貸そうといわれた。バブル時代の株取引で大儲けした金満家にしてみれば、中古ビル二室分の家賃収入など些細な額にすぎなかったようだ。

オーナーによる破格の条件の提供で、これまで探偵事務所をなんとか続けることができた。でなければ、巽老人の後継者はとっくに失業していたろう。

雑居ビルの店子は、三十年のうちに幾度となく代替わりしている。もともと喫茶店だった一階は、いまは自然食品専門の食料品店だ。四階の住人は巽ビルの管理人も兼ねているため、エコロジストの女主人から売れ残りのオーガニック野菜などを届けられることもある。

二階の歯科医院はゲーム関係のプロダクションに、ポルノ出版社は個人経営の不動産屋に替わった。三階も似たような零細企業のオフィスだ。

四階まで階段を上ると、踊り場の右側が探偵事務所のオフィス、左側は住居として使っている部屋になる。仕事でオフィスのほうにいるとき、住居のドアは施錠しないことが多い。二つの部屋を往復する場合、いちいち鍵を開け閉めするのが面倒だからだ。貴重品はオフィスの金庫で保管しているし、住居のほうに盗まれて困るような品は置いていない。

オフィス側のスチールドアは立て付けが悪く、かまちとのあいだに少し隙間(すきま)がある。そのため、階段を上ってきた来客の足音を聞き洩(も)らす心配はない。外出する際は、もちろん左右いずれの部屋も施錠する。

階段の床は暗緑色のリノリウム張りだが、四階のオフィスには灰色のタイルカーペットが敷かれている。看板を新調したあと、みすぼらしく褪色(たいしょく)し剝(は)がれかけたリノリウムの床を、もう少し見栄えよくしたいと考えたのだ。

ホームセンターで床面積分のタイルカーペットを購入し、オフィスの床に両面テープで貼りつけた。同じ時期にドアや壁も自分で塗り直したし、白いプラスティック板が黄ばんでいたブラインドも新品に交換した。ロス時代から日曜大工(だいく)には多少の自信がある住人の手で、オフィス環境はわずかながら改善された。

部屋の中央にある応接セットは十年前に通販で購入した安物だが、胡桃(くるみ)材の重厚なデスクは巽老人の代から使いこまれた逸品(いっぴん)だ。部屋の家具類は適当に処分してかまわないといわれたが、昔の職人が一枚板を削るところから手作りしたデスクだ。古びて傷だらけでも、まだ充分に使える。小綺麗(こぎれい)なだけの合板製に、わざわざ替える気にはなれない。

接客用のテーブルにあった硝子(ガラス)製の大きな灰皿は、三年前に新聞紙に包んで燃えないゴミに出した。デスクの上の灰皿は処分しないまま、いまはスチール製の戸棚の奥に押しこんである。

　デスクのほうの陶製の灰皿は、ソンブレロを被った褐色の膚の子供が、大きな桶を抱いているデザインだった。ソンブレロの縁で煙草の火を揉み消し、吸殻は桶の底に落とすという仕組みだ。メキシコ旅行の記念に巽老人が持ち帰った品のため、不用物として廃棄するのは躊躇われた。

　三十代の終わりに酒を、六十代の前半に煙草をやめた。砂糖を使った菓子類に興味はないから、一日五杯は飲むコーヒーさえ禁欲すれば、生存に不必要な嗜好品とは縁のない健康的な暮らしができる。

　室内の壁を塗り直そうと思いたったのは、医者の命令で禁煙したからだ。窓硝子や家具類に付着したタールなら洗剤で落とせる。しかし巽老人の代から住人が吸い続けてきた、膨大な量の煙草の煙で褐色に汚れた壁は、そう簡単には綺麗にできない。壁に染みこんだタールの汚れは、新たな塗装で塗りこめてしまうしかなさそうだった。

　窓際でエアコンの冷風に吹かれながら、漠然と巽老人のことを考えはじめる。はるか以前に日本人男性の平均寿命を越えた高齢者だが、よくも悪くも年相応には見えない。

　北新宿で育った子供のころ、マンボズボンにぶかぶかのジャケットを着込んだ白髪頭の爺さんを、よく近所で見かけたものだ。一九五〇年代の前半に成子天神の界隈で異彩を放っていた若者ファッションの爺さんと同様、いまも巽老人はジーンズにアロハシャツやTシャツで八王子の繁華街を闊歩している。

学生時代は米軍基地のアルバイトで喰っていたという巽俊吉は、英語で啖呵が切れるのを自慢にしている。そんな英会話力を生かし、巽ビルを建てた直後に〈国際調査・巽探偵事務所〉を立ち上げた。探偵業をはじめたのは、基地のアメリカ兵が読み捨てたハードボイルド小説の影響らしい。焼け跡闇市派の世代環境や時代経験のせいで、戦後アメリカの大衆文化が骨の髄まで染みこんでいる人物なのだ。

半分は趣味ではじめたような仕事だったが、個人営業の私立探偵としては成功した部類だろう。戦後の東京には、英語で話ができる調査員の需要がある程度あったわけだ。探偵業で得たインサイダー情報を違法に利用したのかどうか、アメリカ帰りの風来坊を探偵事務所の後継者に指名したころには、隠居生活を送るのに充分な資産を築いていた。

若いといえば若い、外見も頭の中身も昔とあまり変わらない印象の老人だ。とはいえ、このところ少しは年齢を感じはじめたらしい。昨年の更新時に運転免許は返上し、前世紀半ばのキャデラックやマスタングなど、趣味で集めていたアメリカ製のクラシックカーも思いきりよく処分した。

その機会に、探偵事務所で業務用に借りていたエクスプローラーは返却することにした。巽老人より二十歳は若いというのに、都会で大きな車を取りまわすのが億劫になってきたのだ。加えてV型6気筒3・5リッターの大型エンジンは燃費が悪すぎて、結構な額になるガソリン代が貧乏探偵の財布にはいささか負担だった。

　巽俊吉は携帯電話をあまり使わない。ベルが鳴って固定電話の受話器を取ると、巽老人の野太い掠れ声が聞こえてきた。二日前、梅雨が明けた翌日の夜のことだ。

「繁盛してるかね、仕事のほうは」

「まさか。真剣に検討しはじめたところですよ」

　わざとらしい渋い口調で応じた。いつもの冗談だと察した様子の老人が、笑いを含んだ声で問いかけてくる。

「なにをだね」

「もちろん、廃業の是非を」

「朝から晩まで尾行だの徹夜で監視だの、私立探偵は肉体的に楽な仕事とはいえない。そろそろ引退したいというのはわからんでもないが、やめても喰える自信はあるわけだな」

「いいや、巽さんのような資産家ではないし」

「バブル時代の別荘地ブームもはるか昔の話で、ただ同然でないと買い手が付かんようだ。ときどき掃除を頼んでいる白州の山小屋はきみにやると、前からいってるだろう」

「そうはいきませんよ」

「遠慮するな、資産価値などないも同然だからな。山小屋の敷地を畑にして野菜や芋を作ればいい。銃は扱えるんだろう」

「ロサンジェルスで私立探偵の助手をやっていたとき、ボスの指示で射撃の講習は受けましたが」

「猟銃を手に入れて、増えすぎた鹿や猪を狩れば蛋白源にも困らん。自給自足の暮らしも夢ではないぞ」

「考えてみますよ、探偵をやめて山に籠もることも」

いますぐというわけにはいかないが、従心の歳までには。アメリカで練習したのは拳銃の射撃だし、獲物を解体して肉にする技術もないが、やると決めればなんとかなるだろう。

「廃業の思案をしている貧乏探偵に自給自足の山暮らしを勧めるのが、今夜の用件ですか」

「ちょっとした仕事を紹介しようと思ってな」

軽口の応酬のあと、老人がようやく本題に入った。もう半月以上も暇を持てあましているし、仕事に好き嫌いをいえるような立場ではない。手にした受話器に力を込めて応じる。

「そいつはありがたい。で、どんな仕事なんですか」

「依頼人は山科三奈子。商事会社を経営していた旧友の娘で、私は小学生のころから知っている。年齢はきみより少し下かな。父親は巽探偵事務所の上客で、高度成長期からバブル時代が終わるころまで、事業関係の調査を定期的に廻してくれた」

「なにを調査しろというんですかね、娘さんのほうは」

「父親の事業は長男が継いだから、会社の仕事ではなさそうだ。三奈子の個人的な依頼だろうが、詳しいことは先方に訊いてくれ」

「わかりました、事務所まで来てもらえるんですかね」

「そこそこ名の知れた画家の夫が死んだのを機に、アトリエのある東京の家は引き払って、山荘のある小諸の山奥に三年前から住んでいるようだ」

「小諸まで、こちらから出向きましょうか」

長野新幹線が開通してから、軽井沢や佐久は首都圏の少し先という程度の距離感になった。小諸に新幹線の駅はないから、佐久平で小海線に乗り換えなければならない。あるいは軽井沢でしなの鉄道に乗り換えたほうが早いのか。貴重な依頼人に逃げられないためなら、朝一番で新幹線に飛び乗るくらいなんでもない。

「いいや、きみが行く必要はない」

「どういうことです」

「私は引退したので、探偵が必要なら事務所の後継者を紹介しようと伝えた。上京の予定は少し先なので、代わりの人間を出向かせたいというのが、三奈子の返答だった」

電話の二日後、すなわち今日の午後三時に、山科三奈子の代理人が四谷(よつや)三丁目の探偵事務所を訪れる。問題の人物が時間に正確であれば、じきに階段から足音が聞こえてくるはずだ。

高齢者というには少し早そうな山科三奈子が、どういうわけか私立探偵に仕事を頼まなければならない状況に陥(おちい)った。しかし、どの探偵事務所や興信所に依頼したらいいのか判断できない。父親の友人に私立探偵がいたことを思い出し、古いアドレス帳かなにかで番号を調べて巽俊吉に電話してみた。旧友の娘からの電話を受けた老人は、探偵事務所の後継者を紹介することにした。

事務所のオーナーから調査の仕事を廻されたのは、もちろんこれが最初ではない。しかし今回は、依頼人の対応がいささか気になる。こんな場合、紹介された私立探偵にじかに連絡をとるのが普通ではないか。

代理人が事務所を訪れる日時までも巽老人と決めてしまい、事務所には一度も連絡をよこそうとはしない。まるで、じかに接触するのを避けているようだ。身元を秘匿したい人物が電話や手紙などで調査を依頼してくるのは、それほど稀なことではない。

調査結果が悪用される可能性を考慮して、こうした依頼には応じない場合もある。たとえば探偵が人捜しに成功した結果、依頼人が殺人に走った事件も記憶に新しい。依頼人の正体はストーカーで、危険を感じて身を隠していた被害女性が人捜しの対象だった。

ただし今回は、巽老人の旧友の娘というのだから身元はたしかだ。氏名、住所、電話番号もわかっている。じかに連絡してこないことに、たいした理由はないのかもしれない。面識のない他人と、電話で話すのが苦手なタイプもいるわけだし。じきに到着する代理人から、山科三奈子のことも少し聞きだすことにしよう。

西日が気になるのでブラインドを下ろした。資料で散らかったデスクを簡単に片づけていると、階段からラバーソールの足音が聞こえてくる。革底の靴だともっと硬い音がする。オフィスにノックの音が響いた。

「どうぞ」

ドアの隙間から丸顔の若者が顔を覗かせた。Tシャツに膝下までのハーフパンツとスニーカー、背中にはバックパック。七月の平日午後に時間が自由になるのだから、夏休み中の学生ではないか。それにしても山科三奈子の代理人が、二十歳前後に見える若者だったとは。

「さっさと入ってドアを閉じること。山科さんの代理人だね」

「ええ、山科郁といいます」

「巽探偵事務所の飛鳥井だ」

きちんと挨拶する若者に応えた。探偵事務所や興信所の類いを頻繁に訪れているとも思えないが、無意味に緊張した様子はない。姓が同じだから依頼人の親族だろう。年齢からして孫かもしれない。

時計の針は三時ちょうどを指している。昔は「学生時間」という言葉があったほどで、学生は時間に不正確だというのが通念だった。待ちあわせにも遅れないのが最近の若者なのか。スマートフォンの乗り換えアプリを使ったとしても、少し早めに四谷三丁目の地下鉄駅に着いて巽ビル付近で時間を潰さなければ、こんなふうに約束の時刻ぴったりには到着できそうにない。

デスクの向かい側にある来客用の椅子を勧め、着席した若者をさりげなく観察した。髪は短めで、全体にこざっぱりした印象だ。てらいも鬱屈も感じさせない、楽天的で人なつっこそうな顔をしている。

「山科さんのお孫さんかね」

「父は祖母の一人息子です。僕が小さいときに亡くなりましたが」

山科三奈子は一人だけの子供と夫を喪っているようだ。孫はいるし、父親の事業を継いだ兄も存命のようだから天涯孤独とはいえないが。長野在住の祖母が東京の孫に、自分の代理として私立探偵事務所に行くよう頼んだということなのか。

「大学生かい」

「はい」

世田谷にある私立大学の三年だという。心理学科で教えている鷺沼晶子と会うため、鳳凰大学の研究室には幾度か足を運んだことがある。

「で、依頼とは」

「人を捜してもらいたいんです」

「人捜しなら専門だが、話に入る前に少し質問してもいいかね」

「もちろんです」

「山科さんから巽探偵事務所を訪ねるように頼まれたのは、最近のことかね」

「一昨日でした」

「小諸に呼ばれたのかい」

「いいえ、電話で頼まれました」

小諸在住の山科三奈子は、父親の友人だった引退探偵に電話した。巽老人は夏枯れで暇を持てあましている後継者に仕事を紹介し、他方で三奈子は東京在住の孫に連絡する。ここまでが一昨日のことで、山科郁は指示された日時に巽探偵事務所を訪れてきたわけだ。

「どんな人だろう、山科三奈子さんが捜したいというのは」

「ちょっと説明が面倒なんです。これ、インターネットに繋(つな)げたいんですが」

「かまわないよ」

バックパックから出したタブレットをデスクに置いて、若者がモバイルルーターを接続する。カリフォルニアに本社がある世界的な動画共有サイトに入って、人込みが撮影されている画面を出した。動画のタイトルは『2015年7月15日　戦争法案強行採決に抗議する〈エイレーネ〉国会前行動』。

画面の下にはキャプションがある。「2015/7/16に公開　私たちは諦(あきら)めない、かならず阻止する」。撮影の翌日に、この動画は共有サイトに投稿されたようだ。プラカードを林立させた群衆の、「戦争反対」や「国民なめんな」という声が轟(とどろ)いている。もう日は暮れて空は暗いが、人々の顔は日中に撮影されたように明瞭(めいりょう)だ。カメラがパンすると、闇(やみ)に沈んだ国会議事堂の三角屋根がちらりと浮かぶ。二分十七秒のところで画面左下にある停止ボタンをタップし、郁がタブレットをこちらに向けた。

「これ、見てもらえますか」

画面の左側に浮かんでいるのは、無線マイクを握りしめコールをリードしている娘の横顔だ。このところ話題を集めている首都圏規模の学生政治団体〈エイレーネ〉の活動家のようで、画面の右側にひしめいているのも同じような年頃の若者が多い。ただし中年や初老の男女も紛(まぎ)れこんではいる。

「七月十五日の午後九時すぎに、国会前で撮影された動画です。場所は国会正門前の丁字路の、議事堂に向かって右側角。僕らは北岸と呼んでますが、五月からの〈エイレーネ〉の抗議行動もそこでやってます」

衆議院の特別委員会で安保法案が強行採決された夜に、国会前で撮影された動画ということになる。主催者側発表で十万人もの抗議者が集まったと、翌日の新聞では報道されていた。広場でも公園でもない国会前の歩道に、どうすれば十万人もの大群衆を詰めこむことができるのかよくわからないが。

エイレーネは古代ギリシアの言葉で、一般にはイレーネという。中学生のとき新宿三丁目のアートシアターでギリシア映画『エレクトラ』を観(み)た。ヒロインを演じた女優がイレーネ・パパスで、何年かあとに上映された『その男ゾルバ』にも出演していた。

今日では女性の名前として用いられるが、エイレーネのもともとの意味は「平和」だという。反戦平和を掲げる学生団体が〈エイレーネ〉と称しているのは、古代ギリシア語の「平和」に由来している。巽探偵事務所にあらわれた学生も〈エイレーネ〉の活動家のようだ。

「この人なんですが」

デスクの向かい側から郁が、画面左で声をあげている学生たちの一人を指さした。黒いTシャツを着た娘で、前髪が汗で額に貼りついている。

「どうかしたのかね、彼女が」

「祖母が捜したいという人です。ちょっと待ってください。もっと大きく映っているのが……」

画面の左下にある再生記号を郁がタップする。ズームアップしたカメラが人垣を舐めるようにパンしていく。黒いTシャツの娘の顔が大きく映っているところで、また再生を中断した。

この画面ならクローズアップの顔写真と変わらない。氏名や年齢、大学名など人捜しに有用な情報があれば、さほどの苦労なく捜しだせるだろう。

「彼女の名前は」

「わかりません、祖母からも聞いていないので」

氏名も出生地も職業も、なにも知らないと郁はいう。しかし山科三奈子と動画の娘のあいだには、いずれかの時点でなんらかの関係が存在したに違いない。これまでに頼まれた人捜しの対象は、たとえば依頼人の小学校時代の友人、四十年前に別れた恋人、恩義を感じている人物、借金を踏み倒して逃げた男などなど。依頼人と調査対象者の接点から、程度の多寡はあれ調査の手がかりが得られる。

共有サイトに投稿された動画で生まれてはじめて目にした人物を、急に捜そうと思いたつようなことは普通ない。想定できるのは、その人物ではなく身に着けている品物に見覚えがあるような場合だろう。

たとえば依頼人が盗まれたネックレスで、その女が胸元を飾っていたとか。盗まれた品を取りもどすために、動画のなかでネックレスをしていた女の行方を突きとめようとする。これなら筋は通るが、ただし動画の娘は高価そうなアクセサリーはむろんのこと、目につくような品はなにも身につけていない。平凡な黒のTシャツに、なんらかの特別な価値があるというなら話は別だが。

「この動画を山科さんは観たんだね」

角度を変えて質問してみる。憲法学者のほとんどが違憲だと判定した安保法案の審議や採決をめぐって、この国は五月から大揺れに揺れはじめた。小諸の山荘に引っこんだ女性が反対運動に興味をもち、国会前抗議行動の投稿動画を共有サイトで探したとしても不自然ではない。

「四月の終わりに大学の友だち二人と、祖母の家に泊めてもらいました。二人ともゼミが同じなんです」

友人二人も〈エイレーネ〉の活動家で、反対運動を盛りあげなければならない五月以降に備え、四月下旬に郁の祖母の家で合宿したということらしい。三人のなかでもっともアクティヴな女子活動家は、三奈子に問われるまま、自分たちの運動のことを熱心に説明していた。そのとき、一昨年十一月の国会前抗議行動の動画を共有サイトで検索し、山科三奈子に観せたようだ。

「パソコンは置いてあるだけ、ほとんど使っていない初心者の祖母に、共有サイトで面白そうな動画を探すにはどうしたらいいか、あれこれと教えてました。七月十五日の強行採決のあと、僕たちの映った動画があるかもしれないと思って、祖母は共有サイトで探してみたんですね」

動画の再生がストップしている画面の右側には、同じような動画のタイトルが上下にずらりと並んでいる。タイトルをタップしていけば、強行採決に抗議する国会前行動の動画を何本でも観ることができる。そうしているうちに山科三奈子は、怒れる群衆のなかに見覚えのある顔を発見した。

見も知らない他人のわけはない。旧知の人間だが、いまはどこにいるのかわからない人物。友人知人だが、連絡がとれなくなっている女。

「強行採決の翌日でした。祖母が電話をかけてきて、この動画を観たかと訊くんです。観てないというと、その場で動画共有サイトにアクセスし、『2015年7月15日　戦争法案強行採決に抗議する〈エイレーネ〉国会前行動』を二分十七秒のところで停めろって」

　画面左側に映っている娘を知らないかと、郁は祖母に尋ねられた。知らないと答えると、どうにかして捜せないものかと相談を持ちかけてくる。

「あの夜も動画に映っている北岸が集会の中心で、僕たちも他の大学のメンバーと一緒にその辺にいました」

　無線マイクでコールをリードしている女子学生は仲間だし、他にも知った顔が画面にはちらほら見える。祖母の電話があってから、当日その場にいた他の学生たちに動画を観せてみたが、黒いTシャツの娘のことは誰も知らないようだ。〈エイレーネ〉の関係者ではなく、呼びかけに応じて集まってきた一般参加者の一人だったのだろう。

「それ以上はなにもできそうにないので、祖母に電話したんです。結果を知らされて落胆した様子でした。そうしたら一昨日また電話してきて、今度は私立探偵に人捜しの依頼をするようにと」

　若者が四谷三丁目にある雑居ビルの四階にあらわれるまでの事情は、一応のところ呑みこめた。それでもわからないのは、山科三奈子が黒いTシャツの娘を捜したいと思った理由、そして二人の関係だ。

「どうして山科さんは、彼女を捜したいんだろう」

「わかりません。自分でも信じられないことだからと呟いていましたが、いくら問い質してもそれ以上のことは」

どういうことだろう。捜したい女の正体を、孫に秘密にしなければならない理由でもあるのか。話を続けるように促した。

「どう思う、きみは山科さんの不審な態度を」

還暦をすぎた女性と二十歳前後の娘に、どんな接点がありうるのか。若者や子供が相手の仕事、たとえば教師などを定年まで続けていたなら、三奈子が孫のような歳の女を知っていても不思議ではない。依頼人の老婦人が長野に引っこんだ時点で、おそらく黒いTシャツの娘は高校生だった。

「山科三奈子さんの正確な年齢は」

「誕生日が十月なので、まだ六十四歳です」

「山科さんが定年退職まで、高校で教えていたなんてことはないかな」

あるいは他の職業でもいい、職場には高校新卒の女子社員もいるだろうから。しかし郁は首を横に振った。専業主婦だったのか、夫が病死するまでは杉並の家で暮らしていた。小諸の家は三奈子が父親から相続した遺産で、三年前に引っ越すまでは別荘として使っていたという。とすると三奈子は、どこで問題の娘と接触したのか。若者が結論的に問いかけてくる。

「どうでしょう、この依頼を引きうけてもらえませんか。僕も捜してみますけど、この夏は集会やデモで忙しくなりそうだし」

一人で抗議集会にあらわれたとすると、娘の所在を〈エイレーネ〉の線から洗いだすのは難しい。強行採決の夜に国会前で抗議行動に参加していたのだから、それに匹敵する反対運動の節目であれば、また街頭に姿を見せるかもしれない。

すでに衆議院は通過したから、次の大きな節目は安保法案が参議院で採決される前後だ。もちろん、それ以前にも繰り返されるはずの集会やデモに、顔を見せる可能性も当然ある。いずれにしても、何千何万という人込みに紛れこんでいるのだ。探偵一人で動画の女を発見できる可能性は限りなく低い。よほどの幸運に恵まれなければ無理だ。

「何十人、何百人という捜査員を動員できる警察ならともかく、個人営業の私立探偵にこの人捜しは難しそうだな。もう少し山科さんが情報を提供してくれないと、手がかりが少なすぎて調査のしようがない」

「……やはり」

小さく頷(うなず)いた郁が、バックパックのポケットから紙片を取りだした。四つ折りになっていた紙をデスクの上で広げる。

「だったら、この人はどうですか」

紙片には、飯倉皓一(いいくらこういち)という人物の個人情報が幾点か記されていた。現在の年頃は六十代半ば、一九七二年時点で鳳凰大学の学生。入学年度や学部は不明、卒業か中退かも未確認、学生時代の所属サークルは東アジア史研究会。

「山科さんの出身大学は」

「星北(せいほく)大学です」

どちらも歴史のある有名私大だが、世田谷にある鳳凰大学とは違って星北大学は山手線の内側に位置している。同じ時期に同じ大学に在籍していた事実はなく、二人が親しい友人だったわけでもなさそうだ。飯倉皓一の学部や専攻、さらに卒業したかどうか程度のことは、もしも友人なら知っていて当然だろう。どこかですれ違った際に、たまたま大学名やサークル名を耳にしたというところか。

「飯倉皓一氏を捜したい、と」

「難しいでしょうか」

「いいや、おそらく可能だと思うよ」

一九七二年に鳳凰大学の学生で東アジア史研究会に所属していた飯倉皓一。これだけのデータでも、たぶん捜しあてられる。借金があるヤミ金融から逃げるために、自分から身を隠したような場合は別として。

それにしても手廻しのいい依頼人だ。動画の娘をめぐる調査は難しいと私立探偵が回答したら、代わりに飯倉皓一という人物の捜索を依頼するようにと、あらかじめ孫に指示していたわけだから。

捜したいのに手がかりをよこさない。調査を断られたら別方向の依頼に切り替える。山科三奈子はよほど、調査対象者との関係を他人に知られたくないようだ。いったい、どんな秘密があるというのか。

個人的な興味は、依頼人が抱えこんでいる秘密のほうに向かいそうだが、趣味で仕事をするわけにはいかない。それが不明のままだと依頼が果たせないような場合には、本人に会って率直に問い質すことにしよう。

「これからも僕は動画の女性を捜すつもりですが、必要な場合は手伝ってもらいたいんです。もちろん、その仕事分も請求してください」

郁とは接点を保ち続けたほうがいい。飯倉皓一をめぐる調査に必要だからではない。依頼された飯倉皓一の件と黒いTシャツの娘の件は、もちろん密接に関連している。目標は後者、前者はそのための手段に違いない。

「話は了解した。きみはあくまでも代理人で、正式の依頼人は山科三奈子さんということだね」

「ええ、それでお願いします。他にも用事があるので、祖母は八月中に上京する予定とか。その際は、飛鳥井さんにお目にかかりたいと」

上京する予定の八月まで、調査を先延ばしにはできない。一刻も早く動画の女の、あるいは飯倉の居所を突きとめたい。これが依頼人の意向のようだ。デスクの抽出から契約書を出して、料金などの説明をはじめる。

「契約書は長野の山科さんに郵送する。ただし、いま説明したもろもろは電話で伝えておくこと。もしも不審な点があれば、こちらに山科さん自身から問いあわせてもらいたい。必要事項を記入した契約書が届き、前金の銀行振り込みが確認できしだい仕事をはじめよう」

「調査の進行具合は、そのつど僕に教えていただけますか」

「いいとも。最終的な報告書は山科さんに郵送するか、必要があれば家まで行って手渡すか、どちらかになると思う」

飯倉という男の行方を突きとめれば、動画に映った若い女の所在が判明する。少なくともその可能性があるから、祖母は調査を断られた場合に備えて、飯倉捜しの仕事を代わりに持ちかけるよう孫に指示した。

なぜ、そこまでして動画の女との関係を秘匿し、行方を捜す理由を知られまいとするのか。じかに連絡してこないのも、これらの疑問を問いつめられたくないからだろう。

依頼の中身や依頼人の態度に疑わしいところは残る。とはいえ、調査の結果が悪用されて犯罪に繋がるような可能性はなさそうだ。巽老人が半ば失業状態にある探偵の懐具合を心配し、わざわざ廻してくれた仕事でもある。いずれにしても山科三奈子の依頼を断るわけにはいかない。

2

東急東横線の日吉駅にほど近い住宅街だ。目当ての家は、塀と外壁がオレンジ色や薄茶の化粧煉瓦で飾られている。蔓草を象った金属製の門扉の先には、外壁と色合いが違う煉瓦の階段、重々しい玄関扉。扉の上には可動式の監視カメラが設置されていた。

空では真夏の太陽が白く輝いている。額の汗をハンカチで拭い、よれた麻のジャケットに腕を通した。インタホンでの短いやりとりのあと、ブザーの音がして玄関ドアが解錠される。玄関先と同様に屋内も掃除が行き届いて、不定形な陶板が隙間なく組みあわされた三和土に土埃の汚れは見られない。

「電話した飛鳥井です」

「どうぞ、お上がりください」

白いワンピースを着た鹿島田夫人が、上がりかまちにスリッパを揃える。細面の夫人は髪を薄い茶色に染めていた。冷房の効いた応接間に通されると、たちまち汗が引きはじめる。

八畳ほどのフローリングには、革張りの応接セットと飾り棚しか置かれていない。棚の一段は箱入りの全集本で占められている。学術出版社から刊行された日本中世史の十巻本で、この家の主も監修者に名を連ねているようだ。

山科郁が事務所を訪れてから四日が経過した。昨日のうちに契約書は返送されてきたし、調査費の前金も振り込まれている。そうなると見越して、一昨日から事前調査には着手していた。電話を一本かけたにすぎないが。

鳳凰大学で教えている歴史学者で、一九七二年前後に同大学に在籍していた人物をネットで検索してみた。条件に合致したのは史学科の鹿島田誠（まこと）。鹿島田教授から話を聞くには紹介者がいたほうがいい。そこで心理学科の鷺沼晶子に電話してみたが、移動中なのか携帯の電源が切られている。留守電のメッセージを聞いたようで、少しあとに晶子のほうから電話してきた。

「ひさしぶりね、元気かしら」

「なんとか生きてますよ。……ところで鷺沼さん、鹿島田誠という歴史学者をご存じありませんか」

「親しいというほどではないけど、鹿島田先生なら知ってます。文学部の教授会で顔を合わせるから」

「鹿島田氏から少し話を聞きたいので、申し訳ないが紹介してもらえませんかね」

「もしかして飛鳥井さんの調査、埜木綏郎の関係かしら」

六月の終わりに鳳凰大学の構内で、文学部特任教授の埜木綏郎の屍体が発見された。キャンパスにある廃ビルの屋上からコンクリート舗装の駐車場に転落し、全身打撲で即死したという。劇作家、演出家としてだけでなく、小説家やエッセイストとしても知られていた埜木だが、書斎や劇場でなく勤務校で生涯を終えたことになる。

現代演劇には興味も知識もないが、埜木綏郎の名前くらいは知っている。出世作のタイトルや粗筋も、昔の依頼人から聞かされた覚えがある。

警察は事故と自殺の両面から捜査中とのことで、一週間ほどテレヴィのワイドショーは埜木綏郎の不審死の話題で持ちきりだった。葬儀には演劇関係者や出版関係者に加え、埜木の劇団〈演劇機械〉からデビューした男女の有名俳優が数多く駆けつけたようだ。

「鹿島田氏に訊いてみたいのは学生時代のこと。小説やドラマと違って、実際の私立探偵は警察が捜査中の事件に嘴を突っこんだりしませんよ」

「事件のあと、鹿島田先生のところに刑事が来たとか。警察は殺人の可能性も完全には否定していないようね。……自宅に電話してもかまいませんが、夏休みなので出かけているかもしれない。たしか自宅は日吉だと」

「電話のほう、お願いできませんかね。紹介者の迷惑になるようなことはしませんから」

「飛鳥井さんのことは信用しています。調査の仕事が成功したら、お礼にご馳走してもらいたいわ」

「もちろん、なんでも好きなものを」

鷺沼晶子には、この二十年ほどで四件の調査を頼まれた。大学で心理学を教えるかたわら、自宅でサイコセラピストの仕事もしている。心理療法家だが精神分析にも興味があり、数年前にパリで精神分析家の資格を得たという。

廊下に人の気配がしたので、手にしていた元寇の巻を棚に戻した。小柄な男が部屋に入ってくる。鹿島田誠は小太りで、髪が少し薄くなっている。アームチェアに腰を下ろし、眼を細めるようにして手渡された名刺を睨んでいた。それから急に顔を上げ、せっかちそうな早口で切りだす。

「飛鳥井さんですか。心理学科の鷺沼先生から電話がありました、昔のことでなにか知りたいことがあるとか」

「鹿島田さんは学部も大学院も鳳凰大学ですね」

「そうです」

「東アジア史研究会という学生サークルをご存じありませんか」

四十数年前に鳳凰大学で歴史学を専攻していた学生なら、東アジア史研究会のことを知っていそうだ。会員だった可能性もゼロではない。ここで当時の飯倉皓一をめぐる情報が入手できれば、現住所を洗いだす手がかりになるかもしれない。鹿島田誠が人のよさそうな顔で大きく頷いた。

「歴史学研究部の分科会が独立する形で創設されたサークルですね。学部生時代には歴研の部長をやっていたから、もちろん東アジア史研究会のことは知っています。資料室になっていた歴研の奥の小部屋を整理して、サークル部室として使っていたし」

「少し事情があって、一九七二年前後の東アジア史研究会について調べているんですが」

「七二年なら僕は修士課程の二年目かな。そのころはもう、歴研の部室に顔を出すことも稀でした。まして東ア研の詳しいことは……」

軽いノックの音がして鹿島田夫人が入ってくる。テーブルに茶菓子の小皿とグラスが配られる。麦茶を口に含んだ鹿島田にあらためて問いかけた。

「その学生サークルに、飯倉皓一という会員がいたはずなんですが」

「東ア研の会長だった飯倉君だね。もともと歴研の部員で、一九七〇年に東アジア史研究会を立ち上げた学生です」

鷺沼晶子に紹介を頼んだのは正解だった。人捜しの対象者と面識があった人物を、さほどの努力もなく突きとめることができたのだから。ただし問題はその先だ。

「飯倉氏の最近の消息を、なにかご存じでは」

「僕にはわからないな。史学科の後輩とはいえ、とくに親しかったわけでもないし。知っているのは大学を途中でやめたことくらいです。そんな話を、どこかで耳に挟んだ覚えがある」

「飯倉氏の近況を知っていそうな人は、思いあたりませんか」

あまり期待しないで問いかけた。もしも鹿島田誠から飯倉皓一の居所を聞きだせるようなら、私立探偵など必要ない。人捜しのプロの出番はこれからだ。

「……花房宏（はなぶさひろし）だろうか、もしも知っているとすれば」

小太りの男が呟いた。花房宏というのは、テレヴィ番組に経済関係のコメンテーターとして出てくる人物ではないか。同名異人かもしれないので確認してみる。

「経営コンサルタントの花房氏ですか、このところ話題になっている」

「そう、あの花房で間違いありません」

鹿島田が大きく頷いた。花房の経営コンサルタント会社をめぐるスキャンダルが、先週から集中的に報道されている。契約企業の人事部員と花房の部下のコンサルタントが、ダガーナイフを持った社員の一人に襲われた。犯人はその場で自殺したという。

人事部員は重傷、コンサルタントは死亡。事件の背景には違法すれすれの退職強要があったようだ。リストラの対象者として陰湿な圧力をかけられ続けた社員は、事件を起こす前に自分の体験を詳細に書き綴っていた。さらに証言する自分を動画に撮影し、手記とディスクを新聞社やテレヴィ局に送りつけていた。

問題を起こしたコンサルタント会社はリストラ専門、ブラック企業専門だと、じきに報道されはじめた。悪辣な手口がマスコミで次々に暴露され、代表の花房は世の非難を浴びている。この人物をコメンテーターとして番組に出していたテレヴィ局は、掌を返したように花房バッシングの先頭に立っている。

「花房は鳳凰大の経済学部出身で、今回の事件は大学の恥さらしというしかない。出身者に不心得者が含まれていても、大学側にはどうすることもできないのですが」

開校は明治という長い歴史のある大学だ。非難を浴びて当然の不祥事を起こし、世間を騒がせた鳳凰大学出身者は少なからずいたろう。なかには凶悪な犯罪者も。何十万という卒業生の行動に大学が責任を負えるわけはないし、それで大学の評判が大きく傷つくとも思えない。とはいえ、大学の教員という立場では責任を感じざるをえないのか。個人の性格的な問題のような気もするが。

「その花房が、飯倉氏の行方を知っていそうなんですね」

「彼も東ア研の会員だったから。ただし最初からではなく、結成から一年ほどして入ったようです。花房が会員になってから、東ア研は退会者が続出したと聞いている」
「いったいどんなわけで」
「当事者ではないので、正確なところはよくわかりません。歴研の後輩から聞いた話では……」

ヴェトナム反戦と日米安保条約の自動延長阻止を掲げた街頭行動や、全国の大学をバリケードで封鎖した学生運動も一段落した一九七〇年、キャンパスでは在日中国人や朝鮮人・韓国人への差別問題が注目されはじめる。在日外国人差別への新たな批判意識が、日本帝国によるアジア侵略と植民地支配の歴史や日本人としての加害責任を可視化した。

在日外国人の政治活動を規制する入管法案が上程され、それに抵抗する朝鮮や中国など旧植民地出身者の運動がはじまると、在日外国人に連帯する日本人の入管法反対闘争も盛んになった。

全共闘時代からの学生活動家で入管法に反対する運動にも積極的だった飯倉皓一は、鳳凰大学の歴史学研究部内に日本、朝鮮、中国の近代史を検証する分科会を立ち上げた。この分科会が独立化し、東アジア史研究会の結成にいたる。

「一九七〇年の結成から東ア研の会員は少しずつ増えていき、二年後には十五人ほどになっていました。しかし花房が入った直後に退会者が増えはじめ、最後には四、五名まで急減してしまう。花房が一方的な差別糾弾の運動を、研究会内ではじめた結果とか」

新自由主義者のブラック経営コンサルタントが、学生時代は日本のアジア侵略や旧植民地出身者への差別を糾弾する側だったとは。

そもそも、日本国家によるアジア侵略の歴史を検証するために結成されたサークルだ。東アジア史研究会に入った学生だから、全員が差別には批判的だった。しかし人道主義的で微温的な反差別は、別の形での差別にすぎないと花房は断定した。抑圧民族としての日本人の民族的責任を、胸から自分の心臓を抉りだす痛みに耐えながら明確化し、引きうけなければならないと。

そして会員一人一人に吊しあげも同然の批判を、むしろ言葉による暴力的攻撃を加えはじめた。侵略者としての歴史的責任を自己批判しろ、身に喰いこんだ差別者の本性を抉りだし、床に叩きつけて徹底的に踏み潰せ……。

連合赤軍が山岳アジトで実行した「総括」要求を、花房は大学のサークル部室で演じたことになる。人里離れた山奥の掘っ立て小屋でなく、差別糾弾が町中の大学キャンパスで行われたのは当事者にとって幸運だった。

花房の標的となった者は法外な倫理主義的脅迫を拒否することも、糾弾の罵声が届かないところに逃げてしまうことも可能だったから。実際、賢明なメンバーの多くはそうしたようだ。

「花房宏が会員をしばき上げているあいだ、会長の飯倉皓一はどうしていたんですかね」

「もともと飯倉君が、反差別運動の仲間だった花房を研究会に連れてきたんですね。花房がしかけた糾弾騒ぎを、飯倉君は黙認していたようだ」

「数名まで会員が減った東ア研は、その後どうなりましたか」

「結成から三年ほどして、一九七三年の春には解散したようです」

「そのころの東ア研の関係で、なにか印象に残ったようなことは」

「印象的な出来事ね」

「どんな些細なことでもいいんですが」

「七二年の冬休み中のことです。大学のサークル棟まで行かなければならない用事があり、ついでに歴研に寄ることにした。歴研の部室は無人でしたが、念のため奥の部屋のドアも開いてみたところ……」

東アジア史研究会のサークル部室にいたのは六、七人の男女で、飯倉と花房の他に見覚えのある顔が二、三人。東アジア史研究会の部会が開かれていたようだ。邪魔してはいけないと軽く会釈してドアを閉じると、内錠を下ろし忘れた後輩を叱責する飯倉の声が、ドア越しに聞こえてきた。

「二人か三人か、見たことのない顔が紛れこんでいたんですね」

「東ア研の会員なら、名前は覚えていなくても顔くらいは漠然と知っていました。しかし、席には着かず壁に寄りかかっていた背の高い男は違った。年齢も学生より少し上、二十代半ばという感じだったね」

「初対面の新入会員だった」

「花房の例もあるし、その可能性は否定できませんね。しかし、他の会員とは印象がまるで違っていた」

「というと」

「当時の大学には長髪の学生が多かったのですが、その男、髪は綺麗に刈り込んで整髪料で整えていた。膚は褐色に日焼けして、しかも日本人には珍しい濃い顎髭を生やしていたんです。鷲の嘴を思わせる鼻と鋭く削げた頬は、日本人離れした印象だった。もしもアラブ系だと紹介されたなら、そう信じこんだかもしれません」

　駱駝色の高級そうなチェスターコートを着込んで、磨きあげられた赤革のブーツを履いていた。当時は高級品だった細身の蝙蝠傘を杖のように突き、椅子に坐ることなく一人だけ壁に凭れている。テーブルを囲んだ東アジア史研究会の会員たちを無表情に見下ろす長身の男は、学生たちのあいだで異彩を放っていた。

「この人物を学内で見かけたのは二度目でした、しかも東ア研の部室にいたので、あの日のことはいまでもよく覚えている」

「鹿島田さんが知らなかった人物は、他には」

「戸口に背を向けて着席していた女子学生がいたかな。位置の関係で顔は見えなかったから、面識があったかどうかは判断できない」

顔を確認していない女子学生の正体は、花房に問い質してみないとわからない。なにしろ四十年以上も昔のことで、覚えていない可能性もある。ただし、鹿島田が目撃したという謎の男の正体は突きとめられるだろう。歴史学者の舌足らずな人物描写を通してさえ、異様な存在感のある男だったことは想像できる。花房が忘れてしまったとは思えない。

「花房宏とは、いまでも連絡を」

「いいや、まったく」

小太りの男が軽い嫌悪の表情を浮かべた。一方的な差別糾弾で東アジア史研究会を荒廃させ、結果として解散に追いこんだからか、花房のことは思いだしたくもないようだ。

鹿島田教授に紹介を頼めない以上、自分でなんとかするしかない。花房と面談するための手筈は一日二日で整えられるだろう。拒否された場合は、なんらかの手段で会わざるをえないように仕向ける。

「何者だったんですかね、その顎髭の男」

「その秋のことです、はじめて顔を見たのは。文学部の校舎裏にある焼却炉の横で、馬籠と立ち話をしていた」

「馬籠とは」

「馬籠隆太。高校時代からの友人ですが、そのころはもう疎遠になっていた。学生運動で逮捕され、一年ほど拘置所に入っていたんじゃないかな」

「馬籠氏の連絡先、わかりますか」

「高校時代の実家なら。ただし、いますぐは無理です。大昔の住所録か年賀状の束でも引っぱりだしてみないと」

捜してもらう時間が必要だとしても、花房と違って馬籠のほうは脈がありそうだ。馬籠から顎髭の男の正体を聞きだすことができても、飯倉皓一の所在を突きとめるのに有益とは限らないが。

鹿島田に訊いておかなければならない話は、こんなところだろうか。氷が溶けた麦茶を啜っていると、歴史学の教授が鷺沼晶子と同じことを口にする。

「私立探偵が会いたいというので、埜木関係の話なのかと思いましたよ。あの事件のことで、私のところにも警察が来ましてね」

飯倉捜しの役に立たない話に興味はないが、鹿島田は口を閉じそうにない。刑事から事情を訊かれるのは一般人にとって物珍しい体験だから、話したくてしかたないのだろう。半ばつきあいで先を促した。

「で、警察はなんと」

「私は歴研の顧問なんですが、部室の鍵の管理状態を確認したいと」

六月二十九日の早朝、構内を見廻っていた警備員が駐車場で倒れている男を発見した。駐車場に面した建物から墜落し、コンクリート敷きに叩きつけられて死亡したらしい。男の死亡を確認した警備員は、直後に警察に通報した。死者の所持品から文学部演劇科の特任教授、埜木綏郎であることが判明する。

「埜木さんが墜落した建物というのは、この八月に取り壊される予定の老朽化したサークル棟でした。サークル棟の跡地と駐車場の敷地を合わせて、その上に高層ビルを建てる計画なんですね。取り壊し工事に備えてサークル棟は閉鎖されていた。すでに学生食堂もサークル部室も引き払われて、建物は無人の状態でした」

「閉鎖された建物なのに埜木氏は入れたんですか」

「前日のことですが、サークル棟に少し用事があるという口実で、日曜出勤していた大学の職員から正面玄関の鍵を借りだしたんですね。その鍵は遺体の上着のポケットに入っていたとか」

「警察発表では埜木綏郎の死亡は前夜、六月二十八日のことですね」

「そう、二十八日の夜だった」

「二十八日は日曜日か、ということは……」

「埜木さんは講義や会議のために登校したわけではない。この事実は自殺の可能性を暗示します」

　取り壊し工事直前の廃ビルに、どんな用事があったというのか。埜木は投身自殺するために休日の大学構内に、さらに深夜のサークル棟に入りこんだと考えざるをえない。

「新聞の記事によれば、建物の屋上から墜落した模様だとか」

「四階建てのサークル棟屋上には、埜木さんの靴が揃えて置かれていた。靴の下にはちぎり取られた文庫本の一頁(ページ)が。本は埜木綏郎の出世作『あなたは変わらないで』でした」

「屍体が発見されたのは、靴が発見された場所の真下なんですね」

「ところが歴研の窓の真下でもあるんです」

「一九七二年当時に東ア研も入居していたサークル部室ですか」

「七二年当時は通路に面した東側の大部屋を歴研が、西隣の窓のない第一資料室を東ア研が使っていた。東ア研のさらに西側に小さな第二資料室があり、その窓が駐車場に面しているという配置でした。東ア研が解散してからは、三室とも歴研が使ってきましたが」

　戦前からの歴史を誇る、活動実績の評価も高い歴史学研究部の部室は、大中小の三部屋続きだった。部室を確保できない新興の小サークルにやっかまれながらも、歴研はサークル棟の四階に広いスペースを確保していた。

　その当時は東側に二十人もの部員がテーブルを囲める大部屋、西側には雑多な品が詰めこまれている第二資料室の小部屋、二つの部屋に挟まれて中央には東アジア史研究会の部室という配置だった。中央の部屋は、もともとは第一資料室として使われていた。

　大部屋のドアを出ると階段に通じる通路で、ドアを挟んで通路に面した窓が左右にある。中央の部屋には窓がなく、東アジア史研究会は日中も点灯して部屋を使っていた。第二資料室には戸外に通じる小窓。もちろん鹿島田は、大部屋のドアを開けて中央の部屋に顔を出したのだ。第二資料室側のドアから東アジア史研究会の部会を覗けたわけがない。

　サークル棟屋上の、第二資料室の窓の真上にあたる場所で、埜木綏郎の遺品は発見されたようだ。警察は屋上でなく、歴研の第二資料室の窓が投身現場だと疑ったのだろうか。鹿島田が続ける。

「他の部室も同じだと思いますが、解体工事に備えて荷物を運びだしたあと歴研関係の部屋は施錠されていた」

「サークル棟に入る鍵は借りたとしても、埜木氏は歴研の部室の鍵までは借りだしていない。どうして埜木氏は、部室に立ち入ることができたんでしょう」

「歴研の部長に訊いてみたところ使われていた部室の鍵は二つで、引っ越しのあと大学本部の施設課に返却したとか。あとから職員に確認しましたが、埜木さんを含めて問題の鍵を借りだした人物は一人もいない。鍵の管理状態から、歴研の窓が墜落現場だという疑惑はどうやら解消されたようですね。その後、私のところに刑事は来ていませんから」

「部室の鍵というのは、いつから使われているんですか」

「一九七〇年にドアの錠が付け替えられてから、もう四十年以上も同じ鍵が使われてきました」

半世紀近く前から使われていたとすれば、まったく同じ鍵ではないだろう。長いあいだには部員が鍵を紛失し、残った一本から新たにもう一本を複製したような場合も一度ならずあったに違いない。失われた鍵を埜木が入手したとすれば、深夜の部室に立ち入ることもできたはずだ。

屋上の遺品に不自然なところがあったから、墜落現場が四階のサークル部室ではないかという疑いも生じた。墜落現場として偽装するために靴や、ちぎり取った文庫本の頁を屋上に残した者がいるとすれば、その人物が歴研の窓から被害者を突き落とした可能性も無視できなくなる。鍵を所持している人物が埜木を部室に連れこみ、窓から墜死させた。鍵の線から捜査が自分にまで及ぶことを警戒し、墜死現場を屋上に偽装した……。

しかし警察は、返却された鍵を大学当局が二本とも保管している事実を確認しただけで、それ以上の捜査はした様子がない。紛失した鍵の行方を追跡することは断念したようだ。四十年以上という膨大な時間を思えば、それも無理ない判断かもしれない。

いずれにしても、飯倉皓一の所在を突きとめる調査とは関係なさそうだ。おもむろに席を立ちながら、鹿島田に最後の質問を投げる。

「七二年当時の学生で、山科三奈子という人物をご存じありませんか。東ア研となんらかの関係があったかもしれません」

「鳳凰大学の学生ですか」

「いや、星北大学だったとか」

「歴研や東ア研の部活動に、他大学の女子学生が参加していた事実はないと思いますよ。一時のテニスやスキーのような人気サークルと違って、地味な文系サークルだし」

かつて東ア研で、山科三奈子は飯倉皓一と接触したわけでもなさそうだ。飯倉を捜したい理由は、依然として濃霧の彼方（かなた）に沈んでいる。飯倉と動画の女との関係にしても同じことだ。

3

天井の高いがらんとした空間を、蛍光灯の蒼白い光が仄かに照らしている。壁も床もコンクリートが剝きだしだ。地下駐車場の隅々は灰色の薄闇に侵食されている。メルセデスとクラウンに挟まれたＢＭＷのハイブリッド車を、太いコンクリート柱の後ろから監視しはじめて、もう一時間以上がたつ。日は暮れたが、広大な空間には日中の熱気が淀んでいる。

日吉の鹿島田家を訪れたあと、花房宏の経営コンサルタント会社に電話してみたが誰も出ない。日曜だから家にいるのかもしれない。自宅の住所や電話番号を洗いだすには、多少の時間が必要だ。

月曜になってもオフィスは留守電状態が続いていた。代表者もスタッフも退職強要スキャンダルで雲隠れしたのだろうか。電話連絡がとれないまま、夕方には浜松町にあるオフィスまで行ってみることにした。

浜松町の駅から海岸方向に進んで首都高速の下をくぐると、高層階なら旧芝離宮の緑を見下ろせるオフィスビルがある。大きな硝子ドアを押してエントランスに入ると、どこかしら妙な雰囲気だった。テレヴィの報道関係者、アルミ製の脚立を抱えたカメラマン、雑誌や新聞の記者らしい男女が二十人以上もたむろしている。

記者たちがロビーの奥に進まないように、腕章を巻いた制服の警備員が横に列を作っていた。オフィスから下りてくる花房を捕まえようと、マスコミ関係者が網を張っているのだろう。

警備員の目を避けてエレベーターに乗り、地下で降りる。花房の会社のオフィスは四階の六号。地下駐車場の〈406〉のスペースには、淡いブルーメタリックのBMWが駐車していた。花房の車の可能性が高い。

一階のロビーはマスコミ関係者が占拠している。花房は四階から地下に直行し、真新しいBMWでビルから脱出するつもりではないか。

地下のエレベーターホールのほうから、騒々しい声が重なりあって聞こえてくる。「花房さん、ひと言」、「自殺者に謝罪しないんですか」、「なんでもいい、なにかいえよ」。カメラのフラッシュが連続し、五、六人がもつれあいながら移動してくる。

若い女にマイクを突きつけられているのが、問題の花房宏に違いない。撮影要員は歩きながらヴィデオカメラを廻している。正面玄関を通ることなく地下駐車場から車で逃走するという目論見(もくろみ)は、海千山千の取材記者たちに見抜かれていたようだ。

記者たちと必死で押しあっているため、中背の瘦せた男のネクタイは曲がり、高級そうなスーツは揉みくしゃだ。長めの頭髪もさんざんに乱れている。

地下駐車場を小走りに進んで、取材陣の人垣に頭から飛びこんだ。花房の腕を取ってマスコミ関係の男女を掻き分け、大声で「取材はご遠慮ください」と叫ぶ。力を込めて腕を引っぱりながら、男の耳元に囁きかけた。

「車のドアを開けるんだ、早く」

取材陣に小突きまわされながら、花房がジャケットのポケットに手を突っこむ。ドアが解錠された。記者たちを振りきって男を運転席に押しこみ、続いて後部席のドアを開く。車内に飛びこんだ直後にドアがロックされ、エンジンが始動する。

ホーンを盛大に鳴り響かせてＢＭＷが動きはじめた。マイクを握ったビジネススーツの女が表情を引きつらせ、運転席の窓硝子を力いっぱい掌で叩いている。ボンネットに手を突いていた男が、なにか叫びながら危うく飛びのいた。

ＢＭＷは駐車場から夜の街路に飛びだし、第一京浜めざして突進していく。リアウインドーから確認してみるが、追跡してくる車はないようだ。

「大丈夫、マスコミは振りきりましたから」

ステアリングにしがみついていた男が、ちらりと後部席を見た。頰がこけた狐のような顔で苦笑しながらいう。

「まるで蠅の群れだな。蠅にたかられている糞が、このおれってわけだが。ところで、前田さんのところの人ですか」

「いいえ」

前田某が誰なのかわからないが、花房を庇わなければならない立場の人物だろう。素っ気なく否定すると、経営コンサルタントの声が裏返った。記者を車内に入れてしまった、一難去ってまた一難とでも思ったに違いない。

「では、あんたも……」

「マスコミとは関係がない。人捜しをしているだけで、あの事件には興味ありませんよ。昔のことを少し伺いたいので、花房さんが来るのを駐車場で待っていた。あんな状態ではオフィスに入れそうにないから」

車は新橋を通過したところだ。月曜の午後八時すぎで道路は混雑している。しばらく黙りこんでいた男が、警戒混じりの口調で問いかけてくる。

「昔のこと、というと」

「あなたも所属していた鳳凰大学の東アジア史研究会ですが、一九七〇年に結成されて三年後には解散したとか」

「まあ、そういうことになるかな。東ア研がどうかしたのか」

「東ア研の会長だった飯倉皓一氏を捜しているんです」

「どんなわけで飯倉を」

「飯倉氏と、ひさしぶりに会いたいという人がいまして」

「それ、何者なんだ」

「花房さんとは面識のない、当時の東ア研とも関係のない人ですよ。ご存じなら飯倉氏の所在を教えてもらえませんか」

「あんた、私立探偵なのか」

「飛鳥井といいます」

ジャケットの内ポケットから引き抜いた名刺を、後ろから助手席に投げこむ。運転者が左腕を伸ばし、手にした名刺を一瞬だけ顔の前にかざした。

「巽探偵事務所……」

「依頼人は、あなたや東ア研とは別の関係で飯倉氏とつきあいのあった人物です。どこにいるんでしょうか、飯倉氏は」

「わからんな。飯倉とは大学四年の十二月に顔を合わせたのが最後で、それから一度も会っていない」

最近になって接触した事実はないというが、本当だろうか。後部席から運転席の男の表情は読めないが、口調に不自然なところはないようだ。

「当時の住所は」

「出身は北海道で、大学に近い小田急線の沿線に住んでいた。世田谷代田の駅から歩いて十五分ほどの、老朽化した木造アパートだった」

当時から古びていた木造住宅なら、はるか以前に取り壊されたろう。それに学生時代の住所を洗いだしても意味はない。山科三奈子に依頼されたのは、いまの飯倉の所在を突きとめることなのだ。もっと有益な情報を引きだそうと話の角度を少し変えてみた。

「東ア研ですが、最後のころは数人だったとか」

「一九七二年の後半は四人だった、かならず部会に出席して実際に活動していた会員は」

「花房さんと飯倉氏……」

「あとは三橋恭子と中邑卓真」

四人では数が合わない。鹿島田誠が目撃した東ア研の集まりには、六、七人が参加していたという。昔のことで記憶が混乱している可能性もあるが、四人と六、七人では数が違いすぎる。

日本人離れした風貌の男を加えても五人だ。あと一人か二人、東ア研の会合に出席していたことになる。部室の戸口に背を向けていた女子学生はやはり、顎髭の男と同じで会員以外の参加者だったのではないか。気になる点を問い質してみる。

「七二年の冬休み中、歴史学研究部の奥にある小部屋で東ア研が部会を開いていた。たまたまドアを開けた大学院生が、六、七人の参加者を目にしているんですが」

「十二月二十五日のことだな。わざわざクリスマスに部会を開かなくてもいいだろうと冗談半分でぼやいた中邑が、不謹慎だと三橋に問いつめられていた。二人のやりとりをよく覚えているから、二十五日で間違いないと思う。

　冬休みに開かれた部会は一度きりで結果的に特別な集まりになったし、忘れようとしても忘れられない。部室に顔を出した院生というのは鹿島田誠だろう、いまは鳳凰大で歴史学を教えている。鹿島田が東ア研の部室を覗いたのは、部会がはじまった三時半から三、四十分後のことだった」

「二十五日の部会には部外者が同席していたとか」

「飯倉が連れてきた顎髭の男だな」

「花房さんは初対面でしたか」

「そう」

「何者なんですか」

「飯倉は知人だと紹介したが、男のほうは最後まで無愛想に口を噤んでいた。部会がはじまってからしばらくは、椅子にも坐らず部屋の隅で壁に凭れていたな。飯倉は、たしかカントクと呼んでいた」

　カントクとは名前だろうか。たとえば「寛徳」を音読みにしたとか。あるいは「監督」かもしれない。現場監督や映画監督、舞台監督などの職業から、それを渾名にすることもある。

「もう一人、会員でない人物が同席していませんでしたか。東側のドアに背を向ける形で坐っていた女性」

「……女というなら三橋になるが」

　ステアリングを指で叩く音がする。その日の席の配置を思いだそうと、花房は考えこんでいるようだ。しばらくして首を左右に振った。

「誰がどの席に着いていたかまでは、よく覚えていない。おれの向かいに飯倉が坐っていたような気はするんだが」

　部室にいた女が三橋恭子一人だったとすれば、カントク以外にも一人か二人、見知らぬ人物を鹿島田は目撃したはずだ。とはいえ四十数年も昔のことだし、思い違いや記憶の歪みがあっても不思議ではない。これ以上の追及は無益だろう。

「会議は何時まで続いたんですか」

「夜の九時前に全員大急ぎで部室を出た。サークル棟の門限が迫っていたんだ」

「そんな遅くまで」

「研究会の進路をめぐる深刻な会議だったからな。けっきょく、それが東ア研の最後の部会になった」

「東ア研の解散は、翌年のことではないんですか」

「一月にも部会は予定されていた。冬休みが終わって最初の月曜だったが、会は流れた」

「どういうわけで」

「飯倉が部室にあらわれなかったんだ。几帳面（きちょうめん）な性格だし、部会を無断で欠席するような男ではないんだが」

「集まったのは花房さん、中邑さん、三橋さんの三人だった」

「しかも飯倉は、われわれの前からそのまま完全に消えてしまった。三橋が実家に電話してみたが、北海道にも戻っていないといわれた」

「世田谷代田のアパートには」

「親が上京して引き払ったようだ。大学に休学や退学の届け出はなく、二年後に授業料未納で除籍になったと聞いている」

飯倉皓一が四十三年前に失踪（しっそう）したことを知って、舌打ちしたい気分だった。簡単な仕事だろうとたかを括（くく）っていたが、この人捜しは困難をきわめそうだ。すでに死亡した可能性もある四十三年前の失踪者を、どうやって見つけだしたらいいのか。不本意だが、この調査は失敗に終わるかもしれない。

「それで東ア研は解散することに……」

「結成以来のリーダーがふいに失踪した。残された三人で協議を続けたが、解散するしかないという結論になった」

「その後、他の二人とは」

「何年か前に中邑から、息子の就職を頼まれたことがある。学歴も職歴も問題のある息子だったが、社外取締役(とりしまりやく)をやっている人材派遣会社に登録できるようにした。しかし派遣先から中邑の息子が出勤したのは数日のことで、その後は無断欠勤続きだという苦情がきて、派遣会社の登録は抹消された。ようするに馘首(クビ)だな。そのとき中邑は都立高校で化学を教えていた、もう定年退職したろうが」

「三橋さんの消息はわかりませんか」

「中邑の話では、木曽(きそ)にある天啓教(てんけいきょう)の教団施設で暮らしているようだ」

「天啓教ですか」

「間違いない」

天啓教が無差別テロで大量の死傷者を出してから、もう二十年になる。教祖と幹部、テロに関係した多数の信者は逮捕され処罰されたが、天啓教そのものは細々と命脈を保っているようだ。

三橋恭子の行方を知って新しい発想が浮かんできた。最盛期には何百人もいた天啓教の出家信者は、各地に散在する教団の施設や道場で合宿生活を営んでいた。天啓教の合宿所は、失踪者の避難先として最適の場所ではないか。天啓教以外にも、同じようなシステムの新興宗教は少なくない。

東アジア史研究会が解散して五年後あるいは十年後に、飯倉皓一は三橋に連絡をとったかもしれない。天啓教の三橋が、飯倉に避難所を提供した可能性もないとはいえない。問題は飯倉が消息を絶った理由だ。新左翼の違法活動で指名手配になったわけではない。それ以外の犯罪の絡みで、警察に追われていたこともなさそうだ。

最近では年に八万人もの行方不明者が出て、うち数パーセントは長期の失踪状態が続く。年ごとに千人単位の失踪者が出ている計算になる。

被害者として犯罪に巻きこまれたり、認知症や解離性遁走など精神疾患が原因で家に帰れなくなる場合もあるが、犯罪がらみの逃亡者と同じでこうした例は少数だろう。借金など民事絡みで本人が失踪を選択した例、家族関係が原因の例などが多数を占めるはずだ。

飯倉皓一のケースがどれに該当するのか、いまのところなんともいえない。これから調査するにしても、四十年以上という時間の壁に阻まれそうだ。とりあえず中邑卓真と三橋恭子に会ってみるとしよう。この二人と飯倉が最近になって、どこかで接触した可能性もないとはいえないのだし。ＢＭＷは桜田門を通過したところだ。

「飯倉皓一の居所を突きとめたら、おれにも教えてもらえないか。四十年以上も昔に失踪した友人と、できれば旧交を温めたい」

有力な情報を入手できたら連絡しよう、ただし携帯電話の番号を教えるならと花房に返答する。報道陣から身を隠すため潜伏してしまっても、携帯番号がわかれば必要な場合は連絡できる。運転しながら男は、やむをえないという口調で０８０からはじまる番号を口にした。

「中邑さんの住所と電話番号を教えてもらえませんか。調査を進めるために会う必要があるので」

「わかった、今日明日のうちに中邑の連絡先は知らせるよ」

明後日(あさって)まで花房から連絡がなければ、番号を聞きだしたばかりの携帯に電話するつもりだ。中邑の連絡先がわからないと、飯倉皓一を発見するための調査は進めようがない。

「あんた、どこで降りたい」

「どこでも」

「それなら四谷三丁目の交差点で停めようか」

その交差点から新宿区舟町は至近距離だ。運転中に名刺で一瞥(いちべつ)した巽探偵事務所の住所を、瞬時に記憶したらしい。

事務所の近くまで送るというのは、もちろん親切めかした口実にすぎない。行き先を知られたくないため、厄介な私立探偵を早めに車から追いだそうとしているのだ。報道陣の包囲から救出されたことを、多少は感謝しているらしい。あと十分か十五分は、花房が運転する車に同乗することになる。最小限のことは聞きだしたし、残りの時間は雑談で潰すことにしよう。無関係と思われた情報が、結果として調査に役立つことはよくある。

「東ア研では花房さんを中心に差別的な言動への厳しい非難と弾劾がなされ、メンバーの激減を招いたとか。それ、事実なんですか」

「東ア研で整風運動の音頭をとったのは事実だが」

「整風、ですか」

「整風の風をフランス語に翻訳すればスティルで、整風とは生のスタイルを自己変革することだ。ノンセクトの反差別運動をリードしていた学生理論家の著作に、そんなことが書いてあった」

その当時ＵＣＬＡの貧乏学生だった人間には、いろいろと腑に落ちない点がある。花房宏は在日中国人か在日韓国人なのだろうか。話の具合では違うようだ。被抑圧民族や被侵略民族が抑圧民族や侵略民族を非難し、弾劾するのなら一応は理解できる。しかし侵略民族の一員が同罪であるはずの他の一人を糾弾するとは、いったいどういうことなのか。どのような権利によって、そうする自分を花房は正当化しえたのか。いうまでもないが、認識は存在を変えるものではない。自分が侵略者だと認識する者も否認する者も、侵略者であるという本人の存在性格にはいささかの相違もない。

認識が存在を変えるには、その両者を行為が媒介しなければならない。目の前に、水に落ちて溺れそうな子供がいるとしよう。子供が溺れそうだと私が認識してもしなくても、溺れそうだという事実に変わりはない。その認識が救助するという私の行為に結びついてようやく、事実は新たなものに変化する。

被侵略民族と同じ存在になるための決定的な行動を花房がとったのであれば、旧植民地出身者と同じような非難を日本人に向ける権利が生じるかもしれない。中国戦線で日本軍を脱走し、中国軍に志願して祖国と戦ったとか。あるいは植民地朝鮮で独立運動家を庇って逮捕され、長期の獄中生活を余儀なくされたとか。

戦後何十年も経過した時点で、そうした行為が可能だったわけはない。だったら学生時代の花房は、いかなる根拠で同じ日本人を非難できる権利を手に入れたのか。根拠が疑わしい差別糾弾を突っぱねることなく、唯々諾々と研究会から身を引いた会員が多数を占めたとすれば、会員たちの側も花房の言動を是認していたことになる。

「東アジアを侵略した国家の一員という点では、糾弾する側もされる側も資格は同じですね。どうして一方が侵略責任を追及し、他方が追及されることになるのか。先に責任を認めた者は、まだ認めていない者に道義的優位性があるという理屈は変ですね」

「学生左翼の狭い世界では、それが倒錯的な観念だという批判など口にできない雰囲気だった。民族差別だけではない。あらゆる差別問題にかんして当時は糾弾主義が蔓(まん)延(えん)していた。差別されている当事者だけでなく、差別者であることを自覚した差別側の人間が同じ差別側の人間を猛烈な勢いで糾弾していた。あれはエンタテインメントだったと考えたほうがいい」

「どういう意味ですか、エンタテインメントというのは」

「自分は非難されないことを前提に、他人を道義的に責め立てるほど愉(たの)しいことはないと思わないか。そんな自分の醜態に気づいたから、やめることにしたのさ。リバタリアンは他人に反省や謝罪を求めない、すべては自己責任だからな。

侵略されたことが気に喰わなければ、侵略し返せばいい。ブラック企業から搾取されている、それが不当だと思うなら反撃することだ。部下殺しの犯人を非難する気などこれっぽっちもない。ダガーナイフで刺されたのが自分でも同じことだ」

なるほど。花房のなかでは学生時代の左翼倫理と、悪徳コンサルタントと非難されている現在の反倫理は、こんなふうに捩(ねじ)れながら繋がっているのか。リバタリアニズムの理解は一面的といわざるをえないが、いまここで指摘するのはやめておこう。自己責任論について議論するのに適当な場ではない。

「ところで、埜木綏郎氏と面識はありませんか」

「いいや、会ったことも話したこともない。下手な役者をリストラする予定が劇団にあるなら、協力するにやぶさかでないが」

「埜木氏の墜死事件はご存じですよね」

「報道された程度のことなら。わが母校で演劇関係の講義をしていたそうじゃないか」

「屍体が発見されたのは大学構内の駐車場でした」

「サークル棟の屋上から墜ちたとか」

「遺品が発見されたのは屋上ですが、警察は歴研の第二資料室の窓から墜ちた可能性を疑っているようです」

先行車のテールランプが急激に迫ってきた。前の車が減速していることに花房は気づいていない。注意を促すため男の肩に触れようとしたとき、躰が前のめりにシートから浮いた。追突の危険を察知して、思わず急ブレーキを踏んだのだ。

埜木が第二資料室から墜死したかもしれないことは、運転中であることさえ一瞬忘れさせるほどの衝撃を花房にもたらした。その理由に興味を覚えたが、四谷三丁目で停車するまで経営コンサルタントは黙りこんでいた。

4

正午を過ぎて気温は三十五度を超えた。日比谷(ひびや)公園は真夏の光の洪水で、白く燃える太陽が大地を容赦なく焦がしている。熱い大気は湿気(しっけ)でじっとりと淀み、直射日光の下を歩くと全身汗まみれになる。

夏の気温は東京よりロサンジェルスのほうが高い、四十度を超える日もあるほどだ。ただし沿岸部は地中海性気候、内陸部は砂漠気候で、いずれも空気が乾燥しているから高い気温のわりには過ごしやすい。ロサンジェルスだけでなくニューヨークやロンドン、パリ、ベルリン、その他の世界都市と比較しても東京の夏は最悪の部類ではないか。

子供のころは夏の暑さも、二〇一〇年代の今日ほどではなかった。小学校の低学年だった一九五〇年代の半ばころは、個人の住宅はもちろん学校や会社にも冷房設備はないのが普通だった。

デパートや銀行の天井では扇風機の大きな羽根が回転し、生ぬるい空気を掻きまぜていた。行水に浴衣、打ち水に蚊屋といった昔ながらの夏の風物が、まだ日本人の生活圏に根づいている時代だった。

当時は冷房がなかった地下鉄のホームも、豊富だった地下水に冷やされて地上よりはるかに涼しく、夏でも階段を下りていくと空気がひんやりしていた。丸ノ内線の全線開通は中学年のときで、小学生のころまで東京の地下鉄は他に銀座線だけだったが。

地球規模の温暖化傾向に加えてアスファルトで覆われた大地、膨大な数の自動車とエアコンの排熱、海風を遮断する高層ビル群の壁などが原因で、東京の夏は暑くなる一方だ。猛暑の都会とは違って、白州の山小屋で過ごす夏はいい。山科三奈子の仕事を早めに片づけて、八月は清涼な風が吹きわたる高原で昼寝したいと心から思う。

平日の午後のことで、広大な噴水広場に人影はまばらだ。あるいは暑すぎて、昼間から漫然と時間を潰そうという暇人も公園には近寄らないのか。指定された時刻まで木陰で直射日光を避けることにして、誰もいないベンチで額の汗を拭った。

顔を上げると、斜め前方に帝国ホテルと東京宝塚劇場が見える。どちらも、この公園をしばしば訪れていた十代のころの建物ではない。帝国ホテルが建て替えられたのは渡米後、東京宝塚は帰国後のことだが。

一九六〇年代に日比谷映画や有楽座にかかる映画は、たいてい新宿のロードショー劇場でも上映していた。しかし洋画の単館上映を目当てに、新宿から日比谷映画街まで足を伸ばしたことも多い。

映画のあとは日比谷公園のベンチでよく時間を潰した。『シベールの日曜日』や『禁じられた恋の島』を観るために日比谷の映画街を訪れたころは、帝国ホテルもフランク・ロイド・ライト設計の古めかしい石造建築だった。

建て替えられたころの帝国ホテルは、日比谷界隈で一番の高層ビルではなかったか。しかし今日では、それ以上に背の高いビルが、日比谷通りぞいに何棟も聳(そび)えている。東京駅の丸の内口や、有楽町界隈の景観は大きく変わった。しかし公園内の野外音楽堂や図書館、日比谷公会堂の外観は昔と少しも変わらない。それが奇妙な安心感を誘う。

古い建物が取り壊されようが新しいビルが建とうが、どうでもいいと若いころは思っていた。むしろ街が綺麗で便利になるなら結構なことではないか、と。いつごろかららだろう、昔ながらの景観を目にして、ほっとするようになったのは。意識されていない心の凝(こ)りが、少しだけほぐれるような気分になる。ようするに老いたのだろう。

昨日の夜遅く、期待していた電話が花房からあった。帰宅した直後に、中邑卓真の連絡先が記されたメモの類いを捜してみたらしい。悪徳コンサルタントにしては律儀な性格のようだ。

花房と電話で話し終えた直後にかけてみたが、中邑家では留守電しか応答しようとしない。誰も電話口に出ないのは時刻が遅すぎるからなのか。今朝になっても同じことの繰り返しだった。

録音された留守電の声が喋りはじめたところで、受話器を置いた。間をおかずにオフィスの電話が鳴りはじめる。昨夜かけたときに残したメッセージを聞いて、中邑が折り返してきたのではないか。しかし受話器から聞こえてきたのは聞き覚えのある若者の声だった。

今日の午後に祖母が上京してくると山科郁はいう。北陸新幹線で東京駅に到着し、そのまま滞在先の横浜の実家に向かう予定らしい。明日でも明後日でも都合のいいときに、祖母を案内して巽探偵事務所まで出向きたいが、そちらの予定はどうかと問われた。

今日は中邑卓真に会いたいと思っていたが、どこに出かけているのか連絡がとれない。依頼人との面談を優先することにして、東京駅で出迎えるから到着時刻を教えろというと、若者はいったん電話を切った。祖母と相談したのか、数分後の再電話で指定されたのが日比谷公園のレストランだった。

横浜生まれの山科三奈子にも、日比谷公園は思い出の場所なのだろうか。ようやく依頼人とじかに会えるわけで、この機会に疑問点の数々を問い質しておきたい。

依頼人は私立探偵と顔を合わせたくないのかと、最初は疑った。国会前で撮影された動画に映っている若い女を捜したいというのだが、調査の理由を語ろうとはしない。その仕事は個人営業の私立探偵には難しいと応えると、今度は四十数年前に鳳凰大学に在籍していた飯倉皓一なる人物を捜せと注文する。

依頼の中身が変わったのは、飯倉が問題の女の行方を知っているからだろう。少なくとも依頼人はそう考えている。にもかかわらず動画の女と飯倉の関係については沈黙している。

予想していたよりも早く先方から面談を求めてきた以上、山科三奈子が私立探偵と会いたくないか、なんらかの理由で会うことができないという疑いは、一応のところ解消された。本人が地方在住のため、調査の依頼を東京の孫に頼んだにすぎなかったようだ。

花房宏には会えたが、学生時代に失踪した飯倉皓一の行方はわからないし、もちろん最近になって接触した事実もないという。飯倉が連絡をとりそうな学生時代のサークル仲間三人のうち、まだ中邑卓真と三橋恭子には会えていない。

この二人から話を聴く前に、動画の女と依頼人の関係、彼女を捜したい理由、彼女と飯倉皓一の関係、飯倉の行方を知りたい理由は摑（つか）んでおきたい。山科三奈子には、これらの疑問に答えてもらわなければならない。

時刻を確認して木陰のベンチを離れ、噴水広場を横切った。左右を木立に挟まれた小道の突きあたりに、依頼人から指定されたレストランがある。建物の前で顔の汗をハンカチで拭い、手にしていた生成りの麻ジャケットに腕を通した。

夏服の上下は二着しか持っていない。スーツを着用して外出すれば、一日で汗みどろになる。花房と会うために着用したスーツは大至急で仕上げるように頼んで、今朝のうちに巽ビルの斜向かいにあるクリーニング店の店員に渡した。一着目がクリーニング店から戻るまで、いざというときに備えて二着目は着ないつもりだった。

しかし意に反して、いざというときはたちまち到来した。依頼人と日比谷公園で会うことになったのだ。巽老人が愛好するハーフパンツにアロハシャツといった恰好で、初老の女性依頼人と仕事の話をするわけにもいかない。やむなく二着目を着込むことになった。一着目が仕上がるまでは、普段着でもかまわない人間としか会わないことにしよう。

平日の午後だからかテラス席は閑散としている。緑のパラソルが大きく開かれたテーブル席に、見覚えのある若者が坐っていた。祖母の代理として巽探偵事務所を訪ねてきた学生、山科郁に間違いない。隣にいるのが山科三奈子だろう。

軽く右手を上げると、合図に気づいた若者が椅子から立ちあがる。六十代半ばという年齢よりかなり若く見える女性も、ふわり、という感じで躰を浮かせた。花柄の布が敷かれたテーブルに近寄ると、山科郁が隣の婦人を示しながらいう。

「祖母です」

「山科三奈子と申します」

細面で整った顔立ちだが冷たい印象ではない。若いころの美貌(びぼう)がしのばれる魅力的な女性で、薄茶色に染めた髪を後ろで結いあげている。黒い細めのパンツに、ゆったりした白のジャケット。化粧でも年相応の小皺(こじわ)や染みは隠せないが、身ごなしは優雅で老人めいたぎこちなさは感じさせない。

「巽探偵事務所の飛鳥井です」

「このたびは面倒なことをお願いしまして」

丁寧に一礼して依頼人は静かに腰を下ろした。制服のウエイトレスが水のグラスとメニューを運んでくる。

「わたしたちは食事にします、飛鳥井さんもいかがですか」

遅い朝食のあとはなにも口にしていない。依頼人の誘いに応じてオムライスを注文した。水滴が付着したグラスの冷水を口に含んでから、山科三奈子が語りかけてくる。

「このお店、昔の建物のほうが雰囲気があって素敵でした」

公園内の建物は公会堂も野外音楽堂も図書館も昔と同じなのに、このレストランは違う。公共施設でなく客商売のため、運営会社の判断で老朽化した建物は建て替えられたのか。

「古い店を取り壊して跡地に新築したんでしょうか」

「いいえ、火災で全焼したんです。ご存じありませんでしたか」

「火事でしたか……」

「それも失火でなく、デモの学生が投げた火炎瓶で」

一九七一年の十一月十九日、日比谷公園で開催された沖縄返還協定反対集会のデモが暴動化し、警備の機動隊に無数の火炎瓶が投げられた。その混乱のなかで、伝統ある洋食店の建物も全焼したという。

「父の経営していた会社が新橋にあって、この店には子供のころよく一緒に。いろいろ思い出があったのに、燃えてしまって本当に残念です。……飛鳥井さんは」

「中学時代に一度、この店でオムライスを食べたことが」

たしか『シベールの日曜日』を観たあとだ。手頃な値段の洋食店でも、親と一緒でなく一人で入るのは、少年にとって生まれてはじめての贅沢だった。

「だから今日もオムライスにしたのね。味が落ちていなければいいんですが」

この店が燃えた夜、同じころに学生活動家だった飯倉皓一も日比谷公園にいたのかもしれない。飯倉を捜したいという三奈子の場合はどうなのだろう。横から若者が口を挟んだ。

「お祖母さんは、デモに行ったことはあるの」

「いいえ、ノンポリでしたから。大学がバリケード封鎖されているあいだアルバイトをする仲間もいたけれど、わたしは本を読んだり街をぶらついたり、適当に時間を潰していました。といっても親が思うほどのいい子ではなく、友だちの家に泊まるとか適当な口実で、新宿の街で夜明かしするようなことも。

そんな時代でしたから、身近に逮捕された女子学生もいたわ。このレストランが燃えた十一月十九日に、有楽町の喫茶店で逮捕されたゼミ仲間とか」

「喫茶店で暴（あば）れたの」

「まさか。お洒落（しゃれ）な服装の女子学生が何人も、ケーキ店の包み紙にリボンという包装のボール箱を持って、同じ喫茶店でお茶していたのね。箱の中身はケーキではなく火炎瓶、投げる役目の学生たちに喫茶店で手渡すことになっていたそう」

「どうして警察にばれたんだろう」

「ケーキの箱を椅子やテーブルに置いた娘が、同じ喫茶店に何人もいる。他人同士のように別々の席に坐っているのに、箱の包装紙がどれも同じというのは不自然だ。有楽町の一帯を巡廻（じゅんかい）中だった私服刑事は、それで疑ったようね」

さらに娘たちが緊張した表情や不自然な態度であれば、公安刑事に箱の中身を見抜かれても不思議ではない。

「初犯だったからか、同じゼミの女子は三週間ほどで釈放になりました。凶器準備集合罪で起訴されると何ヵ月も、長ければ一年以上も拘置所から出られないと聞いていたので友人たちは安心したわ。

セクトの学生に頼まれて、ゼミ仲間は火炎瓶運びを引きうけたそう。彼女自身が熱心に活動していたわけではなく、せいぜいシンパというところ。ボーイフレンドの活動家に頼みこまれて、断りきれなかったんでしょうね」

ノンポリは政治的無関心層、セクトは大小無数にあった新左翼党派のことで、シンパは同情者（シンパサイザー）の略。同じような年頃だから説明の必要はないと思っているのか、依頼人の話には当時の学生用語が頻出する。

当時の学生運動には無知な人間が、それでも依頼人の話になんとか付いていけるのは、昨夜のうちに飯倉皓一が失踪した背景を知ろうと、関係資料をネットで漁（あさ）った成果でもある。コーヒーカップを受け皿に戻して、不審そうな表情の郁が祖母の顔を見た。

「火炎瓶を投げて公園のレストランに放火したりして、どうだったんだろう」

「どうって」

「一般市民の感じ方というか。……僕たちのデモは非暴力で、逮捕者を出さないように注意してるんだ。戦争法制に反対する学生や市民にも、過激な行動への抵抗感は大きいから」

「非暴力的な市民運動に参加している友だちもいたけれど、彼女たちが機動隊に石や火炎瓶を投げる学生の行動を嫌悪したり拒否したりしていたかというと、かならずしもそうとはいえないような。誰でも知っているベストセラー作家がデモ学生のことを、エッセイで『花の全学連』なんて誉めあげていたし」

「お祖母さんは学生時代どうだったの」

「卒論はサルトルだったわ」

「読んだことないな」

高校生のころにファンだった日本の作家が、エッセイなどでサルトルによく触れていた。たいして読んではいないが、どんな人物かは知っている。しかし、いまどきの学生にはサルトルの名前も通じないようだ。祖母のほうが説明を続ける。

「高校の文化祭で『出口なし』のイネスを演じたことがあるの。登場人物が少ないというだけの理由で、演劇部の顧問が演目を決めたわけ。それがサルトルの戯曲を読みはじめるきっかけでした。好きだったのは戦後の左傾化したサルトルではなくて、政治嫌いの文化的アナキストだった戦前のサルトル」

「アナキストが政治嫌いって、よくわからない」

アナキズムには集産主義的アナキズムと個人主義的アナキズムがある。バクーニン主義のような前者は左翼の政治運動と不可分だが、マックス・シュティルナーを起源とする後者は反政治、場合によっては反左翼の立場をとる場合もある。

国家による個人の支配を徹底的に拒否する点では、現代のリバタリアニズムもアナキズムの一種といえる。もともとリバタリアンとはバクーニン主義者を意味したようだ。今日でもスペインのアナキストはリベルテール、ようするにリバタリアンを称している。祖母の話に郁が質問を挟んだ。

「で、お祖母さんも個人主義的アナキストだった」

「自由を制約されたり干渉されたりするのが大嫌いなので、漠然と憧れていた、というところかしら」

「学生のころはスポーツカーで飛ばしていたとか」

「ガレージで埃を被っていた兄のGT－Rね。勝手に持ちだして走らせることもあったけど、スポーツカーとはいえないでしょう。国産スポーツカーのフェアレディやサバンナとは違って、外観は平凡な4ドアセダンだったし」

発売されたころはもう日本を出ていたから、詳しいことは知らない。それでも初代GT－Rが「羊の皮を被った狼」と称されていた程度のことなら、耳に挟んだ覚えはある。外観は平凡だが、エンジンは獰猛なほど高性能だという意味だろう。

学生時代の山科三奈子は、交通法規を無視して飛ばしていたのだろうか。個人主義的アナキストの若い娘が、高性能車を運転していたのだとすれば。脱線した話を郁が元に戻した。

「〈エイレーネ〉を支持してくれる大学教授が、雑誌に書いていた」

一九七〇年前後の学生運動が展望もなく過激化し自滅して、戦後の平和運動や政治運動の遺産は喰い潰され、デモをするのは偏った変人や極端な人間ばかりだという常識が、それ以降は支配的になった。日本を脱政治的な「デモのない国」に変えた責任は、昔の過激な学生運動にある。

「どう思うの、お祖母さんは」

「このレストランが燃えたころまでは、自分から積極的に参加する気はなくても、どちらかといえば新左翼の学生運動や全共闘に好意的でしたよ。無責任に面白がっていたというか。風向きが一変したのは連合赤軍事件から」

「浅間(あさま)山荘事件だね」

山科郁は昔の政治運動にも多少の知識があるようだ。ニューモードの学生運動をはじめるために、そうした関係の本にも目を通したのか。

「軽井沢の銃撃戦ではなくて山岳アジトで行われた仲間殺しのほう。赤軍派のハイジャックや浅間山荘の銃撃戦の場合は支持しないまでも、どうして学生がそこまでしなければならないのか真摯に受けとめなければならない、といった論調も目につきました。

　もちろん保守的な立場から暴力学生を非難する声は、六七年の羽田事件のときも全共闘のときも、良識派や秩序派のあいだに溢れていたけれど」

　連合赤軍の仲間殺し、丸の内の無差別爆弾テロ、セクトの活動家たちが殺しあった内ゲバ。七〇年代前半に連続した三つの出来事が、ヴェトナム反戦以来の市民的な共感を根こそぎにしたと山科三奈子はいう。

「わたしのような文化的アナキスト気取りも、仲間殺しや無差別爆弾テロまで面白がって眺めてはいられなかった。そんな事態の意味がよく理解できないまま、他人事ながらも昏い、どんよりした気分に沈んでいくようでした」

　しばらくテーブルには沈黙が落ちた。こちらを見て気分を変えるように郁がいう。

「飛鳥井さんは、アメリカ生活が長かったんですね」

「六〇年代の終わりから二十年ほどかな。この店の前の建物が燃えたというころは、もうロサンジェルスだった」

「アメリカで私立探偵をしていたとか」

「私立探偵の助手だね」

　若者の言葉を訂正する。アメリカではライセンスがなければ私立探偵の仕事はできない。グリーンカードは取得したから、カリフォルニア州で私立探偵を開業するための認可を得ることもできた。しかしライセンスの必要を感じたことはない。ボスに命じられた仕事を、助手としてこなしているほうが気楽だった。

仮住まいという気分が抜けなかったのだろう。日本に帰国しても同じことで、仮住まいのまま不惑の年を越えた。あと十年か十五年で寿命は尽きるだろうが、根無し草の生涯を悔いる気もない。身の丈にあった人生だと思っている。

「アメリカではどうだったんですか、六〇年代の政治運動は」

「アクティヴィストの友人はいたが、運動に参加していたわけではないから、詳しいことは知らないな」

「飛鳥井さんも文化的アナキストだったとか」

若者が笑いを含んだ声でいう。祖母のほうも、こちらの話を期待しているようだ。

「貧乏学生だからアルバイトに忙しくて、学生運動に首を突っこんでいる余裕はなかった。それだけだよ」

マーティン・ルーサー・キング牧師が先頭に立っていた公民権運動は、非暴力と市民的不服従を掲げて闘った。黒人解放闘争が警察の無茶苦茶な弾圧に晒された結果、暴力には暴力で応じようという勢力が台頭してくる。

「ブラック・パワー」を唱えたブラック・パンサー党は、大都市のスラムで住民を巻きこんだ大暴動を幾度も惹き起こした。ヴェトナム帰還兵のスナイパーが警官隊と銃撃戦を演じ、鎮圧のために州兵が出動することも多かった。

　黒人スラムの暴動は夏に発生する場合がほとんどで、当時は「長く暑い夏」と呼ばれていた。エアコンもない粗末で狭苦しいアパートの住人たちは、暑さで眠れない真夏の夜に日頃の不満を爆発させたのだろう。

　民主党の学生組織として結成された〈民主社会のための学生たち〉は、ヴェトナム反戦を掲げて運動するあいだに急進化して、ジョンソン大統領の戦争政策に実力で抗議した。

　一九六八年夏の民主党大会を阻止するため、全米から数千人の若者が集結し、開催地のシカゴは一週間にわたって暴動状態になった。ただし「警察による暴動」ともいわれるように、デモ隊の暴力より警官や州兵によるデモ隊への暴力のほうが圧倒的だった。

「民主党の学生組織が、民主党大会阻止の暴動を起こしたんですか」

「そういうことになるね。ＵＣＬＡのＳＤＳも支部をあげて、長距離バスでシカゴに多数のデモ隊員を送りこんだ」

　ロックバンドのシカゴは、この大闘争を記念して命名された。シカゴの『流血の日』という曲には、現場で録音された「世界が見ているぞ」というシュプレヒコールが使われている。

「飛鳥井さんも行ったんですか、シカゴに」

「いいや、怪我をした友人はいたけどね」

その女子学生と結婚することになったとは、いわないでおこう。日本に帰国する気になったのは、妻が死んだからだとも。

アメリカの黒人解放運動の過激性や暴力性は客観的に見て日本の学生運動を大きく上廻っていたし、その反面、警官に殺害された活動家の数も半端ではない。

アメリカでも六〇年代の運動はいったん沈静化したが、日本のように極端に脱政治化し、デモをするのは変人だけだというような「常識」が社会を覆っているとはいえない。一九九九年のシアトル暴動から二〇一一年のオキュパイ・ウォール・ストリートまで、大衆的な抗議運動が絶えたことはない。

ヨーロッパでも事情は似ているようだ。西ドイツの赤軍派やイタリアの赤い旅団、フランスの〈直接行動〉など過激化した新左翼の一部は、一九六〇年代の末から本格的な都市ゲリラ闘争を開始した。

地下軍事組織によるテロや破壊活動は徹底性と残忍性の点で、同時代のアメリカの水準を大きく超えていた。警官や兵士だけでなく、大企業の重役や元首相の有力政治家まで誘拐し処刑したのだから。

アメリカでもケネディ兄弟をはじめ暗殺された政治家は少なくないが、犯人は左派ではなく右派だ。ただしアメリカの右派はアメリカ独立革命の反連邦主義的な民衆派、急進派を源流としているから話が少しややこしくなる。

イギリスからの独立運動を指導した大地主やブルジョワたちは連邦派だが、現場で革命戦争を戦った独立自営農民のコミュニティは、連邦に自治権を奪われるのではないかと危惧していた。その子孫が、今日のアメリカ共和党右派の基盤になっている。日本とは比較にならない規模の武装闘争が行われても、それでイタリアやドイツが「デモのない国」になったわけではない。〈エイレーネ〉の穏健な運動を支持している大学教授は、こうした事実をどう説明しているのか。依頼人が問いかけてきた。

「暴力の意味が、日本とアメリカやヨーロッパでは違うんでしょうか」

「かなり前のことですが、ブラジルに逃亡した日本人の犯罪者が警官に射殺された事件があった」

山科三奈子に頷きかけて、四十年近くも昔の事件のことを語りはじめる。よく覚えているのは、アメリカ暮らしに慣れてきたころの事件だったからだ。警官隊に追いつめられ無人の小屋に立てこもった日本人は、投降の呼びかけに拳銃の発砲で応えた。警官隊が突入してこないように時間を稼ぐため、銃で武装していることを誇示しようとしたのだろう。次の瞬間、小屋は無数の機銃弾で穴だらけになり犯人は即死した。

「ブラジルと日本では暴力の意味が違っていることに、日本人の逃亡犯は無自覚だった。一発撃ったら何百発という機銃弾が即座に戻ってきたわけで、死の直前に犯人は仰天したことでしょうね」

「ブラジルでは警官に向けて発砲した犯罪者は、その場で射殺されて当然だと……」

「アメリカでも同じことです。ただし警官には限りませんよ、暴力的なのは」

一九五五年にアラバマ州モンゴメリーで、黒人の女性活動家ローザ・パークスが人種隔離法違反で逮捕された。公営バスの、空いているときは黒人も着座できる席に坐っていたパークスだが、途中で乗ってきた白人に席を譲れと命じられる。この要求をパークスは意図して拒んだのだ。

逮捕に抗議して大規模なボイコット運動が組織され、この事件をきっかけに公民権運動がはじまる。運動は一九六三年のワシントン大行進で頂点を迎えた。

「アラバマのようなディープサウスでは、警官だけでなく白人レイシストも黒人への暴力に歯止めがない。余所者にもね」

「『イージー・ライダー』で、長髪の旅行者を殺してしまうような人たちね」

「少しでも抵抗の素振りを見せれば即座に銃弾が飛んでくる土地柄だから、運動は非暴力を掲げるしかなかったんですね。両腕を上げて攻撃の意思がないことを示し、暴行されて血を流しながらもひたすら抗議し続けること」

小突かれたら小突き返す、殴られたら殴り返すのが人間としては自然な反応だろう。暴力を揮われても銃を突きつけられても、ひたすら非暴力と無抵抗を貫き続けるのには強固な決意と高い精神性が要求される。

しかし、この国の警官は原則として人を殺さない。武器を持った立てこもり犯を実力で制圧するのは最後の最後で、突入が指示されるまで説得には充分以上の時間が費やされる。ブラジルやアメリカとは事情が違うのだ。

浅間山荘事件では警官の側に犠牲者が出ても、立てこもり側には一人の死者もいない。山荘の占拠者を殺害することなく事件を鎮圧するように、警察の上層部が現場に厳命したからだ。日本の警察が人命を尊重しているからではない、殺された学生が英雄化されることを怖れたからにすぎないとしても。

この国の反逆者は問答無用で抹殺される代わりに、自由を奪われ意志を挫かれて、権力に抗った者の末路が誰の目にもわかるように晒される。魔女や異端が大量虐殺されたヨーロッパと、権力に屈服して名誉も尊厳も失った姿を晒しものにする日本と、どちらが残酷なのか。

「抵抗者や違法者に苛烈な文化は、キリスト教と関係があるのかしら」

「カトリックのブラジルやプロテスタントのアメリカだけでなく、隣の韓国や中国も日本と比較すれば、警察は苛烈で暴力的じゃないかな。しかし簡単には殺さないからといって、日本の警察が抑圧的でないとはいえませんよ」

宗教的対立は極限まで絶対化される場合が多い。ヨーロッパの宗教戦争ではカトリックがプロテスタントを、プロテスタントはカトリックを殲滅しようとした。しかし日本では御禁制のキリシタンでも、踏み絵を踏んで棄教を表明すれば赦された。反宗教改革の尖兵だったイエズス会の宣教師は、日本の神仏の寛容性に驚いたろうか。あるいは、信仰の域に達していない未開の精霊崇拝の類いだと侮蔑したかもしれない。同じような出来事は二十世紀にも起きている。

第二次大戦に向かう時代、ナチス支配下のドイツで逮捕された共産党員は、裁判もなく強制収容所に送られて全員が殺害された。ソ連でも「反革命分子」や「帝国主義のスパイ」と決めつけられた人々にたいして、もっと大規模に同じようなことが行われていた。

ドイツやソ連から学んだ警察国家だったのに、戦前日本に超法規的な強制施設としての強制収容所は存在していない。共産党は禁止され党員は残らず逮捕されたが、キリシタンの場合と同じで転向を表明すれば赦された。対立者を殲滅するヨーロッパ型の権力と、這いつくばることを強要して晒しものにする日本型の権力。いったい、どちらが真に抑圧的なのか。黙って話を聞いていた若者が、横から口を出した。

「感じ悪い警官はいまも多いですけど。……市民的不服従や非暴力直接行動には、中途半端な実力行使より勇気と忍耐力が必要だということはわかります。僕たちの運動が、アメリカの公民権運動の非暴力や無抵抗とは比較にならないことも。

学生は国会に突入しろ、なんて無責任に絡んでくる大人も多いんです。警官に暴力を揮われるのは厭（いや）だし、逮捕なんかされるわけにはいかない。怖い目にあわないようにして、それでも国会前で抗議したいという弱虫は、戦争法制に反対する資格はないんでしょうか」

「誰でも自分にできることをやればいいし、そうする人間を非難できる者など存在しえない。全共闘世代の老人たちが国会に突入したいなら、他人に強要するのではなく本人がやるべきだと思うね」

料理の皿が運ばれてきた。祖母はハヤシライス、孫はビーフシチュー、私立探偵にはオムライス。

日は傾いてきたが、木陰でも気温は三十度以上ある。普通なら冷房の効いた店内の席を選んだろう。この暑さでもテラス席にしたのは依頼人の好みなのか。料理の皿が片づけられ食後のコーヒーが届いた。そろそろ雑談は切り上げて本題に入らなければならない。

「ところで飯倉皓一氏の件ですが」

「ええ」

「飯倉氏は一九七二年の十二月二十五日、鳳凰大学のサークル部室で開かれた東アジア史研究会の会合に出席。その直後に姿を消して、今日まで四十三年ものあいだ消息不明のようです。

部会で飯倉氏と顔を合わせたのはサークル仲間の花房宏、三橋恭子、中邑卓真の三人。会外からもカントクと呼ばれる男が参加していたとか。もう一人、会外の若い女性が同席していた可能性もある。花房氏の記憶が曖昧なので、この点は他の二人に確認しなければなりませんが」

鹿島田誠や花房宏の話で明らかになった事実を、無駄な箇所は省いて説明していく。二十分ほどのあいだ、山科三奈子は真剣な表情で報告に耳を傾けていた。

鹿島田誠が東ア研の部室を覗いたこと、部会は午後三時半から九時ごろまで続いたことなどに依頼人は興味を持った様子だ。私立探偵の報告を聞き終えたところで、若者が席を立ってバックパックを背負った。

「僕、そろそろ時間だから」

「気をつけてね」

「大丈夫だって。セクトの学生と違って、警察に捕まるようなことはやらないし」

祖母の言葉を聞き流して、若者はレストランのテラス席を出ていく。後ろ姿を見送ってから依頼人がこちらを見た。

「移りましょうか、この席には長居しすぎたし」

テラス席から冷房の効いた店内の席に移動する。窓際の席だ。それぞれに注文の品が届いたところで、山科三奈子が心配そうに問いかけてくる。

「どうなりますか、この先の調査は」

「明日にも中邑氏と会うつもりです。花房氏と違って中邑氏なら、なにか有益な情報を持っているかもしれない」

「中邑さんと会えるでしょうか」

「今日中に電話で連絡がとれなければ、明日にも自宅まで出向きます」

「中邑さんなら飯倉さんの行方をご存じかしら」

「四十年以上も昔のことで、あまり期待はできないんですが。もしも収穫がなければ、三橋さんの話を聴くため木曽まで遠出します。それで駄目なら調査は袋小路に入ってしまう」

ただし次の手がないというわけではない。鹿島田教授によれば、カントクは馬籠隆太という人物と鳳凰大学のキャンパスで立ち話をしていた。飯倉皓一が失踪する少し前のことだという。

馬籠の実家の住所を調べてもらえないかと、教授には頼んでおいた。古い住所録が発見できたら、巽探偵事務所に連絡してくれる約束だ。馬籠と会えればカントクの正体は判明するだろう。そこから新たな展開も期待できないではない。調査は行き止まりになりかねないと大袈裟にいったのには、少し理由があった。

「困ります。それでも調査は続けていただけませんか」

「飯倉氏が失踪する直前に顔を合わせた三人の誰からも、有益な情報が引きだせないとなると、手の打ちようがなくなる。

　山科さんの目的は、国会前の動画に映っている若い女性を捜すことですよね。難しそうだといわれて調査対象を飯倉氏に切り替えた。どうしても飯倉氏の行方がわからない場合は、調査を動画の女性に戻しては」

　四十年以上も昔の失踪者よりも、半月前の動画に映っている女のほうが、まだしも見つけやすいのではないか。

「でも飛鳥井さんは郁に、デモの人込みで彼女を見つけるのは難しいと」

「個人営業の私立探偵では、何万という群衆から一人を発見するのは困難です。しかし、あの動画以外に調査の対象者をめぐる情報があれば」

「……そういわれましても。年齢も名前も住んでいるところも、なにもわからないんですから」

　もしも住所を知っていれば私立探偵に調査を依頼する必要はない、自分で会いにいけばいい。調査のために把握しておきたいのは、動画の女を依頼人が捜したい理由だ。できれば女と飯倉皓一との関係も。

「どうして動画の女性を捜さなければならないのか、もしも秘密でないなら理由を聞かせていただきたいですね。どうしても会いたいが、行方の知れない友人や知人だとか。もちろん、理由はいえないという場合でも調査はしますが」

「秘密というわけでは……」

「だったら答えてもらえますね」

「信じていただけないような気がして。なにしろ自分でも本当のことだったのかどうか、判断に迷うようなことですから」

「常識はずれの話が、調査の糸口になることもある。山科さんと動画の女性の接点がわかれば、何万人という大群衆から一人の対象者を捜すよりも有効で、成功率の高い調査ができるかもしれない」

どれほど非合理で信じられないようなことでも、調査の成功のためには私立探偵に打ち明ける必要がある。眉根を寄せて黙りこんでいた山科三奈子が、ようやく心を決めた様子で語りはじめた。

「動画に映っている若い女性、学生のころに知っていたジンという娘にそっくりなの。ヘアスタイルは違いますが、顔立ちはよく似ているという程度を超えて本人以外ではないと思えてしまうほど」

そういうこともあるだろう。有名人のそっくりさん写真が、ネットにはいくらでも転がっている。なかには有名人本人が、自分のものと信じかねないほどに酷似した写真も。

神と書いてジンと読む姓は稀にある。娘の姓がジンなのか。男なら仁という名前はさほど珍しくない。仁と書いてヒトシと読む場合も多い。女の名前だと、高校時代に読んだ小説の登場人物くらいしか思いあたらない。

尽きることのない食欲と想像を絶する肥満のため、谷間の共同体で一種のスケープゴートとして遇されている大女が、たしか片仮名表記のジンという名前だった。動画の娘のしなやかな若々しい肉体と、脂肪の房で全身が覆われた大女ジンは少しも似ていないが。依頼人に確認してみる。

「年恰好からして友人自身ということはない」

「彼女も六十は過ぎたはず。わたしと同じでもうお婆さんね」

他人の空似でないとすれば家族かもしれない。動画の女は二十歳前後のようだから、山科三奈子と同じ年頃の友人の娘ではなさそうだ。

「血の繋がりがあるとすれば孫ですかね、それなら年齢的に辻褄があう」

「辻褄があおうがあうまいが、ジンに違いないわ」

「そう信じる理由があるんですね」

本人も自覚しているようだが、依頼人の発言は常識はずれといわざるをえない。二十歳前後だった四十年以上も昔と、少しも外見の変わらない女がいるというのだから。

「あの動画をよく見るとわかるんですが、娘さんの頸と肩のあいだに黒子が三つあるんです。右側の肩胛骨の上あたりに、線で結ぶと小さな三角になるような形の黒子が」

依頼人の説明に思わず頷いていた。なるほど、それでジンなのか。山科三奈子の口から洩れたジンという名前は、ノーベル賞作家の長篇小説に登場する大女ジンではない。演出過剰な舞台の上で自決した作家の、代表作のヒロインの名前にちなんでいる。

その小説は輪廻転生を主題とした四部作で、月光姫というタイ王族の幼女は第三部『暁の寺』に登場し、狂言廻しを務める男に第二部の、さらには第一部の主人公の生まれ変わりだと告げる。美しい娘に成長したジン・ジャンの腋に、第一部の華族青年や第二部の右翼青年と同じ「昴」状の黒子を、狂言廻しの男は壁の穴から覗き見ることになる。

「学生時代の友人にも同じような黒子があった……」

「ええ、しかも同じところに。顔がそっくりで黒子まで同じという偶然の一致なんて、どうして信じられるでしょう。その友だち、わたしはジンと呼んでいましたが、ジン本人の生まれ変わりだと思うほうが自然ではないかしら。とんでもないことを口にしていると自分でも思いますよ。でも……」

「ジン・ジャンのジンなんですね」

「飛鳥井さんも『暁の寺』を読まれたのね」

「十年以上も前に、仕事の関係で遺作の四部作だけ」

雑紙連載はともかく、第一部が単行本として出たのは渡米後のことだ。しかも渡米前に愛読していたのは、ジン・ジャンの作家とは政治的に対立していた大女ジンのほうの作家だった。

多摩ニュータウンで集団失踪した中学生の一人が、この連作を読んで輪廻転生を信じていたという。ノストラダムスによる世界の破滅の予言と仏教的な輪廻転生が、消えた中学生の脳髄でどんな化学反応を起こしたのか。それを知ろうと厚い文庫本を四冊も読んでみたが、最後の頁を閉じても納得のいく解答は得られなかった。

わからないのは山科三奈子が、『暁の寺』のジン・ジャンにちなんだ愛称で友人を呼んでいた理由だ。酷似した女を動画で発見するより前から、三奈子は友人の転生を予見していたことになる。じかに私立探偵の質問に答えることなく、依頼人は深い淵を覗きこむような表情で語りはじめた。

「最初から話しますね、そのほうがわかりやすいと思うので。……はじめてジンと出遇ったのは大学四年の八月、歌舞伎町のジャズ喫茶でした」

「山科さんが大学四年というと、一九七二年ですか」

「ええ、わたしが二十一歳だった夏」

飯倉皓一が失踪する四ヵ月前という計算になる。ジンという娘の登場と飯倉の失踪には、なにか関係があるのか。

「学生時代には横浜の家まで帰るタクシー代がないのに、うっかりして終電に乗り遅れることが。そんなときは先輩から教えられた深夜営業の喫茶店に、始発までいることがよくありました」

そのころの新宿にはカプセルホテルやファミリーレストランや居酒屋のチェーン店など、学生が夜明けまで気楽に時間を潰せるような店はなく、終夜営業の喫茶店だけが例外だった。歌舞伎町にあるモダンジャズ専門の深夜喫茶は、終電を逃した若者たちの避難先になっていた。

新宿中央通りの風月堂にはアングラ文化人や文学青年、アート系学生、ヒッピーなどがたむろしていた。山科三奈子の話に出たジャズ喫茶も似たような連中が集まる店で、モダンジャズファンの同級生に誘われて一、二度入ったことがある。そんな店で夜明かしをすることがあった三奈子は、尖端的な都市風俗になじんだ女子学生だったようだ。

「極端に短いミニスカートの女の子が、わたしの膝(ひざ)にふいに倒れこんできたんです。躰を立てていられないほど酔っているのかと思ったわ」

モダンジャズの轟音(ごうおん)に満ちた店内で、客の多くは陶然として眼を閉じ、神経性の発作のような身振りでリズムを追っている。

娘の髪は『勝手にしやがれ』のジーン・セバーグのようなベリーショート。青いアイシャドーとマスカラを塗った睫(まつげ)の下で、驚くほど大きな眼が三奈子の顔を見上げていた。唇(くちびる)は動いているが音楽がうるさすぎて言葉を聴きとれない。夜明かし中の女子学生は見知らぬ娘の唇に耳を押しあてた。

「あなた、誰」

「三奈子よ」

「ねえ、誰にもいわない」

「いわないわ」

「絶対に」

「絶対よ」

「だったら、あたしの秘密を教えてあげる。ミナコは特別だから」

「なんなの、秘密って」

「あたしね、二十二歳の誕生日に死んで、その年のうちに生まれ変わる。また二十二歳の誕生日に死んで、また生まれ変わる。そうしてこれまで生きてきたし、これからも生きていくの」

「あなた、いくつなの」

「二十一歳」

「誕生日はこれからね」

「十二月よ」

鼓膜を破りそうな大音響に押し潰されながら、たがいに耳元で叫びあうようにして会話は続いた。断片的な言葉をかわしていると、仔猫のように腕に飛びこんできた奇妙な娘の魅力に引きこまれそうになる。

ねだられてビールを奢った。運ばれてきた二本の小瓶を軽く当て乾杯する。エキセントリックな娘の秘密を、もっと知りたいと三奈子は思った。

一九七二年十二月某日に二十二歳で死亡し、その年のうちに生まれ変わるとしよう。次に二十二歳になるのは一九九四年、その次は二〇一六年だ。動画の女が今年の十二月に二十一歳になるとすれば、その年齢に外見は見合っている。

もしも転生したジンが、二〇一五年に十歳以下あるいは三十歳以上だったら話が矛盾する。しかし年齢の点で齟齬はないようだ。依頼人に確認してみる。

「ジンの身元は」

「個人的なことは教えてくれませんでした、住んでいるところも電話番号も。はぐらかして名前もいわないから、ちょうど読んでいた『暁の寺』からジン・ジャン、略してジンと呼ぶことにしたの。ジャンだと男の人みたいだし」

「何者だったんですかね、その娘は」

「美術系の学生だったかもしれませんね。絵の具のような汚れが親指の爪に残っていたことも」

「ジンと話したのは、そのとき一度だけですか」

「いいえ、その年の末までに四回は」

「会いたいときは、どうやって連絡をとったんです」

「始発の少し前にジャズ喫茶を出て別れるとき、尋ねられて自宅の電話番号を教えたの。こちらから連絡はとれませんでしたが、ときどきジンから家に電話が」

　一九七二年八月に山科三奈子は新宿の深夜喫茶で、エキセントリックで魅力的な娘と偶然に出遇った。美大生らしい雰囲気だったというし、その当時よく新宿の街で見かけたアーティスト志願のヒッピー娘かもしれない。

　新しい友人をからかおうとして、ジンは転生をめぐる作り話をした。当時は頭を剃ってオレンジ色の僧衣を着けたアメリカ青年が、新宿西口の地下広場でバグワン・ラジニーシの教えを布教していた。もしも娘がラジニーシ信者やスピリチュアリストの類いだったら、自分の転生を本気で信じていた可能性もある。

ジンの打ち明け話を、山科三奈子が本気で信じたとは思えない。「詳細不明」という記憶の棚に押しこんだまま、長いこと忘れていたのではないか。その棚には女の住所や本名という項目も放りこまれていた。

四十三年が経過して、国会前の抗議集会を撮影した動画に、ジンとそっくりの若い女を発見する。しかも右の肩胛骨の上に、旧友と同じ三角形に散った小さな黒子まである。奇想天外な転生話が脳裏に甦（よみがえ）って、まさかと思いながらも忘れられなくなる。

思い悩んだ末に、父親が懇意にしていた巽俊吉を思いだし、動画の女の調査を巽探偵事務所に依頼することにした。ただし理由は伏せたままで。自分でも信じられない話なのだ、本当のことをいえば仕事を断られるかもしれない……。

ジンをめぐるもろもろは、おおよそのところ呑みこめた。動画の女を発見し他人の空似にすぎないことをはっきりさせれば、依頼人は満足するだろう。しかし話には、まだ空白の部分がある。ジンの調査を断られそうになると、依頼人は人捜しの対象者を飯倉皓一に変えたいと申し出た。対象者を変更した理由がまだ明らかではない。

「飯倉皓一はジンの件に、どんな具合に関係しているんですか。あなたはジンの行方を飯倉氏が知っていると踏んでいるようだが」

一九七二年の十二月に二十二歳の誕生日を迎え、その日に死んで転生するとジンは予告していた。謎めいた娘の誕生日は十二月の何日だったのか。本当に死んだのでないとすれば、どんな形で山科三奈子の前から消えたのか。疑問点を整理していると、依頼人が思いがけないことを口にした。

「東アジア史研究会の最後の部会が開かれたという日に、わたし、隣の部屋まで行ったんですよ」

「それ、どういうことですか」

「十二月二十四日、クリスマスイヴにジンから電話がありました。翌日の午後四時ちょうどに、鳳凰大学のサークル棟前に来てほしいという電話。どこか翳りのあるような口調で、どうしても来てほしいというの」

これまで身元には口を噤んでいたジンだが、どうやら鳳凰大学の学生のようだと山科三奈子は思った。大学祭などで訪れたことがあれば、学外者でもサークル棟の場所くらい知っているかもしれないが。

横浜の自宅から東横線で渋谷に出た。井の頭線に乗り換えて下北沢で下車し、今度は小田急線。最寄り駅で降りて鳳凰大学に向かう。少し早めに大学には着いたが、サークル棟の場所がわからない。閑散としたキャンパスを迷いながら歩いた。

これでは遅れてしまいそうだと心配したが、指定された時刻ちょうどになんとか辿(たど)りつけた。正面玄関前でジンが木枯(こが)らしに吹かれ、いかにも寒そうに震えている。戸外だというのに、白いセーターしか着ていないからだ。

用件を尋ねてみたが答えはなく、急(せ)かされて正面玄関から四階建てのコンクリート建築に入った。冬休み中で、サークル棟は人気(ひとけ)がなくがらんとしている。

あとになって知ったことだが、建物の一階には大小の会議室や休憩室、展示室など。管理室も一階にある。二階、三階、四階は各種のサークル部室。コンクリート敷きの中庭を囲むロの字形の建物に入ると、壁の大きな掲示板が目につく広いエントランスがある。その奥には階段室、階段室の横には階ごとにトイレ。

鳳凰大学も全学ストとバリケード封鎖が解除されてから二年はたつはずだが、サークル棟の壁には何重にも貼られたステッカーや、スローガンの落書きがいたるところに残っていた。機動隊の導入でバリケードが撤去され大学側の規制強化で学生運動が封じこめられた星北大学とは違って、いまでも新左翼系の活動家がたむろしているらしい。

足早に進むジンに先導されて四階まで上った。階段室を出て中庭を見下ろす回廊状の通路を進み、歴史学研究部の前で足を止める。

「ねえ、ジン。わたしをここに連れてくるのが目的だったの」

「いまから歴研の部室に入る、五分したらミナコも入ってきて」

異論は許さないという口調で一方的に告げ、白いセーターの娘は細めにドアを開いて姿を消した。静まり返った室内からは、物音も人の声も聞こえてこない。歴研の部室は無人のようだ。

歴研のドアが施錠されていなくても部屋に誰かいるとは限らない。部員が解錠したあと、一時的に無人になっている可能性もある。ジンに命じられたように五分待って、三奈子はドアを開くことにした。

「それ、何時のことでしたか」

「たしか、四時を十分ほど過ぎていたような」

四十年以上も前のことなのに、依頼人の記憶は細部まで正確すぎるほど正確だ。よほど印象的な出来事だったのか。

「山科さんは物覚えがいいんですね」

「とんでもない、最近は昨日の夕食のメニューも思いだせないほど。鳳凰大学に呼びだされた日の出来事は、忘れないうちに手帳にメモしたんです。あの動画を見たあと、古い手帳を捜しだして細かいところを確認しましたから、時刻などは正確だと思いますが」

その日、歴研の部室は無人で、奥にある東アジア史研究会では部会が開かれていた。花房宏によれば会合がはじまった三時半から三、四十分後に、鹿島田誠が東ア研の部室を覗いた。そのことは鹿島田も話題にしていたが、歴研の部室に部外者が立ち入っていたとは聞いていない。大昔のことで忘れたのか、私立探偵の調査とは無関係だと思ったのか。

　五分のあいだ歴研のドアの前には山科三奈子がいた。鹿島田のあと東ア研のドアを開いた者はいない。部外者に会議を邪魔されないため、鹿島田に覗かれたあと東ア研のドアは内側の錠が下ろされたようだ。

　歴研側から開こうとしてもジンにはドアが開けない。ノックして東ア研の関係者に声をかければ通路にいる三奈子の耳にも届いたろう。

「歴研の部室にいたんですね、ジンは」

「いいえ、中央に大きなテーブルが置かれた広い部屋は無人でした。ジンの姿が見えないので驚いてしまって」

「山科さんは通路側、方角でいえば東側のドアから部屋に入った。突きあたりの西側にもドアがあることに気づきませんでしたか。東ア研に入るドア」

「もちろん気づきました、ドアの横には歴史学研究部とは違う団体名のプレートも下げられていたし」

「しかし歴研の奥の部屋、東ア研の部室を捜そうとはしなかった」

もしも三奈子がドアを叩いていれば、花房は四時十分ごろに訪問者がいたことを証言したろう。鹿島田の場合は記憶していたのだから。

「部屋の外で足音がしたので、テーブルの下に大急ぎで隠れたんです。わたしのような学外者が歴研の部室にいると、不審に思われるに違いありません。冬休みで人気がないのをいいことに、なにか盗もうとして入りこんだなんて思われても困るし」

テーブルの下に潜りこんでいるところを発見されたら、不審人物だと疑われるのは確実なのだが。

「足音は部屋を奥のほうに進んで、突きあたりのドアを開いたようでした。じきに引き返してきて、歴研から出ていきましたが」

足音の主が戻ってこないうちにと三奈子は部室を飛びだし、階段室の前に清涼飲料の自動販売機と並んで置かれた木製のベンチに浅く腰かけた。ベンチからは歴研のドアが眺められる。しばらくしてドアが開かれ、背丈は百八十センチ以上もある大柄な男子学生が姿を見せた。歴研の奥の部屋にいたらしい学生が、階段室のほうに歩いてくる。三奈子はベンチから身を起こし、友人が訪ねていないかと問いかけた。

「部室にはサークル関係者しかいない、なにかの間違いだろうというのが、背の高い学生の返答でした」

「その言葉は事実だと」

「どちらともいえないわ。真面目そうな感じの人で、わざと嘘をついているようには見えなかったし。もしも言葉通りであれば、ジンは歴研の部室で消えてしまったことになる」

階下に用があったわけではなく、トイレが目的だったらしい長身の学生は、じきに階段室の横から出てきた。ベンチの女子学生に軽く会釈し、歴研のドアを開いて姿を消していく。

東ア研を訪ねて、ジンがいないか確認したほうがいいだろうか。来ていないと明言されたのに部室のドアをノックするのは、親切に応対してくれた学生の言葉を信用していないようで気が引ける。あれこれと思い迷っているうちに時間は過ぎ、冬至を過ぎたばかりの空は早くも黄昏れてきた。

歴研の奥の部室では会議でも開かれている様子だが、そろそろ終わるのではないか。参加者が帰るところを見ていれば、長身の学生の言葉が事実かどうかも確認できる。そう考えて三奈子は、中庭を囲んだ回廊の反対側から歴研のドアを見張ることにした。部室から出てきた東ア研の学生と階段室の前で鉢合わせすると、監視していたようで具合が悪い。

「中庭を挟んで歴研の向かい側は放送研究会の部室で、ドアの横に古い丸椅子が置かれていたの。その椅子に坐ると、通路の手摺から目だけ出して歴研のドアを見ることができました」

日が暮れて通路に灯り(あか)が点(とも)っても、東ア研の会議は終わりそうにない。冬休み中だというのに、それぞれのサークル部室に来ていた少数の学生たちも三々五々帰宅していく。吹きさらしの回廊で何時間も監視を続けて、山科三奈子の躰は芯(しん)まで冷えこんできた。

「わたしが言葉をかけた背の高い学生と同じように、階段室横のトイレに行った人は二人いて、そのうちの一人は女子でした。けれどもジンではなかったわ」

十二月の寒風に吹かれていると、全身が凍(こお)りつきそうだ。そろそろ見張るのはやめにして、横浜の家に帰ってしまいたいとも思う。それでもコートの襟を掻きあわせながら、山科三奈子は見張りを続けた。

誕生日に死んで生まれ変わるという、ジンの話を思いだしたからだ。誕生日というのは今日、十二月二十五日だったのではないか。転生者ジンがキリストと同じ日に生まれたのだとすれば。

どんなに凍(ここ)えていても、あの娘の行方をたしかめないで帰宅することなどできない。そんな切迫した気分に、山科三奈子は捉(とら)えられていたようだ。

もう歴研以外には、回廊に電灯の光が洩れている部室はひとつもない。四階だけでなく二階、三階も同じではないか。そして起きたのは予想外の異変だった。

「乱暴に歴研のドアが開かれて、二人の男の人が回廊に走りでてきたんです。見覚えのある背の高い学生とキャメルのコートを着た顎髭の男。二人はもの凄い勢いで階段室に駆けこみ、階段を駆け下りていくようでした」

「それ、何時でしたか」

「正確ではありませんが、八時半くらい」

「それから」

「五分ほどして、今度は三人が歴研から出てきたの。男子が二人に女子が一人。三人とも血相を変えて階段室に飛びこんでいった。やはり階下に向かったよう」

あとを追わないで放送研前に残ったのは、ジンが歴研の部室に残っているはずだからだ。十分ほどして、五人は一列になって歴研に戻ってきた。しばらくして鞄などの荷物を持った三人組が部室から出てくる。少しあとに深緑のダッフルコートを羽織った背の高い学生と、赤革のアタッシェケースを持った顎髭の男も。ダッフルコートの学生ほどではないが、この男も大柄なほうだった。

「そのとき腕時計を見ました、九時五分前でした」

「八時半のとき背の高い学生はコートを着ていなかった」

「ええ、三人組のほうも同じ。もちろん帰るときは、それぞれコートやブルゾンを着ていましたが」

背の高い学生が歴研のドアを施錠し、顎髭と一緒に階段を下りていく。先に部室を出た三人組は花房宏、三橋恭子、中邑卓真で、あとの二人は飯倉皓一とカントクだろう。経営コンサルタントの話ではそうなる。ただし花房は、八時半からの出来事には口を噤んでいた。

出来事の順序を整理すると八時三十分に飯倉とカントク、三十五分に花房たち三人が部室を出て階下に行った。四十五分に五人一緒に戻ってきて、五十五分には全員が部室を出たことになる。

「二人の足音が消えるのを待って、わたしも大急ぎで階段を下りました。あとから知ったんですが、危ないところでした。サークル棟の正面玄関は、午後九時に施錠される決まりだったの」

ドアが施錠されたからには、歴研にも奥の東ア研にも人はいないはずだ。出てきたのは五人で友人の娘は含まれていない。ジンはいったいどこに消えてしまったのか。

長身と顎髭の二人に少し遅れて、三奈子も階段を足早に下った。エントランスには鍵を手にした制服の男が、腕時計で時間を確認しながら待っている。階段室から出てきた三奈子を見て「もう少し早く帰りなさい」と注意しながら、警備員が大きな硝子ドアを押し開けた。

正面玄関を出てあたりを見廻したが、一足先に出た三人の姿はない。建物の角を廻っていく長身の学生と顎髭の男の後ろ姿が、通路を照らす蛍光灯の光に浮かんでいた。目的の建物を探して構内を歩きまわったので、サークル棟の裏手に広大な空間があることは知っていた。二人は駐車場に行こうとしているのか。残り三人の姿はもうどこにも見えない。

エントランスから出てきた警備員が正面玄関の硝子ドアを施錠している。三奈子は二人を追って、歩行者用の小ゲートからコンクリート敷きのがらんとした空間を覗いてみた。百台は収容できそうな駐車場は閑散とした状態で、自動車は十台ほどしか停められていない。

車輛(しゃりょう)用の大ゲートを通って、駐車場から公道に出ていく車があった。車のテールランプが闇に消えていく。駐車していた車で長身と顎髭の二人は大学を離れたのだろうか。依頼人がこちらを見て確認する。

「わたしが歴研の部室にいたとき、通路から聞こえた足音の主は鹿島田さん……」

「ということですね」

花房の話には出てこないが、鹿島田が姿を見せる五分ほど前にジンは歴研の部室に入っている。通路で待っていた山科三奈子が時刻を確認してジンに続いた直後に、鹿島田が歴研に入ってきた。

問題は四時ごろに通路から歴研の部室に入りこんだジンの行方だ。三奈子は五分後に歴研に足を踏み入れたが、すでに部室は無人だった。もしもジンが歴研にいたら、鹿島田も不審に思ったことだろう。とすると可能性は二つで、第一は部室のどこかに隠れていた、奥にある東ア研の部室に入ったというのが第二。

「歴研の部室の物陰（ものかげ）にジンが身を潜めていた可能性は」

「壁を背に本棚や資料棚がぎっしり並んでいて、大人が身を隠せるような場所は見当たりませんでした。テーブルの下は別として」

「ロッカーはどうでしたか。学校や会社で備品としてよく使われている、縦長のスチール製ロッカーなら大人でも潜りこめそうだが」

体格にもよるが、ほっそりした体型の女なら無理なく入れそうだ。しかし三奈子は首を横に振って、そんなロッカーなど歴研の部室では見ていないという。

であれば、歴研の奥にある東ア研の部室に移動したと考えるしかない。しかしその場にいた花房宏は、見知らぬ女が部室に入ってきたとは証言していない。たんに忘れたのか、あるいは意図的に事情を隠そうとしたのか。

一瞬だけ東ア研の部室を覗いた鹿島田によれば、室内には六、七人がいた。花房の話では、部会の参加者は会員の四人にオブザーヴァーが一人、合わせて五人だ。鹿島田の記憶が正確であれば、東ア研の部室にもう一人か二人いたことになる。ジンがいたとしても計算は合うのだが、花房は女の会員外参加者の存在を認めていない。

また八時半ごろに飯倉とカントクが、それから五分ほどして三橋、中邑、花房の三人が血相を変えて部室を飛びだし階段を駆け下り、しばらくして五人一緒に戻ってきたことにも口を噤んでいた。

もちろん山科三奈子の記憶が混乱しているか、本当のことを話していない可能性はある。とはいえ調査を依頼している私立探偵に、そんな嘘をつく理由があるだろうか。この点は中邑卓真や三橋恭子にも確認してみなければならない。

「東ア研の会合が終わり歴研のドアが施錠されて以降も、ジンは室内に残っていた可能性がある」

「たぶん違うでしょうね」

「違うという理由は」

「さきほども申しあげたように、午後九時にサークル棟は閉鎖されます」

「翌朝に開放されてから、ジンが脱出したとすれば」

「無理なんです」

「無理だというのは、歴研のドアが通路側から施錠され、ジンは部室に閉じこめられていたと考えられるからですか。しかし翌日に部員が歴研のドアを解錠したかもしれない」

「二十六日の朝一番で歴研のドアが開かれたとき、わたしはその場に居合わせました」

　十二月二十五日の夜遅く帰宅した三奈子は、体験した不思議な出来事をあれこれと考えてみた。歴研の部室で屍体を発見したわけではないし、ジンが死亡した確証もない。しかし消えたとしか思えないことも事実なのだ。

　死んで生まれ変わるというのだから、普通に死亡するのではないかもしれない。肉体が消滅するという異様な死に方は輪廻転生を重ねる娘にふさわしい。

「もちろん本気でそう考えたわけではありませんよ。でもどうしても気になって、翌朝の早い時刻に横浜の自宅を出ました。東ア研の部室を自分の目で見ておきたかったから」

　サークル棟前に到着したのは、午前九時少し前だったという。部室に用事がある鳳凰大学の学生のような顔で、直後に正面玄関の硝子ドアを開放した警備員と一緒に建物に入った。足を急がせて四階まで上り、階段室から無人の通路に出て、歴史学研究部のドアの前に立つ。見渡しても回廊状の通路に人影はなく、あたりは怖ろしいほどの静寂に満たされていた。

　歴研のドアのノブを廻してみるが開こうとしない。ドアの左右にある曇り硝子の窓も内側から施錠されている。ノックしながらジンを呼んでみても、室内からの反応は皆無だ。

　ドアを叩いていると、階段室のほうから足音が響いてきた。灰色のコートを着た男子学生が通路を歩いてきて、三奈子の顔を不審そうに見る。

「なにか」

「部長の田邊ですが」

「よかった、歴研の方ですね」

　歴研の部長で田邊善之だと自己紹介した学生は、年末年始に自宅で読みたい本を取りに部室まで来たのだという。星北大学の学生証を提示し不審な者ではないと前置きして、山科三奈子は事情を説明しはじめた。必死で頼みこむと、話を聞いて興味を持った様子の学生が部室に招き入れてくれた。

「歴研も東ア研も、その奥にある小部屋も、人が隠れることのできそうな場所は詳しく調べました。でも誰もいないんです」

「第二資料室には外に開いた窓があるとか。その窓は施錠されていましたか」

「駐車場を見下ろす小部屋の窓だけでなく、歴研のドアの左右にある通路側の窓も内錠が下りていることは確認しました。どの窓も、ジンが脱出のために使えたとは思えません。

　部室を案内してくれた田邊部長に外見や話し方の特徴を説明して、背の高い東ア研の部員のことを尋ねてみました。それなら東ア研会長の飯倉皓一に違いない、世田谷代田のアパートに住んでいるが電話で連絡はとれないと」

　通路に通じる歴研のドアの鍵は二つあって、それぞれ歴史学研究部と東アジア史研究会が管理していた。第一の鍵は歴研の部長が、第二は東ア研の飯倉皓一が保管していたわけだ。とはいえ、つねにサークルの代表者が所持していたわけではない。どちらのサークルの場合も部員や会員の手から手に鍵は移動していた。

　十二月二十五日の午後九時から二十六日の午前九時まで、サークル棟の正面玄関は閉鎖されていた。また二十五日の午後九時少し前から翌日の九時少しすぎまで、歴研のドアは鍵がかけられていた。ジンが東ア研あるいは奥の第二資料室にいたとしても、この十二時間は歴研の部室を通って通路に出ることが不可能な状況だった。

　しかも二十六日の午前九時すぎに田邊が解錠したとき、歴研と東ア研の部室、それに第二資料室の小部屋は三室とも完全に無人だった。前夜の午後九時少し前に飯倉皓一が歴研のドアを施錠したとき、すでにジンは消えていたと想定せざるをえない。

　ジンが歴研の部室に閉じこめられていた可能性を、山科三奈子が排除した理由はわかった。とはいえ二十五日に最後まで居残っていたジンが、外部に通じる抜け道を利用して脱出した可能性も皆無とはいえない。歴研の三室を熱心に調べている田邊部長に、三奈子は問いかけてみた。

「午後九時に正面玄関が施錠されるのに、例外はないんですか。部会の時間が延びそうだと警備員に頼んでおけば、もう少し遅くしてくれるとか」

「難しいと思うな、以前と違ってサークル棟の管理は厳しいから。十二月二十九日から一月三日までは年末年始の休みで校門は閉じられ、学生はキャンパスに出入りすることさえ禁じられる。サークル棟に立ち入ることができるのも、年内はあと二日なんだ」

一九六九年までサークル棟は学生が自主管理していた。正面玄関が施錠されることはなく、サークル部室には二十四時間いつでも好きなときに出入りできたという。バリケードが解除されて以降は、大学側の管理が急速に強められた。建物を自主管理していたサークル連合が、新左翼セクトに牛耳(ぎゅうじ)られていたからだ。

新しい管理体制では、警備員が午前九時に正面玄関を解錠し午後九時に施錠する。学生は一日のうち十二時間しかサークル部室を使えない。それぞれの部室の管理は、以前と同じようにそれぞれのサークルに委ねられていた。四六時中開け放しの部室もあれば、使わないときは鍵をかけるサークルもあった。山科三奈子は歴研の部長に確認してみた。

「学生も駐車場を使えるんですか」

「規則では大学当局の許可が必要だけど、空きがあれば勝手に停めてしまう学生もいるようだね」

サークル棟の正面玄関を出て建物を北から西に廻りこむと駐車場で、歩行者用の小ゲートがある。反対側には公道に面した車輛用の大ゲート。通勤に車を利用している教職員は、公道から大ゲートで駐車場に進入して車を置き、小ゲートからキャンパスに入るのが通例だという。昨夜の自動車には、やはり飯倉皓一と顎髭の男が乗っていたのではないか。歴研部長の説明を聞いて、そう山科三奈子は思った。

調査を進めるためにも、田邊善之から当日の詳しい話を聞きたいものだ。鹿島田教授なら、歴史学研究部の後輩にあたる田邊善之の居所がわかるのではないか。しかし田邊証言を得るまでは、密室からの人間消失の謎は棚上げにしよう。データが不充分なままあれこれ考えてみても、真相に辿りつけるとは思えない。

「その日からジンとは、一度も会っていないんですね」

「ええ。ジンからの電話は十二月二十四日の夜が最後で、こちらからは連絡のしようがないし」

ジンが消えたときの事情を詳しく知りたい。そう思った山科三奈子は、年が明けてから歴研の部長に電話して、飯倉皓一と連絡をとるにはどうしたらいいかと訊いてみた。アパートにも帰っていないようだし、飯倉の居所はわからない。東ア研のメンバーも必死で捜しているらしいというのが、田邊の返答だった。けっきょく飯倉とは二度と会えなかった。

「だからなんです、飯倉さんを捜すよう頼んだのは。ジンの誕生日は十二月二十五日だったのかもしれない。馬鹿馬鹿しいと思いながらも、あの娘の話を忘れることはできませんでした」

ジンが消えた直後に、あるいは同じ日に飯倉は失踪している。この符合は偶然だろうか。飯倉皓一ならジンの行方を知っているかもしれない。だから私立探偵に、ジンの代わりに飯倉の捜索を依頼することにしたのだという。

「飯倉さんが四十三年前に失踪して、そのままだったとは思いもしませんでした。警察の目を逃れるため、あるいはセクトを離れるために学生活動家が一時的に消息を絶つのは、それほど珍しいことではなかったようだし。飯倉さんが大学や下宿から姿を消しても、しばらくすれば戻ってくるのだろうと」

山科三奈子がジンや飯倉皓一を捜したい理由も、一応のところは理解できた。とはいえ、有力な線が新たに見出（みいだ）されたともいえない。歴研の部長だった田邊なら東ア研会長の飯倉が失踪した理由について、なにか考えがあるかもしれない。

山科三奈子が本当に知りたいのは、転生したジンが七月十五日の夜に国会前にいたかどうかだろう。そうでないと三奈子に納得させることができれば、間接的ながら依頼には応えたといえる。

一般論や常識で超常現象を否定しても無駄だ。輪廻転生など現実にあるわけがないという程度のことなら、依頼人は幾度となく自分にいい聞かせたに違いない。それでも酷似した顔と特徴的な黒子の一致という経験的な事実を、偶然として片づける気にはなれない。

真相を知るには動画の女と会って、じかに話を聞いてみるしかない。だから人捜しのプロに仕事を頼んでみようと思った。

動画の女を発見できなくても、彼女が転生したジンでないことを証明できればいい。それをめざしたほうが、四十三年前の失踪者を発見するよりも早そうだ。とはいえ依頼人の妄想的な疑念を解消するのが目的なら、私立探偵より精神科の医師や心理療法家のほうが適任のような気もする。

はじめた調査を途中で放りだすのも業腹だし、とりあえずは中邑卓真から話を訊いてみよう。花房宏とも、もう一度会ったほうがいい。携帯番号は聞きだしたから、いつでも連絡できる。暮れてきた空を窓から見上げて依頼人に声をかけた。

「今日のところは、この辺で」

「中邑さんや三橋さんと会ったら、飯倉さんから連絡がなかったか訊いてくださいね」

「もちろん確認します、結果はお知らせしますよ」

わざわざ来ていただいたのだから、勘定は持ちたいと山科三奈子がいう。レジの前で品のよい女性と、伝票を奪いあうのは遠慮したい。経費として請求してもかまわない支出だし、オムライスとコーヒー二杯分の支払いは依頼人に任せることにした。

仕事の関係で香港人の会食に招待されたことがある。食事のあと会食の参加者たちは、伝票を盛大に争奪しはじめた。はじめから支払う人間は決まっているのだが、全員で争奪戦を演じるのが中国人の礼儀のようだ。

日本で相手の分や全員の分まで支払うべき立場の者は、争奪戦の手間を省くため、会食が終わる前にさりげなく伝票を手にしてしまう。名刺交換の作法と同じことで、アメリカで職業生活をはじめた人間は、こうした日本の習慣になじめない。私立探偵のような自営業者はそれでも困らないし、慣れないまま職業生活を終えることになりそうだ。

5

　多摩丘陵に造成された巨大住宅団地の朝の光景が、ジムニーシエラの車窓を通りすぎていく。午前とはいえ通勤通学の時刻は過ぎているから、坂道の多い街路は閑散としている。

　コールドシリアルとコーヒーだけの朝食を終え、車で巽探偵事務所を出た。目印の聖ケ丘(ひじりがおか)図書館までは問題なく辿りつけたが、そこから先は番地を頼りに目的地を探すことになる。個人住宅の玄関先まで案内してくれるほどには、カーナビも親切ではないからだ。

　昨夜も今朝も電話してみたが、留守電状態が続いていて中邑卓真は電話口に出てこない。家族で旅行中とも考えられるが、とにかく自宅を訪問することにした。隣人に事情を訊いてみれば、電話に出ようとしない理由もわかるだろう。

　四年前に定年退職したはずだが参考のためにと前置きして、中邑の勤め先の電話番号も花房は教えてくれた。さほど期待しないで町田(まちだ)の高校にも電話してみた。しかしコール音が響くばかりで、受話器を取る者は誰もいない。夏休みでも当直の教員は職員室にいるはずだが、時刻は午前八時すぎだし、まだ誰も出勤していないのかもしれない。

飯倉の失踪後に東アジア史研究会に残ったのは、花房宏と中邑卓真と三橋恭子の三人だった。中邑と三橋は断続的ながら連絡があったようで、花房に息子の仕事を頼みに来たとき中邑は三橋の近況を口にしていたという。

「木曽にある天啓教の施設」という花房情報をもとに、インターネットで昨夜のうちに検索し、三橋恭子が潜んでいそうな教団施設の所在は確認しておいた。都下在住の中邑と面談しても飯倉の行方をめぐる有益な情報が得られなければ、三橋と会うために長野まで出向かなければならない。

できるだけ早い時刻に中邑家を訪問することにした。電話に出ないだけで家にいるのか。その場合も時間が遅いと外出しかねないから、午前九時少し前には巽ビルの地下駐車場に降りてジムニーシエラに乗りこんだ。

フォードの高級SUVは巽老人に返却したが、車は私立探偵にとって業務の必需品だ。白州の山小屋に通うには四駆車が必要だし、懐具合を考慮すれば軽自動車が適当だろう。

とはいえ3・5リッターエンジンのエクスプローラーに馴(な)れた人間には、軽の四駆車で起伏の多い中央道を走るのは面倒だ。上り坂でスピードが落ちた大型トラックを追い越すようなときも、加速力が充分でないため延々と併走しなければならない。

さまざまな車種を比較検討した上で、ジムニーシエラを購入することに決めた。軽のジムニーと外見は変わらないがエンジンは1・3リッターある。パワー不足に悩まされることなく、高速自動車道を常識的なスピードで巡航できそうだ。

多摩ニュータウンの聖ヶ丘地区を、番地を確認しながら低速で流していく。午前中から真夏日で、午後の最高気温は三十五度に届くのではないか。そうなれば猛暑日だ。まだ十時すぎだというのに、アスファルトの路面は真夏の日光に焦がされている。

十年以上も前になるが、多摩地方の巨大住宅団地には調査の仕事で幾度か足を運んだことがある。一九九九年に世界が破滅するという、ノストラダムスの大予言を信じた中学生が集団で家出した。書き置きを読んで動転した母親の一人が息子捜しを依頼してきたのだ。ただし、集団失踪事件が起きたのは多摩ニュータウン西端の小山ヶ丘(おやまがおか)で、北側の東寄りに位置する聖ヶ丘とは京王相模原線(けいおうさがみはら)で四駅分も離れている。

真新しい住宅のあいだに空き地が点在する新興の小山ヶ丘地区とは違って、聖ヶ丘に建ち並ぶ家々はどれも古色を帯びている。宅地として分譲された時期が違うのだ。同じ多摩ニュータウンでも、聖ヶ丘地区は開発されてから三十年以上が経過している。

　多少は古びた印象があるとしても廃屋が軒を連ねているわけではない。多摩ニュータウンの人口減と高齢化、空き家の大量発生、スーパーマーケットの撤退などゴーストタウン化がテーマのドキュメンタリー番組が放映されていた。しかし宅地開発から三十年はたっている聖ヶ丘地区でも、街路に通行人が絶無というわけではないし、家の前で幼児を遊ばせる若い母親も目に入る。

　高校を卒業してじきに遠縁を頼って渡米したから、多摩ニュータウンをめぐる少年時代の記憶は少ない。多摩丘陵の農地や山林を潰して大規模な住宅地が造成されている。こんな話を、どこかで耳にした覚えがある程度だ。

　とはいえ多摩ニュータウンの歴史にはわずかながら知識がある。事件の背景を知ろうとして、中学生の集団失踪の際に図書館で少し調べたのだ。少年たちが信じこんだポップオカルティズムとニュータウンという没歴史的な居住環境は、地下茎で繋がっているように思われた。

　そのときの記憶によれば、多摩ニュータウン計画は一九六三年に遡(さかのぼ)る。六六年にはニュータウン事業が正式決定され、用地の買収と造成工事が開始される。最初の入居は一九七一年、聖蹟桜ヶ丘(せいせきさくらがおか)に近い諏訪(すわ)・永山(ながやま)地区だった。七四年までに八千戸以上の住宅が供給され、人口は早くも三万人を超えた。

一九六〇年代の高度経済成長は東京への急激な人口集中、地価高騰、深刻な住宅不足を生じさせた。その解消のために多摩ニュータウン計画が立案されたが、一九七三年の第一次オイルショックで高度経済成長は終息する。

第二次大戦後の高度経済成長もオイルショックによる経済危機と長期不況の到来も、米欧日の西側先進諸国に共通する出来事だった。スタグフレーションと失業率の高止まりに苦しむ欧米諸国を尻目に、日本のみが原油価格の高騰による経済危機を乗り切って安定成長に着地していく。

一九八〇年代後半には未曽有のバブル的繁栄が到来する。「ジャパン・アズ・ナンバーワン」のかけ声のもと、太平洋戦争敗北の屈辱を帳消しにする日米経済戦争の勝利に日本人は沸いた。

六〇年代末から八〇年代末までアメリカで暮らしていたから、オイルショック後の安定成長は体験していない。帰国したのはバブルの最盛期だった。日本車の洪水で廃墟と化したデトロイトほどではないが、失業者で溢れるロサンジェルスの街も灰色の塵埃で汚れていた。

大量の紙幣が乱舞する金ぴか時代の日本は、アメリカ帰りの風来坊を居心地の悪い気分にさせた。こんな国では暮らしていけない、帰国は間違いだったと思いはじめたころのことだ、限界まで膨張したバブルが破裂したのは。日本は底なしの構造不況と慢性的なデフレの「失われた二十年」に突入していく。

世紀の変わり目と現在とで、この国はＧＤＰも物価もほとんど変化がない。アメリカの金融機関の仕事を請け負っている関係で、年に一度はロサンジェルスまで出向かなければならないのだが、世紀が変わるころまで東京とアメリカの大都市とで、さほど物価に違いはない印象だった。

しかし二十一世紀に入ると、ロスとの比較で東京の物価は徐々に下がりはじめ、いまでは三分の二以下、場合によっては半分に近い感じだ。

このところの円安傾向も円の購買力低下に関係しているが、基本的な原因は経済規模の差が急拡大している点にある。日本の経済成長が足踏みしているあいだに、アメリカのＧＤＰは二倍に増えた。一九九〇年代まで日本の約二倍だったアメリカのＧＤＰは、いまや四倍以上だ。

日本経済の将来を気に病むような立場ではないが、ビジネス関係の調査をしていると、日本の失速の著しさに気づかないではいられない。しかし外から日本を見ないでいれば、とくに問題は感じないだろう。

二十年前と一人あたりＧＤＰの数値が変わらず、収入は少しも増えていない。多くの場合は減ってさえいる。しかし物価も上がらない、むしろデフレで下落しているわけだから、かつてと同程度の生活水準は維持できる。

日本人が円の購買力低下という現実に愕然とするのは、旅行でニューヨークやロンドンやパリに滞在するときだ。これらの世界都市ではホテルもレストランも、日本と違って価格が二十年前の倍以上になっている。

しかし、二十年前の生活水準が維持されていると実感できるのは、大企業の正社員や公務員など日本人の半分程度ではないか。年齢的には、普通に暮らせる程度の年金を受給している高齢者から中年の正社員まで。

若年層では、非正規の職にしか就けない不安定労働者が多くを占める。成長の停滞による経済的苦境は日本人のもう半分に皺よせがきて、母子家庭や貧困化する若者と老人などが最下層をなしている。

九割までが中流だと感じていた日本社会は、すでに失われてひさしい。いまや日本は、富裕層と貧困層のあいだに深淵が口を開いた階級社会なのだ。アメリカから帰国して四半世紀ほど、中流社会が崩壊し新型の階級社会ができあがるまでの過程を、都会の底を這いまわりながら注視してきた。その気になれば社会観察の材料に事欠かない職業なのだ、私立探偵というのは。

一九七三年の第一次オイルショックが、アメリカでは中流崩壊と社会分裂の出発点となる。しかし日本では事情が違った。

高度経済成長による首都圏の住宅不足に対応するため立案された多摩ニュータウン

計画だったが、日本経済が安定成長に着地したのと相即的に、オイルショック後も計画を変更しながら拡大し続けた。安価な住宅の大量供給を第一義とした当初のプランはなし崩し的に変更され、豊かな緑地に囲まれた田園都市の建設が新たな目標となる。

広大な多摩ニュータウンの地区それぞれに、異なる時代性が刻印されている。高度成長末期、オイルショック以降、バブル時代、「失われた二十年」という具合に。

もしも高齢化や人口減少やゴーストタウン化が目立つとすれば、一九七〇年代に造成された最初期の地区ではないか。聖ヶ丘はそうでもないが、なかには老朽化し荒廃した街区もあるのだろう。

一九七〇年代半ばに四十歳で家を建てた夫婦であれば、そろそろ八十歳になる計算だ。高層集合住宅はもちろん、一戸建ての場合も多くは三世代同居を前提とした設計ではない。学業を終え就職して以降も親元に留まっていた子のほとんどが、結婚を機に家を出たろう。

同じ時期に分譲された地区では、平均寿命を超えそうな老夫婦が老朽化した住宅に住んでいることも多い。両親が死亡したり、あるいは介護が必要になれば、子供たちは生まれ育った家に戻ってくるだろうか。

いずれにしても、あのドキュメンタリー番組が多摩ニュータウンの一部に見られる傾向を、意図的に拡大していた事実は否定できそうにない。

たとえば一九九〇年代の末に分譲された小山ヶ丘地区の家々が、早くも老朽化しているとはいえない。テレヴィというメディアに宿命的なセンセーショナリズムが、ドキュメンタリー番組の演出意図を歪めたのか。しかし、それだけではないような気もする。

少なくとも番組の制作者は、リアルの追求を旨としていたのではないか。斜めに投げ上げられたボールが放物線の頂点を越えて落下しはじめるように、日本社会は不可逆的な下降の局面に入った。

これは誰にも否定できない現実だろう。高度経済成長を背景として計画された多摩ニュータウンもまた、放物線を下降するような日本社会のリアルを反映し、急激にゴーストタウン化しているに違いない。

だから制作者は企画の趣旨に適合するような光景のみを重点的に撮影し、そんな映像が際立つようなナレーションを重ねた。いまや廃墟に変貌（へんぼう）しつつあるニュータウンこそ、二十一世紀日本の縮図である。この悲惨な現実を直視しなければならないと、視聴者に訴えようとして。

日本社会の半世紀と巨大住宅団地の運命をめぐる思考の断片を頭の隅に押しやり、路上駐車したジムニーシエラのドアを開いた。車を降りた瞬間、猛烈な暑気に全身が包まれる。

ゆるい坂道の左右に、同じような外観の家が建ち並んでいる。経済大国を支えていた中流家庭の夢が凝縮されたマイホームだが、そろそろ築後三十年というところで全体に少しくすんだ印象がある。

窓や玄関扉はアルミ製、屋根は洋瓦（ようがわら）がほとんどだ。外壁は耐火ボードの吹きつけ塗装、屋内も和室以外は合板のフローリングだろう。こうした仕様が一般化したのは一九七〇年代のことだ。六〇年代に建てられた住宅は、左官屋が塗りあげる土壁や自然木の床板が普通だったように思う。

探していた家は褪（あ）せたオレンジ色の屋根瓦の二階建てだった。坂道に面して左右の高さが少し違う短い階段がある。

階段の上に大人の胸までの門扉。ブロック塀に繋がる右の門柱には郵便受け、左側には陶製の表札が埋めこまれている。表札には『中邑卓真　淑子（としこ）　崇司（たかし）』とある。淑子は中邑の妻、崇司は息子だろう。

雑草の茂る小さな庭をブロック塀越しに覗きこんだ。プラスティック製のデッキチェアや傾いたテーブルが土埃にまみれている。

一階も二階も、ほとんどの窓がトタン張りの雨戸で閉じられている。雨戸で覆われていないのは、キッチンや浴室やトイレなどの小窓だろう。

この程度の敷地だと、ガレージを建てるには庭を潰さなければならない。小さな庭があるのは、中邑家が自家用車を所有したことがないからだ。でなければ近所に駐車場を借りているのか。

額の汗を拭って街路に面した二階の窓を見上げた。ひっそりと静まり返って、中邑家には人の気配が感じられない。住人は旅行中なのか。息子のことで中邑卓真が花房宏を訪ねてきたのは何年も前のことだ。当時は聖ヶ丘に住んでいたが、もう引っ越したという可能性もある。

赤錆が浮いた鉄柵状の門扉は、隙間から手を突っこめば内錠をはずせる。門柱の裏側の郵便受けを覗いてみるが、新聞も郵便物も入っていないようだ。

家の外壁に設置された電気メーターに注意すると、薄い円盤がかすかに動いていた。住人は不在のようだが、冷蔵庫などの機器は電力を消費している。固定電話も通じてはいるし、完全に見棄てられた家というわけではない。

玄関扉の横のボタンを押してみる。家のなかでチャイムが鳴っているようだ。しばらく待ってもう一度、さらにもう一度。しかし返事はない、玄関扉も開かれる様子がない。

鉄柵門から出て街路を横断し、斜向かいの家に向かった。外観も築後の歳月も似たような住宅で、中邑家と違うのは小さなガレージに車が置かれている点、門柱が御影石という点くらいだ。車はシルバーのプリウスで、表札には『柴田道郎』とある。

門を入って、玄関前でインタホンのボタンを押してみる。ほんの少しあと、警戒心を滲ませた女の声が聞こえてきた。

「どちらさまでしょうか」

インタホンで返答したのは、中邑家を窺う不審そうな男を窓のカーテン越しに注視していた人物に違いない。

「高校で中邑さんの同僚だった者です」

大学で教員免許を取得した中邑卓真は、長いこと都立高校で化学を教えていたようだ。それ以上のことは花房も知らない様子だったが、中邑家の隣人に身分の詐称を見抜かれることはないだろう。

「お待ちください」

じきに玄関扉が開かれて、六十代と思われる痩せた女が姿を見せた。柴田家の主婦に違いない。髪を薄紫に染めて、スキニーのジーンズに生成りのカットソー。団塊世代の女は、いくら年を重ねても若い者と同じような恰好をしている。

「中邑さんと同じ学校の先生なんですね」

好奇心を抑えられない表情で問いかけてくる。軽く頷きながら応じた。

「ええ。定年で退職したのは中邑さんよりも少し先でしたが」

「お向かいのご主人が学校をやめられて、もう三年、いいえ四年になるかしら。でも、中邑さんより年上には見えませんね」

主婦が不審そうに呟いた。他人のことはいえない、こちらもチノパンツにニットシャツという軽装なのだ。私立探偵という仕事をしているからか、実際の歳よりも若く見られることが多い。法律上の老人になっても相変わらず貧乏暇なしで、歳をとる余裕などないということなのか。

中邑より年長であることを明らかにしたのが、かえって裏目に出たようだ。真実を語ったのに、これでは身分の詐称を疑われかねない。年齢の話題は早めに打ち切ることにした。

「近くまで来たので寄ることにしたんです。何年かぶりに中邑さんの顔を見たいと思ったんですが、残念ながら留守のようだ。家族で旅行にでも出かけたんでしょうか」

「旅行ではないと思いますよ」

「夏だというのに、昼間から雨戸を閉めているし」

「二年ほど前から、夏も冬も閉めきりの状態です」

「家にいてもですか」

「ええ、いまもいるはずだわ」

狐顔の主婦が不可解なことを口にする。家族全員で自宅に閉じこもっているとでもいうのか。

「どういうことなんでしょうか。家にいるのに、来客があっても出てこないというのは」

「わかりません、わたしにも。奥さまが亡くなるまでは、お向かいとも行き来はあったんですが」

「いまでは近所づきあいもない……」

「奥さまが病気で亡くなられてから、もう十年を過ぎたかしら。中越地震の年でしたから」

主婦同士の行き来は普通にあったが、中邑家の夫や成長した息子は顔がわかる程度でしかない。中邑夫人が死んでからは斜向かいの家とも疎遠になったようだ。女が話の方向を変える。

「でも崇司さん、お母さんのお葬式にも顔を見せなくて」

「母親が亡くなったとき、息子さんは大学生でしたか」

当て推量を口にしてみる。父親の年から計算すれば息子の年齢はそんなところだろう。しかし的はずれのようで、柴田家の主婦が首を横に振った。

「中邑さんのご主人、職場ではそんなふうに話していたんですね」

「違うんですか」

職場の同僚だという嘘が見抜かれては具合がよくない。しかし来訪者の言葉の齟齬に注意を向けることもなく、女は心得顔で続けた。

「うちの娘と同じだから、そのとき崇司さんは二十歳かしら。でも大学に進学してはいませんでした。高校を途中でやめて家に引きこもってしまったの。なにをしているのか、二階の自室から出てこないようでした」

母親が早く死んだのは息子に苦労をかけられたからだ。こうした非難の目に晒されたくなくて、成人したばかりの崇司は葬式に出ることを拒んだのだろうか。

かなり前のことだが、引きこもり息子をなんとかしてほしいと両親から頼みこまれた。家庭内暴力で家は柱と壁しか残っていないような状態だし、このままでは金属バットを振りまわす息子に親は殺されてしまいそうだ。でなければ親が子を殺すしかないと、憔悴(しょうすい)した表情で父親はいう。

放置できないほど深刻な事態のようだが、引きこもり問題の解決は私立探偵の仕事ではない。その道の専門家を紹介してもらうようにと、面識のある心理療法家の連絡先を教えると、しばらくして鷺沼晶子が事務所に訪ねてきた。

この件を自分で担当することにした心理療法家は、親に対処法を助言したという。これからも暴力行為を続けるようなら、両親は息子と距離を置かなければならない。このようにきちんと伝えてもＤＶが収まらないようなら、息子の生活費を第三者に委託して両親は家を出ること。

親類など適当な第三者のあてがない様子なので、息子の生活費は巽探偵事務所で管理しろと心理療法家はいう。こちらが話を持ちこんだという経緯もあり、面倒だが鷺沼晶子の指示に従うことにした。

「そんなことがあったんですか。中邑さん、同じ高校に勤めるようになったのは、奥さんを亡くされたあとのことですから。中邑さん、家の近所ではどんな様子でしたか」

九年前から五年前までの四年間ほど、中邑卓真とは町田の都立高校で一緒だったことにしよう。この線で話の辻褄を合わせること。

「勤めに出ているあいだはよく見かけましたよ。でも以前にも増して陰気な表情だし、話しかけても迷惑そうな様子で、そのうち顔を合わせても会釈するくらいに。ですから、ご主人とはもう何年も言葉を交わしていません」

「どんな具合ですか、高校を退職してからは」

「週に一、二度は近所のスーパーまで買い物に出ているようでした」

「中邑さん一人で」

「息子さんの姿を最後に見たのは十五年も前のことです」

かつて多少のかかわりを持ったのは、引きこもり歴七年の青年だった。斜向かいの家の主婦にさえ十五年も目撃されていない中邑崇司は、筋金入りというしかない。柴田家の主婦が思いだしたように続ける。

「もっとも娘と主人は、崇司さんを見かけたことがあるとか」

「いつのことですか」

「娘は四、五年も前かしら。高校生のときから顔を合わせていないので人違いかもしれないけれど、背広を着てサラリーマンのような外見の崇司さんを、聖蹟桜ヶ丘の駅で見たような気がすると」

花房宏の紹介で派遣会社の仕事に出たときのことだろう。定年で退職した父親が家にいるようになって、中邑家の状態も大きく変化した。父親の希望か息子の意思か、あるいは双方が一致した結果なのか、崇司は引きこもり生活からの脱却と社会復帰を一応にしても試みた。ほんの数日で挫折したにしても。

柴田家の父親と娘は違う時期、違う場所で中邑崇司を見かけたようだ。とすると父親のほうは、いつどこで目撃したのか。話を進めるため問いかける。

「ご主人のほうは」

「先月の末でした。車で出かけていた夫が早朝、まだ暗いうちに帰宅したんですが、そのときに中邑さんの玄関先で……」

大きな包みを抱えた男が、柴田道郎の運転するプリウスのライトに浮かんだという。パーカのフードで顔はよく見えないが、背丈からして隣家の主人ではないようだ。あるいは息子の崇司だろうか。抱えている包みは膨れたゴミ袋だったかもしれない。

　ふいにライトで照らされた男は、慌てたように身を翻して暗がりに潜んだ。柴田がプリウスのエンジンを切って家に入るまで、向かいの家から出てきたとおぼしい男が姿を見せることはなかった。

「ゴミを棄てるところも見られたくないのか、以前から中邑さん、夜が明ける前に集積場まで運んでいるようでした。ご主人がゴミ棄てをしているのかと思っていたんですけど、どうやら息子さんが処分しているようね」

　自室に引きこもっている息子が、父親と家事の分担をするものだろうか。その日だけ、たまたま崇司がゴミを棄てに家を出たのかもしれない。

　妻を亡くした中邑卓真が人嫌いになったとしても、自宅とゴミ集積場を往復する姿まで隣人に見られたくないというのは、いささか度が過ぎている。中邑家でゴミの処分を担当しているのは、やはり息子のほうなのか。

「雨戸まで閉めきりにしたのは、二年前からでしたか」

「一昨年の春先かしら。同じころから、買い物のレジ袋を提げている中邑さんの姿も見かけなくなりました」

「買い物もしないで、どうやって暮らしているんですかね。ご近所に挨拶しないで引っ越したということは」

中邑家の前で目撃された人影は、中邑家とは無関係な人物だったとも考えられる。もう住んでいないとすれば、ゴミを処分する姿が目撃されていないのも当然のことだ。冷蔵庫などを止めないまま親子で家を棄てた可能性はないのか、ここで確認しておかなければ。しかし柴田家の主婦は、とんでもないという表情だった。

「もちろん、いまでもお住まいですよ」

「生活音がするとか」

「気になるほどの物音は聞こえません」

「以前からですか」

主婦が軽く頷いた。中邑家の引きこもり息子の家庭内暴力に、柴田家が悩まされたことはないようだ。大の男が家のなかで大暴れすれば、近所に気づかれないわけにはいかない。

「引っ越していないのはたしかです、週に一度は宅配便が来ますし。食料品や雑貨も家まで配達させているんでしょうね」

生鮮食料品もネット通販で入手できる。宅配サーヴィスをはじめたスーパーマーケットもあるし、家から一歩も出なくても暮らしてはいける。都立高校の教員という経歴なら年金は公立学校共済組合から銀行口座に振り込まれるはずで、通販の決済にはクレジットカードを使っているのだろう。

斜向かいの家の主婦から聞きだした、中邑卓真にかんする情報を頭のなかで簡単に整理してみる。十五年前に息子が高校を中退し家に引きこもった。妻が十年ほど前に病死したが、息子は葬式にも顔を出していない。妻を亡くしてからは、隣人に道で言葉をかけられても不機嫌そうに黙りこんでいた。

四年前に定年退職。二年前からは日中も雨戸を閉めきりにして、ゴミ出しの際も人目を避けるようになる。買い物にも出かけないで、生活必需品は宅配便で届けさせているようだ。

この六月には中邑家の玄関前で、息子らしい人影が目撃されている。ただし、中邑崇司本人という確証があるわけではない。

引きこもりの息子を抱えた退職教員が人嫌いで、近所づきあいを避けているという程度なら問題ないが、二年前からの中邑家の状態は常識はずれといわざるをえない。とはいえ柴田家を含めて近隣住民が不審に感じても、手の打ちようがないのだろう。犯罪が起きたという疑惑があるわけではない。迷惑をかけられているともいえないし、役所や警察に届けても動いてくれるとは思えない。

……さて、どうしたものか。

失踪した飯倉皓一を捜しだすには、最後に顔を合わせたという中邑卓真や三橋恭子から話を訊いてみなければならない。しかし中邑は電話に出ないし、自宅を訪ねても顔を見せようともしない。無断で押しこんだりすると住居侵入の罪に問われかねない。

宅配便のため玄関扉が開かれた隙に踏みこむのが、ぎりぎりのところだ。それでも不退去の罪に問われる可能性はある。リスクを上廻る成果が確実であればともかく、まだ違法行為に踏みこむような段階ではない。頭を切り替えて尋ねてみた。

「お嬢さんは、もしかして中邑さんの息子さんと同じ学校では」

「舞子なら、高校のときは崇司さんと同じクラスでしたが」

「崇司君が高校を中退した理由、なにか話していませんでしたか」

「わたしも訊いてみたんですよ、でも、口を濁して話そうとしませんでした。イジメのようなことでもあったんでしょうかね」

親に問われるまま、学校で起きたことを一から十まで喋ってしまう高校生は多くないだろう。男子なら当然だし、母と心理的な距離を置きたいタイプの女子も少なくないはずだ。

「息子さんだけでなく、中邑さんの姿も二年前から見かけていないんですよね。どうしているのか心配ですが、玄関でチャイムを鳴らしても姿を見せないし、かといって無断で家に立ち入るわけにもいきません。

　ご迷惑でなければ、お嬢さんから話を伺いたいんですが。いままでも崇司君と連絡のある、高校時代の友人がいる可能性など、参考になるようなことをご存じかもしれませんし」

「いまは会社ですが」

「夜に、こちらに電話してもかまいませんか」

「それなら八時、いいえ九時のほうが確実かしら」

「では、今夜九時に電話します」

　柴田家の電話番号をメモしてから車に戻った。直射日光に晒されていたジムニーシエラの車内には猛烈な熱気が淀んでいる。

　エンジンをかけるとエアコンが動きはじめた。換気のためドアを左右とも大きく開き、エアコンの送風を最強まで上げる。少し間をおいてから車に乗りこんだ。

6

昨日の朝も早かったが今朝はもっと早い。午前八時に車で事務所を出発し、四谷四丁目交差点から新宿御苑トンネルで甲州街道に入った。初台入り口で首都高速に乗って西に向かうと、じきに東京スタジアムが見えてくる。

巽探偵事務所で仕事をはじめて間もないころ、依頼人の女性を助手席に乗せて中央自動車道を走った。そのときのことだ、『中央フリーウェイ』という歌があると教えられたのは。依頼人が若いころに流行っていたという。

中央道を「フリーウェイ」というのは間違いだと、依頼人に教えた覚えがある。フリーウェイの「フリー」は無料という意味なのに、中央道を走るには料金が必要だから。

それから何年かして、たまたま巽俊吉とフリーウェイ談議になった。二十年もアメリカで暮らしていた風来坊より、旅行の経験しかない老人のほうがアメリカ英語に詳しい。

巽老人によれば、自動車専用の高速道すなわちエクスプレスウェイは、信号などによる運転者への指示や交通の規制がないためフリーウェイとも称される。ようするにフリーウェイの「フリー」は料金からの「自由」でなく、信号などによる交通規制からの「自由」を意味する。

フリーウェイの「フリー」の意味を思い違えていたのは、ロスで英語を覚えたからだろう。カリフォルニア州のように自動車専用の高速道が原則として無料である地方では、フリーウェイの「フリー」を無料の意味だと思いこんでいる無教養な連中が少なくない。アメリカ帰りから一本とって上機嫌な老人は、こう嬉しそうに説教していた。

巽俊吉に山小屋の管理を頼まれているから、中央道で白州に行くことが年に数回はある。初台から入線して調布にさしかかると東京スタジアムが目に入ってくる。そのたびに、出鱈目を教えてしまった依頼人のことが頭をよぎる。

歌詞にある調布の米軍基地が返還され、跡地に建てられたのが東京スタジアムだ。さらに進むと右側に競馬場が見えてくる。しかし左側を見渡してもビール工場は目に入ってこない。中央道ぞいに建ち並んだ大小のビル群のために、路面からの視界が遮られているのだ。

そのとき依頼人は、同じシンガーソングライターに『卒業写真』という曲もあると教えてくれた。人ごみに流されて「私」は変わってしまったけれど、「あなた」は卒業写真のころのままでいてほしい。「あの頃の生き方を　あなたは忘れないで／あなたは私の　青春そのもの」と口ずさんだあと依頼人は呟いた。

「そんな時代だったのかしら。同じような歌詞は『22才の別れ』にもあるし、お芝居では埜木綏郎にも」

そんな時代とは一九七〇年代ということらしい。当時の和製フォークやニューミュージックのことはよく知らないが、それを裏返したような歌詞の曲はアメリカでも流行った。

イーグルスの『ホテル　カリフォルニア』では、ワインを注文した客に給仕長が「一九六九年からスピリットは置いていない」と応じる。スピリットは酒精であり、また精神でもある。

歌詞にある「一九六九年の精神（スピリット）」は、カリフォルニアを西の中心地とした若者の叛乱（はんらん）やロックムーヴメント、ドラッグカルチャー、ヒッピームーヴメントなどを指している。この年にシカゴで民主党大会警備の警官に殴られ、怪我したことのある妻は、ドン・ヘンリーのボーカルを少し複雑そうな表情で聴いていた。

高熱の炎のような一九六〇年代の精神が七〇年代には燃えつきて、アメリカでも日本でも寒々しい焼け跡に変わっていた。変わってしまったわたしという嘆きと、あなたは変わらないでという祈りは、七〇年代という失意の時代から生じた表裏の声だったのだろう。

三匹の猿をめぐる事件を思い起こせば、一人娘の遺体発見現場に向かう途中に依頼人が、『卒業写真』のことを話題にした理由もわかるような気がする。あの事件にも、六〇年代の大学バリケードは影を落としていた。

三匹の猿をめぐる事件は八〇年代のバブル景気が終わるころに起きたのだが、その時点ですでに、依頼人の周辺には六〇年代から変わらない「あなた」など一人も見当たらなかった。さらに四半世紀が経過し、あの娘捜しの依頼人も還暦を過ぎたはずだ。

炎の時代の数年あとに作られた「あの頃の生き方を　あなたは忘れないで／あなたは私の　青春そのもの」という歌詞を、老いはじめた依頼人はどんな気持ちで聴くのだろう。焼け跡がブルドーザーで整地されコンクリートで固められ、そのコンクリート舗装さえあちこち罅割(ひびわ)れはじめた、この国の大地に立ちつくして。

昨夜は、約束した時刻ちょうどに柴田家に電話した。年齢よりも落ち着いた感じの声で、柴田舞子は慎重に言葉を選びながら質問に答えた。

「町田の高校で中邑さんの同僚だった者ですが、少し教えていただきたいと思いまして」

「お向かいのことなら、わたしより母のほうが詳しいと思います。日中、わたしは勤めに出てしまうので」

「何年か前に駅で、中邑さんの息子さんを見たとか」

「サラリーマンのようなスーツを着ていたし、本当に中邑君だったのか本当のところはよくわからないんです。朝のラッシュアワーで駅も混雑していて、じきに人込みに紛れてしまいました」

向かいの家で引きこもっているはずの同級生が、通勤時間帯にビジネススーツを着て駅にいたので、柴田舞子は人違いではないかと疑ったようだ。しかしこの証言は花房宏の話とも一致する。聖蹟桜ヶ丘の駅で目撃されたのは、派遣先に出勤する中邑崇司だったのではないか。

「崇司さんが高校を中退したのはいつでしたか」

「高校一年の三学期が終わるとき。でも学校を休む日が多く、一月の新学期からは登校していませんでした。出席日数不足で進級できないため、お母さんが退学の手続きを取ったようです」

「不登校の理由をご存じありませんか、推測でもかまわないんですが」

「わたしにはよくわかりません」

「中邑君と親しくしていた同級生は」

「教室で話をしていたのは島崎君かな。二人ともオタクっぽくて話が合ったんでしょう」

島崎啓文の連絡先を尋ねると電話口で少し待たされた。高校時代の住所録でも捜していたのか数分して電話に出てきた舞子は、島崎の自宅住所と電話番号を教えてくれた。

続いて島崎の家に電話してみると、都合よく本人が電話口に出た。柴田舞子の紹介で連絡したと前置きし、中邑崇司の父親と同じ高校に勤めていた者だと、柴田家の人々にたいしてと同じことを島崎啓文にも伝えた。高校の同級生同士が連絡をとったとき、訪ねてきた男の身元にかんして話が喰い違っては困るからだ。

父親と息子が引きこもっている中邑家の状態を簡単に説明し、崇司のことを少し聞きたいというと、島崎青年は渋る様子もなく歌舞伎町の喫茶店を指定してきた。時刻は翌日の夕方六時。それから必要な情報をネットで拾いはじめ、作業を終えてパソコンの前を離れたのは午前一時を廻る時刻だった。

いまや私立探偵の業務の三分の一、いや半分はパソコンの前で行われる、といっても過言ではない。インターネットで必要な情報を的確に探しだす能力がないと、調査業で飯を喰っていくのは難しい。ネットで仕事が楽になった反面、新たな問題も生じてきている。

インターネットの発達によって、さまざまな情報が誰にでも容易に、ほとんど無料で入手できるようになった。新聞などのマスコミや出版産業、教育産業など、ネットに顧客を奪われて衰退しはじめた業種は少なくない。

同じことが探偵業にもいえる。依頼人が必要とする情報を手に入れて、それを提供するのが私立探偵の仕事だから、ネットは手ごわいライヴァルなのだ。

中学時代の親友や初恋の人を捜したいという類いの、年金生活で暇を持てあました老人からの依頼はこの十年ほどで目に見えて減った。インターネットにアクセスすれば、かなりのことまで自分で調べることができる。わざわざ私立探偵を雇うまでもない。

山のなかを走るため、起伏とカーブの多い高速自動車道を三時間ほど飛ばした。伊那インターチェンジで中央道を離れ、国道三六一号で西に向かう。田畑のあいだに集落が点在している伊那盆地はじきに終わり、道路は山に入っていく。伊那谷とも呼ばれるように、この盆地は南北に広く東西は狭い、地図で見ると縦に細長い地形になっている。

伊那谷と木曽谷を結んでいる三六一号は、道路整備が行われてから十年と経過していないようだ。路面のアスファルトも道路脇を固めているコンクリートも、真新しいとはいえないが古びてもいない。信号はないし広々して運転しやすい山道なのに、対向車は少ない。

　山岳道路としては高規格の上下二車線で、一見したところ有料自動車道のようだが料金所は存在しない。カリフォルニア州民のほとんどが使っている意味でのフリーウエイ、無料の自動車専用道路ということになる。

　これまで伊那谷から木曽谷に行くには、国道二〇号まで北上し、塩尻から中央本線と並進する一九号で南下しなければならなかった。三六一号を高規格整備することで伊那谷と木曽谷にバイパスができたわけだが、利用者はさほど多くないようだ。

　しばらく山中を走って、四キロ以上もある権兵衛トンネルに入る。ようやく出たと思うとまたトンネル、さらにトンネル。本格的なインターチェンジで一般道に下り、山間の小さな集落の少し先で脇道に入った。古びたアスファルト舗装の道をしばらく進み、雑草の生えた道路脇に車の鼻先を突っこんで停める。

　小さな空き地の先は未舗装の山道になっている。雑草の茂る狭い急坂だが、わずかながら車の往来はあるようだ。そこだけ草が生えていない二条のタイヤ跡が確認できる。ジムニーシエラなら上れるだろうが、登り口は鉄製フェンスで塞がれている。

　車を降りてフェンスを揺さぶってみた。鎖と錠前で厳重に鎖されて、簡単には開けられそうにない。フェンスの柱には『私有地につき立ち入り禁止』と大書された金属プレートが、針金でしっかりと固定されている。

車に積んである道具を使えば、鎖を切ることも錠前をはずしてしまうことも可能だが、そうするわけにはいかない。フェンスを突破すれば私道の終点まで車で行けるにしても、そのあと目的地で人を呼びだしてもらわなければならない。フェンスを突破して侵入したとなると、問答無用で追い払われそうだ。

最悪の場合は警察に突きだされかねない。天啓教にとって警察は天敵だから、その可能性は少ないにしても、フェンスを強行突破した侵入者が歓待されるとは思えない。車は道路脇の空き地に残し、この先は歩いていくのが無難だろう。

出発前にグーグルマップで、山道の先に建物があることは確認している。地図には記載されていないが、航空写真を拡大すると山の中腹に空き地が、その中央に赤い屋根の比較的大きな建築物が認められた。愛知に本社がある會川精密機器の保養施設だった建物に違いない。

ただし、この保養施設は二〇〇六年に所有者が替わっている。その当時インターネットでは、買収したのは天啓教の関係者らしいという噂が流れた。他方、花房情報によると三橋恭子は木曽の山奥で暮らしている。

八神村をはじめ天啓教の拠点は長野に複数あるようだが、木曽近辺で関係がありそうなのは會川精密機器の旧保養施設のみ。この山道が終わるところに目的の人物がいる可能性は高い。

電話で必要な情報を得られるとも思えないし、そもそもインターネットでの調査では電話番号を突きとめられない。固定電話は置かれていないのかもしれない。三橋恭子と面談するためには、じかに足を運ぶしかないと判断した。

午後の日光は強烈だ。かなり歩くことになりそうなので、助手席のストローハットを被る。半袖（はんそで）シャツの上に羽織ったジャケットのポケットに、水のペットボトルを突っこんでからジムニーシエラのドアをロックした。

フェンスは塗装が剥げた箇所から赤錆が噴（ふ）きだしていた。柱の横の隙間から、斜めにした躰を強引に押しこんでいく。ジャケットが柱に擦（こす）りつけられ、思わず舌打ちした。錆で汚れても、洗濯代まで経費としては請求できない。その分は持ちだしだ。

フェンスの隅から私道に入りこんで、車一台がかろうじて通行できるほどの幅しかない山道を歩きはじめる。車で走れば道の左右から突きだしている無数の木の枝で擦られ、ボディが傷だらけになりそうだ。すでに擦り傷だらけのジムニーでは、そんな心配など無用だが。

航空写真では登り口から旧保養施設まで直線距離で一キロほどだったが、なにしろ九十九折（つづらお）りの山道だ。実際に歩かなければならない距離は三倍以上だろう。しかも上り坂だから、車なら十分以内でも歩くとなると一時間以上かかりそうだ。

喘（あえ）ぎながら森のなかの坂道を登っていくと、たちまち全身が汗にまみれた。標高一千メートルは超えている計算だから、日陰は下界より涼しいとしても、遮るものがない場所では直射日光が強烈すぎる。

こんなところで、まさか山登りの真似をすることになるとは。歩きながらジャケットを脱いで肩に掛けた。履いているのは革のスニーカーだから、本格的な登山は難しいにしてもビジネスシューズよりは山道に向いている。

森の小道からは無理だが見晴らしのいい開けた場所に出れば、西に木曽御岳、南に木曽駒ヶ岳が望めるだろう。ただし、どちらにも登った経験はない。高校時代は登山に熱中していたが中央アルプスには入ったことがない。北アルプスや南アルプスと違って、三千メートル級の山が少ないからだ。

天空では太陽が白い炎をあげて燃えている。道が大きく曲がっているところで少し休憩し、一口だけ水を飲んだ。この辺まで来ると樹林帯はとぎれ、密生した藪で道の両側は覆われている。木々のあいだよりも大気は湿気を帯び、暑苦しく淀んでいる。

登りを再開して十五分ほどがすぎた。密生した藪がとぎれ、ふいに前方が開ける。山の中腹が棚状になっていて、周囲には鉄条網が張りめぐらされている。正面にある大きな鉄網の門扉は左右とも大きく開け放たれていた。『木曽修行場』と墨で書かれた大きな札が門柱に掛けられている。天啓教という言葉はないが、この教団の施設であることは間違いなさそうだ。

敷地の手前は野菜畑で、左手には玉蜀黍が背丈よりも高く育っている。畑の奥に横に長い二階建ての建物が眺められた。建物の玄関前には軽トラックと大型のオフロード四駆車が停められている。

門から敷地に入った。旧保養施設の正面玄関まで続くアスファルト舗装の道を歩きはじめる。どこで監視していたのか、がっしりした体格で、麦藁帽子に作業着姿の男が玉蜀黍のあいだから姿をあらわした。大きな鎌を手にして道を塞ぐように立ちはだかり、無愛想に問いかけてくる。

「ここは私有地だ、立ち入る許可をとっているのか」

「三橋さんに、取り次ぎをお願いできますか」

前方の建物で、三橋恭子が暮らしていることを前提に話を進める。思い違いの可能性もあるが、そのときはそのときだ。

「どんな用件があるんだ、三橋さんに」

「中邑卓真さんの紹介で訪ねてきた、そう伝えてください」

まさか同姓異人ということはあるまい。男の返答で、三橋恭子がいることは確認できた。三橋恭子は中邑と連絡をとりあっていた様子だから、花房より中邑の名前を出したほうが効果的だろう。とにかく顔を合わせてしまうのが先決で、嘘がばれても言い訳はできる。頑丈そうな顎をした男が、低い声で脅すようにいった。

「あんたのような人間に用はない、いますぐ立ち去れ」

「三橋さん本人が会わないというならしかたないが、とにかく取り次いでもらえないか」

「おまえも週刊誌の記者だろう。用はない、さっさと帰れ」

男は思わせぶりに、手にした鎌の刃で太腿を軽く叩いている。これでは建物の玄関まで行き着けそうにない。どんな訪問者も問答無用で追い払うのが、この施設の流儀なのだろうか。大規模テロ事件から二十年が経過しても、いまだに警察の監視下に置かれている天啓教の拠点であれば、それも不思議ではないが。

訪ねてくるのは警察でなければ、信者が合宿生活をやめるように説得する家族か、取材のマスコミくらいだろう。追放運動をはじめかねない地元住民の可能性もある。いずれにしても天啓教にとって敵側に位置する者たちだ。

威圧するように男が一歩前に踏みだしてきた。躰が接触するのを避けようと後ずさりしながら、大声で叫んでみる。

「三橋さん、三橋恭子さん……中邑さんに紹介されて、東京から来ました……三橋さん、聞こえませんか、三橋恭子さん」

叫び声に反応して建物から飛びだしてきたのは、男と女の二人組だった。坊主頭の男は作業着姿、髪の長い女はパジャマのような白い服を着ている。年齢からして女が三橋恭子ということはありえない。三橋は六十代の前半だが、白い服の女はまだ三十代に見える。

物騒なのは男のほうが猟銃を手にしていることだ。二連の散弾銃だが、近距離で撃たれると躰が穴だらけになる。

「三橋さんに取り次いでいただけませんか。三橋さんには旧知の中邑さんの紹介なんです」

顎の細い狐顔の女に語りかけた。

「出家信者に用件があるなら、東京本部の窓口を通してください。でなければ取り次ぎはできません、いますぐ山を下りなさい」

「そうだ、さっさと帰れ。でないと面倒なことになる」

「面倒とは」

パジャマのような白い服の女と坊主頭の男に、少し語気を強めて問い返した。男がこちらに銃口を向ける。

「散弾じゃない、熊や猪が畑を荒らすんで熊撃ち弾が込めてある。熊と間違えられて撃たれる人間も、こんな山奥だからいないとは限らない」

熊撃ち弾とはスラッグショットのことだ。散弾銃でもスラッグショットを使えば、熊のような大型獣を撃ち倒せる。ただし初速が遅くて弾頭が重いため、遠距離からの狙撃は困難で、近距離でないと急所に命中させるのは難しい。

猛然と突進してくる熊や猪を、近距離からスラッグショットで倒すのには経験と技術と、なにより度胸が必要だ。そんな危険は冒したくないと思う。日本ではライフル銃を所持する許可が取りにくいため、猟でスラッグショットを使うことが多いのだろうか。

鎌を手にした男と銃を構えた男によって、門の外に押しだされた。目の前で鉄網の門扉が拒絶的に閉じられていく。

門扉の内側で天啓教の三人がこちらを睨んでいる。わざとらしく肩を竦めてから、ゆっくりと坂道を下りはじめた。銃や鎌での脅しに対抗して粘るための材料がない。警察に監視されている天啓教の信者だから、第三者とのトラブルは避けなければならない立場だ。脅し以上のことをするとは思えないが、油断もできない。

スラッグショットを喰らって絶命し、屍体が山中に埋められ、車は遠方で乗り捨てられたらどうなるか。長野の天啓教施設を今日訪問する予定など、依頼人の山科三奈子にも知らせてはいない。

花房宏なら推測できる可能性もゼロではないが、なにしろブラックな企業コンサルタントとしてマスコミに追いまわされている男だ。一度だけ顔を合わせたにすぎない私立探偵の行方を、わざわざ探したりするわけがない。

事務所の後継者が失踪しても、巽俊吉は警察に届けを出したりはしない。探偵を引退したとはいえプライドがあるから、その気があれば自分で探そうとするだろう。とはいえ、山科三奈子や花房宏からの情報で會川精密機器の旧保養施設までは到達できても、それより先までは行けそうにない。

後輩探偵の屍体を探して、この山のいたるところを掘り返すわけにもいかないからだ。私立探偵の失踪事件はうやむやのうちに忘れられ、巽探偵事務所は店じまいになりかねない。

東京にある天啓教本部の窓口に三橋恭子との面会を求めても、成果は期待できない。会えるとしても先のことだろう。いったん三橋のことは諦めて、中邑卓真の線を追うことにしようか。高校時代の友人だった島崎啓文から、息子の崇司をめぐる話が引きだせるはずだ。中邑家の玄関扉を開かせるための材料が、島崎から入手できるかもしれない。

どうしても中邑卓真と面談できない場合は、信者の阻止線を突破できる準備をした上で、三橋恭子が潜んでいる山中の施設を再訪することになる。ただし、こちらも鎌だの銃だのを持ちだそうというわけではない。

私立探偵の武器は調査力だ。先方の弱みを洗いだし、今度はこちらが圧力をかける。要求通り三橋と会えるようにしなければ、天啓教の側が困ることになると。

飯倉皓一は一九七二年の暮れに失踪している。失踪前の飯倉と最後に顔を合わせた三人、花房宏、中邑卓真、三橋恭子から話を聞いてみること。それでも有力な手がかりが得られないようなら、この調査は難しいと依頼人に伝えざるをえない。

さほどの苦労はなく花房の話は聞くことができた。しかし残りの二人が難物だった。天啓教の教団施設に閉じこもっている三橋恭子とは簡単に会えそうにないし、閉じこもって外に出てこない点は中邑卓真も同じことだ。

多摩ニュータウンの中邑家は、猟銃で武装した番人に守られているわけではない。住居侵入で警察に通報されるかもしれないが、強引に踏みこんでしまうという手はある。とはいえ中邑との面談に、逮捕の危険を冒すだけの意味があるかどうか。常識的な調査員なら、そんなことはやらない。

とにかく今週いっぱいは、このまま調査を続けることにしよう。あと三日のうちに中邑卓真や三橋恭子と会えなければ、仮に会えても有力な情報を得ることができなければ、依頼人の山科三奈子に電話しなければならない。調査方針の根本的な再検討が必要だと伝えるために。

四十年以上も前の失踪者を、私立探偵が一人で発見するのは極度に困難だ。ほとんど不可能といわざるをえない。花房の前には姿をあらわしていないようだが、中邑か三橋の場合はどうだろう。失踪後の飯倉と二人が最近、なんらかの形で接触したことを期待するしかない。

左右に深い藪が続く山道が大きく曲がり、登りのときに一休みした場所が見えてくる。思わず足を止めた。

登山用の青い雨具上下を着込んだ小柄な人物が、こちらをフードの陰から覗いているようだ。シャツ一枚でも暑いというのに、わざわざビニールの雨具を着込んでいるのだから、全身が汗みどろだろう。たぶん、と思いながら話しかけてみる。

「三橋恭子さんでは」

身長が百五十センチほどの小柄な女が、無言でフードを払いのける。半ば以上も白くなった髪は三つ編みで一本にまとめられ、額には大粒の汗が滲んでいる。化粧気のない膚は荒れて褐色に日焼けし、無数の小皺で覆われていた。山里の老婆という外見に似合わない、透明な感じのする声で問いかけてくる。

「どうして、わたしが三橋だと」

「施設の裏手から藪を掻きわけて、ここまで急いで下りてきたんですよね。ビニールの雨具を着ているのは、着替える時間がなかったからでしょう。教団の女性信者が着る白い服で藪に入れば、汚れたり破れたりして大変だ」

登山道を歩くだけが登山ではない、道がないところを進む藪こぎも登山のうちだ。ただし背丈よりも高く密生した藪を掻きわけて登る、あるいは下るのは初心者には難しい。体力を消耗するし、方向を失えば迷ってしまう。

刺(とげ)のある植物に服を引っかけないためにも、藪こぎにビニールの雨具は適切だ。汗が蒸発しないため、体温の上がりすぎで熱中症にならないよう注意しなければならないが。

敷地から追いだされる前に、三橋恭子の名前を大声で叫んでみた。少なくともその叫び声は聞こえたようだ。敷地に入りこんできた不審な男を、建物の二階の窓から注視していたのかもしれない。

自分を訪ねてきた男に山道の途中で追いつこうと、白い服の上に青い雨具を大急ぎで着込み、密生した藪の斜面を下りてきた。施設内で会おうとしなかったのは、部外者と無断で接触することが禁じられているからか。

女が雨具の上着のファスナーを下ろす。想像した通り、下に着ているのはパジャマを思わせる白い服だった。多量の汗を吸った衣類は、絞れるほど濡(ぬ)れているようだ。

警戒を解いていない口調で、さらに質問を続ける。

「中邑君の紹介だとか」

話を引きだそうとする以上、最後まで騙(だま)し通せるとは思えない。正直に打ち明ければ、余儀ない嘘だったと理解してもらえるだろう。

「中邑氏の紹介というのは、ちょっと違うんです」

「どういうことですか」

「三橋さんに伝わるように、ひと言で自己紹介しなければならない状況でした。そのため中邑氏の名前を出すことに。しかし、まったくの嘘というわけではない。三橋さんのことは花房宏氏から教えてもらいました、三橋さんと中邑氏には連絡があることも。

多摩ニュータウンにある中邑氏の家にも足を運んでいます。いささか不自然な事情で、当人とは会えなかったのですが」

「どういうことですか、不自然な事情とは」

「息子さんと二人で家に閉じこもっているんですね」

「閉じこもっている……」

「息子さんは以前からのようですが、中邑氏も二年ほど前から家に閉じこもりきりだと近所の人が。電話しても留守電だし、玄関のチャイムを鳴らしても返事はない。家のなかにいることは確実なんですが」

切り口上での続けざまの質問がとだえた。女は眼を細め、なにかを無言で考えこんでいる。しばらくしてこちらを向き、表情のない顔で呟くように語りはじめる。

「長いこと中邑君とは顔を合わせていませんが、文通は続けてきました。でも、しばらく前から手紙を書いても返事がないんです。どうしたのか少し心配で。この年になると、万一のことも考えなければならないし」

返事がないのは重病や死亡のためではないか。しかし、その心配はないだろう。あの玄関扉の奥に、中邑卓真は潜んでいるに違いない。

三橋恭子が中邑と手紙のやりとりをしていたという以上、山奥にある天啓教の施設でも郵便は届くようだ。私道の入り口に郵便箱は置かれていないから、郵便は局留めなのかもしれない。外部との自由な連絡が、出家信者に許されているのだろうか。

「手紙を書けば三橋さんに届くんですか」

「もちろんですよ。さきほどの信者の態度を不愉快に感じられたなら、お詫びします。週刊誌の記者と称する乱暴な男が取材を強要するばかりか、修行場に無断で立ち入ろうとしたり。あなたも連中の仲間だと疑われたんです」

問題の人物は週刊誌記者でなく、週刊誌と契約しているフリーのノンフィクションライターだろう。ときどき調査で協力しあう関係の知人には、年季の入った同業者もいる。雑誌が売れなくなり、この業界も厳しさが増しているとか。

フリー記者が昔以上に、強引きわまりない取材を強行しても不思議はない。はた迷惑でも非常識でも、旨そうな餌を見つけたら必死で喰らいつく。でなければメシの喰いあげなのだ。

全国を震撼させたテロ事件で、教祖の廉真阿陀をはじめ教団幹部が大量逮捕されたあと、残された平信者は教団の再建に取り組んできた。閉鎖をまぬがれた複数の修行場は、三橋恭子が暮らしている木曽修行場を含めて、経済的にも運営の上でも独立性が増した。いまも本部はあるが連絡事務所のような存在で、修行場と上下の関係ではないという。

　事件前は厳重だった出家信者の拘束も大幅にゆるめられ、外出することも手紙を出すことも本人の自由になったという。それでも他の信者には知られないように、三橋恭子は施設の裏手から藪を抜けて訪問者を追ってきた。部外者との接触を躊躇(ためら)わせるような雰囲気が、いまも修行場からは消えていないようだ。

　とはいえ訪問者と山道の途中で話しているところを、修行場の信者たちに見られまいと警戒している様子でもない。知られないほうが面倒は少ないが、ばれてもなんとかなるというところか。

「大学を出たころからですか、中邑氏と文通をはじめたのは」

「天啓教に帰依し出家してから、それまでの友人とは関係がとだえました。もちろん中邑君とも。思いがけず再会したのは、あの事件があってからです」

　あの事件とはテロ事件のことだ。教祖の逮捕後も細々と続いてきた天啓教信者の、かつてのテロ事件をめぐる見解にも興味はあるが、いまは話を先に進めなければならない。

「中邑氏と、どこかで偶然に顔を合わせた」

「たまたま木曽修行場を訪れた女性信者が町田市在住で、高校生のお子さんがいたの。話をしているうちに、その子の担任が中邑君だとわかったんです。それで、ひさしぶりに手紙を書いてみました」

しばらく断続的な文通は続いた。ふいに手紙の返事が来なくなったのは、健康上の問題からだろうか。あるいは、なにか思うところがあってなのか。気懸かりだったが、どうすることもできないまま二年ほどが経過したのだという。

「わたしがここにいると教えたのも、リストラ殺人事件で騒がれている花房さんなんですね」

山奥にある木曽修行場は孤立しているようだが、もともとは企業の保養施設だった。水道は井戸でも電気や電話は通じている。テレヴィも受信できるはずだし、パソコンでインターネットにも接続できるはずだ。これだけ注目されている事件だし、三橋恭子が花房宏の事件を知っていても不思議はない。

「鳳凰大学の東アジア史研究会で、三橋さんは花房氏と一緒だったとか」

「あの人、どうしてわたしがここにいると知っていたのかしら。もう何十年も連絡はないのに」

「三橋さんの居所は中邑氏から聞いたそうです」

「初耳です、中邑君が花房さんと連絡をとっていたことは。送られてきた手紙にも、そんなことは書かれていなかったし」

「中邑氏に頼まれた花房氏が、息子さんの就職の世話をしたことがあったとか。その件で顔を合わせた際に、あなたの近況も話題になったとか」

顔にまつわりつく羽虫を掌で軽く払った。中邑の紹介だというので訪問者を追いかけてきた三橋恭子だから、事実が判明した時点で話は打ち切りにされるかもしれない。与えられた機会を無駄にしないためにも、必要な質問は早めにしたほうがいい。

「ところで、お尋ねしたいんですが」

「ちょっと坐らせてもらいますよ」

雨具の上着を四角く畳んで道端に置き、その上に三橋恭子が腰を下ろす。還暦を過ぎた女が藪の急斜面を駆け下りてきたのだから、疲労を感じるのは当然だ。

「で、どんなことなんです。あなたが知りたいのは」

「ご存じですね、飯倉皓一という人を」

「ええ、もちろん。大学の先輩で、わたしも中邑君も入っていた東アジア史研究会のリーダーでした」

「飯倉氏の行方を捜しているんです。それで花房氏、中邑氏、三橋さんから話を聞いてみたいと思いまして」

「どんなわけで飯倉さんを」

　柴田家の主婦から情報を引きだした場合のように、ここでは私立探偵という正体を隠す必要はなさそうだ。ジャケットの内ポケットから財布を出し、名刺を引き抜いて女に手渡した。

「挨拶が遅れました、名刺にあるように調査の仕事をしている者です。依頼人は当時の歴研とも東ア研とも無関係な方で、三橋さんはご存じないはず。どうでしょう、その後、飯倉氏から連絡はありませんか」

「調査を頼んだのは飯倉さんのご家族ですか」

　飯倉皓一は六十代半ばになるから、兄弟姉妹なら当然のこと、父親か母親あるいは両親とも存命の可能性はある。平均寿命を超えた親が、死ぬ前に失踪した息子の顔を一目見たいと思って私立探偵を雇った……。

　家族からの依頼で調査していると思わせれば、三橋からの協力は得やすいだろう。しかし、三橋からは飯倉の実家の住所や電話番号を聞きださなければならない。大学にもアパートにも姿がない飯倉皓一を心配して、一九七三年の一月に実家に電話したのは三橋恭子だった。

「依頼人のことは口に出せない立場ですが、ご家族ではありません。三橋さんには飯倉氏の実家の連絡先も教えていただきたいのですが」

「たしか網走市緑町、番地は忘れてしまいましたが」

それだけわかれば充分だ。網走市緑町の飯倉ということで、電話番号は簡単に洗いだせる。もちろん、いまでも同じ住所に実家があればの話だが。

「どうでしょう。最近、飯倉氏と会ったことはありませんか。顔を合わせなくても、たとえば手紙が送られてきたとか」

「いいえ」

花房と同じで三橋も、失踪後の飯倉皓一とは一度も接触していないという。鰍深い顔を窺っても、真実を語っているかどうかは判断できそうにない。

「飯倉氏が帰省していないか確認するために、三橋さんが実家に電話したそうですね」

「前年の正月に顔を見せたのが最後で、まだ今年は帰省していないと」

「一度だけですか、電話したのは」

「いいえ、そのあとも幾度か。お母さんが春休みに上京したとき、わたしと中邑君がアパートの整理を手伝いました」

「下宿は引き払ったんですね」

「ええ」

失踪してから三ヵ月ほどで、息子はアパートに二度と戻らないと結論するものだろうか。あるいは家計に余裕がなく、誰も住んでいない部屋の契約は早めに打ち切ることにしたのか。

「アパートを整理して、なにか気づいたことは」

「銀行の通帳が見当たりませんでした。家族が銀行に確認したところでは、十二月末に実家から送金された生活費は、年が明けてから引き下ろされたようです。一月と二月の分はそのまま残っていたとか」

東ア研のメンバーと別れてから少なくとも一度、飯倉はアパートに戻っている。通帳を持ちだしたからには、覚悟の失踪という可能性が高そうだ。しかも失踪して一ヵ月ほどが経過した時点で、飯倉皓一の身になにか起き、親からの仕送りを銀行から下ろせない状態になった。

「警察に捜索願は」

「お母さんに中邑君が確認したところ、まだ捜索願は出していないと。アパートを引き払ってからはどうかしら。わたしたちに相談はありませんでした。もしも相談されたら反対したでしょうが」

「反対とは」

「当然ですよ。あのころの学生活動家にとって警察は敵だし、目的があって潜伏した可能性も絶対にないとはいえませんから」

二人の後輩は、飯倉が非合法活動のために潜伏した可能性も疑っていたようだ。当時の日本の事情には疎いが、新左翼の一部が地下潜行して都市ゲリラ化したことくらいは知っている。連合赤軍が軽井沢の浅間山荘で銃撃戦を起こしたのは、一九七二年の二月のことだ。

飯倉の両親は三橋恭子からの電話で、息子の姿が消えたことを一月には耳にしていた。それでも一月分と二月分の生活費を振り込んだのは、息子が戻ることを信じていたからだ。しかし三月になると、もうアパートには帰らないと判断して賃貸契約を解除してしまう。

学年末を区切りとしたのかもしれないが、別の可能性も想定はできる。息子から秘密の連絡があった、しかも他人には口外できないような内容の。

「あるいは飯倉氏から地下潜行でも暗示するような手紙が届いたので、アパートを引き払うために母親が上京したとか」

「飯倉さんのお父さんは国労の組合活動家だし、学生運動にも理解のある家庭だと聞いていました。もしも政治的な理由での潜伏だったら、心配する必要はないという手紙を両親宛に書いたかもしれません。うちの親は左翼嫌いで、まったく話は通じませんでしたが」

今日のＪＲは、分割民営化されるまで日本国有鉄道で、その労働組合は高い組織性と戦闘性を誇っていた。社会党の強力な支持基盤だった国鉄労組を破壊する目的で、国鉄民営化は強行されたともいわれる。

　飯倉の父親が国労組合員だとすれば、家庭の雰囲気も想像できそうだ。新聞は朝日で支持政党は社会党。上京した飯倉皓一が学生運動にのめり込んだのも、自然な流れだったろう。息子が地下潜行の決意を両親への手紙に託したとしても、これなら納得できる。

　皓一の失踪にかんして飯倉の実家に問いあわせること。電話ですまなければ、北海道まで遠出することも考えよう。

「飯倉さんと最後に顔を合わせたのは、一九七二年の十二月二十五日でしたね」

「春に連合赤軍の仲間殺しが露顕した年、一九七二年の暮れに間違いありませんが、正確な日にちまでは」

「花房氏によれば、わざわざクリスマスに部会を開かなくてもいいだろうと冗談半分でぼやいた中邑氏を、不謹慎だとあなたがたしなめたとか」

「そうだわ、たしかにそんなことが。冬休み中だから月曜日の部会はないと思って、中邑君と映画を観に行く約束をしていた。リチャード・バートンとアラン・ドロンが主演した『暗殺者のメロディ』という映画」

「ロシアの革命家トロツキーの暗殺事件を描いた映画でしたね」

「リチャード・バートンがトロツキー役、暗殺者の青年を演じたのがアラン・ドロン」

二人のスター俳優が共演した映画のことなら、かろうじて記憶にある。原題は『トロッキーの暗殺』だったが、日本では『暗殺者のメロディ』というタイトルで公開されたようだ。同じアラン・ドロン主演の『地下室のメロディー』に引っかけた邦題だろう。『地下室のメロディー』のサントラ盤を、中学生の小遣いで手に入れたものだ。

男女の左翼学生が観に行く映画として、『暗殺者のメロディ』は常識的すぎて趣味が狭すぎる。デートで『いちご白書』を観るより少しはましにしても、映画くらい左翼とも革命とも無関係な作品を選んだらいい。

ともあれ、これで判明したことがある。大学時代に三橋恭子と中邑卓真は交際していた、少なくともクリスマスに映画を観にいく程度には親密だった。喧嘩別れをした場合、相手の顔など二度と見たくないと思うのは珍しいことではない。しかし中断期間を挟んでいたにしても、この二人は二年前まで文通を続けていたわけだ。

「飯倉皓一氏と最後に会ったという、その日のことを伺いたいんですが」

「いいですよ。ずいぶんと昔のことですが、その日のことはよく覚えています。けっきょく、それが東ア研の最後の部会になりましたし」

「何時に集合でしたか」

「いつも月曜の部会は三時半からで、その日も同じでした。少し早く着いて部室で本を読んでいたわ」

「部室には最初に着いたんですね」

「ええ。ちょっとした必要があって、冬休み前に鍵を飯倉さんから預かっていたのね。わたしがドアを開けないと誰も入れないから」

問題の鍵は通路から歴史学研究部の部屋に入るためのもので、ふだんは会長が管理していた。歴研の奥にある第一資料室のドアには鍵がない。東ア研の部室として使われるようになってから、ダイアル式の南京錠(なんきんじょう)で施錠されるようになった。

「じきに中邑君、しばらくして飯倉さんが初対面の二人を案内してきたわ。最後が花房さん。部室の鍵は飯倉さんに返しました」

オブザーヴァーの一人は花房が話していたカントクに違いない。三橋恭子によれば会員外からの参加者は二人いた。

「はじめての一人を飯倉氏はカントクと呼んでいたとか。では、もう一人は」

「飯倉さんの紹介では、たしかベラと」

「外国人の女性だったんですか」

「顎髭を生やした男の人は外国人のような顔でしたが、日本語に不自然なところは感じませんでしたね。はじめに挨拶したくらいで、ほとんど黙っていましたが。百八十センチ以上ある飯倉さんには及ばないとしても、やはり大柄(おおがら)な人でした。二人目はわたしと同じ年頃の女子で、髪を背中まで伸ばしていた。こちらは外見も日本人だし、ベラというのは本名を使わないための偽名か符牒だったんでしょう」

「ベラの服装は」

「白っぽいピンクの洒落たコート。膚寒いと感じたのか、カントクと同じでコートは着たままでした」

最後の部会には二人の女が出席していた。鹿島田誠が後ろ姿しか見ていないという女が、ベラだったに違いない。その日本人の女は、どうしてイザベルの略称で呼ばれていたのか。あるいは別の可能性も想定できる。ベラといえば魚だが食用になるだけではない。美しい色彩のため観賞用に飼われるようだから、美人のニックネームとしてもふさわしいのではないか。

三橋恭子の証言で謎の女の正体は判明したが、ここで新たな疑問が生じてくる。花房宏は、どうしてベラの存在を隠そうとしたのか。

カントクのほうは覚えているのだから、もう一人の会外参加者を忘れてしまったとは思われない。なんらかの思惑で花房は、ベラが存在した事実を意図して語り落としたのだ。私立探偵に知られたくない事情でもあったのだろうか。

「席の配置は覚えていますか」

「テーブルの北側に飯倉さんと花房さん、南側にわたしと中邑君かな。テーブルの東側にベラ、西側に髭を生やしたカントク。ただしカントクは席を離れて、壁に寄りかかっていることも。

　隣席の中邑君と花房さんがヘビースモーカーなので、煙たかったのかもしれません。あのころ活動家の男子は大半が喫煙者でしたが、カントクは吸わないように見えた」

　予想した通りだ。鹿島田が東側のドアを開いて室内を覗きこんだとき、ドアに背を向ける位置で着席していたのがベラだった。そのときカントクは煙草の煙を避けるためか、椅子を離れて壁に凭れていた。

「会合の最中に歴研OBの鹿島田という人が、部室に顔を見せたとか」

「そう、そうでした。部会をはじめたのは三時半、それから三、四十分ほどして鹿島田さんが歴研側のドアを開いた記憶が。誰か人を捜していた様子で、すぐにドアを閉めて立ち去りましたが」

「飯倉氏は四時半ごろに短い時間、会議を中座しましたね」

「わたしの記憶では、三時半から五時半まで部室を出入りした人はいません」

　どうして覚えていないのだろう。ベラはともかく飯倉は、鹿島田が部室に顔を見せたあと通路に出ている。いずれも他言できないような秘密とは思われない。ごく短い時間トイレに立ったことなど、瑣事（さじ）として忘れてしまったのか。ただしベラの場合は、部室とサークル棟の正面玄関前を急いで往復した可能性もある。

「鹿島田氏が来る直前に、東ア研の部室に入ってきた女性はいませんでしたか。二十歳前後の白いセーターを着た娘ですが」

「誰も来ませんでしたよ。それ、花房さんから聞いたことなんですか」

「いや、そういうわけでは」

曖昧に口を濁した。ジンが東ア研に身を隠した可能性は、花房に続いて三橋にも否定されたことになる。

「部会は何時まで」

「終わったのは夜の九時少し前です」

「どうしました、それから」

「飯倉さんやカントクより一足早くサークル棟から出たわたし、中邑君、花房さんの三人は最寄りの私鉄駅まで一緒に。花房さんとは駅で別れました」

「女性のオブザーヴァーは」

「どうだったかしら」

「飯倉氏たちと一緒だった」

「わたしたち三人とは別でしたから、たぶん……」

よく覚えていないといいたそうに、三橋恭子は不自然にいい淀んだ。花房と違って部室にベラがいたことは認めたのに、最後にどうしたのかは記憶が曖昧だという。依頼人の山科三奈子が目撃したところでは、夜の九時少し前に歴研の部室から出てきたのは五人で、そのうち女は一人だけ、ようするに三橋恭子だ。

ほとんど確実にベラだろうが、もう一人の女は東ア研に残ったことになる。しかし記憶が曖昧なふりをして、この事実を三橋恭子は隠そうとしている。質問の方向を変えることにした。

「冬休み中は開かない予定だった部会が、どうして急に設定されたのか。招集したのは会長の飯倉氏でしたか」

「当日の二日ほど前、わたしの自宅に飯倉さんが電話してきたんです。実家が東京でない中邑君のところには電報が来たそう。緊急連絡のため、家に電話がない学生に電報を打つのはよくあることでしたが」

「どうして急に会合が招集されたんでしょう」

「わかりません」

「では、どんな議題でしたか」

「……研究会としての翌年の方針とか」

どうも歯切れがよくない。そんな一般的すぎる話のため、休暇中の会合が緊急に設定されるものだろうか。二人のオブザーヴァーの存在と、ふいに招集された部会が関係していることは間違いない。

　いくら問い質してみても、三橋恭子は不明瞭なことしか語ろうとしない。どんな話を部室で五時間半も続けていたのか、どうにも要領を得ない。しかし逃げられないように追いつめて機嫌を損ねられ、口を閉じられても困る。先方の厚意がなければ成立しえない面談なのだ。やむをえない、話の方向を変えることにしよう。

「学年は飯倉氏が上だったんですね」

「飯倉さんと花房さんは四年生、わたしと中邑君が三年でした。ただし飯倉さんは二浪なので、歳はわたしより三つ上」

　部会をめぐる話題から離れると、女は安堵したような表情を見せた。失踪事件の当時、飯倉皓一は二十四歳、花房宏は二十二歳、中邑卓真と三橋恭子が二十一歳だったことになる。

「どんな人でした、飯倉皓一氏は」

「背丈は百八十三センチもあって、どちらかといえば痩せ型。体格は頑丈そうで、いつも機動隊と最前線で闘っていた。浪人時代から積極的に運動していた飯倉さんに、サークルの全員が心服していたわ」

　あるとき三橋恭子は、街で見知らぬ男に肩を叩かれた。汚れたタオルを頭に巻き、ダボシャツにだぶだぶのズボンを穿いている。

「建築現場かなにかの日雇い労働者のようで、少し怖かった。おれだよといわれて、ようやく飯倉さんだということに気づきました。下層労働者と働きながら交流するという目的で寄せ場に通っていたんですね。ジーパンにTシャツでは学生だと見抜かれてしまうから、そんな恰好をしているんだと笑っていた。

バイト代が目当てで花房さんや中邑君も、飯倉さんと一緒に高田馬場に朝早く出かけたことがありました。そこで手配師から仕事をもらうんだとか。中邑君は何度か行ったけれど、口ほどにないのが花房さん。二人とも同じような体格なのに一度きりで音を上げて、自分のようなインテリには向かない仕事だとか、だらしない泣き言を並べていましたよ」

いささか辛辣な口調から、三橋恭子の花房評価がどんな具合なのか推察はできそうだ。年長者とはいえ、さほど尊敬していた様子ではない。

「花房氏が東ア研に入ったのは、他のメンバーよりも遅かったとか」

「高校時代から歴史に関心があったわたしは、一九七〇年の入学直後に歴史学研究部に入りました。歴研の夏合宿で飯倉さんに声をかけられ、九月に歴研から分離独立した東ア研に参加。わたしや中邑君は結成時からのメンバーですが、花房さんの入会は翌年末のこと」

「飯倉氏に誘われたんですね」

「わたしたちが入学する前年、一九六九年は大学闘争や安保闘争で日本中が大揺れに揺れた年でした。一月の東大安田講堂攻防戦から十月、十一月の佐藤首相訪米阻止闘争まで。飯倉さんがリーダー格だった無党派活動家グループに花房さんもいて、一連の街頭行動でも一緒だったとか」

日米安保条約の自動延長阻止を掲げた政治闘争は敗北し、鳳凰大学のバリケードも解除され、飯倉たちの活動家グループは四散した。歴研に戻った飯倉は、東アジア史研究会を結成して運動の立て直しをはかる。東ア研が形をなしたところで、歴研とは縁がなかった花房にも声をかけた。

「結成当初は十五人ほどいた東ア研の会員が、二年後には数人まで減ってしまった。その原因は花房氏にあると聞きましたが」

「あの人を嫌って退会した人がいるのは事実でしょう。でも、それは結果だわ」

「結果というと」

「たぶん飯倉会長には、はじめから秘密の計画があったんです。ある意味では花房さんも、その計画に巻きこまれた一人……」

日本の新左翼運動の頂点をなした一九六九年闘争の敗北を、飯倉皓一は二つの点で総括したのだという。騒乱罪が適用された前年の十月二十一日新宿闘争まで、ヘルメットと角材で身を固めた学生や青年労働者は警察の警備を寸断し、機動隊を圧倒していた。

しかし、六九年に入ると形勢は逆転しはじめる。態勢を立て直した機動隊に学生や青年労働者のデモ隊は封じこめられ、一月十八、十九日の東大安田講堂攻防戦でも、沖縄デーの四月二十八日に闘われた新橋や銀座方面の街頭戦でも大量逮捕と大量起訴が相次いだ。

「本気で武装して闘わなければ、権力には勝てない。完璧(かんぺき)に非公然、非合法の都市ゲリラ組織が必要だ、中途半端な武装プロパガンダ闘争で自派の勢力拡大を目的化した新左翼セクトは信用できないと、飯倉さんは口にしていたわ」

網走出身の飯倉は、アイヌ人差別に少年時代から義憤を感じていた。大学に入学すると、日本帝国による朝鮮や中国への侵略と犯罪行為を正確に知るため、東アジアの近代史を進んで学ぶようになる。

戦後生まれの日本人にも沖縄やアイヌの民衆、朝鮮人や中国人への加害責任がある。日本帝国主義による侵略の加担者、受益者としての自己を思想的に否定し、東アジア民衆と連帯して反日武装闘争を開始しなければならない。

「飯倉さんが東アジア史研究会を結成したのは、そのためでした」

戦時中の中国人や朝鮮人の強制連行と奴隷労働をめぐる調査や研究だけでなく、東ア研は入管闘争にも積極的に参加した。結成から一年以上が経過し、新たに会員の思想性の検証作業が厳しく行われるようになる。中国共産党の言葉から、それは「整風運動」とも称されていた。東ア研で整風運動の先頭に立ったのが花房宏だった。

「花房さんから厳しい言葉で非難や糾弾の言葉を浴びせられ、耐えきれずに研究会から離れた会員は少なくありません。整風運動を主導したのは花房さんで、それを飯倉さんは黙認しているような態度だった。でも、花房さんが会員を次々と糾弾するように仕向けていたのは飯倉さんでした。

けっきょく下級生で残ったのは中邑君とわたしの二人。東アジア近代史の研究活動が目的の会であれば、あんなことは起こりようがないわ。激しい非難の言葉を浴びせて、会員を次々と追いだしてしまうなんて」

反日武装闘争を闘う非合法組織を極秘のうちに準備するため、会員を整風運動という篩(ふるい)にかけること。それが飯倉の最初からの目的だった。結果からいえば、強固な反日思想の持ち主として中邑と三橋をより分けるために、東ア研は作られたことになる。

「飯倉さんが姿を消して何年かあとに、沢山の犠牲者が出た丸の内の爆破事件がありましたね。あの事件と同じようなことを飯倉さんはやろうとしていたのではないかしら、通行人は巻きこまないように配慮したでしょうが。具体的な話が出る以前から、わたしも中邑君も反日武装闘争に人生を捧(ささ)げる決意だった」

テレヴィ番組のコメンテーターとして花房宏は、自由市場と規制なき競争と自己責任を全面肯定する発言を繰り返している。学生時代の左翼倫理主義に疑問を感じて新自由主義の経営コンサルタントの道を選んだのだと本人は語っていた。どこまで本気なのかはともかく。

「花房氏も飯倉氏と同じ決意でしたか」

「さあ、なんとも。実際にはなにもしなかったのだから、わたしや中邑君だって花房さんと同じことですが」

いろいろな意味で頭のいい人物だったと三橋恭子は花房を評した。性格的に上滑り(うわすべ)なところはあるし、過激なのは恰好だけ、口先ばかりと周囲から疑われていることは本人も承知していたろう。だからこそ、会員の思想性を徹底検証する審問官の役割を担おうとした。厳しい言葉で他人を非難し糾弾すれば、自分もまた逃げられない場所に追いつめられていく。それを期待して審問官を演じていたのではないか。

「そうするしかない状況に置かれたら、花房さんだって爆弾くらいしかけたかもしれません。わたしや中邑君も同じこと。いまならよくわかるのですが、思想のために人を殺すというような極端な行動は意志や決意だけでは不可能なの。具体的な状況に置かれ、行動を具体的に方向づけられるのでなければ、そんなことは誰にもできませんよ。

同じことで、条件さえあれば人の考えるようなことはすぐに変わります、もちろん行動も。花房さんが悪徳コンサルタントと非難される行為に手を染めたのも、さほど不思議とは思いません。大切なのは悪を否定する意志ではなく、望んでも悪がなしえないような状況に身を置くことです」

修行を積んだ宗教者らしい深みのある言葉だと、皮肉でなく思った。三橋恭子に天啓教のテロ事件のことを訊いてみたいところだが、悪をめぐる思想的対話は私立探偵の仕事に含まれない。早めに散文的な話題に戻ることにしよう。

「会長が失踪し、研究会は解散になったとか」

「ええ。飯倉さんのお母さんが網走に帰った直後でした、東ア研が解散したのは」

飯倉がふいに姿を消し、残された三人は思想的な虚脱状態に陥った。東アジア民衆への加害者だという自責でがんじがらめになり、贖罪（しょくざい）のためには逮捕、長期投獄、死刑までを覚悟して反日闘争を闘わなければならないと、三人はそれぞれに自分を追いつめていた。

こうした倫理主義的自己強迫には、当然のことながら無理がある。飯倉が消えた瞬間に、緊張しきっていた糸が切れたのだろう。

「一歩間違えば自分も爆弾で、無関係な通行人を何十人も殺していたかもしれない。そう思って茫然（ぼうぜん）としていたときのことです、廉真阿陀さまの教えに触れたのは」

極左テロの加害者になることを半ば偶然に回避しえた三橋恭子は、思うところあって天啓教に入信する。その天啓教が宗教テロで多数の犠牲者を出したわけだから、皮肉な結果といわざるをえない。

一九六〇年代のアメリカでは、ニューレフトとヒッピーの運動は併走していた。ドラッグカルチャーとロックムーヴメント、カルロス・カスタネダ風の神秘思想や新型のカルト宗教もそこから生じている。

自己懐疑に陥った新左翼学生が天啓教のようなカルト宗教に帰依する。三橋恭子と似たような例は多かったのだろうか。ガイアナで集団自殺事件を惹き起こした人民寺院の場合、六〇年代のアメリカ革命運動が行き着いた衝撃的な結末としても語られたが、日本ではどうなのか。畳んだ雨具に腰を下ろしていた女が、おもむろに身を起こす。

「飛鳥井さん、中邑君の家にはもう行かないんですか」

「来週には、また訪問してみようと」

「もしも中邑君に会えたら、手紙に返事を書くようにと伝えてください」

中邑家の玄関扉を開かせるために、あるいは有効かもしれない方策が浮かんだ。信頼している人物の口添えがあれば、中邑卓真も会おうという気になるのではないか。

「木曽修行場から外に、電話はかけられるんですか」

「電話口まで呼びだしてもらうのには少し遠慮が。でも、こちらからかけるのは問題ありませんよ」

「三橋さんの紹介で飛鳥井という者が訪問する予定だ、警戒する必要はないから会ってほしいと、中邑家の留守電にメッセージを入れてもらえませんか。それで家に入れたら、中邑氏の様子を三橋さんにも報告しますから」

「今日、これから電話すればいいんですか」

「訪問する日を決めてからのほうが。しかし、三橋さんに電話するのはまずいんですよね」

「でしたら、電子メールをいただければ」

「予定が決まりしだいメールを送りますから」

　畑仕事で鍛(きた)えているせいだろうか。修行場のある中腹をめざし、安定感のある足取りで三橋恭子は狭い坂道を登っていく。後ろ姿がカーブの向こう側に消えてから、こちらも山道を下りはじめた。

　白州泊まりにしたいものだが、夕方には歌舞伎町の喫茶店で約束がある。残念ながら涼しい山小屋で一夜を過ごすわけにはいかない。平日で中央道の渋滞はないはずだから、約束の時刻までには新宿に戻れる。

　同年代の男たちは定年退職した者が多いし、自分の歳も考えたほうがいい。山科三奈子の仕事を終えたら、甲斐駒ヶ岳山麓の高原でのんびりと夏休みを過ごすことにしよう。

7

　車は新宿二丁目のコインパーキングに入れた。そろそろ日暮れ時だが、歌舞伎町の裏道は閑散としている。酒場や風俗店が軒並み開店し、街路が雑踏で埋まるには少し時間が早いのだ。路傍の黒服も暇を持てあましているように見える。指定されたのは靖国通りから百メートルほど入ったあたりの、カラオケ店と焼き肉屋に挟まれた硝子張りの喫茶店だった。

　入り口ドアを押し開き、広々としたフロアを見渡した。客は七分の入りといったところか。壁ぞいの席に坐って目印の雑誌をテーブルの通路側に置き、腕時計を見る。約束の時刻より二十分も早いから、先方が到着するまで少し待たなければならない。しばらくして制服のウエイトレスが注文のコーヒーを運んできた。

　花房宏や山科三奈子の話から今回の調査に必要かもしれないと考え、このところ一九七〇年代前半の極左派やゲリラ事件について調べている。一九六七年から二十年ほどアメリカで暮らしていたから、当時の国内事情には疎い。

インターネットで簡単に確認したところでも、一九七〇年代前半の日本が爆弾時代だったのは事実のようだ。爆弾事件を中心としたテロ事件の年表を見ると、ジハディストのテロ攻撃に晒されている二〇一〇年代のアメリカやフランスを思わせる。

一九七〇年代のイタリアやドイツでも、過激化した新左翼が軍事闘争を続けていた。イタリアの赤い旅団によるモロ元首相の暗殺事件は、アメリカでも大きく報道された。連合赤軍の浅間山荘銃撃戦を例外として、日本では手製爆弾による事件が目立ったようだ。

爆弾時代の元年は一九七一年で、警視庁幹部の土田国保宅に送られてきた小包爆弾が爆発し、妻が即死するという事件が十二月十八日に起きている。続いて十二月二十四日には、クリスマスイヴで賑わう新宿三丁目交差点でクリスマスツリーに偽装された時限爆弾が爆発、交番の警官一人が重態となる。土田邸小包爆弾事件と新宿ツリー爆弾事件を含め、七一年には全国で三十七個の爆弾が炸裂し死傷者は五十三人を算えた。

その後も爆弾事件は相次ぎ、一九七四年八月三十日の三菱重工本社ビル爆破事件で頂点に達する。東アジア反日武装戦線〝狼〟による最大規模の爆弾事件では、爆発に巻きこまれた通行人を含む死者八名、負傷者三百七十六名という被害が出た。この事件を起点として三井物産、鹿島建設、間組などを標的とする企業爆破事件が連続する。

通行人の大量爆死を招いた三菱重工事件は、日本初の無差別爆弾テロだった。ただし〝狼〟が意図して無差別テロを実行したわけでないことは、公判の過程で明らかにされたようだ。効果を実験していない大型爆弾を使用した点、退避勧告の電話が遅すぎた点など都市ゲリラとしての経験不足や不手際が、結果として無差別テロを生じさせた。

東アジア反日武装戦線は〝狼〟〝大地の牙（きば）〟〝さそり〟という、それぞれ出自の異なる三つの小グループによって構成されていた。この組織が壊滅して以降も、東アジア反日武装戦線を自称する複数のグループが爆弾闘争を継続した。

一九七〇年代前半の爆弾事件は、東アジア反日武装戦線の三グループをはじめ多数の小規模集団によって惹き起こされた。そうしたグループの多くは〝狼〟と同様、六〇年代後半の大学バリケードを培養皿としていた。

街頭が機動隊に制圧され大学の封鎖も強制解除されたあと、バリケード学生の多くが大学を離れていく。学生運動を弾圧した権力に一矢報（むく）いようと、退学して社会の片隅（かたすみ）に隠れ潜んだ者たちもいた。たった一人で、あるいはわずかな仲間とひそかに爆弾を製造し、敵の心臓部で炸裂させるために。

飯倉皓一もまた、そうした学生の一人だったのではないか。一九六七年に上京した飯倉は、予備校生時代から学生のヴェトナム反戦デモに参加していたという。六九年に鳳凰大学に入学し、全共闘時代にはセクトの内ゲバ体質と独善性、権威主義と大衆運動の引きまわしに反撥（はんぱつ）する無党派学生のリーダー格として活動した。

七〇年安保闘争と全共闘運動が敗北し、街頭も大学キャンパスも機動隊に制圧されたのち、飯倉は戦前日本帝国による東アジア侵略の歴史を学ぶ研究会を立ち上げた。しかし歴史を知るだけでは充分ではない。侵略者の子孫という汚辱を拭（ぬぐ）い去（さ）るために、アジア民衆と連帯する決死の闘争を開始しなければならない。破滅を賭（か）けた闘争だけが贖罪の行為となりうる。

アジア侵略の記念物や交番など権力の末端を標的にして、すでに爆弾は無数に炸裂していた。その列に加わろうと決意した飯倉は、サークル内で信頼できる同志を選別しはじめる。

本気で闘うのか逃亡するのか。この選択が東アジア史研究会の会員たちに突きつけられた。飯倉の差し金で整風運動を推進したのは花房宏だ。最後まで残ったのは、飯倉本人を含めて四人。〝狼〟など、その当時活動していた爆弾グループとしては標準的な人数といえる。

一九七二年十二月二十五日、サークル棟の四階にある部室で午後三時半から、東アジア史研究会の会合が開かれる。冬期休暇中にもかかわらず、会長の飯倉によって緊急に招集されたようだ。

その会議で飯倉皓一から、なんらかの重要な提起がなされることを三橋恭子と中邑卓真は予想していた。もしも武装闘争の方針が出されたら、二人で応じることを決意していたという。

その日どのような話しあいがなされたのか、いくら問われても三橋恭子は言葉を濁し続けた。予想したように飯倉から非合法闘争の提起がなされたとしても、いまさら口を噤むようなことだろうか。首謀者の失踪によって立ち消えになった話だし、仮に実行されたとしても時効になっている。

一応の社会的地位がある花房宏であれば、可能な限り隠そうとするかもしれない。なにしろブラックな企業コンサルタントとして吊しあげられているところだ。テレヴィでも顔を知られている花房が学生時代は極左的な活動家で、爆弾テロを計画したこともあるという噂が広がれば、マスコミの追及はさらに苛烈さの度合いを増しかねない。

天啓教の出家信者として、木曽の山奥で世捨て人のような生活をしている三橋恭子の場合は、花房とは立場が違う。どんな噂が巷で流れようが、修行者にはどうでもいいことだろう。

とはいえテロをめぐる話題に、花房以上に神経質になる理由がないともいえない。

宗教テロを惹き起こした天啓教の信者が学生時代は左翼テロの計画者だったというネタに、週刊誌なら大喜びで飛びつきそうだ。週刊誌ネタになることは避けなければならないという配慮が、口を重くさせたとも考えられる。

部会には二人のオブザーヴァーが同席していた。一人はカントクと呼ばれる男、もう一人はベラという仮名の女。ぎりぎりまで絞り抜いた精鋭メンバーとの会合に、どうして飯倉皓一は会員外の者を呼んだりしたのか。オブザーヴァーが同席していては、非合法闘争を提案するわけにはいかない。

いや、逆に考えてみたらどうか。仲間たちに決定的な提起をするためには、カントクとベラの参加が必要だったと。東アジア反日武装戦線は、それぞれ数名からなる三つのグループによって構成されていた。それぞれのリーダーがひそかに接触しているだけで、グループとしての交流はなかったという。

すでに非合法闘争を開始している別グループの代表者を、飯倉はオブザーヴァーとして部会に招待したのではないか。カントクたちのグループと連携しながら、東ア研グループを非合法組織に再編しようというのが飯倉の目論見だった。このように考えれば、十二月二十五日の部会に会員外の二人が居合わせていたことも理解できる。としても、どのようなことが会合で話しあわれたかは、依然として藪のなかだ。

今日までの暫定的な結論としては、依頼人に飯倉の居所を報告できる可能性はわずかといわざるをえない。この調査を続けて、依頼人が満足するような結果を出せるものかどうか。問題の部会で議論された中身を知ることができるなら、飯倉が失踪した理由も見当がつくのではないか。失踪の理由がわかれば、これまでの線で調査を続けるかどうかの見通しもつくはずだ。

失踪当時に飯倉皓一の身近にいた三人のうち、すでに二人からは話を聞いた。リストラ殺人事件でマスコミに追われている企業コンサルタント、かつて大規模テロ事件を惹き起こしたカルト教団の出家信者。どちらも接触が容易でない相手だったが、なんとか会うことはできた。

第三の人物は自宅に閉じこもっていて、私立探偵の前には容易に出てきそうにない。それでもなんとかして最後の一人、中邑卓真と会わなければならない。今週中には中邑家を再訪するつもりだが、中邑卓真から必要な情報を引きだすためにも、事前調査は万全を期しておきたい。

正面ドアから入ってきた青年が、テーブルの上を注視しながら店内を廻りはじめる。明るいグレーの夏用スーツを着ているが、ネクタイは締めていない。テーブルに置いた雑誌に目をとめて、少し遠慮がちに問いかけてくる。

「飛鳥井さんでしょうか、島崎ですが」

「ええ」

どことなく気の弱そうな印象の青年が、挨拶のつもりか軽く肩をすぼめて席に着いた。細面で、短めの髪をきちんと分けている。勤め先は歌舞伎町だというが、飲食店や風俗店の関係者という雰囲気ではない。この街にも普通のオフィスはあるとして、いったいどんな仕事をしているのか。

「近所に勤めているそうですね」

「新宿区役所なんです」

なるほど、たしかに近所だ。この喫茶店は新宿区役所から五十メートルと離れていない。会社員ふうだがネクタイなしという外見も、役所勤めなら理解できる。

真夏でもビジネスマンの多くは、スーツにネクタイという暑苦しい恰好をしている。役所ではクールビズとやらで、ネクタイなしが推奨されているのか。注文を終えた青年が口を開いた。

「さっそくなんですが、昨日の電話では中邑が家に引きこもっていると」

「そう、事実です」

「長いんでしょうか」

「向かいの家の柴田さんの話では高校一年の途中から」

「とすると、もう十五年か」

「そう、十五年になる」

昨夜の電話で崇司が引きこもっていることを伝えると、驚いたように島崎は絶句した。ふいに電話してきた、まったく面識のない他人と話してみる気になったのは、かつての友人がどうしているかに興味を持ったからだろう。

この青年が崇司の消息を知って驚いたのは、柴田舞子とは高校を卒業してから一度も会っていないためだ。もしも舞子が島崎と顔を合わせていれば、崇司の引きこもりを話題にしたろう。

高校の同窓会が開催されても島崎か舞子か、でなければ二人とも顔を出さなかったとも考えられる。あるいは近頃の若者は、同窓会などやらないのだろうか。島崎の表情を観察しながら質問する。

「島崎さんと柴田舞子さん、中邑崇司君は三人とも同じ高校の同級生なんですね」

「崇司は高一の一月から不登校で、そのまま三月には自主退学だから、一緒だったのは九ヵ月ほどです。同じクラスだったというだけで、柴田さんのことはよく知りません」

「彼女の話では、あなたと中邑君は親しかったとか」

「親しいといっても、ときどき教室の隅で話をしていたくらい。僕たちが話しこんでいるのを遠くから見ていたとは、ちょっと意外ですね。近所の子供だった崇司のことを、それとなく観察していたってことなんでしょうか。

中邑家の向かいが柴田さんの家だったなんて、飛鳥井さんから聞くまでまったく知らなかった。自分の家に友だちを呼んだとき、普通ならひと言くらいいいますよね、ここが柴田の家だって。一応は同級生なんだし。でも、どうしてか崇司は口を閉じていた」

中邑崇司は向かいの家の娘に、まったく無関心だったのか。反対に関心があるから沈黙を守ったとも考えられる、内心の秘密を友人に悟られまいと。

「中邑君とはどんな話を」

「話題は主としてアニメでした。TVアニメを端から録画しているのはクラスでも僕と崇司くらいで、けっこう話が合ったんです」

「アニメファンだった」

「ファンというかオタクですよね。もちろんアニメだけでなく、ゲームのこともよく話した。そのころ『Ｋａｎｏｎ』っていう十八禁のギャルゲーが人気でした。熱中していた崇司に勧められて、僕も高一の夏休みにやってみたんですが」

柴田舞子も洩らしていたが、高校一年の中邑崇司と島崎啓文はオタク友だちだった。アニメやゲームなどオタク的な趣味と、引きこもり的な生活態度には親和性があるのだろうか。よくわからないが、オタクを自任する精神科医が書いた引きこもりの本なら、仕事の必要で読んだことがある。期待した以上に参考になった。

「どうして中邑君は不登校になったのかな」

「わかりませんね、僕には」

「学校でイジメられたとか」

「つきあいがあるのは僕くらいだし、教室で孤立していたのは事実ですが、イジメというほどでは。原因は学校でなく、むしろ家のほうにあったような」

「家庭の問題というと」

「父親が高校教師の高校生というのは、なかなか大変だと思いませんか。高校生の子供がいる高校教師も大変でしょうが。崇司の成績は急降下したんですね。入学直後は学年でも上位だったのに試験のたびにどんどん落ちていき、二学期の期末試験は英語と数学が赤点という最悪の結果だった」

「成績のことで、中邑君は父親と対立していた」

「いや、それは結果でしょう。親の意向に従って中学までは優等生を通していたけれど、高校に入学してから反抗しはじめた。第二反抗期が少し遅かったんですね。自分を操り人形にしてきた親に復讐（ふくしゅう）するため、わざと学業を放棄しているようでした。碇（いかり）シンジに感情移入していたし」

シンジという少年が主人公の『新世紀エヴァンゲリオン』は、崇司や島崎が小学生時代に放映されたＴＶアニメだが、二人は中学生になっても録画を繰り返し観ていたという。

　このアニメは大ヒットして社会現象を惹き起こした。軽んじられていた、あるいは差別的に扱われてきたアニメやゲームなどのオタク文化は、『新世紀エヴァンゲリオン』の成功によって市民権を獲得した。そして二十年が経過し、ジャパニメーションは政府が推進するクールジャパン戦略の目玉となる。

「もともと通じないと思っていたのか、そんな話題は振ろうとしませんでしたが、崇司の本棚には海外文学の文庫も並んでいた。たとえば、ドストエフスキーの『罪と罰』とか」

「中邑君の部屋に入ったことがあるんですね」

「夏休みに二人で秋葉原に行ったあと、自宅に寄らないかと誘われました。両親とも親戚の法事で出かけていて夜遅くまで帰らないからと。聖蹟桜ヶ丘の駅を降りて家に着くと、崇司は庭の隠し場所から玄関の鍵を出していた」

「隠し場所とは」

「庭に置かれた石像の下でした。この家は子供に鍵を渡していないいんだと、ちょっと驚いたな。息子が帰宅するときは母親がかならず家にいる、ということですよね。子供のためだとしても、それでは息苦しくなる」

　稀に母親が留守にする、または両親が二人とも外出するようなときは、出かけた息子が先に帰宅する場合に備えて庭に鍵を隠しておく。そういうことだろう。

子供に玄関の鍵を持たせないのは、帰宅時刻を管理するためでもある。夜遅くに帰ったときも鍵がなければ、チャイムを鳴らして親に玄関を開けてもらわなければならない。深夜に帰宅して自分で玄関扉を解錠し、足音を忍ばせて自室に入ることなどできないわけだ。いずれにしても中邑家の、一人息子にたいする過保護と過干渉を窺わせる。

「崇司君と最後に会ったのは」

「じかに顔を合わせたのは二学期の終わり、学校が冬休みに入るときでした。三学期がはじまっても学校に来ないので電話したんですが、どうしても電話口に出てきません。

心配して家まで押しかけるほどの熱意は持てないまま、二年になるとコミケで同人誌を販売している本格的なサークルに誘われて、僕は中邑のことを忘れていきました。まさか、あのまま家に引きこもってしまったとは。そうか、そういえば……」

「なにか」

「二年ほど前かな、ツイッターでフォローしている有名アニメファンがリツイートしていたんです。印象的なツイートで、もしかしたらアカウントの主は崇司じゃないかと」

「どうして、中邑君だと思ったんです」

「『∀（ターンエー）ガンダム』ってアニメ、ご存じですか」

「『ガンダム』というロボットアニメがあることくらいは」

「ガンダムはモビルスーツで、ロボットとは違うんですが」

どのジャンルでも熱心なファンにはありがちだが、部外者にはどうでもいい細かい話に島崎青年もこだわる。軽く受け流して話を先に進める。

「なるほど、それで」

「ガンダムシリーズの生みの親の富野（とみの）監督が、五年ぶりに制作したのが『∀ガンダム』。富野ガンダムだけが真のガンダムだという熱狂的なファンの要望に応えて作られた作品なのに、モビルスーツのデザインが悪いと評判はさんざんでした。どちらかといえば僕は否定論、崇司は少数派の肯定論。ところで問題のツイートですが、こんな内容でした」

……∀ガンダムは、たんに「かっこわるい」のではない。「かっこいい」と「かっこわるい」の基準を超えたところに位置している。あのモビルスーツを「かっこいい」と感じることができればこの私は変わるし、この宇宙も変わるはずだ。

「『∀ガンダム』の評価が瓜二（うりふた）つだし、この私、この宇宙という言葉の使い方まで同じなので」

「中邑君のツイートかもしれないと思った」

「ええ」

「アカウントはわかりますか」

「そのリツイートを見てフォローしたんですが、半月ほどでアカウントは削除され、ツイログも読めなくなって」

「ハンドルネームは」

「〈イワンの馬鹿(ばか)〉だったかな」

　本名で発信されるツイートは少数で、アカウントの大半はハンドルネームが使われている。正体が中邑崇司かもしれない〈イワンの馬鹿〉は、ツイッターのハンドルネームとしては常識的な部類だ。もっと突飛な例がいくらでもある。

　ドストエフスキーの『罪と罰』を愛読していた崇司なら、トルストイが民話を小説化した『イワンの馬鹿』も読んだかもしれない。

『罪と罰』の貧乏学生ラスコーリニコフは、大学に行くのをやめて戸棚のような狭い部屋に閉じこもり、ひたすら妄想的な観念を肥大化させていく。ようするにラスコーリニコフは、十九世紀ロシアの引きこもり青年として設定されているのだ。

　この小説を読んでいた中邑崇司が、主人公と同じように不登校になり、そして自室に閉じこもった。ラスコーリニコフを真似して、崇司は引きこもりはじめたとも考えられる。

「直接の担当ではないけれど一応は福祉関係の部署にいるので、引きこもりの子供を抱えた親御さんの相談に応じた同僚から、いろいろと話は聞いています。まだ問題は一部しか表面化していませんが、これから大変なことになるのは間違いない」

自室があるから引きこもることもできる。自室とは、日本経済の成長期に親が購入した住宅の一室だ。子供部屋のあるマイホームが、この世代の夫婦には夢だった。

親には持ち家があり、定年に達して退職してからは年金収入がある。引きこもりの子供を抱えていても、かろうじて家計は維持しえた。しかしそれも時間の問題で、遠からず命綱は切れる。親の健康が心身ともに損なわれ、多額の医療費や介護が必要になったら。さらに親が寿命を迎えたら。

中年になるまで引きこもり生活を続けてきた者にとって、社会復帰は困難をきわめる。親を亡くしたのち、なんとか就職して自活できるのは幸運な一部でしかない。進退に窮した多くはホームレス化するか自殺するか、自殺の変奏ともいえる無動機犯罪に走るしかないだろう。

「引きこもりには団塊や、それ以降の世代の親を持つ子供、とりわけ息子が多いようです。これから十年以内に団塊世代は後期高齢者の域に達し、じきに死んでいく。数十万人ともいわれる中年の引きこもりたちは、どうなると思いますか」

青年は語り終えて溜息(ためいき)をついた。新宿区に何人の引きこもりがいるのか正確なところは不明だが、保護者を失って生活に窮しても役所はどうすることもできない。放置するしかないのが現状だし、これから事態が改善される見通しもない以上、福祉部員としては溜息をつくしかないようだ。

喫茶店の前で島崎と別れた。ようやく空は暮れ、暑苦しい街路は夜の活気を帯びはじめている。中華料理店から旨そうな匂(にお)いが漂ってくるが、今夜は外食ができない。冷蔵庫の野菜室には、巽ビル一階の店から届けられた青梗菜(チンゲンサイ)が山ほど入っている。そろそろ料理しないと葉がしおれてきそうだ。

真夏の熱気を掻き分けるようにして、新宿二丁目のコインパーキングに向かう。ジムニーで巽ビルまで戻り、留守電を確認してオフィスからアパートに移動する。エアコンを入れ、冷蔵庫から野菜と鶏腿(とりもも)肉を出して夕食の支度(したく)をはじめる。

二十分で調理し十分で食事を終えた。青梗菜のクリーム煮と怪味鶏(グァイウェイジー)の残りを冷蔵庫に収める。中華鍋(なべ)や食器類を洗っていると、オフィスから切り替えておいた電話機が鳴りだした。手を拭(ふ)いて受話器を取ると、記憶にある若い声が聴こえてくる。

「先日お目にかかった山科郁です。飛鳥井さんにお願いがあるんですが」

「なんだね」

「動画の女性を捜すために、明日の〈エイレーネ〉の集会に祖母が来るというんです。申し訳ありませんが、暗くなるころに国会前まで連れてきていただけませんか。僕は夕方から現場を離れられないので」

「かまわないが、結構な数が集まりそうなのかい」

「戦争法案が参院で審議入りして最初の金曜だから、参加者は万単位になるでしょうね。明日の午後五時に帝国ホテル一階のコーヒーラウンジで、祖母は飛鳥井さんをお待ちするそうです」

他の用件があるとしても、今回の山科三奈子の上京には動画の女が関係している。ジンという娘を捜すのが主目的かもしれない。七月十五日の国会前集会の動画に映りこんでいた以上、次の大規模集会になる三十一日にも姿を見せるかもしれない。万単位の参加者がひしめく路上で、一人の女を見つけられる可能性は少なそうだ。ただし前回は、スピーチなどが行われる集会の中心にいた。発言者が上がる小さな台の周囲は郁も注意しているはずだし、そこなら重点的に網を張ることもできる。

ジンという娘を国会前で発見できさえすれば、四十数年前に失踪した男を捜すという難しい依頼からは解放されるわけで、それに越したことはない。中邑卓真から話を引きだせたとしても、期待できるのは飯倉皓一の失踪の理由がわかるという程度で、即座に居場所が判明するとも思えない。

8

指定された時刻にホテルのラウンジに到着した。席に着いている三奈子が、広々としたラウンジの奥から小さく手を振っている。

前回は日比谷公園のレストラン、今回は帝国ホテルのラウンジ。国会議事堂が目的地なら待ちあわせは新橋や虎ノ門や赤坂でもかまわないはずだが、指定されたのは帝国ホテルだった。

依頼人は日比谷界隈に愛着があるのかもしれない。制服のウエイトレスにコーヒーを注文してから、ちょっとした思いつきを口にしてみた。

「もしかして山科さん、宝塚ファンですか」

「よく来ました、母に連れられて東京宝塚に。飛鳥井さんもですか」

笑いを含んだ声で依頼人に反問される。私立探偵と宝塚という取りあわせが笑いを誘ったようだ。

「浅草の国際劇場なら親に連れられて子供のときによく。日本に帰国して国際劇場が閉館したことを知って、失望しました。もうＳＫＤのラインダンスを見られないのかと。いまでも東京宝塚にはよく来るんですか」

「中学生のころから遠ざかりました、同じ日比谷でもジロドゥーの『オンディーヌ』やサルトルの『悪魔と神』を上演した日生劇場に行くことが増えて。大学時代は友だちとアングラ演劇にも通ったんですけど、ちょっと違うような気が。だんだん演劇熱も冷め、大学を出るころにはお芝居を観ることも稀になりました」

花園神社のテント芝居なら、モダンジャズ好きの友人と一緒に幾度か覗いたことがある。時期が数年ずれるから、赤テントで学生の山科三奈子とすれ違った可能性はないが。

「ところで、この二日間の調査です」

「わかりましたか、なにか」

「中邑氏の自宅まで行ってみましたが、こちらは空振り。三橋さんとは昨日、なんとか会えましたが」

一昨日と昨日の調査結果を簡単に報告した。話し終えるまで黙って耳を傾けていた依頼人が、失望した様子で問いかけてくる。

「三橋さんのところにも、飯倉さんからの連絡はないということですね」

「そう、花房氏と同じ」

「飯倉さんの実家はどうでしょう。ご両親に連絡があったかもしれないし、飛鳥井さんに北海道まで行っていただくことはできませんか」

「昨夜のうちに網走の実家に電話しましたよ。もう両親とも死亡していて、電話に出たのは飯倉氏の弟の奥さんでした。失踪してから連絡は一度もなかったと聞いている、と」

飯倉皓一の弟が結婚したのは、兄の失踪から十年もが経過してからだという。本人と一面識もない義理の妹は私立探偵の質問に、皓一の両親が捜索願を出したかどうかは知らないと答えた。

失踪から七年が経過すると失踪宣告の申立ができる。家庭裁判所が失踪を宣告すると、その人物は法律上は死亡したことになる。たとえば配偶者は離婚の手続きなしで再婚できるし、失踪者が所有していた資産も遺産として相続できる。飯倉皓一の失踪宣告の申立は行われていないようだから、法律上は存命というわけだ。

「花房さんや三橋さんの前にはあらわれていない、北海道の実家にも。あとは中邑さんだけ……」

「一日二日のうちに、また中邑家まで出向きます。今度は会って話してもらえるように、必要な手を打った上で」

日比谷公園のレストランで顔を合わせたときもそうだったが、依頼人は飯倉が最近、昔の友人や家族に連絡した可能性があると疑っている口振りだ。なにか、まだ探偵に伏せている事情があるような気もする。この点をどんなふうに問い質せばいいか思案しているうちに、また依頼人が口を開いた。

「三橋さんの話によくわからないところが。あの日は東ア研の例会で、三橋さんは予定の時刻より少し早く部室に着いたのですね。じきに中邑さんが、しばらくして飯倉さんがカントクとベラを連れてあらわれ、最後が花房さん。例会は午後三時半にはじめられ、それから三、四十分ほどあと、大学院生だった鹿島田さんがドアを開いて東ア研の部室を覗いた。この順でいいでしょうか」

「間違いありません」

「ジンに五分待てといわれて、わたしは四時十分ごろに歴研の部室に入りました。じきに足音が聞こえてテーブルの下に隠れたのだから、鹿島田さんが来たのは四時十分少しすぎ。そのあと階段室前のベンチに二十分ほど坐っていました。ということは、四時半ごろに飯倉さんは部室をいったん出たはず。でも三橋さんは、その時刻に席を立った人はいないといったんですね」

「中座してもじきに戻ってきたし、議論に熱中していた三橋さんの記憶に残らなかったのかもしれない」

「他のことは細かいところまで覚えているのに、妙だわ。どう思いますか、飛鳥井さんは」

ベンチの前で三奈子に問われて飯倉は否定したようだが、やはりジンは歴研の奥の部屋に入ったのではないか。そう考えれば消失の謎もいったんは解ける。

「ジンが東ア研に入った可能性は否定できません。しかし、そのことは当時の飯倉氏、今回の花房氏、三橋さんと関係者の三人が口を揃えて否定している」

「ベラという人もジンと同じで、学生のような年頃だったんですね。あの日、あの部室には部員でもない若い娘が二人もいたことになる。いったい、どういうことなのかしら」

「似ているのは年頃に限りませんよ」

ジンと同じようにベラも本名が不明だ。カントクと飯倉皓一はともかく、三橋恭子にとってベラは身元不詳、正体不明の女だった。この点もジンと共通する。また二人は同じ日に姿を消している。しばらく沈黙していた山科三奈子が、顔を上げてこちらを見た。

「……もしかしてジンが」

「東ア研の会員にはベラと紹介された。二人が別人であることを示すのは、ベラが三時半より前に、飯倉氏の案内で東ア研に到着している点かな」

「それでは辻褄が合わないわ。わたしはジンと四時にサークル棟の玄関前で合流し、四時五分ごろまで一緒にいたのですから」

「いや、この齟齬は解消できるかもしれない」

「どんなふうに」

「三橋さんによれば、飯倉氏が四時半ごろに席をはずした事実はない。この証言は意図的な嘘というより、たんに記憶が失われた結果かもしれません」

飯倉がトイレに立ったことを三橋恭子が忘れたとすれば、三十分前に中座したベラの場合も同じだったのではないか。部室から出たベラが、四階からサークル棟の正面玄関に急ぐ。到着した三奈子をジンとして出迎え、歴研の前まで連れてきたとしよう。

ベラがトイレから戻ってきたと信じこんだ三橋恭子は、飯倉の場合と同じように、この些末な事実を気に留めることなく忘れてしまう。依頼人が大きく頷いた。

「そうね、そうだったに違いないわ。ブルゾンもコートも羽織らないで、ジンは寒そうにしていました。長い髪のウィッグははずし、ピンクの洒落たコートも無人の歴研で脱いでしまい、ジンはセーター姿でサークル棟の正面玄関まで出てきたのね。わたしを歴研の前に待たせて、またコートとウィッグを身に着けて東ア研に戻った。わからないのは、どうしてそんなことをしたのか」

この仮説では、山科三奈子の前にはジンとして登場した女が、東ア研のメンバーにはベラの名前であらわれたことになる。

「テーブルの下で鹿島田さんをやりすごしたわたしが、そのあと東ア研のドアを開いたら、会合に出席しているジンを見つけられたんでしょうか」

「いや、そのドアは開かないんです。鹿島田氏が顔を出して以降、部外者に会議を邪魔されないようにドアの内錠は下ろされていた。山科さんがノックしても、ドア越しのやりとり以上のことは許されなかったでしょう」

ドアが開かれそうな場合は、奥の小部屋に急いで隠れてしまえばいい。山科三奈子がどれほど強引に振る舞っても、五人の人垣を突破して第二資料室まで到達するのは困難だろう。

「明日にも花房氏に会って、ジンとそっくりな動画の女性を確認してもらいます。もしも一人二役だったなら、動画の女はベラだと返答するはず」

ただし花房はベラの存在を秘匿している、知っていても知らないと答えるかもしれない。先に山科三奈子の話を聞いていれば、動画の女のスクリーンショットを三橋恭子に見せたろう。花房がしらばくれるようなら、メールに写真を添付して三橋のアドレスに送らなければならない。

一人二役が演じられていたとしよう。山科三奈子からジンと呼ばれ、東ア研メンバーにはベラと紹介された女は、どんな理由で奇妙な消失劇を演じたりしたのか。

ジンがベラを演じたのではなく、ベラがジンを演じていたような気がする。ジンは山科三奈子しか知らない謎の女だが、三橋証言によればベラは東ア研の関係者五名の前に登場している。しかも飯倉皓一と顎髭の男は、ベラの正体を知っていた可能性が高い。

東ア研の部会に飯倉が連れてきたのだから、ベラも左翼活動家だったのだろう。そんなベラが新宿のジャズ喫茶で、星北大学の女子学生と知りあう。しかしベラには、身元を明らかにできない事情があった。ジンとして三奈子とつきあいはじめたのだが、なんらかの事情で四ヵ月後には友人関係を断つことになる。

連絡先は教えていないのだから、ベラの側から電話するのをやめれば、それで三奈子とは縁が切れる。しかしベラは友人の前で、マジックショーさながらの劇的な消滅を演じてみたいと望んだ。十二月二十五日に東ア研の部会に招かれたベラは、ベラとジンの一人二役を利用した消失トリックを思いつき、そして実行する。尋ねられても東ア研の関係者は、ショートヘアの見知らぬ娘が部室に入ってきたような事実はないと答えるだろう。

このようにして山科三奈子の前からジンは消えた。とはいえ、人間消失の謎が最終的に解明されたとまではいえない。問題は繰り延べられたにすぎない。

「二人が同一人物であれば、ジンが消えた謎は解ける。しかし、その代わりに新たな謎が生じてしまうんですね」

「どういうことでしょうか」

「中庭の反対側から歴研を監視していた山科さんは、九時少し前に会員たちが部室を出るところも見ている。そのとき、ベラらしい女性が帰るところは確認していない。間違いありませんね」

　虚を突かれたような表情で、山科三奈子はしばらく絶句していた。

「……そうでした。歴研のドアから出るところをわたしが見た五人のうち、女子は一人だけ。三橋さんの話では、東ア研の部会には二人の女子が出席していたんですね。三橋さん本人とベラと」

「二人のうち一人は部室で消えたことになる。本人も認めているし前後の事情からしても、九時少し前に男子学生二人と部室から出てきたのは三橋恭子に間違いないでしょう。消えたのはベラのほうだった」

　一人二役の仮説でジンの消失は説明できても、今度はベラが消えたことになる。もともとベラが実在しないのであれば問題ないが、その場合は花房宏が真実を、三橋恭子が虚偽を口にしたと結論せざるをえない。ベラのことで嘘をついたのは花房なのか三橋なのか。依頼人の表情に注意しながら言葉を継いだ。

「部会が解散したとき、三橋さんはベラがどうしたのか記憶が曖昧な様子でした。飯倉氏に案内されてカントクと一緒に来たのだから、帰りも三人一緒だったと考えるのが自然でしょう。しかし山科さんは、歴研の部室から立ち去るベラを見ていない」

「ベラ一人だけ居残ったことになりますが、歴研のドアは見覚えのある背の高い学生が外から施錠していたし、直後にサークル棟の正面玄関も警備員が鍵をかけていました」

十二月二十五日に歴研のドアを解錠したのは、あらかじめ会長から鍵を渡されていた三橋恭子だった。三橋は二人の会外参加者を案内してきた飯倉に鍵を返却した。その鍵を使って、飯倉は歴研のドアの鍵をかけたことになる。

山科三奈子は翌朝、正面玄関の硝子ドアが開かれるのを待ってサークル棟に入り、田邊善之が歴研のドアを解錠して部室に入るのに同行した。前日の午後九時からその日の午前九時まで、ベラは歴研とサークル棟という二重の密室に閉じこめられていたわけだ。しかも、二重にロックされた閉鎖空間から姿を消している。

ベラとジンが同一人物であれば、二人が別々に消失したという謎の半分は解消される。それでもベラ＝ジンは二重の密室から消えたと考えざるをえない。なんらかの抜け穴から問題の女は脱出した。

ジンとベラが同一人物だったと証明できても、国会前にあらわれたジンに酷似している娘を見つけだすことには繋がらない。四十三年前の二重密室の抜け穴を発見し、消失の謎を解明できても同じことだ。

とはいえ、ジンの消失が転生の奇蹟とは関係ない即物的な出来事だったと実証できれば、間接的に調査の依頼を果たしたことになる。仮に居所を特定できなくても、国会前の娘は他人の空似だったということで依頼人も納得できるのではないか。

三橋恭子の話では、花房と中邑もベラの正体を知らない可能性が高い。飯倉を見つけだしてベラが何者なのかを訊きだし、ジンと同一人物であることを確認するしかないようだ。その上で消失の謎を明らかにすること。依頼人が腕時計をちらりと見た。

「あらためて花房氏と面会し、中邑家を訪問します。……そろそろ時刻ですね、出ましょうか」

帝国ホテルの正面玄関を出て、日比谷通りの歩道から暮れかけた空を見上げる。大気には、まだ日中の熱気が濃く淀んでいた。パラソルを手にした依頼人を先導し、日比谷公園を横断する。

霞門を出て信号を渡り、国会議事堂の方向に歩きはじめた。六本木通りに突きあたるまで直進して右に折れる。しばらく行くと左側に広い上り坂が見えてきた。ゆるい坂道の正面に、薄闇を背景にして国会議事堂が聳えている。

海鳴りのようなどよめきが聞こえてくる。抗議する群衆の叫び声だ。坂道の歩道は多数の老若男女で混雑している。白髪頭の老人参加者も少なくないから、還暦を過ぎた依頼人と私立探偵の二人組が目立つことはない。

　坂道を上れば上るほど雑踏は密度を増していく。群衆の流れのなかに、抗議の声をあげる人々の円陣が泡のように点在していた。ドラムのリズミカルな音響がコールに混ざる。

「この辺かしら」

「もう少し先ですね、郁君たちは国会前の右角で集会を開いているようだから」

　歩道の右側は一段高い石組みと、密生した植木で遮られている。左側には警官が配置され、車道に出る人間がいないかを監視中だ。満員電車の車内と変わらない息苦しい状態で、人波を掻き分けて進むのにひどく苦労する。仕事でなければ混雑に音をあげて帰るところだが、そういうわけにもいかない。依頼人を先導しながらじりじりと前進し続ける。

　持ち運びできる小さな台にでも立っているのか、白いTシャツを着た若者の肩と顔が群衆の波間に浮かんでいた。「本当に止める」や「WAR IS OVER」などのプラカードが林立し、若者は「安倍はやめろ」、「憲法守れ」と叫び続ける。

「飛鳥井さん」

　人込みのなかでふいに腕を掴まれた。山科三奈子が緊張した表情でこちらを見る。

「ごめんなさい。段のところに上がりたいの、いますぐ」

歩道ぞいに一段高くなっている場所にも参加者が列をなしている。見物人の列に割りこもうとする三奈子を助け、なんとか石組みの上に押しあげた。依頼人はあたりを見渡しているが、目当てのものは見つけられないようだ。コールの轟音のため、普通に話しても相手の耳に届きそうにない。大声を張りあげた。

「どうしたんですか」

「人波のあいだに、ジンが紛れこんでいたような気がして」

国会前の抗議集会はこれから何時間も続くだろう。山科三奈子とは携帯電話で連絡をとりあうことにして、別々に動画の女を探すことにした。狭いところに数千人の人々が密集しているが、運がよければジンに酷似した女を見つけられるかもしれない。

依頼人と二人で国会前の人込みを一時間は捜し歩いたのだが、動画の女を発見するのは無理だった。集会の現場は猛烈に混雑していたから、早めに離れたのかもしれない。山科三奈子の見間違いで、はじめからジンに酷似した若い女など今夜は来ていなかったとも考えられる。

集会参加者のためのボランティア給水車の横で相談し、九時には捜索を終えることにした。動画の女を目撃したという興奮から醒(さ)め、気を落としている様子の山科三奈子を警視庁の手前でタクシーに押しこんだ。こちらは桜田門駅から地下鉄に乗る。

この時刻では帰宅してから料理を作る気にはならない。麹町駅から四谷駅前まで歩き、しんみち通りのスペイン料理店で遅い夕食にした。

腹ごなしに新宿通りをぶらぶら歩いて舟町の裏通りに入る。もう十一時を廻る時刻で、裏道に並んだ商店は闇に沈んでいた。

巽ビル一階の自然食品店はシャッターを下ろしていたが、二階のゲーム制作会社の窓からは蛍光灯の光が洩れている。エントランスのドアは、最後にビルから退出する者が施錠する決まりだが、納品期限が迫ったゲーム会社が徹夜で作業している夜は、朝まで開け放しの場合も多い。

ちっぽけなエントランスから、狭くて急な階段を四階近くまで上ったところで、ふいに世界が横転した。右胸に激痛が走る。手摺の陰から突進してきた人物に突き飛ばされ、三階の踊り場まで階段を転げ落ちたのだ。四肢をからませて倒れこんだ躰を跳び越え、正体不明の襲撃者が階段を駆け下りていく。騒々しい物音を聞きつけたのだろう、右側のドアが開いて若い男が顔を見せた。

「管理人さんか、どうしました」

「いや、大丈夫。不注意で足を踏みはずしてね」

「注意してくださいよ、危ないですから」

息を整えて静かに立ちあがる。なんとか四階まで上がって、オフィスのスチールドアを解錠した。鍵穴の周囲に見馴れない掻き傷ができている。侵入者が専門の道具で鍵をこじ開けようとしているとき、階段から足音が聞こえてきた。帰宅した住人を四階の手摺の陰から飛びだして突き倒し、そのまま逃走した。

巽探偵事務所のドアはマグネットシリンダー錠だから、どんなに手間暇をかけようとピッキングは不可能だ。もう少し帰宅が遅ければ、侵入者は諦めて退散していたろう。

オフィスに入ってソファに身を横たえる。肋骨は折れていないようだし、救急車を呼ぶまでもない。明日まで様子を見ることにしよう。

とっさのことで侵入者の顔は目に入らなかった。見えたのは階段を駆け下りていく大柄な男の後ろ姿だけ。薄茶のバケットハットに明るい色のサマースーツを着込んでいた。倒れた躰を犯人が跳び越えたとき、茶と白の洒落たコンビシューズが見えた。

あのスーツやコンビシューズとバケットハットは、いかにも不似合いだ。犯人がファッション音痴でなければ、顔を隠そうとしてバケットハットを目深に被っていたのではないか。あれにマスクでも着けていれば、押しこみ強盗の覆面代わりとしては完璧だ。

金が目当ての強盗ならオフィスでなく住居のほうを狙うだろう。いや、こんな貧乏ビルの住人を標的にすること自体が不自然だ。目的は探偵事務所の調査ファイルの類いに違いない。押しこもうとした人物だが、商売が商売だから心当たりが多すぎる。

この数ヵ月に限ってもストーカー事件や闇金がらみの調査で、物騒な連中に目を付けられた可能性がある。山科三奈子に依頼された仕事では、ブラックな経営コンサルタントや、かつて無差別テロを惹き起こしたカルト宗教の信者と接触した。

島崎啓文の話から思いついた仮説が事実であれば、多摩ニュータウンの自宅に閉じこもり中の男にも探偵事務所に押しこむ動機はあるかもしれない。

この件を警察に届け出る気はない。調査情報を提供するのは職業倫理に反するし、仮に被害届を出しても、多忙をきわめている警察がこの程度の事件で積極的に動くわけはない。

まともな捜査など期待できないし、たとえ身の危険があろうと警察の懐に逃げこむのには職業人として抵抗がある。とりあえず自分で、できる警戒はすることだ。

肋骨がずきずきと痛む。大きな痣（あざ）ができたところに冷湿布を貼り、歯医者でもらった鎮痛剤の残りを飲んだら早めに寝てしまおう。

9

昨夜は熱帯夜で、今日も猛暑日になるのは確実という晴天だ。肋骨はまだ痛むし、仕事以外で外出したくはないが、クリーニング店まで行かなければならない。四谷三丁目の裏町を少し歩いただけで、たちまち全身が汗まみれになる。

洗濯屋の女店員に手渡された夏物上下を抱えて、巽ビルの階段を上った。いまのところは気にならないが、あと何年か、長くても十何年かすれば、四階まで歩いて上るのが一苦労という躰になる。巽老人が引退を決めたのも、案外それが原因だったのかもしれない。

〈巽探偵事務所〉のプレートが貼られたスチールドアに、見知らぬ男が凭れていた。昨夜の男がオフィスの前で待ちかまえているのか。しかし押しこみに失敗して逃走した人間が、昼間から住人を襲撃しようというのはいささか不自然だ。

腕の届かない距離から足下を一瞥する。靴は履き古した黒のスリップオンで、昨夜の洒落たコンビではない。埃まみれの小柄な老人で痩せこけている。毛髪は半分以上が白く、頭頂部は地膚が透けて見えるほど薄い。しわくちゃの背広を着ているがネクタイはなし、風を入れるため黄ばんだワイシャツの襟を大きく開いていた。体格からしても昨夜の男とは別人とおぼしい老人が、横柄な口調でいう。

「飛鳥井さんかね」

「あなたは」

「馬籠隆太という者だ。巽探偵事務所の調査員が会いたがっていると鹿島田から聞いて、こっちから出向くことにした」

鹿島田教授に実家の住所を聞いたら、早めに馬籠家を訪れようと思っていた。親が存命であれば、どこに住んでいるかくらいは聞きだせる。実家そのものが消滅していると、馬籠隆太を発見するまでに多少の時間が必要になりそうだが。

馬籠が自分から来てくれたのはありがたい。らっきょうのような顔つきの、どことなく陰険そうな感じの老人だが、居所を突きとめる手間が省けたというものだ。

オフィスのドアを開いて男を室内に招き入れる。クリーニング店まで行くだけなので、エアコンは切っていない。接客用のソファに坐らせて、冷えた麦茶のグラスをテーブルに置いた。

「わざわざ、お越しいただきまして」

どんな魂胆で探偵事務所まで出向いてきたのか。とりあえず下手に出ることにした。

馬籠隆太であれば、こちらと年齢はさして違わないはずだ。貧相な老人に見えるが七十前だろう。六十代後半なら法律上の高齢者だが、自分のことを老人だと思う癖がついていない。映画を観ても小説を読んでも、老人ではなく青年や中年に感情移入している自分に気づいて無自覚さを反省することが多い、そんな中途半端な年齢だ。

「おれに私立探偵が用件というのは」

「少し伺いたいことがありましてね」

「なにを聞きたいんだ」

「昔のことです。……一九七二年の十二月二十五日、鳳凰大学の東アジア史研究会の部室で会合が開かれまして」

「たしかに大昔の話だな」

「東ア研の部会には会外からの参加者が二人いて、一人は個性的な外見の男でした。外国人のような目鼻立ちで顎髭を生やし、駱駝色のコートを着込んでいたとか。この人物が何者なのか馬籠さんはご存じですね」

「どんなわけで私立探偵が、その男について知りたがる」

「調査がらみのことは他言できません、守秘義務があるので」

「あんたが喋らないならこっちも口を閉じる、それでいいんだな」

老人はふてぶてしい口調でいい放った。世間擦れしているというか交渉事に馴れているというか、簡単には求めに応じそうにない顔つきだ。やむをえない、口を開かせるため最小限の情報は提供することにしよう。

「東ア研の会長は飯倉皓一という人物でした。飯倉氏に会いたいという人がいて、捜しているんですよ」

「会いたいというのは何者だ」

「依頼人のことはいえません」

「東ア研の関係者か」

「当時の東ア研とも歴研とも関係のない人だし、名前をいっても馬籠さんには思いあたらないでしょう。それで飯倉氏の居所に心当たりは」

「おれが知るわけない」

「部会の直後に飯倉氏は消息を絶っている。最後に顔を合わせた東ア研の数人に情報提供を求めたが、いずれも空振りだった。部外者らしい顎髭の男にも飯倉氏のことを訊いてみたいんですよ」

「その男が、なにか情報を持っていると判断した根拠は」

「男女の部外者二人を東ア研の部室まで案内してきたのは、飯倉氏なんですね。飯倉氏は二人に、東ア研の会員には伏せていたことまで話した可能性がある。姿を消す理由や行き先や」

「なるほど」

顎に大きな黒子のある老人が、こちらを凝視している。しばらくして納得したように頷き、表情を少しゆるめて口を開いた。

「公安と連動してるわけではなさそうだな」

「どういうことですか」

　理解できないことを口にする老人に、とっさに問い質した。だが、こちらの質問に答えようとはしない。公安警察を警戒している様子の馬籠隆太は、いまだに左翼活動家なのか。前より少しは打ち解けた口調で老人がいう。

「黒澤（くろさわ）のやつが飯倉の失踪について、なにか知っているとは思えんな」

「黒澤というんですか、問題の男は」

「そう、サワの漢字は難しいほう」

「名前は明るいのアキラですか」

「太陽の陽だが、どうしてわかるんだ」

「顎髭の男は飯倉氏からカントクと呼ばれていた。姓が黒澤なら名前は明（あきら）、あるいは別の漢字かもしれないが、読みはアキラだろうと」

「そう、黒澤にはカントクという渾名があった」

「黒澤氏と会えますか」

「無理だな。飯倉と前後して黒澤も行方をくらまし、これまで一度も表には出てきていない。生きているのか死んだのかもわからん」

思わず溜息が洩れそうになる。調査が難航するのは失踪者が多すぎるからだ。四十三年前にジンが消えベラが消え飯倉が消えた。さらにカントク、黒澤陽(あきら)も消息不明になったという。ベラとジンが同一人物だったとしても、三人が姿を消したわけだ。四件、あるいは三件の失踪事件はそれぞれ無関係なのか、あるいは共通の事情があるのか。気を取り直して質問を続ける。

「どんな人物でした、黒澤氏は」

「われわれの党派の拠点校だった星北大学の出身で、学生同盟では中央委員の有力活動家だった。六九年の秋の安保決戦で逮捕起訴され、拘置所から出てきたのは七二年の春のこと。そのころはもう、組織は四分五裂だった。複数の分派のどこにも属することなく、黒澤は一人で動きはじめたんだ」

鳳凰大学の自治会やサークル連合を押さえていた新左翼セクトは一九六九年に二つに分裂し、さらに七〇年以降は四分五裂になったという。分派のひとつで当時の馬籠隆太は活動を続けていた。

「鳳凰大学のキャンパスで、黒澤氏と立ち話をしていたとか」

「そういえば鹿島田に見られた覚えがある。屋外での立ち話には寒すぎたから、十二月に入っていたんだろう。キャンパスで思いがけず、ばったり出遇ったんだ」

天気はいいのに細身の蝙蝠傘を持っている。黒澤が傘の先のキャップをはずすと、鋭く尖(とが)ったアイスピックのような尖端が露出した。

「護身用に細工した傘を持ち歩いていたんだな。顔を見るのは三年ぶりでも、保釈後に単独で活動しているという噂は聞いていた」

文学部の校舎裏で二人は立ち話をはじめた。束ねられた段ボールや、紙屑(かみくず)の袋が山のように積みあげられた焼却炉の横には人気(ひとけ)がない。第三者の耳を警戒することなく近況を語りあうことができた。黒澤は保釈後に田舎(いなか)の教習所で合宿して車の免許を取得した、馬籠は授業料未納で大学を除籍になった、ウーマンリブに傾斜した恋人から同志だった男が糾弾されたとか。そんな話題のあと、少し改まった口調で馬籠は切りだした。

「おまえ、同盟に戻らないのか」

「四分五裂の党派に展望はない」

「なにかやるつもりなのか」

「そのうちわかるさ」

「たいしたことはできないだろう、たった一人では。同盟に戻って一緒にやらないし」

「一人じゃない、〈鎚の会〉だ。近いうちにサークルがひとつ丸ごと獲得できそうだか」

「この大学のサークルなのか」

たとえ旧知の仲でも、組織を離れた黒澤が鳳凰大学の学生運動に介入する気なら黙視できない。かつての同志の詰問にも、黒澤は無言だったという。

丸ごとオルグできそうな小サークルとは、東アジア史研究会だった可能性がある。馬籠と話したときにはもう、黒澤は東ア研の部会に出席する手筈を整えていたのではないか。

「なにか他には」

「あとは連合赤軍の総括だな。リッダ闘争とアラブ赤軍の評価も。やつは連赤に否定的で、リッダ闘争を評価していた。問題は思想性でも決意でもない、お膳立てなんだと」

敵を殺し自分も殺される決意を育てるため、連合赤軍の山岳アジトでは「総括」という名目での暴行が繰り返され、結果として多数の死者が出た。

空中に浮かんだような抽象的な決意や思想性など必要ない、さっさと銃撃戦をやればいい。浅間山荘事件が示しているように、舞台装置さえ整えば誰でも銃くらい撃つ。雪の山荘に閉じこめられ機動隊に包囲されるというお膳立てがあれば。リッダ闘争もまた必要な舞台装置がうまく設定された結果の、お膳立ての勝利ではないか。

「翌年には黒澤が姿を消したという噂が聞こえてきた。もう日本にはいない、レバノンに渡航したのだろうとも。リッダ闘争を評価していた男のことだから、噂としては信憑性があった。あの顔ならアラブ人に紛れても目立たないだろうし」

リッダはヘブライ語ではロッドで、イスラエルのロッド空港で起きた日本人コマンドによる銃乱射事件を、パレスチナ側はリッダ闘争と称するようだ。たまたま空港に居合わせた乗客など二十四人が、事件に巻きこまれて死亡した。

「黒澤氏が日本を出国したという話に、なにか根拠はあるんですか」

「どうだろうな。レバノンを拠点に国際ゲリラ闘争を続けた連中も、黒澤のことは知らないようだったし。国外で逮捕され、日本に送還された事実はない。パリに潜伏中だという噂もあった、ハーグのフランス大使館占拠闘争の前後のことだが」

黒澤陽も馬籠隆太と同じで六十代後半だ。いまでも国外で生存しているのか、どこかで死んだのか。出国したという噂そのものが事実無根だったのかもしれないが。

「運動から離れても昔の連中とは接点がある。まだ組織活動を続けているやつもいる。黒澤と同じ大学だった男に聞いた話なんだが、今年になってから黒澤のことで公安が動きはじめたようだ」

かつて馬籠や黒澤たちのセクトに属し、いまでも活動している者を公安刑事が尾け廻したり、強引な揺さぶりをかけたりする。黒澤から連絡はないか、今年になってから姿を見ていないかといった質問を繰り返しているらしい。

「だから警戒したんだ、あんたのことも」

「馬鹿馬鹿しい、公安が私立探偵を雇うわけがないでしょう」

「鹿島田から電話があったんで一応は気にしたのさ」

「黒澤氏は海外で、いまだに非合法のゲリラ活動を続けている……」

「それはないだろう。ソ連が崩壊してからパレスチナゲリラは急速に弱体化し、代わって台頭したのがイスラム過激派。パレスチナゲリラと共闘していた日本赤軍も解散を表明し、ひそかに帰国したコマンドのほとんどは逮捕されて獄中だ。……公安が疑っているのは、どうやらイスラム過激派の線らしい」

左翼とジハディストでは水と油だろう。とはいえアラブに渡った黒澤陽が四十数年のうちにイスラム教に改宗し、ジハディストに志願した可能性も皆無とはいえない。

すでに時効になった二十四年前の事件だが、サルマン・ラシュディの『悪魔の詩』の翻訳者が勤務先の筑波大学で刺殺された。いまだに犯人の正体は不明のままだ。イランの最高指導者ホメイニ師が、この小説の作者や出版に関与した者に死刑宣告を下していたため、その意を受けたイスラム過激派の犯行ではないかとも疑われた。

昨年は北海道大学の学生がイスラム国で戦うために渡航を企て、関連先が私戦予備罪という聞いたことのない犯罪の容疑で捜索され話題になった。日本とイスラム過激派やジハディストとの接点として浮かんでくるのは、この二つの事件くらいのものだ。民間軍事会社の経営者と称する人物や、戦場ジャーナリストがシリア現地で捕えられ処刑された例ならあるが。

「アメリカもフランスもイスラム過激派のテロで大変な騒ぎだが、まだ日本では一度も起きていない。この国で暮らしているイスラム教徒は少数だし、過激派が含まれているかどうかもわからない。

なにかやろうとしても、アラブ人は外見で目立つからな。テロの計画者が潜んでいても、派手なことをやるのは難しいんだろう。だが、イラクやシリアでイスラム過激派に訓練された日本人ならどうだ。

公安の見込みが当たっていれば、あんたも黒澤に会えるかもしれんな。警察権力が総がかりでも逮捕できない潜入者を、私立探偵が一人で見つけられるなら」

皮肉そうな薄笑いを唇の隅に刻んで、馬籠隆太は語り終えた。黒澤陽がイスラム過激派のテロ組織で活動しているという情報があれば、公安は動かざるをえない。日本に潜入した疑いがあれば必死で見つけだそうとする。

「そういえば、妙なことを黒澤に頼まれたとかいう男がいたな。学生同盟の星北大学支部で活動していたやつだ」

「妙なこと……」

「レポを依頼されたというんだ、その年のクリスマスに鳳凰大学で」

レポとはレポーターのことで、左翼用語では監視者や偵察者という意味で使われることも多いようだ。指令を出した者に報告するため監視も偵察も行われる。

「クリスマスですか」

「間違いない。理由も教えられないまま水嶋は、クリスマスの夜にレポをやれといわれたとか。組織を離れた男の指示に従う必要はないんだが」

水嶋健志は黒澤と同じ大学のセクト活動家で、一度は〈鎚の会〉に誘われたという。組織の再建に努力したいからと勧誘は拒否した。それでも一夜限りのレポの依頼までは断れなかったようだ。

「レポはやったんですね」

「なんの役に立つのか皆目わからないが、とにかく指示通りにしたそうだ」

「水嶋氏と会えますか」

「あんたと会う気があるかどうか、訊いといてやるよ」

水嶋が黒澤から、どんなことを頼まれたのかに興味がある。ジンやベラの消失事件と無関係ではないかもしれない。

「黒澤氏は東アジア史研究会の会合に、飯倉氏に案内されてあらわれたとか。逮捕される前から二人は知りあいだったんでしょうかね」

「どうかな。飯倉というのは、全共闘時代はノンセクトのリーダー格で、われわれと闘争方針で対立することもあった。無理論なやつが多いノンセクト連中では勉強しているほうで、よく論争になったものさ。

黒澤は他大学の学生だし、六九年時点で鳳凰大学の指導を中央委員として担当していたわけでもない。どこで飯倉と出遇ったのか、おれにはわからん」

「ところで、この女性に見覚えないですかね」

動画の女の静止写真をスマートフォンの画面に表示した。バストショットなので、国会前の抗議集会で撮影されたとは特定できない。写真を眺めていた馬籠が不審そうにかぶりを振る。

「知らんな、この女がどうしたんだ」

「一九七二年当時、黒澤陽の近くにいたようです」

「カントク好みの美人だが、この写真は最近のものだろう。四十年も昔に撮影されたとは思えんが」

「ちょうど半月前に、〈エイレーネ〉の国会前集会で撮影された写真ですね。血縁なのか他人の空似なのか、一九七二年に黒澤氏と行動をともにしていた女によく似ているらしい」

昨夜の、動画の女の捜索は失敗に終わった。来週の金曜にも国会前の抗議集会は予定されている。今度こそ、はじめから終わりまで現場に張りつくことにしよう。

「半月前というと七月十五日、戦争法案が衆議院で強行採決された日か。おれも国会前にいたが、学生たちは定時で解散だとさ。われわれが若いころなら国会突入だぜ。マスコミにもてはやされてるが、坊ちゃん嬢ちゃんの運動ごっこだな、あれは」

「何人か十何人かで国会の塀を乗り越えても、警官に取り押さえられて終わりでしょう。政治的効果はゼロに等しい。そのように判断した学生に口先で文句を並べるより、意味があると思うなら自分一人でも実行すべきでは」

馬籠隆太が不機嫌そうな顔でこちらを睨んだ。場合によっては、これからまだ協力してもらわなければならない。仕事の上で面倒なことになりかねないが、このタイプの同世代を逆撫(さかな)でしたくなる悪癖は直りそうにない。

10

　コンビニエンスストアの店内から硝子越しに、真夏の太陽にアスファルトを焦がされた新宿通りを注視している。目当ての車がコンビニ前で停止したら、直後に店を飛びださなければならない。

　午前中に巽探偵事務所を訪ねてきた馬籠隆太からは、期待した以上に有益な情報が得られた。とはいえ公安が黒澤陽を追っているという話に、どれほどの信憑性があるだろうか。仕事の関係上、警察と接触が皆無というわけではないが、もちろん公安とは無縁だから馬籠情報の真偽はたしかめようがない。

　公安刑事から黒澤の居所について訊問されたという男を、馬籠に紹介してもらうことはできる。とはいえ調査の優先順位は低い。その男の話を聞いても黒澤に行き着けるわけではないし、黒澤を見つけても飯倉皓一の居所がわかるとは限らない。

　かつてハイジャックやフランス公館の武装占拠などを繰り返し、フランス政府や日本政府に身代金と仲間の釈放などを要求した日本人の国際ゲリラ部隊に、黒澤陽が参ていない。

加していた確証はない。政府によって国際指名手配された者たちにも、黒澤は含まれていない。

もしも黒澤陽が日本を出国したとしても、早い時期にレバノンの日本人ゲリラからは離れたのだろう。それから海外で何十年ものあいだ、どんなふうに生きてきたのか。イスラム教に入信してアラブ世界の片隅に潜んでいた可能性も、絶対にないとはいえない。

ジハディストとして帰国した黒澤陽が、日本で無差別テロを企んでいるとしよう。それを阻止するのは警察の仕事で、人捜しを頼まれたにすぎない私立探偵とは関係のないことだ。

馬籠が立ち去ったあと花房宏の携帯に電話し、車で木曽まで行って三橋恭子と面談したことを告げた。どんな話を三橋から訊きだしたのか興味がある様子で、今日のうちに会おうという。待ちあわせの時間と場所を決めて受話器を置いた。

続いて鹿島田誠の自宅にも電話する。馬籠に連絡をとってくれた礼をいわなければならないし、それ以外に教えてもらいたいこともあった。尋ねてみると、その場で田邊善之の消息は判明した。歴研の後輩だった田邊は、学術関係の小出版社に勤めているという。

土曜は誰もいないだろうと思いながらも、わずかの可能性を期待して上原書房に電話してみる。幸運にも電話口に出たのは田邊本人だった。鹿島田教授の紹介だと前置きして面談を求めると、急ぎの仕事で休日出勤中だが夕方六時には終わるという。

午後三時に待ちあわせているが、花房宏との面談は一時間もあれば充分だ。そのあと上原書房のある三崎町（みさきちょう）に廻ればいい。六時に会社まで出向くことにして、田邊善之との電話を終えた。

目の前にブルーメタリックのBMWが停止する。花房宏の車だ。コンビニの硝子扉を押し開けて、小走りに歩道を横切った。このBMWは右ハンドル仕様なので、歩道から助手席に乗りこむことができる。

電話で話したときのことだが、待ちあわせに喫茶店などは使いたくないと花房がいう。もともとテレヴィにコメンテーターとして出演していた男だし、事件のあとはニュースやワイドショーなどで顔写真が盛大に流されているからだ。四谷三丁目のコンビニ前で、花房の車に拾ってもらう約束をした。

シートベルトを装着する間もなく、着席した直後に花房宏は車を出した。今日も高級そうな夏物スーツを着込んでいるが、五日前と比較して表情には憔悴が目立つ。法の不備を突いた強制リストラ専門の企業コンサルタントとして、花房はマスコミから盛大に叩かれ続けているのだ。

「話は車のなかですませたい。なにしろリストラ候補者を拷問にかけるパブリック・

エネミーの顔は、有名タレント並みに知れ渡っているんでな。弁護士にいわせると、警察から出頭を求められるのも時間の問題だとか。ちょっとした計算違いの結果、わが社も終わりのようだ。悪評を怖れて顧客が猛烈な勢いで流出しはじめた」

深刻な話なのに他人事のような口調だ。他人に自己責任を強要してきた以上、どんな目にあおうと泣き言はいわないというのが、リバタリアンを自任する男の倫理らしい。社会福祉など必要ない、貧乏人は放置しろと主張してきたウォール街のエリートたちは、サブプライム危機に直面するや巨大投資会社の救済を政府に懇願しはじめた。こうした連中の姑息な二枚舌と比較すれば、ブラックな企業コンサルタントのほうが言行一致という点で多少ましかもしれない。

「飯倉の居所はわかったのか」

「いろいろと判明してきたことは多いが、まだ飯倉氏の行方までは」

「三橋恭子と会ったんだろう。どうだった、三橋は」

「元気そうでしたね、道のない藪を駆け下りていたし」

「三橋はノンセクト活動家をやめて、そのまま天啓教の出家信者になった。六十歳を過ぎるまで、一度も常識的な社会生活を送ったことがないわけだ。おれとは違って特異な人生だな。悪徳コンサルタントのことを、なにか喋っていたか」

「とくには。中邑氏のことはいろいろ話してくれましたが」

「あの二人はつきあってたからな。背丈の点では似合いのカップルだった。おれのことを堕落したやつだと軽蔑しているんだろう。左翼をやめてカルト宗教の無差別テロに加担するのと、リストラ候補者に精神的圧力を加えて窮鼠猫を嚙む式の犯罪にまで追いつめたのと、どちらが悪人なのかね。

　おれは無差別テロだろうと道義的に非難する気はない。ただし一人殺しても百人殺しても同じ絞首刑というのは問題だ。ここは身体刑を復活することにして、天啓教の教祖は八つ裂きとか火炙りとかにするべきだと思うな。あれだけのことをしでかしたわけだから、それで泣き言をいってもらっては困る」

　どこかに行くあてがあるわけでもないようだ。車は新宿通りから外堀通りに入った。雑談は終わりにして、そろそろ核心的なことを質問しなければならない。

「東アジア史研究会の最後の部会について話を伺ったとき、花房さんはベラという女には触れないようにしていましたね。カントクのほうは記憶していたのに、同行していた女のことだけ忘れたとも思えませんが」

「三橋から聞いたんだな」

　助手席をちらりと見て、花房が早口で問いかけてきた。この話題になることを半ば予想していたようで、露骨に不機嫌そうな顔をしている。三橋恭子がベラのことを喋ったかどうか確認したくて、その日のうちに私立探偵と会うことにしたようだ。

「いたんですね。その日、飯倉氏からベラと紹介された女が東ア研に」

「……少し遅れて部室に着いたときには、もういた」

「どんな服装でした」

「白い光沢のある、高価そうなピンクのコートにブーツ」

花房によれば、ベラは二十歳すぎで背丈は百六十センチほど、ほっそりした躰つきだったという。身体的特徴はジンに合致する。ヘアスタイルは違うが、ウィッグを使えばショートヘアをロングに見せかけることは簡単だ。二人が同一人物だった可能性は現実味を帯びてきた。

「コートの下は」

「カントクと同じでコートは着たままだった。暖房設備がある歴研と違って、もともと第一資料室だった東ア研の部室には、小さな電気ストーブが置かれていたにすぎない。会員は慣れていたが、はじめて訪れた二人には寒く感じられたんだろう」

「バッグなどは」

「臙脂(えんじ)色のショルダーバッグを見たような気がする」

「カントクはどうでした」

「部会がはじまっても、洒落た駱駝色のコートを着たまま壁に凭れていた。いまから思えばチェスターコートだな、あれは。それほど寒くないのに、最後までコートを着たままだった」

「他にベラのことで、なにか覚えていませんか」

「会議がはじまる前に、思いだしたように車のキイをカントクに渡していた。部室には飯倉が案内してきたが、どこで二人と合流したのかは知らない。車で来たベラやカントクと、駐車場の出口あたりで待ちあわせたのかもしれんな」

冬休みで駐車場は空いている、停めても大丈夫だと飯倉に教えられたのだろう。その当時、車を乗り廻しているような学生活動家は稀だった。運転してきたらしい女に花房は漠然とした反感を覚えた。

「歴研の鹿島田氏が顔を出す少し前に、ベラが会議を中座したことは。十分もしないで戻ってきたはずなんですが」

「どうかな、よく覚えていない」

「鹿島田氏が東ア研のドアを開いた少しあと、飯倉氏がトイレに立ったことは」

「五時間半もの長い会議だった。交替でトイレには行ったろうが、それ以上のことはいえないな」

嘘をついている様子ではない、本当に記憶は曖昧のようだ。ベラや飯倉が席をはずしたことはないという、三橋証言の真偽は確認できそうにない。

「会員外の二人が東ア研の部会に同席した理由は」

「あの二人は、星北大学を含め複数の大学にまたがるノンセクトグループを代表していた。共同行動に向けた路線論争を目的に、飯倉が部会に連れてきたわけさ」

「星北大学などのノンセクトグループ……」

「そう、〈鎚の会〉と称していた」

四分五裂したセクトとは距離を置いて、黒澤陽は〈鎚の会〉という政治サークルを立ち上げたという。飯倉皓一は東ア研のメンバーに、黒澤と〈鎚の会〉の由来や正体を明確には説明していない。

鳳凰大学の全共闘でもセクトとノンセクトの対立は激しかったようだ。最近までセクトの幹部活動家だったと黒澤を紹介すれば、花房たちが拒否反応を示すかもしれない、そう危惧したのだろうか。

「で、東ア研と〈鎚の会〉の討議はどうでした」

ほとんど発言しない黒澤の代わりに、論争の矢面に立ったのはベラだった。民族植民地問題は帝国主義本国の革命なしには解決されないとか、労働者階級の解放こそ被抑圧民族の解放の前提だとか、新左翼的な先進国革命主義や労働者本隊論を教条的に語るベラに、東ア研の面々は激しい言葉で反駁(はんばく)した。

「先進国労働者階級とその前衛、正確には左翼反対派である自分たちを特権化し、抑圧者、差別者であることを疑おうともしない無自覚は許しがたいと、われわれは激怒した。在日中朝人民の糾弾と批判を主体化し、反差別闘争を闘ってきたんだから当然のことだ。こんな連中と連帯することなど不可能だというのに、どうして飯倉は部会に連れてきたのか。……と、まあ、われわれ三人はそんなふうに思ったわけさ」

真新しい贅沢な服を着て車を乗り廻しているらしいことも、東ア研の貧乏学生たちには不真面目（ふまじめ）、不謹慎と感じられた。黒澤と同様に飯倉もほとんど口を挟まないため、ベラと論争したのは花房、中邑、三橋の三人だった。三対一だし、対等の論争というよりは一方的な非難、糾弾、攻撃という雰囲気だったのではないか。

神楽坂下（かぐらざかした）の信号で車が停止したとき、写真をスマートフォンに表示して花房に突きつけた。

「この女ですね、ベラというのは」

「違うな」

写真を一瞥した男は、素っ気なく返答して車を出した。一瞬のことで見違えたのだろうか。

「よく見てください」

「見直しても結論は同じだ。どちらかといえば二人とも美人だが、飯倉が連れてきた〈鎚の会〉のベラは写真の女とまったくの別人だ」

本当だろうか。花房が真実を語ったのであれば、ベラとジンが同一人物だという仮説は土台から崩れる。運転している男の横顔を凝視しても、嘘をついているのかどうか正確なところは判断できない。

「その夜の八時半に、飯倉氏とカントクが部室を飛びだしたとか」

「そんなことまで、どうして知ってるんだ」

「中庭を挟んで歴研の真向かいのサークル部室に、たまたま人がいたんですね」

「真向かいというと放送研か、しかし灯りは消えていたと思うが」

「どんな事情なのか、電灯を消して中庭のほうを見ていた人がいた」

「ほんの数日で四十年以上も昔の目撃者を捜しだすなんて、調査員としてはなかなかの腕だ。この危機を乗り切れたら、あんたの事務所に仕事を発注しよう」

仕事をもらえるのは有難いが本気とは思えない。質問をはぐらかそうとして、適当なことを口にしているだけだ。

「どんなわけで二人は部室を出たんです、どこに行ったんですか」

「我慢できなくてトイレにでも駆けだしたんだろう」

「二人で」

「そう、二人一緒に」

「それから五分ほどして、あなたと中邑氏、三橋さんの三人が部室から飛びだした理由は」

「四階の階段室前に自販機があった。喉が渇いたから、三人で飲み物を買いにいったのさ」

四階に戻ってきた飯倉や黒澤と、三人は階段室前で合流して一緒に部室に戻った。じきにサークル部室を見廻りにきた警備員に急かされて、九時少し前に部室を出たという。山科三奈子から見廻りの警備員のことは聞いていない。本筋に関係ないことなので、語るまでもないと考えたのだろうか。

八時半ごろに飯倉と黒澤、五分ほどして花房、中邑、三橋が部室を出た。しばらくして五人一緒に戻ってきて、九時五分前に全員で部室を出た。これらの点は花房も認めたが、部室を出た理由や目的地は語ろうとしない。トイレや自販機に行ったという話など、もちろん出鱈目だ。問いつめられたときの花房の薄笑いが、見え透いた嘘だということを物語っている。

「全員が部室を出ているとき、ベラはどうしていたんですか」

「われわれが通路に出たとき、一人で部室に残っていた」

「九時少し前に部室を退去したときは」

「五人で部室に戻ったときには、もう姿が見えなかったんだ。批判を浴びせられて嫌気がさし、無断で帰ってしまったんだろうな」

「三橋さんは、帰宅する飯倉氏や黒澤氏と一緒に部室を出たようだと」

「推測だろう、おれたちは一足早く部室を出たから、そのあとのことはわからない」

八時三十五分から四十五分のあいだに、ベラは一人で姿を消したと花房はいい張る。しかし放送研の前で監視していた山科三奈子は、その時刻に部室から出た人物など目撃していない。どちらも嘘だとしても三橋と花房の証言には共通点がある。外から施錠された密室に、ベラが一人で居残ったことだけは認めようとしない点だ。

「どうしてベラのことを黙っていたんですか」

「細かいことだ、どうでもいいだろうと思ったのさ」

花房はふてぶてしい態度で居直った。隠し事をしていることは疑いないが、意図して閉じた口をこじ開けるには材料が足りない。いったん引くしかないと判断し、九段下でBMWを停めさせた。車から出ると猛烈な暑さだが、地下鉄に乗るほどの距離ではない。目的地まで歩くことにした。

靖国通りの書店を廻って昔の学生運動やイスラム過激派の関係など、調査の資料として役に立ちそうな古本や新刊書を何冊か選んだ。三崎町の裏通りにある昔ながらの喫茶店に入って、購入したばかりの本を開く。

本を読んで時間を潰すのに、スターバックスやドトールは不適当だ。コーヒー一杯で何時間でも粘れそうな古色蒼然とした喫茶店が、この街ではかろうじて生き延びている。

約束の時刻より少し早めに喫茶店を出た。店に入る前に上原書房がある場所は確認しておいた。外壁が薄汚れた三階建てビルの一階には、広東料理店の油じみた看板が出ている。老朽化の点では巽ビルといい勝負だ。

料理店の横のスチールドアから建物に入る。狭くて急な階段で二階に上ると、上部に曇り硝子が嵌められた木製のドア。ドア硝子にはくすんだ金文字で〈上原書房　営業部〉とある。さらに階段を上って〈上原書房　編集部〉のドアをノックすると、「入ってください」という甲高い声が聞こえてきた。

入ったところに四人がけの応接セット。籐の衝立で仕切られた奥には、巽探偵事務所の倍ほどのスペースにスチール製のデスクが五つある。左右には戸棚や本棚が隙間なく置かれていて、ほとんど壁が見えない。運転音がうるさい古いエアコンが冷風を吹きつけてくる。大判封筒や書籍が山のように重ねられたデスクから、初老の男が顔を上げた。

「田邊です。じきに終わるので、そちらの椅子で待っていてください」

上原書房は人文書を中心とした小規模出版社だが、しばしば全国紙の書評欄で扱われるなど刊行物の評価は高い。ただし探偵業と同じで景気がいいようには見えない。

大手の文芸出版社に勤務していた田邊は、四十歳を過ぎたところで零細出版社に移籍した。上原書房を創業した上原老人に後継者として見込まれ、熱心に説得されたのだ。鹿島田教授によれば「自分が出したい人文書を出すため」というのが、勤務先を変えた理由だったという。

「じきに終わる」という言葉に反して、三十分は応接スペースで待たされた。ようやく席を立った男が、一緒に夕食はどうかと誘ってくる。狭苦しい階段を下り、田邊の案内で一階の広東料理店に入った。料理の注文は田邊に任せ、先に届いた烏龍茶のグラスをビールのジョッキと軽く合わせた。

「朝から晩まで冷房の効いた部屋にいると、せっかくのビールがさほど旨くない。かといってエアコンを切るわけにもいきません。室温が四十度を超えるような環境では、朦朧としてゲラ読みなどできそうにないから」

みごとな銀髪をオールバックにした初老の男は、一息でジョッキ半分を空けてしまう。健康な汗を流したあとなら、その倍は一気に飲んでしまいそうだ。唇の泡を手の甲で拭って、田邊善之がこちらに問いかけてくる。

「なにか聞きたいことがあるとか、学生時代のことで」

「連絡先は鹿島田教授に教えてもらいましたが、田邊さんの存在を知ったのは山科三奈子さんからです。山科さんのこと、ご記憶ですか」

「……山科、……三奈子」

叉焼を囓りながら田邊が考えこんでいる。四十三年も前のことで、しかも顔を合わせたのは一度か二度にすぎない。思いだせないとしても無理はない。

「田邊さんが大学生で歴史学研究部の部長だったころ、歴研の部室から消えた友人を捜していて、偶然に田邊さんと出遇ったとか」

「そうか、覚えてますよ。たしか星北大学の仏文の学生だった」

大きく頷きながら甲高い声で田邊がいう。かろうじて記憶の隅に引っかかっていたようだ。これで話を進めることができる。

「一九七二年の、十二月二十六日のことです。午前九時を少し過ぎた時刻に、田邊さんは歴研の部室の前で見知らぬ女子学生に声をかけた」

「時刻はそんなところでしょうね、サークル棟の正面玄関が開いた直後だった。クリスマスの翌朝で日付は十二月二十六日、私が歴研の部長を務めていた年の暮れだから一九七二年。

間違いない。一九七二年十二月二十六日の午前九時すぎでしたよ、お洒落な女子学生が声を出しながら歴研のドアを叩いていたのは。あの大学で史学を専攻する女子は珍しかったたし、歴研の部員にはもっと少なかった。部室の前で途方に暮れている女子学生を見て、いったい何者なのかと思ったね」

「歴研の部室を見せてほしいと、田邊さんは頼まれた」

「念のために学生証を見せてもらいました。女子学生に事情を尋ねたところ、前日の午後、部室に入った友だちが五分後には消えていたというんだ。驚いたね。とりあえず歴研の部室に案内し、椅子を勧めて詳しいことを訊いたんだが、山科さんの話には興奮しましたよ」

「朝早くから歴研の部室に出向いたのは、年末年始に読む本を置き忘れたからだと」

「取りもどした本は『黒死館殺人事件』、あなたは読みましたか」

「ミステリは読まないので」

ミステリに限らない。大人になってからは小説を読むこと自体が稀だ。これも十代のうちに外国生活をはじめた結果だろうか。日本語の小説は容易に入手できないし、何年も英語での読書に慣れることができないうちに、小説を読もうという欲望そのものが希薄化したようだ。英語でも日本語でも本は比較的読むほうだが、ほとんどが人文書で、今年になって読んだものには上原書房から出た政治哲学の翻訳書も含まれている。

『黒死館殺人事件』は『ドグラ・マグラ』と並ぶ戦前の大傑作にもかかわらず、探偵小説が禁止された戦中はもちろん、戦後も長いこと忘れられていた。その三年ほど前に復刊された『黒死館殺人事件』をようやく手に入れたのだが、部室に置き忘れたということらしい。人文書を専門とするヴェテラン編集者の田邊善之だが、いまでも熱心なミステリ読者のようだ。

「史学科では有名な探偵小説マニアでしたからね。山科さんの話を信じるなら、密室からの人間消失事件が実際に起きたことになる。トリック小説好きなら誰でも夢中になる魅力的な謎ですよ」

「どんな具合でしたか、歴研や東ア研の室内は。山科さんから一応の話は聞いていますが」

「生まれてはじめての現場調査だったから、あのときのことはよく覚えている。歴研の部室にはテーブルの下以外に、大人が身を隠せるような場所などないことはあらためて確認しました。小柄な人間が必死で躰を丸めれば入れそうな空間が、戸棚に複数箇所あった。しかし、どこも古い本や資料の封筒や大判のファイルなどがぎっしり詰めこまれていた。雑多な品物を引っぱりださなければ、人が入れるだけの隙間は作れません。床に封筒だのファイルだのが散乱していれば、もちろん山科さんは気づいたことでしょう」

歴研の部室の開口部は、通路に通じるドア、このドアの左右にある曇り硝子の窓、元は第一資料室だった東ア研に通じるドアの四ヵ所。五分のあいだ歴研前にいた山科三奈子の目を盗んで、通路側ドアや二つの窓から外に出ることは不可能だ。しかも三奈子が確認したところでは、左右とも窓は施錠されていた。

歴研に入ったジンが五分後に消えていたとすれば、西側にある東ア研の部室に入ったとしか考えられない。第一資料室だった部屋は小さな錠前で鎖されていたが、田邊は解錠に必要な三桁の番号を飯倉から教えられていた。歴研のメンバーも第二資料室に立ち入る場合があるからだ。田邊は錠前をはずして、三奈子と一緒に東ア研の部室を調べることにした。

「東アジア史研究会に、隠れることのできそうな場所はあったんですか」

「東ア研に備えられていたのは本棚と資料棚だけで、どちらも戸棚のような引き戸はない。人が隠れるのは無理ですね。あとになって先輩の鹿島田さんから聞いたんですが、そのとき東ア研では会合が行われていて、部室に五人か六人はいたとか。山科さんの友人が入ろうとしても、部外者は拒まれたに違いない」

「山科さんの友人が、五分のうちに歴研の部室から消えてしまったと田邊さんも」

「待ってください、結論を出すのは早すぎるから。考えられるのは山科さんの友人が東ア研に入ったということ。東ア研の連中がドアを開いて招き入れたのは、ふいにあらわれたのが既知の、会合に参加できる立場の人物だから。でなければ、未知だが追い払うわけにはいかない人物だった」

前者はともかく、後者がなにを意味するのかよくわからない。炒め料理のカシューナッツを箸で摘みながら、田邊が嬉しそうに応じる。

「言い方が不適当だったかもしれません。たとえば助けを求めてきた急病人なら、会議中でも簡単には追いだせない。会議中の部屋に入りこむための口実は急病以外にもあるでしょう」

「東ア研の部会に出席しても不自然ではない女子に、心当たりはありますか」

「春までは女子会員が四、五人はいましたが次々に退会してしまい、その時期に活動していたのは三橋君くらい。ただし山科さんの友人と三橋君は別人ですよ、身体的特徴の違いが歴然としていた」

三橋恭子は小柄で百五十センチほど、ジンは百六十センチを超えていた。

「適当な口実で東ア研の部室に入りこんだ人物がいたとして、それからどうしたのか。直後に東ア研を覗いた鹿島田さんによれば、会外の女子を目にしてはいないとか」

鹿島田に背を向ける位置にベラが坐っていたのだが、話が複雑になるので触れないことにする。ベラとジンが同一人物でないとしたら、ジンはいったいどこに消えたのか。

「東ア研の奥にあった第二資料室の小部屋でしょうかね」

「……ということになる。東ア研の関係者から、どんな口実で第二資料室に入る許可を得たのかはともかく」

「どんな部屋だったんですか、第二資料室というのは」

「広さは六畳くらいかな。開口部は二ヵ所だけで西側に窓、東側に東ア研に通じるドア、窓から駐車場が見下ろせます」

部屋の中央に低めのテーブルが据えられ、床には大小の段ボール箱が積みあげられていた。雑多な品が無秩序に置かれたテーブルと、床に山をなした荷物。狭い部屋は足の踏み場もない状態で、躰を斜めにしないと戸口から窓まで行き着けそうにない。

「山科さんの友人が、第二資料室の窓から脱出した可能性は」

「その可能性は検討しましたよ、もちろん。四階の窓で、建物の外壁にはなんの手がかりもない。ロープがあれば駐車場に下りられるというのは一般論です。山岳部の部員なら可能だとしても、ロック・クライミングの経験がない者には難しい。しかも消えたのは若い女性なんだから」

さらに問題なのは、小部屋のどこにもロープの端を縛りつけたり、掛けたりできるような出っぱりや突起が見当たらなかった点だと田邊善之は強調した。歴研や東ア研の部室とは違って、第二資料室には本棚も戸棚も置かれてはいない。テーブルはあったが、人間一人の体重を支えるには重さが足りない。段ボール箱にロープの端を固定するなど問題外だ。

「どんなに頭を絞っても、第二資料室でロープを掛けたり縛ったりできたとは思えない。そもそも四階の窓から脱出するには十メートル以上の丈夫なロープが必要で、巻いて輪にしても結構な荷物になる。

消えた友人はなにも持っていなかったと、山科さんは証言していた。躰に巻きつけたというのも無理、サイズに余裕のあるコートでも着ていたならともかくセーター姿だったというし」

第二資料室の窓から脱出した可能性が存在しない以上、ジンは歴研のドアから通路に出たことになる。しかしジンが消えてから飯倉によって施錠された九時五分前まで、歴研のドアは山科三奈子が監視し続けていた。三奈子の注意力がゆるんで見逃したとでも考えない限り、ジンは歴研の部室から消失したと結論せざるをえない。

「外から鍵を使って施錠された歴研のドアを、内側から鍵なしで解錠することはできないんですね」

「無理です。歴研のドアには内錠が付いていたが、鍵で開閉する錠とは別物ですから」

東ア研のドアにも内錠はあるが、歴研側から鍵で開閉できる錠はない。第二資料室も同じだったという。

「そういえば、壊れていましたね」

「壊れていたとは、なにが」

「第二資料室の内錠です。内錠といっても簡単なもので、よくある金属製の小さな閂でしたが」

「どんなふうに壊れていたんですか」

「体当たりしたか蹴飛ばしたか、東ア研側から強い力でドアを押したんでしょう。閂の横棒を通す金具の捻子が、二本とも抜け落ちていた。必要があって前日に第二資料室に入ったんですが、そのとき内錠は無事で、壊れたのは十二月二十五日の可能性が高い」

「山科さんの友人がもしも歴研の部室に閉じこめられたとしたら、翌朝まで出られなかったわけですね」

「ええ、窓から出られないとすれば。翌朝、私が部室に行ったときドアには鍵がかけられていた。東ア研のメンバーが会合の終了後に、通路側から施錠したんでしょう。この点は山科さんも話していたし、警備員の証言も同じでした」

「警備員から話を聞いたんですね」

「もちろん。二重密室のうち、外側の密室の閉じられ具合を確認するために」

警備員は午後八時半にサークル棟に到着し、一階から四階まで順に各室を見て廻るのが日課だ。通路側のドアが施錠されていればそれでよし、もしも開放状態なら室内に入って窓の施錠を確認する。部室に人がいる場合は、九時までに退出するように念を押す。

「以前はもっと自由だったんですが、バリケードが撤去されてから大学側の管理が厳しくなって。警備員が立ち入らないように、ドアに施錠するサークルが多数でした。左翼系の文化サークルはもちろん」

　会議室などがある一階の窓と部屋のドア、階段室の窓などはもちろん二階、三階、四階のサークル部室も通路側のドアか、でなければ戸外に通じる窓の施錠はその日も警備員が確認している。ジンが歴研の部室から通路に出られたとしても、サークル棟からは脱出できないわけだ。部室の多くは通路側のドアが施錠されていたし、開け放しの部室は警備員が窓の錠を下ろしたという。

　どこかの部室のドアを壊さなければ、ジンは戸外に通じる窓まで行き着けない。しかし翌朝にサークル棟を見廻った警備員によれば、ドアの鍵が壊されたサークル部室など存在しなかったし、ドアが開放状態の部室は窓の錠が下ろされていた。

「侵入者が使う可能性の高い一階の窓は、とりわけ厳重にチェックするとか。もちろん窓の内錠は前夜に下ろしたままで、開け放された箇所はなかった。第二資料室や東ア研まで含めた歴研の部室という内側の密室に加え、サークル棟の建物全体である外側の密室にも、人が脱出できるような隙間は存在していない。

　針と糸で外から施錠する類いの、古典的な密室トリックが使われた可能性も想定して、歴研や第二資料室のドアと窓は詳しく調べたんですが、結果は空振りでした」

歴研に閉じこめられたジンが、夜のうちに窓から脱出できたとしよう。とすると翌朝、第二資料室の窓は施錠されていないことが確認される。外から窓の錠は下ろせないからだ。翌朝の九時すぎに、歴研の奥にある第二資料室を点検した田邊善之と山科三奈子によれば、窓はしっかりと施錠されていた。ロープの端を固定する鉤（かぎ）や棒、突起や出っぱりがあろうとなかろうと、窓を開かなければ第二資料室から外には出られない。

「サークル棟が閉鎖される時刻ぎりぎりまで部室を使っていたのは、警備員によれば東ア研だけ。冬休み中にそれぞれの部室に来ていた連中も、午後六時ごろには帰宅していた。警備員は九時十分前に東ア研を覗いて、そろそろ帰るように部員たちを促したとか」

見廻りを終えて正面玄関の外で待機している警備員の前を、東ア研メンバーらしい男女が通過していく。三人、そして二人と。

「一、二分あとに、最後の一人がサークル棟を出ていったのでは」

警備員の証言に、最後の一人の目撃談は含まれていなかったと田邊はいう。「もう少し早く帰りなさい」と注意したはずなのに、山科三奈子が正面玄関から出た事実は忘れたのだろうか。

「他に気づいたことは」

「東ア研の床の隅に、小さく丸められた紙片が落ちていたな」

「なにか書いてあったんですか」

「横書きで、こんなメモのようなものが」

赤いボールペンを取りだした編集者が、テーブルの紙ナプキンに『ネチャーエフ↓イワノフ／ザスーリチ』と書いた。

「メモは特徴のある角張った筆跡で、たぶん飯倉が走り書きしたものです。……ネチャーエフはご存じですか」

「帝政時代のロシアの革命家で、この人物をモデルにドストエフスキーが『悪霊』を書いたという程度しか」

「政治的詐欺師を自任し、社会主義者ならぬ無頼漢だと称する特異な人物、ピョートル・ヴェルホーヴェンスキーのモデルですね。警察のスパイだと虚偽の告発をして、五人組の仲間にシャートフを殺害させるという筋立ては、実際のネチャーエフ事件をなぞったものだ。

ただし拾ったメモが、二重密室からの消失事件と関係あるのかどうか。東ア研は左翼サークルですから、十九世紀ロシアの特異な革命家ネチャーエフに関心を持ったメンバーがいても当然だし、事件とは無関係なメモだったかもしれない」

ドストエフスキーの小説は高校時代に読んだ、『罪と罰』も『悪霊』も。大女ジンが登場する日本作家の小説は、『悪霊』を下敷きにしている。アメリカで観たヴィスコンティ監督の『ダムド』も。

いずれの作品も革命と暴力、右翼も左翼も信じないニヒリストと傍観的なインテリの対立、無垢の少女を歪んだ性欲で穢した罪、などなどの主題を『悪霊』と共有している。『悪霊』で大女ジンに該当する人物は、片脚が不自由な白痴の女マリヤだろう。

ネチャーエフ事件のことは文庫本の解説に書かれていた程度しか知らない。徒労に終わる可能性が大だが、イワノフやザスーリチのことは今夜にでもリサーチしてみよう。

「なにか他には」

「拡大鏡こそ手にしていないにしても、私がシャーロック・ホームズよろしく部室の床を舐めるように調べているとき、山科さんは椅子の陰で見えにくい場所に落ちていたショルダーバッグをひっくり返していたな。赤っぽい色の女物で、なかにはハンカチやポケットティッシュ、千円札が数枚と小銭など。現金はバッグの内ポケットに裸で押しこまれていた」

いったん出した中身を元に戻し、バッグは元通り椅子の陰に落とした。あとから東ア研メンバーが来ることだろう。消失事件が起きた密室の現状を不用意に変更してはならない、そう配慮したようだ。

山科三奈子が調べたのはベラが持ちこんだバッグに違いない。会議の参加者はそれぞれの荷物や鞄を持って東ア研を立ち去ったが、ベラのショルダーバッグだけは部室に置かれたままだった。本人は消失してもバッグは部室に残されたことになる。

「それにしても驚きました、あのサークル棟から墜ちて埜木さんが亡くなるとは。それも自殺とはね」

傷ましいという表情で田邊が話題を変える。自分とは縁のない著名人の噂をする口調ではない。

「埜木綏郎をご存じなんですか」

「文芸書房で埜木さんを担当していた時期がある。入社時には学術出版を希望したんですが配属されたのは文芸局で、上原書房に移るまで長いこと文芸編集者でした。どうせなら探偵小説を出したかったんですが、エンタテインメント小説はまた部局が別で。埜木さんの本は、戯曲集だけでなくエッセイ集や評論集も担当しましたよ」

「鹿島田教授のところに刑事が来たとか。どうやら警察はサークル棟の屋上からでなく、歴研の第二資料室の窓から埜木氏が墜ちた可能性を疑ったようです」

「あの窓から……」

田邊が絶句した。埜木綏郎が鳳凰大学で自殺しても、不思議というほどのことではない。この大学で特任教授として演劇論の講義をしていたのだから。工事現場で人気(ひとけ)

がないサークル棟の屋上を、投身の現場として選んだことも。

しかし、田邊が学生時代を過ごしたサークル部室の窓から文芸書房の編集者として担当していた劇作家が墜死したとなれば、その奇妙な因縁には驚かざるをえない。同じ文学部でも埜木は演劇科で、史学科とも史学科の学生が多い歴研とも接点はないはずだ。しばらくして学術書編集者が口を開いた。

「埜木さんには幻の舞台、幻の戯曲がありましてね」

「幻の舞台、ですか」

「季節社という学生劇団を結成した埜木さんが、一九六九年の夏に全共闘が占拠した大学の講堂で上演したようです。その芝居をたまたま観たという人物から話を聞いて、よければ当社でその戯曲を本にしたいと持ちかけました。いまさら学生時代の習作を出版する気はないと、かなり強い口調で断られたんですが。その戯曲のことは自筆年譜にも記載されていないし、『転生の魔』は幻の処女作ということになる」

「芝居のタイトルが『転生の魔』なんですね」

転生する女をめぐる信じられない話を聞いたばかりなので、少し驚いて確認した。田邊がゆっくりと頷く。たんなる偶然の一致だろうか。

「その戯曲、田邊さんは読んでいないんですか」

「ガリ版印刷の上演用台本しか存在しなかったようですね。俳優として出演した学生には配付されたとしても、記念品として保存している人を見つけられるかどうか。埜木さんの口振りでは自筆原稿は残してあるようでしたが、けっきょく見せてもらえなかったな。バリケードで芝居を観たという人物も記憶が曖昧で、天皇制批判や大逆事件がテーマの芝居という程度のことしか」

一九八一年に上演された『あなたは変わらないで』は、若い世代から圧倒的に支持された。この大ヒットによって埜木は小劇場運動の旗手となる。

一九七〇年代以降の小劇場運動は、戦前の築地小劇場の流れを汲んだ俳優座や文学座や劇団民藝などの新劇とも、唐十郎の状況劇場や寺山修司の天井桟敷に代表される六〇年代の前衛演劇とも異なる時代背景から生じている。新劇は戦後左翼と併走し、唐や寺山の前衛演劇は六〇年代の文化的ラディカリズムの一翼だったが、七〇年代以降の小劇場運動に左翼性や政治性、ラディカリズムの色彩は希薄だ。

この点は埜木綏郎が率いた劇団〈演劇機械〉の場合も変わらない。ただし、八〇年代のバブル的繁栄と併走して大流行したポストモダンな思想や感覚を早い時期から持ちこんでいた点で、〈演劇機械〉は小劇場運動の最右翼に位置した。

「学生時代の埜木さんが、大学バリケードで反天皇制をモチーフとした芝居を上演したという事実は意外です。いまでも上演されることがあるんですが、『あなたは変わらないで』はご覧になりましたか」

「いいえ、戯曲のほうは目を通しましたが」

埜木綏郎の自殺と飯倉皓一の行方には、なにか関係があるかもしれない。飯倉は旧東ア研で目撃されたのを最後に失踪したのだし、埜木は元東ア研ということになる部屋から墜死した可能性がある。そんなわけで、埜木が遺書代わりに残したという本も読んでみた。

空気感染でゾンビになってしまう世界が『あなたは変わらないで』の背景だ。ただしゾンビは、この世界ではイキカバネと称されている。息をすることで屍（しかばね）になる者、あるいは生きている屍の意味だろう。

文庫解説によれば、この芝居にはジョージ・A・ロメロの『ナイト・オブ・ザ・リビングデッド』の影響が認められる。イキカバネはリビングデッドの翻訳かもしれない。

俳優は男も女も防毒マスクを装着して登場する。イキカバネの襲撃で防毒マスクを奪われた者はたちまちゾンビ化し、それまでの仲間に襲いかかる。ゾンビの手から救いだした女を男は愛するようになる。女の素顔を見たい、キスしたいと熱望するが防毒マスクをとるわけにはいかない。男の場合も同じことだ。

マスクという障壁越しにしか恋人たちは触れあうことができない。女は防毒マスクをはずして素顔を晒し、「あなたは変わらないで」と叫んで高層ビルから身を投げる。恋人を失った男が自分のマスクに手を掛けるところで、閉幕。

「この芝居では、本当の自分を露出すれば本当の自分は失われてしまうという逆説が描かれているというようなところが、初演当時からの一般的な解釈でした。本当の自分など存在しないという、当時流行のポストモダン思潮を追い風に大ヒットしたともいえる。

しかし、こうした解釈は見当違いかもしれませんね。マスクで顔を隠し、呼吸した者はゾンビ化してしまう空気を拒絶してきた少数の生き残りは、反時代的なラディカリストを寓意(ぐうい)しているのではないか」

埜木綏郎の処女戯曲『転生の魔』を補助線として、出世作『あなたは変わらないで』を解釈してみよう。ゾンビ化する空気とは消費社会に瀰漫(びまん)する大衆的欲望で、それに染められた人々がゾンビとして描かれているともいえそうだ。

「そのように解釈されることを危惧して、埜木さんは『転生の魔』の刊行を拒否したともいえる。亡くなったいまとなっては、本人にもたしかめようのないことですがね」

「その芝居を観たか、台本を読んだ人はいないんですか」

「話を聞けるとすれば、埜木夫人の緋縒小春(ひよりこはる)さんかな。〈演劇機械〉が発足したとき以来の劇団員も、緋縒さん以外は学生時代の埜木さんを知らないようだし」

〈演劇機械〉出身の女優、緋縒小春が埜木綏郎夫人らしい。緋縒小春は舞台だけでなく、映画やテレヴィドラマにもよく出ている。そのため、現代演劇に無関心な私立探偵でも名前と顔くらいは記憶にある。

なにしろ転生すると称して四十数年前に姿を消した女と、瓜二つの人物を捜しているところだ。同じような時期に上演された芝居『転生の魔』に興味はあるが、スキャンダルを警戒する芸能人は私立探偵や調査員に警戒的だから、相応の手を使わないと話は聞けそうにない。

料理の皿は片づけられ、温かい烏龍茶と豆腐花（ドウフウホワ）が運ばれてくる。面談もそろそろ終わりなので、収穫は期待しないで訊くだけ訊いてみた。

「東ア研の会長だった飯倉氏を捜しているんですが、居所をご存じないですか」

「あの事件のあと失踪した飯倉君ね。住んでるところは知りませんが顔は見ましたよ、つい最近」

予想外の返答だが、しかし本当だろうか。驚きが表情に出ないように注意して、さらに問いかける。

「どこで見たんです」

「安保法制が衆議院で強行採決された日に、国会前で」

「先月の十五日ですね」

田邊が頷いた。その日の夜、リベラルな出版人は国会前の抗議行動に参加して、旧知の人物を見かけたことになる。ジンが動画で撮影された夜に、飯倉皓一も人前に姿をあらわしたわけだ。

「間違いないんですね、飯倉皓一に」

「そういわれても困るな。記憶にあるのは二十歳すぎの青年の顔で、目にしたのは初老の男なんだから。この数年、首相官邸前や国会前で偶然に顔を合わせた昔の友人知人は一人や二人ではない。四十数年ぶりでも、どうしてか顔はわかるものですね。人垣の向こうに見えたのは、飯倉に違いないと思うんだが」

「本人かどうか、確認しなかったんですか」

「なにしろ凄い人込みで、声をかける前に見失ってしまった」

七月十五日の国会前は昨夜以上の大群衆だったろう。目撃した顔を直後に見失っても無理はない。田邊の目撃談に信憑性があれば調査の局面は一変する。四十三年前に起きた失踪事件の真相を洗い直すのではなく、いまも東京のどこかに潜んでいる飯倉皓一の捜索を優先するべきではないか。

情報提供者に食事代を払わせるわけにはいかない。テーブルを立つ前にレシートを確保して、一足先にレジに向かった。日比谷公園にあるレストランでの教訓から学んだのだ。

11

　夜が更けるのを待ち、ジムニーで甲州街道を西に向かう。日曜日の深夜だから交通量はさほど多くない。交差点の歩行者信号が赤に変わったが、まだ車道の信号は青だ。エクスプローラーならアクセルを踏みこむところだが、ブレーキを軽く踏んで減速する。

　巽老人から業務用に貸与されていた3・5リッターエンジンの高級ＳＵＶと違って、ジムニーシエラのエンジンはちっぽけだ。当然、加速力にも限界がある。黄信号が赤に変わる寸前に車は停止した。年齢にふさわしい安全運転で、そろそろ枯葉マークを用意したほうがいいかもしれない。

　昨夜は、いったん会社に戻るという田邊善之と広東料理店の前で別れ、地下鉄で四谷三丁目をめざした。巽ビルに着いたあと、オフィスで、三橋恭子に電子メールを出すことにした。確認したい点が多いため長文のメールになりそうだ。寝室にはタブレットを置いているが、キイボードがないと長めの文章は打ちたくない。

メールを送信して寝室のベッドに潜りこんだのは、いつもよりも遅い時刻だった。調べたり考えたりすることが多かったのだ。眠れたのは四時半か五時か、そろそろ空が明るくなる時刻で、目が醒めると朝の九時を廻っていた。

タブレットでメールをチェックすると、三橋恭子から返事が届いている。天啓教の出家信者の朝は早いようだ。中邑家の留守電にはメッセージを入れた、と最初に書かれている。ベッドのなかで続きを熟読した。

こちらからの質問のポイントは四点。添付の顔写真はベラかどうか。写真の女がベラとは別人の場合、鹿島田の少し前に部室を訪ねてこなかったか。当時の東ア研でネチャーエフに興味を持っていた人物はいないか。以上三点に加えて、午後八時三十五分ごろに中邑や花房と慌ただしく部室から出たというが、その理由と行き先は。

三橋恭子の返信によると、顔写真の女はベラとは別人。鹿島田以外に部室を訪ねてきた部外者は一人もいなかった。また返信にはネチャーエフの件についても書かれていた。

東アジア史研究会はノンセクト活動家の集まりでしたから、セクトが信奉するボリシェヴィズムには否定的でした。ニヒリストを自任していた花房さんのように、ロシア革命史の場合もレーニンやトロツキーでなく、〈人民の意志〉党や社会革命党に関連する文献をもっぱら読んでいた人も。とはいえ、飯倉さんの口からネチャーエフの話が出たような記憶はありません。

田邊善之によれば、『ネチャーエフ↓イワノフ／ザスーリチ』というメモの筆跡は飯倉皓一のものらしい。どのような意図で飯倉は、こんなメモを走り書きしたのだろう。

寝室の安楽椅子(あんらくいす)に腰を据え、ネチャーエフ関連の情報をネットで漁りはじめた。日本文より英文のほうが検索に引っかかるデータは多い。

一八四七年に貧しい庶民の子として生まれたセルゲイ・ネチャーエフは、苦学して教師の資格を得た。一八六八年には聴講生だったペテルブルク大学で学生を反政府運動に向けて扇動する一方、二年後に帝政打倒の革命を実現するという妄想的な極秘計画を立てる。

ネチャーエフの悪名を轟かせた事件は一八六九年に起きた。警察に逮捕されたという偽情報を流して、ネチャーエフがペテルブルクの同志たちの前から姿を消したのは六九年の三月。この偽情報に、最初に騙された一人がヴェラ・ザスーリチだった。

一八四九年に小貴族の娘として生まれたザスーリチはペテルブルクで教育を受け、モスクワで判事の助手として働くうちに民衆の悲惨な暮らしの実情を知るようになる。六八年にはペテルブルクに戻って、労働者教育のボランティア活動に参加した。この年、十九歳のザスーリチは二十一歳のネチャーエフと社会運動の現場で出遇う。逮捕され革命家の墓場といわれるペトロパヴロフスク要塞に送られたという偽情報を流して、翌年にネチャーエフは非合法で出国した。この虚偽を仲間たちに広めて信じこませるため、ザスーリチは巧妙に利用されたことになる。

　ネチャーエフの陰謀に巻きこまれて逮捕され、ようやく二年後に解放されたときザスーリチは、断固たる決意の革命家に変貌していた。

　ザスーリチが自由を得たころ、ロシアではナロードニキ運動が巻き起ころうとしていた。首都から追放されたザスーリチは、キエフでナロードニキ運動に参加する。七六年にはペテルブルクに戻って、ナロードニキ組織〈土地と自由〉派に入党した。

　ザスーリチを革命の英雄としたのは、フョードル・トレポフ狙撃事件だった。デモで逮捕された大学生ボゴリューボフは、監獄を視察した市長官トレポフ将軍を侮辱したとして鞭で打たれた。この非人道的きわまりない仕打ちに憤激して、政治犯らが監獄内で暴動を起こす。請願と称してトレポフに面会を求めたザスーリチは、ボゴリューボフ事件の報復のため拳銃で将軍を撃った。

　執務室でなされた至近距離からの銃撃にもかかわらず、トレポフはかろうじて一命を取りとめる。ザスーリチが強度の近視だったせいで拳銃の狙いがそれたからだ。一八八一年のアレクサンドル二世暗殺で頂点をきわめるロシアのテロリズム時代が、ザスーリチの轟かせた銃声を合図として開幕する。
〈土地と自由〉派はテロリズム路線の〈人民の意志〉党と、それに反対する〈黒の割替〉派とに分裂する。テロリズム時代の幕を開いたザスーリチだが、この時点では合法的な大衆運動を重視する〈黒の割替〉派に属した。〈黒の割替〉派の「黒」とは豊かな黒土を、「割替」は農民たちによって定期的に行われる共有地の再分配を意味する。

後進国ロシアは西欧のような資本主義的産業化の段階を経過することなく、ミール共同体の共同所有を発展させることで共産主義を実現できるのではないか。ザスーリチはロンドンに亡命中のマルクスに手紙を書いて、このような質問をした。これがソ連崩壊後のマルクス研究で重視されている「ザスーリチ書簡」だという。

ザスーリチはプレハーノフらとロシアで最初のマルクス主義組織〈労働解放団〉を結成し、一八九八年にはロシア社会民主労働党の結成にいたる。ロンドンで開催された第二回大会でロシア社会民主労働党は、レーニンらのボリシェヴィキ派とマルトフらのメンシェヴィキ派に分裂し、ザスーリチはメンシェヴィキの側についた。

西欧型の合法的労働運動と広範な労働者政党を理想としたメンシェヴィキにたいし、ネチャーエフ主義を継承するボリシェヴィキは、専制打倒の暴力革命と中央集権ネチャーエフの陰謀に翻弄された苦い記憶が、ザスーリチを反ボリシェヴィキの立場に向かわせたのかもしれない。

当然ながらザスーリチは、ボリシェヴィキ党による一九一七年十月の軍事クーデタに反対した。ナロードニキ運動に先行するロシア革命運動の黎明期から、ボリシェヴィキ革命までを体験し、あるいは目撃した女性革命家はペトログラードで革命直後の一九一九年に死去する。

このように多彩な経歴を持つヴェラ・ザスーリチだが、飯倉皓一のメモに記されていたのは、トレポフを狙撃した実践家でも、ロシア型の共産主義革命についてマルクスに意見を求めた理論家でもなさそうだ。メモにあるのは、ネチャーエフの陰謀に巻きこまれた十九歳のザスーリチのことではないか。

警察に逮捕されたとの偽情報をザスーリチの耳に吹きこんだネチャーエフだが、実際は秘密裡に出国しスイスに潜入していた。ジュネーヴでは初対面のバクーニンに、自分はロシア各地に組織された多数の細胞を指導する革命委員会の代表で、ペトロパヴロフスク要塞を脱獄しスイスに亡命してきた歴戦の革命家だと嘘八百を並べたて、まんまと信じこませる。

バクーニンから引きだした資金で『革命家のカテキズム』を出版したネチャーエフは、六ヵ月でスイス滞在を切り上げる。一八六九年九月にモスクワに舞い戻り、〈世界革命同盟〉なる国際団体のロシア代表と称して秘密結社〈人民裁判〉、別称〈斧(おの)の会〉を結成した。

〈世界革命同盟〉はしばしば、マルクス派とバクーニン派が同居していた実在の国際労働者協会(インターナショナル)と間違えられたが、こうした誤解もネチャーエフは最大限に利用した。

グロテスクなまでの思想的徹底性に感嘆するか、それを嫌悪するかは人によるだろうが、いずれにしても『革命家のカテキズム』にはネチャーエフ主義の精髄が込められている。

このパンフレットによれば、革命家は「前もって死刑を宣告された者」であり、いかなる道徳観念にも拘束されない。革命にとっての有効性だけが言動を律する唯一の公準なのだ。換言すれば革命に有効なことは道徳的であり、そうでなければ不道徳である。

革命とは殺すか殺されるかの無慈悲な闘いだ。革命家は敵に慈悲を期待しないし、革命の敵を自分自身の手で殺す覚悟を持たなければならない。革命に有効な殺人は道徳的である。

革命家の集団には階級が存在し、最高指導者だけが革命の戦略と組織の全貌(ぜんぼう)を把握できる。ピラミッド状に組織された革命党の下部党員は、革命のために消尽される資本にすぎない。必要に応じて指導者は、必要な行動に駆りたてるため下部党員を欺瞞してもかまわない。

民衆が革命に目覚めるのは苦痛が限度を超えたときだけだ。革命家は民衆の苦痛をやわらげてはならない。反対に、さらに耐えがたいものにするため精力を傾注しなければならない。

スイスではロシアの革命委員会の代表と名乗り、ロシアでは国際革命組織から派遣された責任者と称する。実際には存在しない秘密組織を代表しているという嘘で、自分を過大に見せかける詐欺師の言動は、『革命家のカテキズム』の忠実な実践だった。

モスクワの〈斧の会〉は学生中心の小グループにすぎないが、秘密細胞の組織網はロシア全土に張りめぐらされ、地下深く潜行した中央委員会によって統轄されている。ロシアの中央委員会の背後には、国際団体である〈世界革命同盟〉が存在すると会員たちは信じこまされた。

もちろん、モスクワの細胞と中央委員会の連絡はネチャーエフ一人が独占する。でなければ、中央委員会など存在しないことが露顕してしまうからだ。

こうした虚偽と欺瞞の数々を見抜いたのが、モスクワの指導細胞の一員イワン・イワノフだった。ネチャーエフはイワノフを裏切り者と非難し、他の三人を煽ってペトロフスキー農業大学の庭で射殺する。屍体は池に沈められた。

動揺分子を始末することで、殺人に加担した他の会員は厭でも組織を離脱できなくなる。どれほど不道徳で不名誉な行為を命じられても、指導者に秘密を握られたメンバーは黙って従うしかない。

裏切り者を全員で殺害するのは、ゆるんだ組織を引き締めるのに効果的だという病的に歪んだ発想から、ドストエフスキーの小説『悪霊』のピョートルは配下にシャートフ殺害を命じる。

ネチャーエフの公開裁判は行われていないから、そこまで計算してイワノフ殺害劇を仕組んだのかどうか詳細は不明だが、ピョートル流の陰惨な組織論を『革命家のカテキズム』から引きだすことは充分に可能だ。

殺害現場からはアストラカンの帽子が発見された。不用意にもネチャーエフが置き忘れたのだ。十二月にはイワノフ事件の関係者が一斉検挙される。逮捕者は三百名に達し、〈斧の会〉は一夜にして壊滅した。

大量の逮捕者を獄中に置き去りにしてネチャーエフは一人スイスに逃亡するが、虚偽に満ちた言動がバクーニンらの疑惑を招き、しだいに孤立するようになる。一八七二年にチューリヒで逮捕されロシアに移送された。今度こそ本当にペトロパヴロフスク要塞に投獄され、十年後の八二年に水腫（すいしゅ）と壊血病で死亡。

ネチャーエフ関係の記事を検索し、チェックするうちに時間を忘れていた。大多数の市民と同じことでドストエフスキーも事件の詳細を知る立場にはなく、想像されたネチャーエフ像からピョートルを造形した。しかし作中人物ピョートルよりも、モデルになったネチャーエフのほうが人間として興味深いとも感じる。

独房に幽閉されたネチャーエフは、不屈の精神力で看守の兵士を味方につけてしまう。看守を通信係として、アレクサンドル二世の暗殺を試みようとしていた〈人民の意志〉党との接触に成功し、獄中と獄外とで脱獄計画が検討されはじめる。

〈人民の意志〉党の組織力から二兎は追えないことが判明すると、脱獄計画でなく皇帝暗殺を優先するようネチャーエフは求めた。アレクサンドル二世の暗殺は成功するが、その代償のようにネチャーエフは獄中で朽ちはてた。

革命家はあらかじめ死刑を宣告されている、革命家の存在は革命のために消尽される資本にすぎないという『革命家のカテキズム』の主張を、ネチャーエフは自身にたいしても厳格に適用したようだ。

いかなる自己犠牲も怖れない不屈の革命家が、同時に虚偽、奸計、捏造、詐術、その他もろもろの恥知らずな不正、卑劣きわまりない犯罪に躊躇なく踏みこんでいく。民衆の解放という理想の光と、悪行の底深い闇の鮮やかすぎるコントラストに目を奪われざるをえない。

ザスーリチのファーストネームはヴェラだ。日本では音引きを入れてヴェーラとも表記される。黒澤陽と一緒に東ア研の部会に出席した若い女を、飯倉は「ベラ」でなく「ヴェラ」あるいは「ヴェーラ」と紹介したのではないか。

日本では、B音とV音を区別しないことが多い。文字で読むのと違って、発声された場合は音引きの有無が不明確なことも。花房宏や三橋恭子は、「ヴェラ」や「ヴェーラ」を「ベラ」と聞き違えたのかもしれない。メモの「ザスーリチ」が東ア研にあらわれたベラだとすれば、「ネチャーエフ」とは何者なのか、そして「イワノフ」は。

思わぬ符合は他にもある。ネチャーエフが結成した非合法革命組織〈人民裁判〉は、〈斧の会〉という異称でも呼ばれていた。黒澤陽が口にした〈鎚の会〉とは〈斧の会〉を意識した名称ではないか。

はじめから武具として製作される剣や槍と違って、斧は民具だ。民具でありながら武器としても使われる。剣や槍が騎士や傭兵など職業的な兵士の象徴だとしたら、斧は武装した民衆を寓意する。鎚も同じことで、暴力革命を使命とする秘密結社の名称には〈鎚の会〉がふさわしいと黒澤は考えたのではないか。

メールで三橋恭子は、動画の女とベラは別人だと断言していた。花房と三橋の二人から否定された以上、ジンとベラが同一人物だという仮説は放棄せざるをえない。歴研とサークル棟という二重密室からは、ジンとベラの二人が消えたことになる。一人でも厄介なのに、二人の人間が二重密室から消失していたとは。

明け方までネチャーエフやザスーリチのことをネットで調べていて、少し寝過ごした。日曜だから近所の飲食店は休業しているところが多い。昼食も夕食も家ですませることにして、夜更けまで消失の謎について考え続けた。

一九七二年の十二月二十五日、東ア研の部屋でなにが起きたのか、得られた情報を徹底的に検討していくうちに、思いがけない仮説が頭に浮かんできた。

人一人の運命を根本的に変えるような出来事が、東ア研の会合の場で本当に起きたのだろうか。常識的にはリアリティの希薄な可能性といわざるをえない。しかし、この仮説ならベラ消失の謎を解明できるだけでなく、飯倉が失踪した理由まで説得的に説明できる。

三橋恭子が私立探偵の質問に答えて、午後八時三十五分に中邑や花房と一緒に部室から出た理由を打ち明けていれば、その時点でベラ消失の謎は解けていたろう。しかし三橋の返信でも、この件にかんしては「申し訳ないが、よく覚えていない」という素っ気ない回答だった。

覚えていないわけがない。回答の意味するところは「答えられない」あるいは「答えたくない」だ。中邑卓真は私立探偵の質問に率直に答えるだろうか、いや、答えられる立場なのかどうか。思いついた可能性を正面からぶつけることにしよう。日が変わる少し前まで待って、車を出すことにした。

住宅街の坂道が車のライトに浮かんでいる。緊急事態が生じて退却する可能性もあるし、柴田家など近所の住人に車のナンバーを見られると厄介なことにもなりかねない。中邑家からかなり離れた物陰に、目立たないようにジムニーシエラを駐車した。

今夜も熱帯夜だ。日中の熱気が残る夜風を顔に感じながら、闇に沈んだ聖ヶ丘の夜道を五分ほど歩いた。記憶にあるオレンジ色の洋瓦の家が見えてくる。住宅地は街灯の薄ぼんやりした光に照らされている。もう真夜中の一時で、向かいの柴田家は寝静まっていた。街路に人影がないことを確認し、素早く門扉を押し開ける。

真夏だというのに雨戸が閉めきられた中邑家からは、少しの光も屋外に洩れてこない。雨戸がない洗面室や浴室も灯りは消えている。チャイムのボタンには手を触れないで、そっと玄関扉のノブを引いてみる。……開いた。

中邑家の住人が玄関扉の鍵を締め忘れたとも思えない。私立探偵の紹介と訪問予定のメッセージを留守電に入れてもらいたいとメールで三橋恭子に頼んでおいたが、その効果だろうか。

鍵のかかっていない窓を探して潜りこむとか、少し強引な手を使うのもやむをえない。そうも思っていたので、普通の客のように玄関から屋内に入れるのはありがたい。

後ろ手に扉を閉じた。玄関間は闇に沈んでいる。携帯電話の明かりで壁を照らし、電灯のスイッチを探した。押してみるが点灯しない。隣のスイッチも同じことで、玄関間と廊下は照明の電球が切れているようだ。三和土にあるのは薄汚れたスニーカーとビニールサンダル、それに履き古された黒のワークブーツ。

玄関間の床にも三和土にも大量のゴミ袋が積みあげられている。袋からはカップ麺の発泡スチロール容器がはみだしていた。饐えた臭気が薄く漂ってはいるが、我慢できないほど猛烈な腐臭、悪臭というほどではない。ビニール袋に生ゴミは詰められていないのだろう。

買い物に出なくてもネット通販で生鮮食料品は入手できる。しかし中邑家の食卓はカップ麺や冷凍食品が中心で、生ゴミが出るような料理はしないということか。

玄関間では湿気と熱気に饐えた臭気が混ざりこんでいる。フローリングの床には厚い埃が、じっとり湿って積もっている。スリッパ立てが携帯の白い光に浮かんだ。靴下裸足で歩く気にはなれないが、土足で上がるのも気が引ける。スリッパを一足取って、底を軽く叩いてから履き替えた。

「中邑さん、お邪魔しますよ」

気休め程度に挨拶の言葉を口にして廊下を奥に進みはじめる。この家くらいの建坪だと、階下にあるのはキッチンとリヴィング、浴室と洗面室、トイレ、それ以外にもう一室というところだ。この時刻だから住人は二階の寝室にいる可能性が高い。

左右のドアは無視して廊下の突きあたりの階段を上った。階段は小さな踊り場で方向を変え、二階の廊下に通じている。二階は廊下の右に二室、左に一室あるようだ。右奥にある屋内ドアの隙間から、かすかに蒼白い光が洩れていた。

合板のドアを軽くノックしたが、返事はない。「入りますよ」と声をかけてドアを開くと、エアコンの冷気が吹きつけてくる。照明は消されていて、部屋の光源はパソコンのモニターだけ。デスクの前のアーロンチェアには人が坐っているが、ヘッドレストが邪魔で顔を見分けられない。

六畳間の床には年代物のカーペットが敷かれ、スナック菓子の袋や清涼飲料のボトルが散乱している。ベッドには大量の汗が染みこんだシーツと褪色したタオルケット。アニメのキャラクターらしい半裸の少女フィギュアや、ゲームの箱などが並んだ本棚。棚には本も並んでいる。高校の友人が見たというドストエフスキーの文庫本は、いまも本棚にあるのだろうか。

横長のデスクの脇にはタワー型のパソコン本体、プリンターなどパソコンの周辺機器はスチール製のラックに収納されている。

ゆっくりとアーロンチェアが回転した。デスクには大小のモニターが三台、横に並んでいる。部屋の主は中央のモニターでゲームをしていたらしい。左側のモニターには中邑家の玄関前の光景が映っている。訪問者の目からは死角になる場所に監視カメラが設置されているようだ。そのカメラで家宅侵入する私立探偵を観察していた。

こちらを向いた男は無精髭にぼさぼさの長髪で、安物のハーフパンツとポロシャツを着ている。家から外には出ないから服や髪に気を遣う必要はないということか。三十代らしい外見で、六十代の中邑卓真とは明らかに別人だ。

「崇司君だね」

不健康そうに肥満した男が、眼鏡の奥の眼を細めてこちらを睨む。家に引きこもってインスタント食品やスナック菓子ばかり胃に詰めこんでいれば、贅肉の塊になるのも当然だ。短い沈黙のあと敵意を込めた声でいう。

「あんたが巽探偵事務所の飛鳥井か」

「そう、卓真氏と話をしたい」

「父親は体調を崩して、部屋で寝ている」

「三橋恭子さんの紹介だが」

「留守電にメッセージが入っていたが、三橋というのは何者なんだ」

「きみの父親の古い友人さ。どの部屋にいるのかな、中邑さんは」

訪問者に父親の伝言を伝えるだけなら、玄関の扉越しでかまわないはずだ。扉を開いても上がりかまちで応対すれば充分だろう。しかし崇司は、あらかじめ玄関扉を解錠して、許可なく中邑家に侵入した私立探偵が自室に来るのを待っていた。

家宅侵入や不退去の罪で警察に訴える気はないようだ。十年以上も家に引きこもってきた男が、そんな面倒なことをするとは思えない。父親に指示されて玄関扉の鍵を開けていたに相違ない。

「父親の寝室は廊下の向かいだから、会いたければ会えばいい」

他人と会話をしたのは何年ぶりのことなのか、疲労したように崇司はいう。これでようやく中邑卓真と話ができる。飯倉皓一の居所もわかるかもしれない。四十三年前の人間消失事件の真相も。私立探偵に問いつめられても花房宏や三橋恭子は口を開きそうにない。

話は終わりだというように回転椅子をデスクの方向に戻した崇司が、いったん停めていたゲームを再開する。部屋を出てドアを閉じ、手探りで電灯のスイッチを見つけた。二階の廊下の照明を点灯してから、斜向かいのドアをノックする。獣の唸り声のような返事があった。

ドアを開くと、エアコンの騒々しい運転音が聞こえる。暗闇には耐えがたいほどの暑気が淀んでいる。客を迎え入れるためにエアコンを入れたのかもしれない。ドアの隙間から差しこむ廊下の光で、ぼんやりと室内は照らされている。

ベッドに横たわるパジャマ姿の老人が、のろのろと顔をめぐらせてこちらを見た。逆光だから、黒い影の他にはなにも見分けられないだろうが、戸口からは老人の顔をかろうじて判別できる。

　この暑さだというのに、老人は躰を丸めて布団にくるまっていた。髪は半分以上が白くなり、頰がこけて目が窪んでいる。体調が悪いのは事実のようだ。寝たきりで外出できないほどの病気なのに、二年も医者に診せることなく治療もしないできたのか。

　すでに死亡した可能性も一応は考えていた。その場合は調査に支障が出るところだったが、中邑が存命であることに間違いはない。健康とはいえなくても話はできそうだ。

「巽探偵事務所の者です、三橋さんの紹介で伺いました」

「留守電のメッセージは聞いた、飯倉さんを捜している私立探偵だとか。誰に頼まれたのかね」

　注意しなければ聴きとれそうにない、物憂げな掠れ声で老人は話した。一人のときは熱帯夜でも冷房はしない、窓さえ開けていない部屋にいて、熱中症にならないかと他人事ながら心配になる。ベッドの横の椅子を示して部屋の主にいう。

「少し長い話になりそうだ、ここに坐ってもかまいませんよね。……依頼人は飯倉氏の家族でも、昔のサークルや学生運動の関係者でもないから、名前を聞いても中邑さんには覚えがないでしょう」

「飯倉さんとは音信不通で、生きているのか死んだのかさえわからない。申し訳ないが役には立てないな」

硬い表情で男がぶっきらぼうに応えた。長年の勘で言葉通りには受けとれないと感じる。成果が期待できるかどうかはともかく、もう一押しすることにした。

「生きていますよ、飯倉氏は」

「なぜわかる」

「七月十五日の夜、国会前で目撃されています」

「誰が見たというんだ」

「飯倉氏の失踪当時に歴研の部長だった田邊善之氏、もちろんご存じですよね」

激しく咳きこんだ老人が左手で口許を押さえている。手の甲に三日月形をした古い傷跡があった。訪問者の視線に気づいたのか、中邑が低い声でいう。

「息子が荒れて、包丁を振りまわしたことがあった」

引きこもりの子供は家庭内暴力に走りがちだ。精神的に追いつめられた中邑崇司が包丁を振りまわし、父親に怪我を負わせたらしい。

「質問に答えていただければ、飯倉氏が姿を消したわけは判明すると思いますが」

「どんな質問かね」

「一九七二年のクリスマスに開かれた東ア研の会合で、午後八時三十分に飯倉氏とカントクが部室を飛びだした。五分後には花房氏、三橋さん、あなたの三人も。知りたいのは、部会の出席者が大急ぎで部室を出た理由と行き先です」

　エアコンは動きはじめているが、まだ息苦しいほどの暑さだ。額を濡らしている汗粒を掌で拭う。半ば瞼（まぶた）を閉じて沈黙している老人に言葉を継いだ。

「花房氏と三橋さんにも同じことを訊いたんですが、どんな事情があるのか納得できる回答をもらえない。これから東ア研でその日に起きたことを、できる範囲で推測してみます。もしも事実と違っていたら、ご指摘いただけますか」

　冬休み中だが次の月曜には部会を開きたいと、二日前に会長の飯倉皓一は会員三人に電話や電報で連絡してきた。その日の午後三時半から九時少し前まで続いた会合には、飯倉、花房、中邑、三橋の東ア研メンバー四人の他に、カントクと呼ばれる男、ベラと紹介された女が同席した。

　日本人離れした風貌の男とベラと称された女は、外見や名前とは違って日本人だったと花房、三橋は証言している。

「カントクの正体は一九六九年の秋に機動隊との衝突で逮捕され、七二年の春に拘置所から出てきたセクト活動家の黒澤陽。黒澤が保釈されたとき、もともと属していたセクトは軍事闘争をめぐる路線対立の激化で四分五裂の状態でした。セクトの学生幹部だった黒澤は、いずれの分派にも所属せず一人で活動を再開する」

活動家を何人かオルグして、黒澤は〈鎚の会〉を立ち上げた。会の名称はネチャーエフの〈斧の会〉を意識したものだろう。

「他方、鳳凰大学の東アジア史研究会では飯倉会長の意向のもと、花房氏によって整風運動が推進されていた。当事者には相応の理屈があったとしても、傍（はた）から見ればたんなる吊しあげですね。整風運動の篩にかけられて多くの会員が姿を消していき、東ア研はアジア民衆に連帯して日本帝国をゲリラ的に攻撃する決意の少数精鋭集団に純化されていった」

もしも指導者の飯倉皓一が失踪しなければ、東ア研を母体とする非合法集団が爆弾闘争に踏みこんだ可能性はある。東アジア反日武装戦線として活動した複数の小規模グループも、東ア研と同じようなノンセクト集団から生まれている。

「飯倉氏は大学が違う黒澤と、どんなふうにして出遇ったのか。第三者に細かい事情はわかりませんが、大枠のところなら推察できます。クリスマス当日に設定されたのは、非合法武装闘争を準備している二つのグループによる合同会議だった」

〈鎚の会〉を代表して黒澤とベラの二人が、東ア研の会合に参加したというほうが正確かもしれない。黒澤がネチャーエフの信奉者だったとすれば、内実の乏（とぼ）しい〈鎚の会〉を誇大に宣伝し、多数のメンバーを擁していると信じこませた可能性もある。

「推察するところ、これが緊急に設定された会合の目的です。……違いますか」

薄闇の室内には沈黙が下りる。しばらくして中邑卓真の、かさかさに荒れた唇が動きはじめた。

「死ぬ前にベラのことは誰かに話そうと考えていた。飯倉さんを捜すのに役立つとも思えないが、きみの求めに応じるのが最後のチャンスかもしれない。

家から出る気はないし余命もわずかだから、あの日の出来事が知られてもいっこうに困らない。しかし、それが公になると三橋は困るだろう。花房がどうなろうと知ったことではないが、三橋を窮地に追いつめたくはない。他言はしないと約束してもらえるなら、知っていることは話そう」

なにを思って私立探偵の求めに応じようというのか。老人の思惑は気になるが、これで調査に突破口が開かれるなら文句をいう筋合いではない。

「結構です。提供された情報が外に洩れることも、公になることも絶対にないと約束しましょう」

「三橋や花房以外にも情報源があるのだろうが、きみの推測はそれほど的はずれではない。……〈鎚の会〉の実態はよくわからないが、あの二人以外にメンバーがいたとしても数人だろう。こちらも四人だから似たようなものともいえるが」

黒澤は自分の外見まで騙しのネタに利用していたという。第二次大戦で日本に帰国できなくなった日本女性が戦後、パリ大学留学中のパレスチナ人学生と愛しあって自分が生まれた。母親に東京で育てられた。成人後に会った父親はパレスチナ解放機構(PLO)の秘密幹部だった。父親に指示され日本での活動をはじめたところだ、などなど。

「両親とも日本人なのに膚は浅黒く目鼻立ちがくっきりして、アラブ人とのハーフといっても通用する。海外の権威ある革命組織から派遣されてきたという嘘八百も、いってみればネチャーエフ仕込みだな。黒澤の正体をセクトのやつに教えられたのは、飯倉さんが姿を消したあとだった。

たしかに飯倉さんは東ア研と〈鎚の会〉との連合、将来的には合同を考えていた。理工学部生の私が爆弾を試験的に製作し、飯倉さんと一緒に人里離れた山奥で実験も重ねてはいた。しかし、専門知識のない素人のため不安なこと、不明なことが多すぎる。できるならレバノンのゲリラ基地で、爆弾製造や破壊工作の訓練を受けたいものと希望していたからな」

しかし飯倉はふいに失踪し、残された三人は悪い夢から覚めたような気分で茫然とした。黒澤とも連絡がつかないまま、爆弾闘争の計画はなし崩し的に中止となる。

「もしも実際に爆弾をしかけたとしても時効だし、いまとなってはどうでもいいことだが。……私が花房や三橋と一緒に部室から走りでた理由もきみは推察したのかね」

「放送研究会の部室前に目撃者がいたんですが、東ア研の会合が終わって出席者が部室から回廊状の通路に出てきたとき、女性は一人しか見ていないと。それが三橋恭子さんであることは三橋さん自身が認めています。となるとベラという〈鎚の会〉の女性メンバーは、いったいどこに消えたのか」

「部室に残ったと考えるのが常識的だろうな」

「夜の九時少し前に歴研のドアは通路側から施錠された。部室に残ったとすれば朝まで閉じこめられたことになる。しかし翌朝の九時すぎに歴研のドアを解錠したとき、歴研、東ア研、第二資料室のいずれにもベラの姿はなかったんですね」

東ア研や歴研、そしてサークル棟の全体という二重の密室からベラは消失した、そう結論するしかない事情を細かい点まで中邑に説明していく。ただしジンと山科三奈子については伏せて。ジンの消失まで含めると話が複雑になりすぎるし、三奈子のことに触れると依頼人の正体を察知されかねない。

どうして歴研部長の田邊善之は、二重密室からの人間消失という謎に気づいて警備員から詳しい話を聞いたりしたのか。山科三奈子の存在を伏せたままなので、この点を矛盾がないよう説明するのには苦慮した。

東ア研の部室をドア越しに覗いた鹿島田誠が、ベラの存在を正確に記憶していた。たまたま鹿島田と放送研の目撃者の双方から話を聞いた結果、田邊善之はベラの消失に気づいたという、いささか苦しい説明にも中邑は黙って耳を傾けていた。

「それならベラは、どのようにして部室から消えることができたんだね」

「放送研の前にいた人物と田邊氏の言葉を信じるなら、部会が終わる以前に第二資料室の窓から外に出たと考えざるをえない。それ以降だと、窓の内錠を下ろせなくなるから」

「われわれが部室を立ち去る以前なら、開き放しの硝子窓を閉めて内錠を下ろせる人間がいた、そういいたいわけだな。としても第二資料室には、ロープの端を固定できるようなものは見当たらない。この点が説明できない限り、きみの仮説は成立しえないと思うが」

「窓を閉め内錠を下ろした協力者がいたとしましょう。人間は腕や肩を使ってロープを保持することができる。その人物がロープの一端を握りしめて、ベラが地上に下りるのを手伝ったとすればどうか。もちろん問題の人物にはベラの体重を支えるだけの筋力、体力が必要ですが」

「四十キロから五十キロはある荷物をロープで支えて四階から地上まで下ろすというのは、私や花房には無理だな。むろん三橋にも。そんなことができそうなのは、日雇いの肉体労働で稼ぎながら、寄せ場労働者との連帯を試みていた飯倉さんくらいだろう。大柄な彼は頑健(がんけん)そうな躰つきをしていた。しかし会議中に、飯倉さんとベラが第二資料室に入った事実はない、二人で入ったのに出てきたのは飯倉さん一人だったことも」

この仮説には動機の点でも問題がある。どうして飯倉皓一がベラを第二資料室の窓から逃がさなければならないのか、納得できそうな理由が思いつかないのだ。

「第二資料室に閉じこもったのがベラ一人だったら」

「どういうことかな」

「花房氏は、渋々ながらも話してくれましたよ」

「なにを」

「東アジア人民への血債に無自覚なベラが、その場で徹底的に告発され糾弾されたことを。糾弾の中心人物は花房氏、追随したのがあなたと三橋さんで、黒澤陽と飯倉氏はそれを黙認していたとか。飯倉氏はともかく黒澤陽の静観は気になる、目の前で〈鎚の会〉の仲間が吊しあげられていたわけだから」

「爆弾製造の準備という点では、われわれのほうが進んでいた。〈鎚の会〉は具体的になにができるのか、どんな資材を備蓄しているのかもわからない。連中は口先だけではないのか。不信感は花房がもっとも強烈で、その意見に私と三橋もどちらかといえば同調していた」

飯倉から〈鎚の会〉との連合を展望した上での、初顔あわせの会合を提案されたとき、東ア研の三人は懐疑的だった。三人の合意を得るため、〈鎚の会〉側が東ア研の思想的ヘゲモニーに従うことを例示する儀式としてベラの糾弾劇は計画されたのではないか。

「〈鎚の会〉から生贄を一人差しだすから、納得のいくまで吊しあげてもいいと黒澤が飯倉さんに持ちかけたのかもしれない。われわれ三人に犠牲の羊を提供すれば、黒澤と〈鎚の会〉への信頼感は深まるだろうという悪知恵だな。あとから三橋と話しあったことで、この疑惑に確証はないんだが」

〈斧の会〉では、イワノフが犠牲の羊として屠られた。ネチャーエフに学んだ黒澤は、〈鎚の会〉のベラにイワノフの役割を振ることにしたわけだ。

「なにがベラ糾弾のきっかけになったんですか」

「〈鎚の会〉の女子活動家は入管闘争についてまったく無知だった。サンフランシスコ条約が締結され日本が独立した直後の一九五二年に外国人登録法が制定され、旧植民地民が一方的に日本国籍を剥奪された事情をまったく知らない。東ア研メンバーを憤激させたのは、朝鮮籍の意味さえ理解していない事実だった」

いまでも朝鮮籍を北朝鮮籍、ようするに朝鮮民主主義人民共和国籍と誤解している日本人は少なくない。いうまでもないが朝鮮籍とは、韓国成立後も韓国籍への書き換えを行っていない日本在住の朝鮮半島出身者を便宜的に分類した名称にすぎない。

東ア研メンバーの厳しい追及のためにベラの無知は次々と暴かれ、朝鮮や中国への加害責任の無自覚に容赦ない弾劾の声が浴びせられた。はじめは反論しようと必死で努めていたベラだが、そのうち半泣きで無力な弁解を続けるしかない状態に追いつめられてしまう。

「激昂した三橋が在日朝鮮人や中国人に謝罪しろと、肩を摑んで土下座させようとしたときだ。ふいに立ちあがった〈鎚の会〉の女子活動家が、第二資料室に駆けこんでしまったのは。このように厳しい糾弾がベラに向けられたのは事実だが、それが消失事件と関係あるとでもいいたいのかね」

「ベラの消失が謎めいて見えるのは、ある可能性を排除した結果にすぎませんよ」

「というと」

「ベラが安全に地上に降り立ったことを不可疑の前提とすれば、どうしてもロープが必要だ。しかし、第二資料室には日頃からロープが用意されていたわけではないし、持ちこんだ者がいてもロープの一端を固定できる道具はなかった。こうして謎が生じたんですね」

しかしベラは、たんに窓から墜ちたのかもしれない。事故であろうと自殺であろうと、その場合には難問など生じえない。会合を終えて戸締まりをしたとき、開け放しだった第二資料室の窓を閉じて施錠した者がいた。

「これで謎は氷解しますね」

「しかし、第二資料室の窓の下では重傷者も墜死者も発見されてはいない。夜間でも警備員はキャンパスを巡廻しているし、車で帰宅するため駐車場に入った教職員もいたろう。夜のあいだは見逃されていたとしても、翌朝にはかならず発見されたはずだ」

「駐車場のコンクリート舗装に叩きつけられ、おそらく即死したベラの屍体は現場から運びだされたんですよ。ベラ以外の会合参加者によって、その直後に」

具体的な細部は想像するしかないが、東ア研メンバーの容赦ない告発と糾弾に晒され続けたベラは、耐えかねて第二資料室に逃れ、半狂乱で窓から飛び降りたのではないか。黒澤と飯倉が墜落現場に駆けつけ、次に東ア研の三人が部室を走りでる。目的地はサークル棟の西側にある駐車場で、目的はベラの墜死体を処分することだった。

瞼を閉じて沈黙していた老人が、熱に浮かされたように早口で語りはじめる。

「……そうだ、表情を歪ませたベラが第二資料室に駆けこみ、花房がドアを開けようとしたがすでに施錠されていた。飯倉さんの指示でドアに体当たりしていると、凄まじい悲鳴が聞こえてきた。内錠の捻子が吹き飛んでドアが開き、全員が狭苦しい第二資料室に飛びこんだ。花房が先頭、私は二番目だった。

第二資料室の窓は大きく開かれていた。窓枠に手を掛け、上体を乗りだすようにして駐車場を見下ろした。屋外照明の乏しい光でも、長い髪を乱して倒れているベラの姿は見違えようがない。コンクリート敷きは黒っぽい色に染められていた、飛び散った大量の血だった」

予想外の事態に動転した黒澤が、外に光が洩れないように電灯を消せ、指示がある まで三人は窓辺で待機しろと早口で命じ、飯倉と一緒に歴研のドアから通路に飛びだ していく。黒澤と飯倉の二人で様子を見に行くことにしたのは、駐車場に人目がある かもしれないと警戒したからだ。五人全員で騒々しく駆けこんだら、まだキャンパス に居残っている学生の注意を惹きかねない。

幸運にもサークル棟の西側で点灯されていた窓は歴研の第二資料室以外になく、他 は一階、二階、三階、四階とも真っ暗だった。

消灯した第二資料室の窓から見下ろしていると、がっしりした体格の男が足早にあ らわれる。屋外灯の光にぼんやりと浮かんでいるのは黒澤だが、どうしてか飯倉の姿 は見えない。駱駝色のコートの男が躰を屈め、四肢を投げだして倒れている女の状態 を確認しているようだ。四階の窓を見上げて、駄目だというように頸を横に振る。さ らに下りてこいと身振りで三人に指示する。

「サークル棟の建物に沿うように走っていくと、植えこみの陰から飯倉さんの囁き声 が聞こえた。小ゲートの前に人がいるのでカントク一人が駐車場に入ることにした、 われわれはここで待とうと」

鳳凰大学の学生らしい男は、飯倉皓一の顔を知っている可能性がある。学内集会でしばしば演説している飯倉だから、この大学では有名人なのだ。男が飯倉の顔を覚えている危険性がある。その点、学外者の黒澤なら顔を見られても問題ない。

じきに小ゲートのほうから学生らしい男が歩いてきて、物陰の四人には気づかないまま大学正門のほうに消えていく。四人が駐車場に駆けこんだとき、もうベラの屍体は消えていた。

どうしたのかと飯倉が問いかけると、頭部を強打した様子でベラは絶命していたと、動揺を押し殺したような無表情でカントクが応じる。冬休み中だが仕事で大学に来ていた教職員が、帰宅のため駐車場に来るかもしれない。屍体を発見されるわけにはいかないから、大急ぎで車のトランクに隠したと説明し、十メートルほど離れたところに駐車している車を指さした。

「どんな車でしたか」

「近くまで行ってみたが、トランクの蓋はしっかりと閉じられていて開かない。4ドアのセダンで、たしか車体の後ろに〈SKYLINE〉と英語のロゴが。昔から車には興味がないので、それ以上のことはわからない」

駐車場の隅には洗車用に水道の蛇口が設置され、ホースやバケツなども置かれている。五人で手分けしてコンクリート上の血溜まりを洗い流した。

「部室に戻るとじきに警備員が見廻りにきた。もう少し遅ければサークル棟に閉じこめられてしまうところで危なかった。それぞれの荷物を持って、われわれ三人は東ア研の部室を出た」

　部室で飯倉と黒澤は激しく言い争ったという。一人で屍体を処分するという黒澤に飯倉が噛みつき、自分も同行すると強硬に主張したのだ。最後には黒澤が折れて、二人は車で大学を出ることになった。一足先にサークル棟を出た三人はそのまま私鉄駅をめざし、サークル棟の前で飯倉たちと合流することはなかった。

「東ア研メンバーは翌日の正午、部室に集合するようにいわれていた。われわれ三人は時刻通りに顔を揃えたが、指示した飯倉さん本人は最後まで姿を見せなかった」

　四十三年のあいだ胸に畳んでいた秘密を吐きだした中邑卓真は、疲労困憊した様子で大きく息をついた。東ア研メンバーが二十六日に緊急の会合を開こうとしていたことについて、花房宏と三橋恭子はなにも語っていない。不用意に口にすれば、私立探偵が前夜の出来事を嗅ぎつけかねないと警戒したのだろう。

「東ア研を訪れたときベラは、ショルダーバッグを肩に掛けていたとか。どうなりました、そのバッグは」

「翌日に集まったとき、床に落ちているのを三橋が見つけた。前夜は動転していたし、落ちていたのが椅子の陰だったので誰も気づかなかったんだな。墜死事件を窺わせる証拠品を部室に残してはおけない。会計の三橋が入っていた現金を保管し、その他の品と一緒にバッグは私が焼却炉に放りこんだ」

車のトランクに押しこまれた屍体は処分され、被害者のショルダーバッグは焼却炉で灰になった。四十三年のうちに身元不明として処理された多数の白骨屍体に、ベラも含まれていた可能性がある。黒澤が連れてきた女が実在した証拠は失われ、残ったのは関係者の古い記憶のみだ。

「これで話は全部だが約束は守ってもらいたい。あの出来事が公になると三橋は困った立場に立たされかねない。昔のことだから犯罪事件としては追及されないにしても、無差別テロを惹き起こした天啓教の出家信者が学生時代には左翼活動家としてテロを計画し、その過程で事故とはいえ死者を出していたとなれば世間はまた大騒ぎになる。

ブラック企業コンサルタントとして非難されている花房も似たような立場だが、あの男がどうなろうと知ったことではない。気になるのは三橋のことだ」

気分を害されては困るので、これまでは友好的に話を進めてきた。しかし、そろそろ揺さぶりをかけてもいいだろう。中邑が機嫌を損ねて口を閉じたとしても、こちらが失うものはなにもない。すでに質問は尽きている。

「話を戻しますが、飯倉氏から連絡がないというのは嘘ですね」

「どうしてそう思う」

「国会前に出てきた飯倉氏が昔の仲間と連絡をとるとすれば、それは中邑さん、あなた以外にいない。花房氏や三橋さんは思想的立場を大きく変えているから、いまは話が通じるとも思えないから。それに態度に出てますよ、本当のことを喋っていないというのは」

男は不機嫌そうに沈黙している。図星なのだ。口を割らせるため少し強引に話を進める必要がある。

「一九七二年十二月二十五日に東ア研の部室で起きた出来事は、これから公にする気も第三者に洩らす気もありません。ただしそれは、依頼人が飯倉氏と会えることを前提としている。依頼人はどうしても、この人物と会わなければならないようなんですね。でなければ……」

「昔のことを暴露するというのか」

今度はこちらが口を閉じる番だ。老人は無言で、しばらく左手の甲の傷を見ていた。そして低い声でいう。

「飯倉さんがどこにいるかわからないのは本当だが、音信不通というのは少し違う」

「といいますと」

「何十年かぶりに連絡があった」

「それ、いつのことですか」

「電話があったのは四、五日前で、この夏のうちに再会する約束をした。外出が難しい健康状態を伝えると、飯倉さんのほうで八月十五日に家まで来てくれると」

「飯倉氏と他の話は」

「どうして蒸発したのか、どこで暮らしていたのか、もちろん問い質してみたさ。詳しいことは会ったときに、という言葉を残して電話は先方から切られた。飯倉さんに会いたいという人がいるなら、うちに来たときに私から伝えておこう」

七月十五日に国会前で顔を見られている以上、東京にいるらしいことは推測できる。予想した通り潜伏先から姿をあらわした飯倉は、東ア研メンバーだった中邑に連絡してきていた。

としても、どうして中邑は八月十五日に飯倉が訪問してくるという予定まで話す気になったのだろう。ちょっとした揺さぶりの成果かもしれない。それほどに中邑は、昔の恋人の身を案じているということなのか。

この件で探偵を騙しても中邑の利益になるとは思えない。嘘をついても、その日が来れば真相は明るみに出てしまう。口にしたことは事実と判断してもよさそうだ。

「依頼人に相談した上で、あらためて連絡します」

気づかないうちに室内の温度は、躰が震えそうなほど低下していた。二十度を下廻っているようだ。躰を丸めて布団を被っている男に頷きかけ、椅子から身を起こした。

12

午後八時、居酒屋の店内は喧騒に満ちている。生ビールの空ジョッキが置かれたテーブル席の向かいにいるのは、咥え煙草の痩せた男だ。汗染みた褐色のTシャツに皺だらけの木綿ジャケットを着込んで、流行遅れの度入りサングラスを掛けている。ぼさぼさ髪の半分以上が白い。

中邑家から巽ビルの四階に帰り着いたのは午前三時、電話のベルで目覚めたのが朝の九時だった。馬籠隆太にいわれて電話したと、水嶋と名乗る男が電話線の向こうでいう。

一昨日の午前中に巽探偵事務所を訪ねてきた馬籠には、黒澤陽から妙な頼み事をされたらしい昔の仲間の紹介を頼んでおいた。その人物が電話してきたようだ。学生運動時代からのネットワークはあるとしても、探偵に頼まれて二日のうちに連絡をつけてくれたわけで、馬籠というのはなかなか律儀な男だ。

今日未明の中邑家訪問で飯倉皓一を捜す仕事は一段落した。明日にも依頼人に連絡をとって、調査結果を報告しなければならない。水嶋健志からの情報で調査の大筋が変わることはないにしても、一九七二年の消失事件の真相には迫れるかもしれない。飯倉皓一が失踪した理由や潜伏した先も。

水嶋健志に指定されたのは、高田馬場駅から歩いて数分の居酒屋だった。約束の時刻に店に着き、目印の大判グラフ雑誌を小脇に挟んで席のあいだを巡りはじめる。雑誌を目にしたのか、奥のテーブルの男が大ジョッキを挙げて合図する。

席に着いて初対面の挨拶をした。酒も料理も好きなものを注文してくれと伝え、自分のために烏龍茶を頼んだ。

朦々とした煙草の煙に咳きこみそうになるが、水を飲んで我慢する。つい最近まで煙草を吸っていた人間が、禁煙したとたんに煙草の煙に眉を顰めるどころか、喫煙者を正義の立場から糾弾しはじめるような例も少なくない。ニーチェが描くところのツアラトゥストラなら、この種のタイプを「小人」と侮蔑することだろう。マリファナで逮捕された芸能人を非難する喫煙者も、これまた「小人」の類いだ。

新しいビールと烏龍茶のジョッキが届いた。作務衣のような制服姿の店員が、料理の皿を端から並べはじめる。サラダに焼き鳥、ソーセージに枝豆、棒寿司に餃子、その他もろもろ。奢りだといわれた水嶋が、テーブルに載りきらないほどの皿数を注文したのだ。この辺で話を切りだすことにしよう。

「水嶋さんは馬籠隆太氏や黒澤陽氏と親しかったとか」

「黒澤さんにオルグされて学生同盟に入ったんだ。同じセクトでも馬籠さんは大学が違うから親しいというほどじゃない、顔見知りという程度だな」

「一九七二年の十二月二十五日、クリスマスの夜に黒澤氏から妙なことを頼まれたんですね」

「大昔のことでとっくに忘れていたが、馬籠さんにいわれて思いだした。黒澤さんから新宿の喫茶店に呼びだされて頼みがあるといわれたのが、たしか前々日のことだった」

「一九七二年の十二月二十三日ですか」

「そうなるな」

「なにを頼まれたんです」

「翌々日の午後八時から九時ごろまで鳳凰大学の駐車場ゲート前で、自分が行くまで待機してもらいたい。ただし姿を見ても無視し、駐車場に小さな光が点ったら急いで立ち去れと」

ゲートから見えるところでペンライトを点滅させる、それが立ち去る合図だと黒澤は念を押した。どんな目的なのか想像もつかない、奇妙な依頼というしかない。

「指定の場所に着いてから三十分ほどで、建物の陰から黒澤さんが走りでてきた。待機していたおれに無言で頷きかけ、全力疾走で駐車場に姿を消していく。まもなく闇に沈んだ駐車場に小さな光点が浮かんだ。黒澤さんがペンライトを点滅させている。それを確認して待機場所を離れ、命じられた通り鳳凰大学から立ち去った」

「なにか変わったことに気づきませんでしたか」

「黒澤さんの指示と関係あるのかどうか、駐車場のほうから女の悲鳴のような声が聞こえた。その直後に鈍い響きも」

「それ、何時ごろでした」

「黒澤さんが姿を見せる数分前かな」

水嶋の話は中邑卓真の告白を裏づけるものだ。人格を破壊するような非難や罵倒を何時間も続けて浴びせられ、心理的に追いつめられたベラは、第二資料室の窓から飛びだして墜死した。決意の自殺ではなく、拷問室も同然の部屋から逃れようとして、窓から誤って転落した可能性もある。

「奇妙なことを頼まれたわけは」

「わからんな。黒澤さんが組織を離れる前も、意味のわからないことを命じられたのは一度や二度じゃないし。たぶん、非合法活動の一部を任務として分担させられていたんだろう。ボリシェヴィキ的組織の一員であれば、命じられた行動の意味を詮索したりはしない」

「そのとき水嶋さんは、もう黒澤氏に命令される立場ではなかった」

「四分五裂になった同盟を離れて、黒澤さんは都市ゲリラ戦に必要な少数精鋭の地下組織を結成したようだ」

「〈鎚の会〉ですね」

「そう、黒澤さんの連合赤軍総括を結集軸にした秘密組織らしい」

「黒澤氏の連合赤軍総括とは」

「日本人が第二次大戦末期、命惜しさに本土決戦に日和見を決めこんでアメリカの属国になることを選んだことが、連合赤軍の自滅の歴史的背景にあるというのが黒澤さんの主張だった」

戦後世代の不幸は属国の運命に甘んじ、空疎な繁栄に呑みこまれているところにある。一九六九年に「革命戦争」というスローガンが多くの青年を摑んだのは、未遂の本土決戦を自分たちが今度こそ最後までやりとげようと意識的、無意識的に望んでいたからだ。

本土決戦から自己保身的に逃亡した親たちの子は、奪われた尊厳と本来性を回復するために戦争を再開するしかない。しかし自堕落で卑劣な親たちの子である限り、戦争をはじめることなどできない。このディレンマの前で連合赤軍は立ち竦み、〈総括〉による革命兵士の育成という愚劣な道に踏みこんで自滅した。

「八月十五日という屈辱の日に、延命のためアメリカ帝国主義に屈服した支配層と、それに諸手(もろて)を挙げて迎合した国民に徹底的な武装攻撃をしかけ、本土決戦を再開するための突破口とせよ。と、まあ、こういう話だったな。

おれもオルグされたんだが、断ったよ。本土決戦なんて右翼みたいだし、黒澤さんとは違ってボリシェヴィキ的な真の前衛党の再建が必要だと考えていたからな。それでも恩義のある人に少し申し訳ない気持ちはあった。指示に従う組織的な義務はもうないのに、奇妙な任務を引きうけたのはそのためだ」

「クリスマスの夜のあと黒澤氏と会いましたか」

「鳳凰大学の夜の駐車場で、街灯の光に浮かんだ横顔を一瞬だけ目にしたのが最後だ。翌年には海外に行ったという噂が流れた」

一九六九年に逮捕起訴された黒澤の裁判は、七二年の時点でも続いていた。政治的な動機での違法行為を裁かれている者は、保釈中でも海外渡航の許可を得るのはきわめて困難だ。質問に水嶋が応じる。

「他人名義だが、写真だけ自分の偽パスポートで出国したんだろう。あのころは他人になりすましてパスポートをとるのも、いまから思えば驚くほど簡単だった」

外貨が自由化された直後の時代で海外渡航者は少なく、パスポート取得の手続きも簡素だった。戸籍抄本など申請に必要な書類は第三者でもとることができたし、唯一の関門は、役所から名義人に送られてくる葉書を横取りすること。住宅の構造にもよるが、そろそろ葉書が届きそうなときに郵便受けを見張っていれば盗みとることもできたろう。

「偽パスポートで黒澤氏はフランスに渡った可能性がある」

「赤軍派の国際根拠地論と似たようなことを、どうやら黒澤さんは考えていたようだ」

日本国内では警察の監視が厳しすぎて非合法活動が困難だから、海外に補給と作戦の基地を設営し力を蓄(たくわ)えて日本に出撃するというのが、国際根拠地論だとか。赤軍派による一九七〇年の日航機ハイジャックと北朝鮮への集団亡命は、国際根拠地論の実践だったようだ。それから四十五年が経過したが、日本海を渡って帰国した赤軍兵士が霞ケ関(かすみがせき)で武装蜂起(ほうき)した事実はない。

「黒澤氏は国際根拠地を作ろうとしていた……」

「ただし根拠地は北朝鮮のような社会主義国ではなく、国際的な都市ゲリラネットワークだったようだ」

当時のヨーロッパには各国の都市ゲリラ集団のネットワークが組織されていた。西ドイツのバーダー・マインホフ・グルッペやRZ、イタリアの赤い旅団、スペインのETA、北アイルランドのアイルランド共和軍など。パレスチナゲリラとも接続していたネットワークの中心では、国際テロリストとして名前を知られたカルロスも活動していた。

パリを結節点とする都市ゲリラのネットワークと連絡をつけるのが、黒澤のフランス行きの目的だったのだろうと水嶋はいう。

「なにか、あてはあったんでしょうかね」

「その当時、星北大学の仏文助教授の五十嵐哲（いがらしさとし）がパリに長期滞在していた。六〇年代から反戦運動にも熱心だった五十嵐だが、フランスでパレスチナゲリラと接触していたらしい。

五十嵐助教授に将来を期待されていた仏文の学生が黒澤さんの高校時代からの親友で、この縁からネットワークとの接触も可能だと考えたんじゃないか。ところがじきにハーグ事件が起こる」

一九七四年九月十三日、銃で武装した日本赤軍のコマンド三人がオランダ、ハーグのフランス大使館を占拠し、大使館員など十一人を人質にした。フランス政府への要求は三十万ドルの身代金と獄中の仲間一人の解放、それにコマンドが逃走するための航空機。フランス政府は要求に屈し、四人はダマスカスまで飛んでからシリア当局に投降した。

国土監視局（DST）などフランスの公安機関は、パリにたむろしていた日本人過激派やそのシンパもろとも、身元の保証が明確でない日本人ヒッピーやバックパッカーまでを一網打尽にした。日本赤軍との関係を疑われ取り調べられた五十嵐は、逮捕起訴はまぬがれたが国外追放処分となる。

「それから数年して、大学を退職した五十嵐哲から話を聞く機会があった。絶対に口外するなと念を押されたが、あれから四十年もたっている。時効ということでそろそろ話してもいいだろう。そんな活動のことなど、五十嵐本人が忘れてしまったようだしな。

黒澤さんは一九七三年の春にパリに姿をあらわしている。ひそかに動き回っていた様子だが、翌年秋の在パリ日本人活動家への大弾圧から逃れて消息を絶った。

地下に潜行したようで、その後の消息はわからない。活動場所をアラブに移した可能性もあるが、東欧に行ったのかもしれないというのが五十嵐の説明だった」

日本でもフランスでも新左翼はスターリン主義のソ連と対立していた。しかし新左翼に由来する都市ゲリラネットワークは、東ドイツやパレスチナゲリラを通じてソ連の諜報(ちょうほう)機関とも接触し、資金や武器を援助されていた。ソ連の意向でカルロスには、ハンガリー国内に活動拠点が提供されていたようだ。

もしも黒澤がネットワークに喰いこむことに成功していたなら、弾圧を逃れて東側に逃亡した可能性もある。その場合はよど号ハイジャック組と同じことで、社会主義国家の諜報機関に手先として利用され使い捨てられたのかもしれない。

「日本に潜入したイスラム過激派を追跡中の公安刑事が、黒澤氏の昔の仲間や友人知人から情報を得ようとしているとか」

「ああ、おれのところにも来た。話すことはなにもないと追い返したが」

「ジハディストに志願した黒澤氏が、テロ作戦を目的として日本に帰国したというのは、にわかには信じられませんね」

「いや、まったくありえない話ではないと思う。もともと左翼だった五十嵐哲はソ連崩壊後にイスラム教に改宗し、いまではイスラム過激派を擁護して公安に監視されているわけだし」

シャルリ・エブド事件などジハディストによる大規模テロを論じた本には、イスラムが過激化したのではない、過激派がイスラム化したのだと書かれていた。

一九六〇年代から七〇年代にかけて、パレスチナをはじめアラブ世界の急進的な若者たちは社会主義的な左派ナショナリズムの影響下で、その最左派、過激派として活動していた。事態が変わりはじめたのは一九七九年のイラン革命からだ。シャーの専制を倒した大衆蜂起は、フェダインハルクなどの左派ナショナリストとイスラム原理主義勢力に主導されたが、革命後に樹立されたホメイニ体制によって左派ナショナリスト勢力は一掃される。

イラン革命で例示された新傾向は一九八〇年代に中東や北アフリカの各地で着実に進行していき、一九九一年のソ連崩壊で潮目は一気に変わった。左翼は急進的な若者から見放され、サラフィー派などイスラム原理主義の影響力が急拡大していく。

アルジェリアではFLNの左派ナショナリズム政権とイスラム過激派の軍事組織のあいだで凄惨（せいさん）な内戦が開始され、パレスチナのガザ地区ではハマスがPLOから支配権を奪取した。ソ連のアフガン侵攻がタリバンやアルカイダを誕生させ、ソ連崩壊後のユーゴ内戦の過程でアルカイダは国際ゲリラ組織に成長していく。

一九六〇年代なら社会主義的な左派ナショナリズムの過激派として活動したはずの若い現状否定派、急進主義的な若者たちが、九〇年代以降はイスラム過激派に吸引されるようになる。こうした事態をさして、どの時代にも社会に一定数存在するラディカルな若者たちが、左翼からイスラム教に流れこむ先を変えた、ようするに過激派がイスラム化したのだといわれる。

一人の人間に同じことが起きても不思議ではない。実際のところアラブ世界には、かつての左翼活動家がいまはサラフィスト、ジハディストだという例も稀ではないようだ。

アラブ世界の左派ナショナリストがソ連に友好的で社会主義勢力に属していたにしろ、宗教を拒否するマルクス主義的な唯物論者が多数を占めていたわけではない。ほとんどはイスラムの素地に左翼的なメッキが施されていたのだから、左翼性が失われるのに応じてイスラム教徒の地膚が露出してくるのは当然だ。

　もともとイスラムとは無関係だった五十嵐哲の場合はどうだろう。しばしば指摘されてきたように、コミュニズムはキリスト教と同型的な絶対観念だ。それが誤解だったとしても、疑似宗教としてコミュニズムを信仰した人々が無数に存在した事実は否定できない。

　ソ連崩壊でマルクス主義やコミュニズムへの信念を失った五十嵐が、もうひとつの絶対観念としてイスラムに向かう。是非はともかくとして、この転向あるいは回心の心理メカニズムは理解できなくもない。黒澤陽の場合も同じだったのだろうか。

「話は変わりますが、全共闘が封鎖していた星北大学キャンパスで埜木綏郎の芝居が上演されたとか」

「覚えてる、一九六九年の八月のことだ。季節社と称する学生劇団の旗揚げ公演というふれこみだったが、それ一回で潰れた。バリケードが機動隊に強制解除され、活動の場が奪われたんだからしかたないが。

　脚本家兼演出家の埜木というのが黒澤さんの親友で、黒澤さんを五十嵐哲に繋いだ男だな。黒澤さんを冗談でカントクと呼びはじめたのは、この埜木らしい」

「五十嵐氏に将来を期待されていたという」

「期待していたのは商業演劇家としての成功ではないだろうが」

何気ない水嶋の言葉に軽い衝撃が走る。黒澤陽と埜木綏郎は高校時代からのつきあいで、一九六九年当時は同じ星北大学の学生だった。

埜木は鳳凰大学のサークル棟屋上ではなく、歴研の第二資料室から墜死したのではないか。一九七二年の十二月二十五日に黒澤が顔を出した東ア研の隣室の窓から、黒澤の親友だったという埜木が墜ちたのだとすれば話は符合する。しかも長いこと日本を離れていた黒澤が、イスラム過激派の秘密工作員としてひそかに帰国したと公安は疑っているようだ。

十九世紀フランスの革命家ブランキは、武装蜂起の秘密結社〈季節社〉を組織していた。学生劇団の名称からも窺えるが、学生時代の埜木はブランキストを自任していたという。マルクス主義やレーニン主義を掲げる新左翼セクトには距離を置いていたが、どういうわけか黒澤とは親しくしていた。

ヨーロッパの都市ゲリラネットワークと接触するのは、もともと埜木のアイディアだったかもしれないと水嶋はいう。このアイディアを実現するために、埜木が友人の黒澤と教師の五十嵐を結びつけたのではないか。

「その芝居、水嶋さんは観たんですか」

「上演したとき黒澤さんにいわれて写真を撮った。高校時代は写真部だったからな」

「大逆事件がモデルの天皇制批判をテーマにした芝居とか」

「それで間違いじゃないが、管野スガをモデルにしたスガが登場するのは第三幕。第一幕のヒロインはイワ、第二幕はスズで、それぞれ古事記の石長姫と中世説話の鈴鹿御前がモデルなんだ。しかも、この三人の正体は縄文民族というか、日本列島先住民の女祭司ジンだというんだな。ジンは個人名であるとともに役職名でもある。

何千年も前から転生を繰り返してきたジンが、あるときはイワ、あるときはスズとして記録されてきた。この台本を書いた埜木というのは、手塚治虫と半村良のファンに違いないと思ったね」

古事記や日本書紀によると、高天原から地上に降臨したアマテラスの孫ニニギノミコトは、コノハナノサクヤヒメの美しさに惹かれて求婚する。父の国津神オオヤマツミは妹コノハナノサクヤヒメと姉イワナガヒメの二人の娘をニニギノミコトに献上するが、ニニギは醜いイワナガを父の許に送り返した。

コノハナが懐妊したとき、ニニギは国津神の子ではないかと疑う。疑惑を晴らすためコノハナは産屋に火を放つが、生まれた三人の子は無事で、そのうちの一人の孫が神武天皇となる。

こうした天津神側からの神話が、『転生の魔』ではまったく違う話に改変されていた。日本列島の先住民は、ジンという尊称で呼ばれる女の祭司王に統治されていた。

妹のコノハナが侵略勢力の王に拉致されレイプされたことを知って、先住民の女祭司を務めるイワナガはニニギの幕営を単身襲撃し、姉に呼応してコノハナは獄舎に火を放つ。

ニニギの軍勢に討ち取られる寸前、死しても生まれ変わって侵略者の王に復讐すると女祭司イワナガは言い残した。

ジンは存在したわけだ、大女ジンやジン・ジャン以外に『転生の魔』の登場人物としても。この戯曲の作者である埜木綏郎は黒澤陽と繋がっていた。その黒澤が一九七二年の十二月二十五日、東ア研の部室に姿をあらわしている。しかも同じ日に東ア研の隣室で、依頼人の友人ジンは消失した。

『転生の魔』のジンと山科三奈子の友人のジンが無関係とは思えない。芝居の登場人物が現実世界に飛びだしてきたわけはないから、虚構の人物ジンの名を称した人物がいたのだろう。

しかも、その娘にジンという名前をつけたのは、埜木綏郎と同じ星北大学に在籍していた山科三奈子なのだ。

娘と新宿のジャズ喫茶で知り合う三年前に、三奈子はバリケードで上演された『転生の魔』を観たのではないか。あるいは観た友人から、粗筋や登場人物について話を聞いていた。

『暁の寺』のジン・ジャンにちなんで、転生するという娘をジンと名づけたというが、そこには『転生の魔』をめぐる記憶が重ねられていたのかもしれない。

「神話ではコノハナの産んだ子供の孫が初代天皇になるわけですね。この点を芝居では、どんなふうに説明していたんですか」

「奴隷化した先住民の反抗心を挫こうと、王の血統にはおまえたちの血も入っていると侵略勢力は宣伝したと。もう一点、女祭司(ジン)のイワナガを醜女(しこめ)に仕立てたのは、襲われ命を脅かされたニニギの反感や恐怖のためで、本当は妹にも負けない美女だったという設定だな」

第二幕のヒロイン鈴鹿御前は転生したジンで桓武(かんむ)天皇の命を狙い、鈴鹿山を根拠地に坂上田村麻呂(さかのうえのたむらまろ)の軍勢と戦って敗れる。第三幕でジンは管野スガに転生し明治天皇の暗殺を企てる。

「ジンを演じた学生の素人女優は、演技力はともかく存在感のある娘だったな。どこから埜木が連れてきたのか」

「女優の名前は」

「木枯(こがれ)ベラ」

「ベラですか」

「間違いない、変な芸名なのでよく覚えている」

『転生の魔』でジンを演じていた学生女優はベラだという。いったい、どういうことなのか。ジンとベラは同じ日に二重の密室から姿を消している。二人が同一人物であれば、消失したのは一人だったことになる。ベラがジンを演じていたのだとすれば、これも一種の一人二役だろう。スマートフォンを出して水嶋に突きつけた。

「ベラという女優、この娘に似ていませんか」

「違うな、ちっとも似てない」

一瞬、木枯ベラが山科三奈子の前にジンとしてあらわれたのではないかと思ったが、水嶋の言葉でこの可能性は否定された。

「木枯ベラの写真、残っていませんかね」

「おれが撮った写真は紙焼きもネガも埜木に渡した。やつは自殺したようだが、『転生の魔』の舞台写真は遺品に紛れこんでいるんじゃないか。埜木本人が処分したのでなければ」

山科三奈子の友人ジンと同一人物でないとしても、木枯ベラが東ア研で花房たちに糾弾されたベラだとすれば、そこからは思いがけない可能性が導かれる。木枯ベラは『転生の魔』の主演女優だ。また黒澤陽は当日、水嶋健志に奇妙なことを頼んでいる。この二点を組みあわせて考えれば、それまで目に映っていたものとは違う新たな光景が見えはじめるのではないか。

『転生の魔』の粗筋や登場人物にかんしては、もう少し詳しい話を水嶋健志から聴いておこう。とはいえ水嶋が撮影した写真を見るには、埜木夫人と話をつける必要がある。著名な女優と個人的に面談する許可を得るのは難しいが、緋縺小春とは会わないわけにはいかないようだ。

13

埜木夫人の緋縒小春と会うために昨日、今日と猛暑のなかを出歩いた。夫婦とも演劇人なので迷惑なファンなどからプライバシーを守るためだろう、住所などの個人情報は秘匿されている。裏から手を廻して電話番号は入手できたが、いくら電話しても出てこない。

広尾(ひろお)の高級マンションまで出向いてエントランスのチャイムを押してみたが、インタホンからはなんの反応もなかった。劇団の事務所を通じて面会を申し入れても、気楽に応じるとも思えない。知人の新聞記者に緋縒小春と親しいという演劇記者を紹介してもらい、伝言を託した。話が正確に伝われば、先方から連絡してくる可能性も期待はできる。

ジンに酷似しているという若い女の行方は依然として不明だが、飯倉皓一をめぐる調査には手応えが得られた。今月の十五日に飯倉皓一があらわれる場所を突きとめることができたわけで、今後も調査を続けるかどうかは依頼人の判断しだいだ。十日も待てない、もっと早く飯倉を見つけたいという注文であれば、まだ探偵の仕事は終わらないわけだが。

　窓から見上げる夏空は、すでに紫色に翳っている。ノックの音が聞こえてきた。事務所のドアを開くと、山科三奈子が喉に掌を添えるようにしていた。わずかながら息が乱れている。毎日のことで住人は慣れているが、還暦をすぎた依頼人には四階までの急階段が躰に負担だったようだ。

「申し訳ありません、わざわざ来ていただいて」

「かまいませんわ、今日まではこちらにいる予定でしたし。……ワインですが、お口に合うかどうか」

　依頼人が探偵事務所を訪れるのに、わざわざ手土産を持参するとは。酒は飲まないから持ち帰れ、ともいえない。礼の言葉を口にして、デパートの紙袋に入った細長い箱を受けとった。

「私立探偵事務所って、こんな感じなんですね」

　山科三奈子が感心した様子で室内を見渡している。巽俊吉の趣味で、ハリウッド製の探偵映画を参考にしているとはいわないでおこう。

　ハードボイルド小説を耽読したあげく、親の遺産で私立探偵事務所を開業してしまったというのではドン・キホーテも同然だ。キホーテの妄想を煽ったのは安っぽい騎士道物語だったが、私立探偵小説も似たようなものだと思われている。ミッキー・スピレーンとレイモンド・チャンドラーをごっちゃにするなと、巽老人には文句をいわれそうだが。

巽探偵事務所の誕生の秘密は、依頼人に知られるわけにいかない。もしも露顕したら顧客の信用を失って、事務所では閑古鳥が鳴くことだろう。すでに鳴いているのだが、さらに盛大に鳴きはじめるのは必至だ。

「ハンフリー・ボガート主演のハードボイルド映画のことを、巽の小父さまが話していたわ。贔屓は『大いなる眠り』のフィリップ・マーロウでなく『マルタの鷹』のサム・スペードだとか。そんな雰囲気ね、この事務所も。いまどきソフトハットを被る男の人なんて少ないのに、帽子掛けはちゃんとある」

依頼人が子供だった時代から巽俊吉は山科邸に出入りしていた。探偵事務所の秘密は最初から見抜かれていたようだ。

山科三奈子は明日、八月六日には小諸の自宅に戻る予定だという。上京したのは七月二十八日の火曜日だから、ちょうど十日間の東京滞在になる。兄が相続した横浜の実家には、いまでも三奈子の部屋が昔のまま残されていて、上京の際は自室に泊まることが多いとか。

依頼人が東京を離れる前に調査結果をまとめて報告したい、今後のことを相談する必要もある。こう電話で告げたのが昨日のことだ。五日の夕方は青山で人と会う予定がある、そのあと午後七時ごろに巽探偵事務所に寄ろうと山科三奈子は応じた。

「中邑さんとは会えたんですか」

「二度目の訪問でようやく」

「ご存じでした、飯倉さんの消息を」

「その点では前進がありましたよ。帝国ホテルのラウンジで報告して以降の調査結果を説明します」

頷いた山科三奈子に馬籠隆太、花房宏、田邊善之、そして中邑卓真から得た情報を順に話していく。依頼人が興味を持った様子なので、中邑家を訪問した際の出来事は細大漏らさず語るように心がけた。体調の悪そうな中邑卓真が、真夏なのに雨戸を閉めきった部屋で寝ていたことから、息子の家庭内暴力による左手の甲の傷跡についてまで。

中邑家を訪ねたあとの調査で、墜死事件の真相が徐々に浮かんできた。東ア研で田邊善之が拾ったメモのことは、話を聞いて依頼人も思いだしたようだ。

「それ、覚えています。田邊さんから見せられたときも、イワノフやザスーリチはともかくネチャーエフくらいは存じていました。『悪霊』の文庫解説に出てきたので。サルトルと論争したカミュに『正義の人びと』という戯曲があります。これはネチャーエフの時代よりも少しあとの、社会革命党（エス・エル）によるセルゲイ大公暗殺事件をモデルにした戯曲なんですが、ステパンという登場人物にはネチャーエフ的な印象もあるような。殺人を含む最悪の手段であろうと、民衆の解放という目的によって正当化されると主張する点で」

主人公の詩人カリャーエフは、民衆解放の理想と要人暗殺という殺人行為に引き裂かれて苦悩する人物だ。ボリシェヴィズムに接近していたサルトルは、カリャーエフの側に立とうとするカミュに批判的だった。暴力の必然性を認めないヒューマニズムでは、歴史は変革できないと。

ベラはヴェラの聞き違いで、メモのザスーリチはヴェラ＝ベラを意味していた可能性があると伝えた上で、話をネチャーエフから調査報告に戻した。

「一昨日は、学生時代に黒澤陽の仲間だった水嶋健志に会いました。この人物は一九七二年のクリスマスの夜に、黒澤の依頼で妙なことをしたというんですね」

「妙なこと……」

水嶋の話を簡単に紹介する。依頼人は真剣な表情で熱心に耳を傾けていた。

「あの夜、歴研から通路に飛びだしてきたのは二人でした。飯倉さんと黒澤という人ですね。水嶋さんの話では、墜落したベラの様子を見にきたのは黒澤さん一人だったことになる。飯倉さんはどこに行ったんでしょうか」

ならない。この事実を出発点とすることで、当夜の出来事を正確に把握することも可能となる。

「四階の窓から見下ろしていた中邑氏の証言でも、駐車場に入ってきたのは黒澤一人でした。サークル棟の横から駐車場に入るには、歩行者専用の小ゲートを通らなければならない。ゲート前に見知らぬ男がいた場合、二人はどうするだろうか」

鳳凰大学の学生らしい男に、自分たちの姿は見られたくない、しかし転落したベラの具合は一刻も早く確認しなければならない。全共闘時代から学内集会でしばしばアジ演説をしていた飯倉皓一だから、男に顔を知られている可能性がある。たとえ知らなくても、あとから写真を見せられて、この人物が駐車場に入っていったと証言するかもしれない。

「鳳凰大学では顔を知られていない黒澤陽が一人で様子を見てくると提案し、飯倉氏は駐車場の手前で物陰に隠れたようですね。水嶋さんが立ち去ってから、遅れて着いた三人と一緒に駐車場に入った」

納得した様子で山科三奈子が頷いた。呑みこみが早いから、くどい説明は抜きで話を先に進められる。

「一人で駐車場に入る口実を作るため、黒澤という人は昔の仲間に小ゲート前で立っているように頼んだ……」

依頼人が口を噤んで熟考しはじめる。黒澤が水嶋に奇妙な依頼をしたのは十二月二十三日のことだ。前々日から黒澤は十二月二十五日の午後八時から、サークル棟の正面玄関が閉鎖される午後九時までに駐車場で事件が起きることを予見していた。

しかも駐車場に入るのは、まず黒澤一人でなければならない。予想される同行者をゲートの手前で待たせておくため、水嶋を立たせておいたに違いない。どうして一人で駐車場に駆けこんだのか、そこでなにをしたのかは中邑卓真の証言が示す通りだ。

考えこんでいた山科三奈子がようやく口を開く。

「リンチまがいの吊しあげで精神的に追いつめられたベラが、四階の窓から飛び降りるだろうと黒澤という人は予想していたんですね。でも、どうしてそんなことが」

「黒澤にはベラの墜死が予想できたという事実こそ決定的です。あたかも廻り舞台のように、この事実を支点にして見える光景は別の光景に変貌してしまう」

「でも黒澤さんは、転落事件を阻止するために努力した様子が少しも見られない。ベラは〈鎚の会〉の仲間なのに、どうしてなんでしょう」

「花房氏や中邑氏によればベラの吊しあげは黒澤が仕組んだもので、飯倉氏も合意していた疑いがある。それを暗示しているのが東ア研に落ちていた紙片、『ネチャーエフ↓イワノフ／ザスーリチ』というメモです」

「それ、どういう意味なのかしら」

「ネチャーエフは黒澤陽、イワノフ／ザスーリチはイワノフ役を演じるヴェラ・ザスーリチで、ヴェラすなわちベラ。メモというより悪戯書きの類いかもしれませんが、田邊氏は飯倉氏の筆跡だったと。糾弾劇の最中に書いたものでしょう。墜落事件が起きてから部室の鍵を閉めるまでは、短いメモでも書いている余裕はなかったようだし」

「ネチャーエフがイワノフにしたように、黒澤という人がベラの排除を企んでいると、飯倉さんは疑っていた……」

「その可能性は否定できません。糾弾は〈鎚の会〉と東ア研の団結を強めるための儀式で、荒野に追われるスケープゴートにベラが選ばれたという程度の意味かもしれませんが」

「精神的に追いつめられ半狂乱になった若い女性が、四階の窓から飛び降りるところまであらかじめ仕組まれていたのかしら。わたしには信じられないわ」

「転落事故は計画されていた、しかし墜ちたのが若い女とは限りませんよ」

「どういうことでしょう」

山科三奈子が真剣なまなざしでこちらを見る。〈鎚の会〉という名称からも、黒澤陽がネチャーエフ主義の信奉者だったことは窺える。しかも馬籠隆太には、東ア研と思われるサークルを丸ごと獲得できる見通しだと洩らしていた。

　対等の関係で「連合」するのではなく、あくまでも「獲得」なのだ。黒澤が東ア研のメンバーを従え、絶対的な支配者として君臨すること。この目的を達成するためにネチャーエフ主義者ならどうするだろうか。

「裏切り者だと糾弾し、全員で一人を抹殺してしまう……」

「しかし、東ア研の四人を獲得するために〈鎚の会〉の一人を犠牲にするのは割に合いませんよ。本当にベラが危険な裏切り者で、始末してしまおうと黒澤が決意していたなら他の確実なやり方で殺害したでしょうね。人気（ひとけ）のないところで絞殺するとか、ナイフで刺殺するとか。日本帝国臣民としての加害責任に無自覚だと糾弾し、精神的に追いつめて四階から飛び降りるように仕向けるというのでは迂遠（うえん）にすぎる」

　問題は殺害の事実それ自体ではなく、殺害したという認識、殺害をめぐる記憶ではないか。自分たちがベラを殺したのだと東ア研の会員が信じこんでしまえば、その秘密を握った黒澤に誰も逆（さか）らえなくなる。東ア研の会員たちは、もう黒澤から逃れることができない。

「殺していないのに殺したと信じこませるなんて、できるんでしょうか」

「どうしてベラが死んだと中邑氏は思いこんだのか。花房氏や三橋さんも同じです。いまでも殺したと信じこんでいるから、私立探偵に問い質されても言を左右にしていた」

ベラが半狂乱で駆けこんだ第二資料室から、怖ろしい悲鳴が聞こえてきた。第二資料室のドアを破って窓から下を見ると、ピンクのコートを着た女が血まみれで倒れている。黒澤に身振りで指示され現場に到着すると、コンクリート敷きに血痕だけを残してベラの姿は消えていた。どうしたのかと尋ねると、屍体を処分するため車に積んだと黒澤が答え、それなら自分も同行すると飯倉は主張した。

「飛び散った血を洗い流したあと、いったん全員で部室に戻り、三人はサークル棟を出て駅に向かったんですね。黒澤さんと飯倉さんは少し遅れて駐車場をめざした。わたしが見たのは、屍体の処分のため駐車場に向かう二人の後ろ姿だった……」

「ベラが死んでいるのを確認したのは黒澤一人です。土に埋めたのか水に沈めたのか、屍体の処分に飯倉氏も同行したようですが、その夜を最後に姿を消している。飯倉氏に真相を尋ねることはできませんが、ベラは本当に死んでいたのか」

「飛鳥井さんは、四階から飛び降りたベラが生きていたと」

「四階の高さからコンクリート敷きに激突して無事だったとは思えない。即死でなくても命にかかわる重傷だったに違いありません。救急車を呼ぶことなく素人判断で動かしたりすれば、助かる命も助からなくなる」

前後の状況を確認してみよう。第二資料室に駆けこんだベラはドアの内錠を下ろした。窓の真下に血まみれの女を目撃した直後、黒澤は東ア研の三人に外から光が見えないように消灯して待機しろと命じ、飯倉と二人で部室を飛びだしていく。

水嶋健志の目を気にして駐車場に入れない飯倉は、小ゲート付近で物陰に潜んでいるしかない。闇に浮かんだペンライトの光点を目印に水嶋が立ち去ったのは、黒澤の指示で東ア研の三人が駆けつけた直後のことだ。

「注意しなければならないのはベラが第二資料室の内錠を下ろした点、黒澤が第二資料室の電灯を消すように命じた点です」

「どちらも不自然ではないと思いますけど。厳しい糾弾から逃れようとしたベラが内錠を下ろしたのも、墜落事件のあと人目を避けるために第二資料室を消灯したのも」

「逆に何十秒かの時間を確保するため、ベラは内錠を下ろしたとも考えられるのでは。第二資料室のなにかを隠そうとして、黒澤は消灯させたとも。……第二資料室に駆けこんだベラは内錠を下ろし、あるものを隠し場所から引っぱりだした」

「なんですか、あるものって」

「人形でしょうね、等身大の」

「人形……」

「マネキン人形ではコンクリート敷きに激突した瞬間に壊れてしまう。空気で膨らませるビニール製の人形では重さが足りない。プラスティック製かゴム製で、ある程度の重さがある人形」

ベラのヘアスタイルと同じ形の鬘を、人形の頭部に接着剤で固定する。赤い液体で満たされた袋を括りつけ、大地に叩きつけられた衝撃で中身が飛び散るようにしておく。

「隠せる場所などありませんでしたよ、等身大の人形なんて。田邊さんの案内で第二資料室にも入ってみましたが、狭い室内は資料の段ボール箱などで足の踏み場もない状態」

「テーブルですね、テーブルの下に押しこんであれば」

「テーブルの下……」

隠し場所から人形を引っぱりだして窓を開け、悲鳴をあげながら外に放りだす。隙間のできたテーブルの下に潜りこむ。東ア研メンバーがテーブルの下を覗いてみる可能性はゼロとはいえない。しかし、この状況ではきわめて低いだろう。

窓辺に釘付けになっている三人の注意が室内に向かないように、黒澤は電灯を消せと命じる。真っ暗でなにも見えなければ、テーブルの下に視線が向かうこともない。

駐車場に駆けつけた黒澤は倒れた人形の横で、四階の三人に駐車場まで降りてこいと身振りで指示した。無人になった第二資料室からベラは、東ア研と歴研の部室を通って通路に出る。五人が部室に戻ったときには、もうサークル棟の外に脱出していたろう。

四階の三人が駐車場に到着する前に、黒澤は墜落現場の近くに停めてあった車に人形を運んでトランクに放りこんだ。小ゲートが見えるところまで行って、水嶋に任務終了の合図をする。直後に東ア研の四人が、飯倉を先頭に駐車場に駆けこんできた。

「黒澤が一人で駐車場に入った理由は明らかでしょう。コンクリート敷きに倒れているのが、人間でなく人形だという事実を隠蔽すること。そのために人形は、他のメンバーが来る前に車のトランクに積んでしまわなければならない。黒澤が水嶋氏に奇妙なことを頼んだのは、だからだったんですね」

「でも、飛鳥井さんの話には根拠が薄いような気が。そんな可能性がありえたとしても、たしかな事実だというには具体的な証拠が必要だと思いますよ。それに飛鳥井さんが推測した通りであれば、理解できないことが」

「なんですか」

「ベラの墜死体を処分するためと称して、黒澤という人と飯倉さんは車で大学から姿を消した。二人が目撃されたのは、それが最後のことでしたね。ベラが本当に死んでしまったなら、二人が姿を消した理由もわからないではない。どんな罪に問われるのかよくわかりませんが、事が公になれば警察が動くのは必至でしょうし。

しかしベラの屍体に見えたのが本当は人形だったなら、二人揃って行方をくらます必要などありません。誰も死んでいないのだから。理由もないのに、どうして二人は姿を消したのかしら」

依頼人の疑問はもっともだ。しかし黒澤と飯倉が失踪した理由を語るのは、もう少しあとにしたほうがいい。

「その疑問は別として、他にも無視できない問題が一点あるんですね」

「なんですか、問題って」

「山科さん、あなたの証言ですよ」

中庭の反対側から歴史学研究部のドアを見張っていた山科三奈子は、八時五十五分に会合の参加者がサークル部室から立ち去るとき、ベラの姿だけ目にしていない。当然の結果だろう。メンバーが駐車場に出払ったあと、八時三十五分すぎに東ア研から脱出していたのだから。

問題は依頼人が、このときのベラも目撃していない点にある。八時五十五分から八時三十五分すぎに時間がずれただけで、消失の謎は依然として謎のままということになる。

「……そう、そうでしたね。何時間も寒いところにいて、注意力が散漫になっていたのかしら」

「ぼんやりしていて見逃したと」

「そうかもしれません。全員が通路に出てきたときはちゃんと人数を算えたし、背の高い学生が歴研のドアを施錠しているところも確認したんですけど」

山科三奈子が熱の冷めた口調でいう。どうしてか二重密室からの人間消失の謎に興味を失っているようだ。一面識もないベラはともかく、歴研から消えたジンの行方もどうでもいいのだろうか。

「午後八時三十五分すぎに歴研から出てきたベラを、山科さんは見落としたのだとしましょう。これでベラが消えた謎は解けますが、同じ日に人間消失はもう一件起きていた。山科さんの友人ジンの消失です」

ジンとベラが同一人物であれば問題ないが、動画の女のスクリーンショットを見た花房宏と三橋恭子の証言でこの可能性は否定された。ベラ消失の謎が解明されたとしても、ジンをめぐる謎は謎のまま残されている。

「ジンの正体は突きとめましたよ」

「正体といいますと」

「水嶋健志は埜木綏郎の処女作『転生の魔』の粗筋や、登場人物のことを詳しく話してくれました。この芝居は一九六九年の八月、星北大学のバリケードで上演されたとか。写真撮影に自信があった水嶋氏は、記録係として上演に協力したそうです。

作者の意向で『転生の魔』は出版されていません。出演者を含めて芝居に関係した十数人、それに五十人ほどの観客しか『転生の魔』の内容は知らないことになる。関係者の一人から話を訊くことができたのは本当に幸運でした」

「水嶋さんからは、どんな話を」

「ヒロインの名前を聞いて愕然としましたよ。ヒロインは第一幕でイワ、第二幕でスズ、第三幕でスガと名乗るんですが、その正体はジンと呼ばれる日本列島先住民の女祭司だとか」

「ジン……」

山科三奈子は驚いた表情でいう。不思議な消え方をした友人と同じ名前を、思わぬところで耳にしたという様子だ。

「それだけではないんですね。稲の王に反逆し続ける狩猟民の女祭司、あるいは縄文人の魔女を演じたのは木枯ベラ。もちろん、素人の学生女優が冗談半分で名乗った名前でしょうが」

一九六九年夏に星北大学のバリケードで上演された『転生の魔』では、ベラという女優がヒロインのジンを演じた。一九七二年の冬に鳳凰大学のサークル部室では、ヒッピー娘のジンと〈鎚の会〉の女子活動家ベラの二人が消えている。

「偶然の一致とは思えないと」

「思えませんね、山科さんもそうは思わないでしょう。一九六九年にはベラがジンを演じた。七二年も同じだったのではないか」

「わたしがジンとして知っていた娘は、『転生の魔』のヒロインを演じた木枯ベラという素人女優だった……」

「もう一点、『転生の魔』には興味深い場面があるんです。田村麻呂の手勢に追われ、崖の上に追いつめられたスズは、自分の装束を着せたカカシを崖から落として敵の目を欺く。

山科さんがいうように、第二資料室からのベラ消失のトリックには確証がありません。しかし木枯ベラであれば、あのトリックを東ア研で試みたことにも納得はいく。舞台の上で同じことを演じていたわけだから」

ジンとベラの一人二役は、すでに一九六九年の時点で成立していた。ジンという役柄を演じる女優ベラとして。では一九七二年の時点ではどうだろう。一九七二年の一人二役の可能性は二つの理由で排除される。

「七月十五日に国会前にあらわれた娘の写真を見て、花房さんと三橋さんはベラではないと答えたとか」

花房宏も三橋恭子も動画の女のスクリーンショットを見て、ベラとは顔が違う、まったく似ていないと証言している。動画の女がジンに酷似している以上、二人の証言が示しているのはジンとベラが別人だという事実だ。

「それが一点、もう一点は山科さんの話に関係します」

「わたしの話ですか」

「ジンというのはジャズ喫茶で出遇った娘の自称ではなく、山科さんがつけた仮の名前だとか」

なにかを考えこむように依頼人はうつむいた。数えきれないほど転生を繰り返してきたと大真面目に語った娘に、『暁の寺』のジン・ジャンにちなんでジンという名前を与えたのは山科三奈子だった。ようするにジンとは、その娘が称した名前ではない。

「ジンを演じた女優がジンと名乗ったのなら筋は通るが、事実は違うわけですね。となると一九七二年の一人二役は成立しないことになる」

「……わたしの記憶違いかもしれません。正式の自己紹介でなくても、先にジンが自分のことをジンと呼んだことがあったとか。それが無意識的な記憶として残っていて、彼女の信じられないような話と『暁の寺』が結びつき、わたしがジンと呼ぶことにしたと思いこんでいたのかも」

だが、花房や三橋の証言がある。一九七二年の一人二役は成立しないとしても、ジンという名前と転生譚の結びつきは偶然ではない。山科三奈子の友人だったジンが、ジンの役を演じた木枯ベラ本人でないとすれば、『転生の魔』の上演スタッフか観客の一人だったのかもしれない。思いついたことを確認してみる。

「一九六九年といえば、もう山科さんは大学生ですよね」

「ええ、その年の四月に入学しました」

「夏にバリケードで上演されたという『転生の魔』、ご覧になっていませんか」

「いいえ。ゴールデンウィーク前に校舎がバリケードで封鎖されて、そのあと授業はありませんでした。だから大学にも行かず、学内の事情にも疎くて。こんなことになるなら観ておきたかったと思いますが、あの夏は最初の海外旅行でフランスに出かけていたし。

飛鳥井さんの話では、『転生の魔』の上演スタッフは十数人、観客は五十人ほどだったとか。合計すれば六十名を超える数の人たちには、二十歳前後の若い女性が少なくとも十人、あるいは二十人以上も含まれていたはず。

わたしにジャズ喫茶で声をかけてきたジンは『転生の魔』の粗筋を知っているスタッフか観客の一人で、〈鎚の会〉の一員として東ア研にあらわれたベラは役者の木枯ベラだと考えたいところです。

しかしベラのほうは、『転生の魔』と無関係だったかもしれませんね。専制に決死の闘いを挑んだヴェラ・ザスーリチやヴェラ・フィグネルに憧れて、ベラと名乗っていた〈鎚の会〉の女子活動家だとすれば」

「その可能性も否定はできませんよ。しかし黒澤陽と一緒に東ア研を訪れた事実に着目すれば、やはり木枯ベラ本人だったと考えるほうが筋は通る」

「といいますと」

「高校時代からの友人だった黒澤陽と埜木綏郎ですが、一九七二年には連携して動いていた」

パリを舞台に都市ゲリラネットワークと接触し、共闘関係を築くという構想はもともと埜木のもので、そのために大学助教授の五十嵐哲と新左翼セクトを離れた黒澤陽を結びつけたらしい。

鳳凰大学の東ア研メンバーを支配下に置くために、黒澤はネチャーエフ式の陰謀を企んだ。イワノフの場合のように実際に仲間を殺さなくても、殺したと信じさせれば同じ効果が期待できる。だから東ア研を舞台に一芝居打つことにしたのだ。

このアイディアは『転生の魔』の脚本家で演出家の埜木綏郎が、黒澤に提案したのではないか。そう考えるのが自然だろう。

芝居の主演女優に木枯ベラが指名されたのも当然の流れだ。『転生の魔』でヒロインを演じた女優こそ、東ア研を舞台とする芝居の主役にふさわしい。黙って話を聴いていた依頼人が深々と頷いた。

「動画の娘はベラでないという花房さんや三橋さんの言葉も、歴研の部室で消えたジンと第二資料室で消えたベラが別人であれば納得できますね。そうそう忘れていました、飛鳥井さんに見てもらおうと思って」

依頼人がハンドバッグを開いてスマートフォンを取りだす。写真を出してから、こちらに向けてテーブルに置いた。いったいなんの写真なのか。

「拝見します」

スマートフォンを取りあげて、画面を眺める。写真に写っているのは若い女が二人で、右側で微笑しているのは学生時代の山科三奈子のようだ。そして左には……。

「一度だけ、ジンと一緒に写真を撮ったことが。実家の部屋にあることを思いだして、捜してみました。手札の写真をスマホで撮影してみたんですが、わかりますよね。左側にいるのがジン、小生意気そうで可愛いでしょう。わたし、本当に好きでした。それなのに、あんなふうに消えてしまうなんて」

「ちょっと待ってください」

きつく瞼を閉じてから、あらためて写真の娘の顔を凝視する。若くて美しい山科三奈子に躰をもたせかけているのは、国会前の動画に映っていた女に違いない。動画とは違って笑っている。三奈子のヘアスタイルはロングだが、ジンのほうはベリーショートだ。

「とにかく、終わりよければすべてよしだわ。お願いした調査はこれで終わりにしてください。あとは飯倉さんと会えるようにしてほしいと、わたしが中邑さんにお願いするだけ。飯倉さんに話を伺えばジンのこともなにかわかるでしょう。予定通りに明日、わたしは小諸に戻りますが、中邑さんとの話しだいでは今月十五日にまた上京するかもしれません」

会いたがっている人物がいると中邑が伝えても、飯倉皓一のほうにその気がなければ会えない結果になる。そんな場合、依頼人はどうするつもりなのか。

「確実に飯倉氏を捉まえたいなら、八月十五日に中邑家まで行かなければならない。その日、訪ねてきた飯倉氏に声をかけるのが一番です。当日は同行しましょうか」

「まず、わたしが中邑さんに連絡してみます。その上で飛鳥井さんの助力が必要と思われたら、あらためてお願いすることに」

「わかりました、中邑氏には山科さんから電話があることを伝えておきます。留守電にメッセージを吹きこんでおけば連絡はとれるはず。もしも問題があれば、こちらでなんとかしますから」

こうなることは半ば予想していたが、中途半端な気もしないではない。まだ飯倉皓一の居場所を突きとめたわけではないし、厳密にいえば調査の目的は達成できていないのだ。少なくとも八月十五日に中邑家の前で飯倉皓一に声をかけ、山科三奈子に引きあわせるところまで仕事は終わらせたくないと思う。とはいえ、それが依頼人の意向であれば従わざるをえない。

それに昨日から、なにか気になるものが頭の隅に引っかかっている。忘れていることがあるようなのだが、いくら考えてみても思いだせない。この調査とも無関係でないような気がするのだが。

そろそろ帰るという依頼人を、潔く事務所から送りだすことにした。頼まれた調査の仕事は報告書と請求書を郵送すれば終わりだが、一仕事終えたときの達成感や解放感は薄い。

一枚の写真を見つけだし、二人の証人に確認を求めること。やればできる作業だったが、引きうけた仕事の本筋ではないし、依頼人がそれを求めているわけでもない。後廻しにしているうちに仕事自体が終わってしまった、それが心残りなのかもしれない。

14

真昼だが、夏休み中のことで鳳凰大学のキャンパスは閑散としている。私鉄駅から十五分ほど歩いたにすぎないのに、生成りの麻スーツは汗で濡れはじめていた。

大学の敷地には古めかしい石造建築やコンクリートのビルが建てこんでいる。校門からの順路はかなり複雑だったが、じきに目的の建物の前に出ることができた。鷺沼晶子を研究室に訪問するため、このキャンパスには幾度か足を運んだことがある。

老朽化が目立つサークル棟の正面玄関前には、半袖シャツの中年男が待機していた。こちらを見て施設課の職員が軽く会釈する。

「歴史学研究部のOBの方ですか」

「はい、わざわざ申し訳ありません」

「話は鹿島田先生から伺っています。来週の月曜から工事がはじまる予定なので、運がよかったですよ。学生時代の思い出のために訪れるなら、この週末が本当に最後のチャンスでしたから」

調査のため歴研の部室に立ち入る必要があると、二日前に電話で鹿島田誠に頼みこんだ。大学に話を通す際、訪問者は鳳凰大学の卒業生で歴研のOBということにしたようだ。懐かしそうな態度を装って建物を見渡していると、大学職員から鍵を手渡された。鍵に付けられた木の札には、滲んだ文字で〈403〉とある。

「正面玄関の鍵は開けておきました。帰るときは本部の施設課に声をかけてください」

解体工事に備えてサークル棟の荷物は残らず運びだされている。盗まれて困るようなものは皆無だし、物好きな卒業生が思い出に耽りたいのなら一人で好きにしろ。職員が付き添うまでもない、ということのようだ。

職員に礼を述べて、汚れが目立つ硝子扉を押し開いた。がらんとした玄関ホールから階段室に入る。歴研の部室がある四階をめざした。四階の階段室横に置かれていたというベンチや、清涼飲料の自動販売機は撤去されたようだ。

何週間も閉めきられていた建物だが空気は淀んでいない。各階の通路は吹き抜けの中庭を囲むように矩形に延びているからだ。中庭に天井は造られていないから、通路は外気で満たされている。夏向きの設計だが、冬になると木枯らしが吹きこんできていかにも寒そうだ。

サークル棟内の様子は、鹿島田や田邉の話から想像していたものとあまり変わらない。ただし、半世紀ものあいだサークル活動で学生たちが出入りしていた痕跡は、床にも壁にもほとんど見られない。目に留まるのは、ドアや壁にスプレーペンキで描かれた絵や文字くらいのものだ。

〈403〉は、中庭に面した通路を反時計回りに進んで三室目だった。スチール製のドアにサークル名などを記した表示はない。解錠してノブを廻すと、くすんだグレーのドアが開いた。長いこと閉めきられていたのか、通路と違って室内の空気は暑苦しく濁っている。

風を入れようと、ドアは半開きのままで足を踏み入れた。明かり取りはドアの左右にある曇り硝子の窓だけで、かなりの広さがある部屋は薄暗い。ドアを入った右側に電灯のスイッチは並んでいるが、天井の蛍光灯は取りはずされている。テーブルも戸棚も撤去されていて、歴研の部室だった部屋はがらんとした印象だ。

突きあたりに木製のドアがある。ドアを開いてみたが窓のない部屋は暗い。かつて東ア研の部室として使われていた第一資料室は、歴研の部室の三分の一ほどの広さだ。この部屋にも突きあたりに木製のドアがある。

第二資料室のドアを開くと猛烈な熱気が流れだしてきた。真夏の太陽がカーテンもない室内の空気を熱し、耐えがたいほどの暑気で満たしていたようだ。火傷（やけど）しそうに熱い窓の金具を手早く動かして、硝子窓をぎりぎりまで大きく開いた。三十五度はありそうな外気が、それでも涼しく感じられる。

夏季休暇中のことで、駐車場に停められている車はさほど多くない。窓から顔を出して真下を眺めてみた。目が眩むほどの高さというわけではないが、窓から墜ちて駐車場のコンクリート敷きに叩きつけられたら確実に重傷、打ちどころが悪ければ即死だろう。

この窓から四十三年前に等身大の人形が投げ落とされ、今年の六月には鳳凰大学の特任教授が突き落とされた。そう考えながら眺めてみても、白い光の洪水で洗われた光景は非現実的なほど明るすぎて、どうにも現実感が湧いてこない。

外の通路から規則的な足音が聞こえてくる。歴研の部室だった空き部屋に、大きなサングラスを掛けた婦人が入ってきた。上品そうな薄緑のワンピースに夏用の洒落た帽子。開かれたままの第二資料室のドアのところから、深みのある印象的な声で問いかけてきた。

「あなたが探偵さんかしら」

「そう、飛鳥井です」

一昨日の午後、埜木夫人の緋縒小春から電話があった。巽探偵事務所の者だが人捜しの件で是非とも伺いたいことがある、この調査は埜木綏郎氏の死の真相とも無関係ではないからという内容の伝言が、ようやく先方に届いたらしい。

飯倉皓一をめぐる調査は終わっている。緋縒小春から『転生の魔』の上演にかんしての情報を得る必要は失われたが、それでも会ってみることにした。他人に頼まれた仕事でなく個人的な興味のために。この仕事にまつわる達成感の希薄さが、埜木夫人の話を聞くように仕向けたのかもしれない。

誰を捜しているのかと緋縒小春に電話で問われ、木枯ベラだと答えた。詳しいことは会って話したいとも。それでも迷っている様子なので、埜木はビルの屋上から墜ちたわけではない、希望があれば本当の墜落現場に案内すると付け加えた。

埜木夫人は電話口で沈黙し、しばらくしてから会見に応じると返答した。そこで鹿島田教授に連絡し、歴研の部室に入る許可をもらいたいと頼みこんだのだ。

夫が死亡した直後に駆けつけたのは病院で、緋縒小春は墜死現場まで足を運んでいないという。ただしサークル棟の場所はわかると。学生時代に鳳凰大学の演劇サークルと交流があって、この大学キャンパスには土地鑑があるようだ。待ちあわせの時刻を決め、当日は歴研の部室で落ち合うことにした。

「埜木は、屋上から墜ちたのではないと」

「ええ」

第二資料室の窓から駐車場を見下ろしている女優が、重たい溜息をついた。真下のコンクリート敷きで絶命していた夫のことが、どうしても思いだされるのだろう。

「屋上ではなく、この窓から埜木は墜ちたと」

「その可能性を一時は警察も疑っていました。この部屋に立ち入って調べたことがあるらしい」

「警察から伝えられた結論は、屋上からの投身自殺だわ」

「墜ちた場所だけでなく死亡した理由も違っている」

「どういうことなの」

「埜木さんは六月二十八日の夜、この窓から突き落とされた可能性があります」

「……まさか」

ハンカチで顔を扇ぎながら、女優が疑わしそうな表情でこちらを見る。墜落した場所だけでなく、死亡した理由まで警察見解は事実に反するといわれたのだから、当然の反応だ。

「なにか証拠でもあるんですか、夫は殺されたという」

「一九七〇年から七三年まで、この大学では東アジア史研究会という左翼サークルが活動していました。三室続きの真ん中の部屋が東ア研で、通路側の広い部屋は歴史学研究部、この小部屋は資料室として使われていたとか」

「そんな何十年も昔のことが、埜木の死と関係あるとでも」

「埜木さんも関与していたと思われる出来事が起きたのは、一九七二年の十二月二十五日のことです」

「この部屋で開かれたクリスマスパーティに、夫も出席していたとか」

私立探偵の言葉を真剣に受けとろうとしない女優が、唇を曲げて皮肉そうにいう。クリスマスパーティならぬ東ア研の部会の模様を語っているあいだ、それでも緋縒小春は黙って耳を傾けていた。ベラという人物の登場に興味を惹かれたようだ。

ベラの消失事件を説明するには、放送研究会の前で歴研を監視していた人物に触れないわけにはいかない。とはいえ山科三奈子の存在を明らかにはできないから、たまたま放送研に人がいて通路側の窓から向かいの歴研を見ていたことにする。

放送研の部員が理由もなく何時間も窓辺にいたのは不自然だが、それについて質問されたら適当な話を捏造して答えなければならない。しかし監視者の存在に疑問を呈することはなく、緋縒小春は眉根を寄せて問いかけてきた。

「消えたベラが、あの木枯ベラだというの」

「その可能性は高いと思いますよ。ベラを連れてきた男はカントクと呼ばれていた。この人物に心当たりはありませんか」

「季節社の周辺にいた男で、カントクと呼ばれていたのは黒澤陽。この渾名をつけたのは埜木で黒澤と親しくしていたけれど、わたしは気が許せない男だと思っていた。それにしても四十年以上も昔の消失事件と埜木の死とのあいだに、どんな関係があるというのかしら。

　木枯ベラなら知らないわけじゃない。でも、黒澤と二人で左翼サークルの会合に出てきたという話は信じられない。ベラは活動家ではなかったし、黒澤とも顔見知り程度だったと思う」

「消失事件の謎が解ければ、黒澤とベラが東ア研にあらわれた理由もわかりますよ」

「放送研の部員が、歴研を出る女を見逃したなんていうんじゃないでしょうね」

　山科三奈子は部室から脱出するベラを目撃していない。けっきょくは埜木夫人の指摘が該当するといわざるをえないが、この点には触れないようにして話を続ける。

「そこの窓から人形を投げ落として、ベラはテーブルの下に身を隠した。ドアを破って東ア研のメンバーたちと室内に駆けこんできた黒澤は、部屋の電灯を消すように命じてから駐車場に急いだ」

　黒澤の合図で会員たちが駐車場に着いたときにはもう、人形は車のトランクに運ばれていた。話を聞いた緋縒小春が硬い表情で呟くようにいう。

「……『転生の魔』だわ」

「一九七二年にこの部屋で起きた消失事件も、六九年に星北大学のバリケードで演じられた芝居と同じ人物によって演出されたに違いありません。消失事件の筋書きを書いたのも、木枯ベラや黒澤陽に主演や助演の役を振ったのも埜木綏郎氏ではないだろうか。『転生の魔』は、埜木さんが主宰する学生劇団の芝居だったんですね」

「季節社という学生劇団が存在したのは一九六九年夏の一瞬のこと。あちこちから埜木が集めてきたスタッフや役者によって『転生の魔』が上演されたわ。上演中の三時間だけ、季節社が存在したといえるのは。それ一度きりで解散の合意もなく消えたのだから」

「季節社の役者やスタッフで、のちの〈演劇機械〉に参加した人はいないんですか」

「わたしだけね」

「緋縒さんも『転生の魔』に出演していた」

「第一幕のサクヤ、コノハナノサクヤヒメ役で。主演だというから話に乗ったのに途中で埜木の気が変わった。主役を横取りされて、癪（しゃく）だから季節社なんてやめてやるって思った。でも埜木に頼みこまれてね、しかたなくイワの妹役をやることにしたのよ。放っておくと芝居の主役だけでなく、埜木までベラに盗（と）られてしまうかもしれないし」

緋縒小春の本名は坂崎（さかざき）小春だという。学生演劇の世界で女優としての才能を注目されていた坂崎小春は、『転生の魔』の企画に参加しないかと埜木から声をかけられた。上演の準備を進めているうちに、眩（まばゆ）いほどの才能に溢れた埜木に惹かれはじめる。

「緋縒さんと違って木枯ベラは、大学の演劇サークルや学生劇団で女優としてのキャリアを積んでいたわけではないんですね」

「『転生の魔』の準備をはじめたころ、どこかで埜木が見つけて連れてきた学生。わたしより年下で若すぎるし、ちょっと顔が綺麗なだけの素人だと思っていた。それでも一ヵ月で舞台に立てたのは、演技指導と称して埜木が四六時中べったりくっついていた効果かしらね。

『転生の魔』の上演が終わるとじきに、大学には機動隊が導入されバリケードは強制解除された。季節社の関係者はちりぢりになり、そのあとベラの姿を見たことはない。わたしは埜木とつきあいはじめたけどね」

「木枯ベラというのは、もちろん役者としての名前ですよね」

「自己紹介のとき、その場で適当に思いついたのよ」

『転生の魔』上演に向かう最初の全体会合で、坂崎小春はサクヤ役として紹介された。最後にイワ役あるいはジン役として紹介されたとき、その女子学生が木枯ベラだと自己紹介したらしい。咲いた花のサクヤにたいして枯れた木のコガレ。

「当てつけているのかと腹が立ったけど、悪気はなかったみたい。逆なら当てつけになるけど、わたしがサクヤで自分がコガレなんだから。単純に面白いと思って名乗ることにしたようね」

「ベラの本名は」

「知らない。稽古のときしか顔を合わせないし、個人的な話をしたこともないから。あの娘のせいじゃないとしても、横から主役をさらわれたのは事実だし、個人的に親しくする気にはなれなかった」

「どんな娘でしたか、ベラは」

「男の子みたいなベリーショートで可愛かったわよ。演技力はともかく目や表情に力があって、ジン役にぴったりだと埜木は思いこんだのね」

　一九六九年八月の木枯ベラはベリーショートで、七二年十二月に東ア研の会議に参加したベラの髪は背中まであったという。三年あれば髪が伸びるのに充分だろうし、ウィッグを使った可能性もある。

　注意しなければならないのは、山科三奈子の前にあらわれたジンと木枯ベラのヘアスタイルが同じだった点だ。昨今と同じことで一九六〇年代の後半でも、街でセシルカットを見かけるのは稀だった。一九七二年も似たようなものだったろう。ジンとベラが同一人物だったという仮説は否定されたが、としても二人が同じ髪型だったという事実は気になる。

「どんな人物でしたか、黒澤陽は」

「歳は埜木と同じで高校時代からの友人だとか。二人とも高校生のころからデモに出ていたようだけど、星北大学に入ってから道が分かれた」

黒澤は学生運動に熱中し埜木は演劇に深入りしていく。それでも二人のつきあいは続いていた。埜木にしてもアナキズム的な左翼思想を捨てたわけではない。作者の注釈では『暁の寺』の設定を意図的に踏襲し、天皇制批判の物語に換骨奪胎したのが『転生の魔』なのだという。

「黒澤というのは埜木のメフィストフェレスよ。わたしは大学が別だから二人の友人関係の詳しいところはわからないんだけど、埜木は利用されているような気がして。黒澤に乗せられると、どこに連れていかれるか知れたものじゃないと心配だった。

なにを考えているのかわからない男だし、それに平気で嘘をつくのね。役者は職業的な嘘つきともいえるけど、その辺の役者を超えてたわ。一九六九年十月のデモで捕まって拘置所に入ったようだから、わたしとしては一安心だった」

それで埜木と黒澤の縁が切れたとは考えられない。一九七二年のクリスマスに演じられた消失劇に黒澤は出演しているし、その演出家は埜木だったに違いない。

「その後、埜木さんと黒澤は」

「一九七二年の夏かしら。そのころはもう埜木と一緒に住んでいたんだけど、保釈になったとかでうちに黒澤が訪ねてきた。なんだか厭な気がしたけど、あいつとはつきあうなともいえないし。でも、翌年にはあの男の影が埜木のまわりから消えた。三ヵ月ほどのフランス滞在を終えてからは、黒澤のことを口にしないようになったし」

「フランス滞在とは」

「七四年かしらね、まとまった臨時収入があったから、それを資金にパリまで芝居を観にいくって。もともとベケットやイヨネスコや、フランスのアンチテアトルに影響されていた人だから」

埜木綏郎のフランス滞在は、黒澤陽がパリから消えたという時期と一致する。黒澤と接触する目的で渡仏したのではないか。

「それから何年かして映画の役をもらったときよ、埜木がわたしのために緋縒という芸名を提案したのは。その映画で助演女優賞を獲った直後に、埜木と劇団〈演劇機械〉を立ち上げることにした」

「緋縒小春って小春日和の逆ですよね」

「将棋好きで坂田三吉ファンの父親が、娘に小春なんて大時代的な名前をつけたのよ。本名の小春に引っかけて、埜木は緋縒という名字を思いついたんでしょう。訊いても、きみは名前の由来を知らないほうがいいって。しかたないから自分で考えてみたわ」

緋色の糸を縒ると赤い紐ができる。無数の緋色の糸のような反逆する民衆の意思と行動を縒りあげて一本の赤い紐のような力に変えよう。数年前までの埜木なら、緋縒という芸名にそんな意味を込めたかもしれない。

「でも、この解釈は見当違い。暴風が荒れ狂ったような六〇年代からの政治の季節は、もう終わっていたから。時代は小春日和になったという意味で緋縷小春なんだろうか。小春日和というのは晩秋から初冬の暖かい日のことをいうんだから、その場合は時代が厳冬に向かうと予想していたことになるんだけど」

昭和十年前後を小春日和に喩えることがあるという。昭和初年代の共産党弾圧が一段落し、天皇機関説事件や国体明徴運動でリベラル派までが追放されはじめるまでの短い期間だ。そのあとに来たのが全面戦争の時代で、何百万人という日本人が前線と後方を問わず大量死を遂げ日本列島は焦土と化した。

しかし弾圧やファシズム化や新しい戦争の切迫を、埜木が真剣に危惧していたふしはない。フランス語の難解そうな人文書を読んで興奮し、一九八〇年代は誰も体験したことのない高度消費社会になるだろうとさえ予言していたほどだ。劇団名を〈演劇機械〉にしたのは、八〇年代の日本で大流行したポストモダニズムを先取りしていたからだと緋縷小春はいう。

「ようするに緋縷は、小春日和ではなく日和見主義の日和なのよ。そこそこ売れはじめた小春という女優と結婚し、ポストモダンを表看板にした新劇団を立ち上げる。航海は安全第一だから、日和をよく見て平穏な海に漕ぎだそう。そんな自嘲を緋縷小春という芸名に託したんだと思う」

正確に天候を予測したからか、〈演劇機械〉を結成した数年後に『あなたは変わらないで』が大成功し、埜木綏郎は新しい小劇団運動の旗手になる。夫の墜死体が発見されたコンクリート敷きを見下ろしながら、窓辺の緋縒小春が低い声で呟いた。

「……イキカバネは人じゃない。では獣かしら、いいえ虫だわ。イキカバネになる前に、この屋上から身を投げる。それまでは見ていて、わたしの素顔を。でもね、あなたは、あなただけは不気味な昆虫には変わらないで」

「『あなたは変わらないで』のヒロインが、ビルの屋上から飛び降りる前に叫ぶ言葉ですね」

「この台詞がある頁なの、屋上の縁に靴を重しにして置かれていたのは」

なるほど。だから警察は、埜木綏郎が遺書代わりに残したと判断したわけだ。高所から身を投げる直前にヒロインが語る台詞は、投身自殺者が心境を託すにふさわしいと。

「あなたは埜木が飛び降りたのは屋上でなく、この窓だというのね」

「そう、この窓から突き落とされたに違いない」

「埜木が殺されたのだとして、いったい犯人は誰なの」

「このところ警視庁の公安部は黒澤陽を捜しているようです。長いこと外国にいた黒澤だが、どうやらひそかに日本に潜入したらしい。一九七二年の消失事件の演出家が埜木さんだったとすれば、主演男優は黒澤だ。演出家と主演男優が、かつての舞台で再会しても不自然ではない」

「黒澤が埜木を……」

緋縫小春は無言で、目を細めるようにして考えこんでいる。黒澤陽が埜木綏郎に取り憑いた悪魔だとすれば、埜木は黒澤に殺された可能性も否定はできないと考えはじめたようだ。そろそろ話を切り替えなければならない。

「電話でお願いした件ですが、『転生の魔』の舞台を撮った写真はありましたか」

「埜木が処分したようで、探しだせたのはこれ一枚きり」

緋縫小春がハンドバッグから手札サイズのモノクロ写真を取りだした。前に見たことがある写真だと、一瞬のことだが錯覚してしまう。写っているのは若い女が二人で、ヘアスタイルは右側がベリーショート、左側はロングだ。ロングのほうが二十歳そこそこの緋縫小春だろう。

「舞台のあと埜木にいわれて、木枯ベラと一緒に撮った写真。上演の記念として渡されたので、これ一枚だけ手許に残っていたわけ」

手渡された古い写真は、三日前に山科三奈子のスマートフォンで見た写真の画像とよく似ている。二枚とも同じネガから焼かれたのではないかと一瞬疑ったが、そうではないことがじきに理解できた。

右側の女に左側の女が凭れている二人のポーズは前の写真と同じだし、着ている服も変わらない。しかし、前の写真では左側のヘアスタイルがショートで右側がロングだったし、よく見ると二人の顔も違う。

水嶋の証言から推測しはじめたあれこれが、この写真によって裏づけられたといえるのではないか。きつく瞼を閉じてから開き、あらためて古い写真を凝視する。

15

鳳凰大学のサークル棟で緋縒小春と会ってから、今日で五日になる。山科三奈子に依頼された仕事のために溜めこんでいた雑用も、ほとんど片づいた。この週末から夏休みにして、しばらくは白州の山小屋に滞在できそうだ。

明後日の八月十五日には飯倉が中邑家を訪れるはずだが、依頼人からとくに連絡はない。中邑と話がついて飯倉と会える手筈が整ったのだろう。この件でなにか忘れているような気がしてならないのだが、いまだに思いあたることはない。脳細胞の老化の進行が、わがことながら心配になる。

緋縒小春に見せられた写真で、水嶋健志の話を聞いてから漠然と憶測していたことが明確になった。山科三奈子が当初、私立探偵と顔を合わせないようにしていたのには根拠がある。探偵には知られたくない事実があったからだ。

判断を変えて私立探偵とじかに接することにしたわけだが、隠し事を見抜かれたのはその結果ともいえる。孫に問われるまま若いころの思い出話などしなければ、隠しておきたい事実を探偵に悟られることもなかったろう。その危険を感じたから、早めに調査の打ち切りを告げたのかもしれない。

依頼人が私立探偵に仕事を頼む場合、調査の背景や理由の一部を伏せるのはよくあることだ。山科三奈子もその例に洩れなかったにすぎないし、この件で依頼人を非難する気はない。最初からすべてを話していれば、調査はもっと効率的に進んだかもしれないが、廻り道した分も費用として請求したから問題はない。

依頼人が意図して隠そうとしたあれこれを、契約した仕事が終わってからの調査で洗いだしたのは、職業人の行為として不適切だろうか。とはいえ、自分の仕事の意味を可能な限り正確に把握しておくのは私立探偵の義務だ。今回は心配ないとしても、依頼された調査が犯罪の加担に通じる場合もある。

そろそろ十一時だし、寝床に入って『精神の生活』の続きでも読もうか。安楽椅子から立ちあがろうとしたとき、スマートフォンの呼び出し音が聞こえてきた。

「飛鳥井さんですか、山科郁です」

携帯を耳に当てると、山科三奈子の孫にあたる青年のなにやら切迫した声がする。引きうけた仕事は終わったのに、どんな用件が私立探偵にあるというのか。

「飛鳥井だが、どうかしたかい」

「どうしても祖母と連絡がとれないんです、なにかご存じありませんか」

「それ、いつからのことかな」

「キャリーバッグを引いて横浜の実家を出たのが八月六日の朝で、三日前に母が小諸の山荘に電話したんですが留守電状態でした。携帯は電源が切られているらしい。そのあと幾度かけても固定電話も携帯も通じません」

巽探偵事務所を訪れた翌日に山科三奈子は小諸に戻ったはずだが、そのあと連絡がとれないようだ。郁の母親が姑（しゅうとめ）の家に電話したのは三日前、八月十日という計算になる。

「八月六日から十日までのあいだに、山科さんと連絡がついた人はいないのかな」

「横浜の実家の人たちを含めて、母が訊いてまわった範囲では一人も。妹は気ままな自由人だから、急に思いついて海外旅行にでも出かけたのだろう。前にも同じようなことがあったといって、大伯父はさほど心配していない様子ですが」

海外旅行中にも通話できる契約をしていなければ、国外で携帯電話は使えない。国内でも電波が届かない場所なら同じことだ。山科三奈子が旅行中であれば、電話が通じなくてもさほど心配する必要はない。

「八月五日の晩に山科さんは巽探偵事務所に顔を出している。そのときは翌日に首都圏滞在を切り上げるつもりだと口にしていた。その言葉通り六日朝に横浜の実家を出た直後から、行方がわからないということだね」

「祖母の行き先について心当たりはないでしょうか。明日は金曜で動きが取れないし、土曜にでも僕が小諸まで行ってみようと思うんです。母は週末も仕事なので」

金曜は国会前で〈エイレーネ〉主催の抗議集会があるため、郁は東京を離れられないという。代わりに様子を見に行かなければならない可能性もゼロではない。念のために山科三奈子の自宅への道筋を聞いておくことにした。話では山奥の一軒家らしいので、住所だけでは行き着けそうにない。

「……そうか」

思わず低い声で呟いていた。飯倉皓一の調査にかんすることで、なにか見落としているような気がして落ち着かない気分が続いていたが、ふいに閃(ひらめ)いたのだ。

「なんでしょうか」

「いいや、なんでもない。こちらでも山科さんの行き先を調べてみる、なにかわかったら電話するよ」

「お願いします、夜遅くてもかまいませんから」

スマートフォンに先方の電話番号は入れていない。手帳のメモを見ながら中邑家に電話した。コール音のあと留守電の音声が聞こえてくる。メッセージは残さないで電話を切った。今度は花房宏の携帯番号にかけてみる。

「花房だ」

「飛鳥井ですが、少し訊きたいことがある」
「いま忙しいので、こちらからかけ直すよ」
「申し訳ないが一点だけ、中邑氏は小柄でしたか」
「百六十センチ前後で男としては背が高いほうとはいえない、これでいいかな」
「結構です」

直後に花房が電話を切った。どうしても思いだせないまま喉の奥の小骨のように頭蓋の隅で引っかかっていたのは、中邑卓真と三橋恭子の二人が「背丈の点では似合いのカップル」という花房の言葉だった。

三橋恭子は百五十センチほどで小柄だ。小柄な女と長身の男の組みあわせを「似合いのカップル」というだろうか。小柄な女と小柄な男で、しかもある程度の身長差がある二人を指して花房は「似合いのカップル」と評したのではないか。とすれば、中邑の背丈は低いほうと推定できる。

中邑家の二階の寝室で寝ていた男の身長だが、正確なところは不明というしかない。ベッドの上で躰を丸めるようにして布団を被っていたからだ。それでも小柄とはいえない気がする。背丈は普通かそれ以上か。

日本人の男の場合、普通の身長とは百七十センチ前後だろう。ベッドの男は少なくとも百七十センチ程度、高ければ百八十センチ以上あったのではないか。しかも自分の背丈を隠そうとしていた。

　雨戸が閉めきられた部屋でエアコンは起動された直後だった。ふいの来客を迎えるために冷房を入れたわけではない。布団に潜って顔だけ出していても不自然ではないように、エアコンを動かしはじめたのだ。あんなふうに布団を被ったのは、身長や体格を知られまいとしたからではないか。

　花房の証言が意味するところは、いまや明らかといわざるをえない。中邑家の寝室にいた男は中邑卓真ではない。とすると、あの男はいったい何者なのか。焦燥感のようなものを覚え、なにかに追われるように身支度をはじめた。

　いざというときのための道具鞄を摑んで、地下駐車場まで巽ビルの狭い階段を駆け下りる。ジムニーシエラで新宿通りに飛びだした。新宿御苑トンネルで甲州街道に出て、初台から首都高速に入る。多摩ニュータウンの聖ヶ丘地区まで行くには、一般道より高速のほうが少しは早そうだ。

　ちっぽけなエンジンを酷使して飛ばしてきたのだが、見覚えのある場所にジムニーを停めたとき時刻は深夜十二時をすぎていた。ずっしりした布鞄を手に中邑家まで五分ほど歩く。街灯は少し離れているし門灯も玄関灯も点灯していない。古びた二階建ての住宅は闇に沈んでいた。

　隣家が寝静まっていることを確認し、物音をたてないように錆(さ)びた門扉を開いた。

躰を斜めにして中邑家の敷地に入る。玄関扉のノブを廻してみるが、今夜は施錠されていて開かない。

チャイムを鳴らしても大人しく出てくる可能性は少ない。玄関扉をがんがん叩きまくるという手もあるが、できれば不意を突きたい。留守電にメッセージを残さなかったのもそのためだ。キッチンか浴室の窓から侵入する場合に備えて、ガスバーナーなど必要な道具一式は用意してある。

足音を忍ばせて庭先に廻った。雑草が繁茂した狭い庭には、飛鳥の猿石に似た奇妙な石像が置かれている。猿石のレプリカだとして、どうしてそんなものが庭にあるのかわからないが、島崎啓文の話にあった石像に違いない。

屈みこんで一瞬だけ懐中電灯で照らしてみた。台座の横にずれた跡がある。高さ三十センチほどの石像を両手で揺さぶると、想像したよりも軽いことがわかる。

静かにずらしていくと、台座の下から煙草のパッケージほどのプラスティックのケースが出てきた。振るとかすかな音が響く。泥まみれのケースの蓋を開いて一本の鍵を手に入れた。玄関の鍵に違いない。

これで窓硝子を破る手間は省けた。玄関まで戻って、街路に人気がないことを確認してから鍵を鍵穴に差しこむ。扉は問題なく開いた。

玄関間も廊下も真っ暗だが、二階から階段を通して淡い光が洩れてくる。三和土には安物のサンダルと汚れたスニーカーしか見当たらない。土足のまま廊下を奥まで進み、息を潜めて階段を上がりはじめる。

二階の寝室のドアは半開きだ。ドアの隙間から覗いてみたが男の姿はない。ベッドの上に布団が丁寧に畳まれていた。

廊下の奥の、隙間から光が洩れているドアを一気に開いた。気配に気づいたのか、デスクのモニターに向かっていた青年が驚いたようにこちらを見る。

「あんたか、どうして家に入れたんだ」

「庭の猿石の下で鍵を見つけてね」

「あの人、そんなところに鍵を」

「あの人とは」

「知らない、あんたにはなにも喋らない」

「こちらも仕事でね、話を聞かないで帰るわけにはいかない」

「警察を呼ぶぞ」

少し前までエアコンが動いていたようで、閉めきられた部屋の温度は二十度台だ。それでも崇司は額に大粒の汗を滲ませ、怯えたように叫んだ。

「こちらはかまわないが、警察が来たら困るのはきみだろう。埋めたのは庭か、それとも床下か」

「なんだ、なにをいいたいんだ」

「きみはツイッターのアカウントを取得していたね、ハンドルネームは〈イワンの馬鹿〉」

「どうして、それを」

「高校の同級生だった島崎君によれば〈イワンの馬鹿〉は中邑崇司、きみに違いない。不用意にアニメの感想を書いたりするから、正体を自己暴露する結果にもなる。独創的で興味深い意見であればなおさら。アカウントを削除したのは島崎君にフォローされたからだね」

新しいフォロワーが付けばそのつど通知が来る。島崎啓文は本名か、でなければ正体が推測しやすいハンドルネームを登録していたのだろう。新規のフォロワーが高校時代の旧友であると察して中邑崇司はツイッターをやめた。

旧知の人間に自分のツイートを読まれたくなければブロックできる。アカウントの抹消という崇司の過剰反応には、どんな理由があったのか。表情が強張った男を観察しながら、さらに言葉を続ける。

「ロシア民話を題材にした『イワンの馬鹿』はトルストイの小説だが、ロシアの文豪としてトルストイと並び称されるドストエフスキー作品にもイワンは登場する。きみは高校生のころからドストエフスキーの小説を読んでいたようだが、なかでも主役級のイワンは『カラマーゾフの兄弟』に登場するカラマーゾフ家の次男イワン・カラマーゾフだ。このイワンは作中で重大な罪を犯してしまう」

父フョードルが殺害され、カラマーゾフ家の長男ドミートリーが逮捕される。しかし真犯人はフョードルの私生児で、カラマーゾフ家の下男スメルジャコフだった。

しかもスメルジャコフによる父殺しを無意識のうちに容認し、私生児に犯罪をそそのかしたのはイワン本人なのだ。ロシア人としてのアイデンティティを見失った西欧派知識人で無神論者、善と悪を根本的に区別できないニヒリストがイワンだ。

「トルストイのイワンは無知な善人だが、悪魔の誘惑には屈することがない。反対にドストエフスキーのイワンは頭脳明晰(めいせき)な知識人である結果、悪魔の罠(わな)に落ちて発狂してしまう。賢明なイワンは馬鹿のイワンよりも、もっと愚かだったわけだね。とすればハンドルネームの〈イワンの馬鹿〉は、カラマーゾフ家のイワンのほうを寓意していたとも考えられる」

「なにをいいたいんだ」

「〈イワンの馬鹿〉は、トルストイでなくドストエフスキーのイワンだった。じかに手を下したのでないとしても、イワン・カラマーゾフはフョードル殺しの責任から逃れられない。〈イワンの馬鹿〉というハンドルネームは、父殺しの象徴的な犯人イワン・カラマーゾフと同じような人間だという意味が込められていたのでは」

「……違う、違う」

　男が顎の贅肉を震わせて激しくかぶりを振る。私立探偵の言葉を否定する必死の身振りが、逆に真実を物語っている。

　引きこもりの子を抱えた団塊世代の親たちも、すでに高齢者の域に達した。あと十年以内に後期高齢者になり、それから少したてば平均寿命を超える。何十年も自宅に引きこもってきた子は、親が死んだからといって翌日から自活できるわけがない。屍体遺棄の罪になることを承知の上で、たまたま自宅で死亡した親を庭に埋めてしまうことになる。

　病院で息を引きとると親の死が公になってしまう。急病で倒れても救急車は呼ばない、病院にも連れていかないまま、自宅で死ぬのを待っていた例もある。

　行政側が年金の詐取を警戒して手を打っても、イタチごっこになるのが落ちだ。摘発しても摘発しても、庭や家の床下に埋められる親の屍体は増え続ける。この国ではすでに、この種の老親の屍体が何百何千と埋められているのではないか。

　中邑卓真の姿は二年も目撃されていないのだから、報道された大阪の事件を想起するのは当然のことだ。傍証として、崇司のものとおぼしい〈イワンの馬鹿〉というハンドルネームもある。

　引きこもりの息子と家から出てこない父親という中邑家の事情を知ったとき、中邑卓真はすでに死亡している可能性が脳裏を掠めた。二階で寝ている男を見て中邑は存命だったと判断を変えたのだが、こちらのほうが事実に反していた。

花房に確認したように、身体的特徴からして寝室の男は中邑卓真ではない。しかも、この家には息子の崇司しかいない。とすると中邑はどこに消えたのか。

「二年前から近所の人は中邑さんの姿を見ていない。ゴミは中邑さんが出していたが、同じころから通行人もとだえた未明の時刻に、きみが棄てるようになった。中邑さんはどうしたのか。病気で起きられないのか、二年も寝たきりなのか。いや、もう死んでしまったのでは」

崇司はデスクの前で頭を抱えている。横から覗きこむと、きつく瞼を閉じて表情を歪めていた。男の肩を軽く叩き抑えた口調で続ける。

「死んだ父親の年金で暮らしていることを、役所や警察に通報するつもりはない。これまで通りの生活を続けてもかまわない」

「……それ、本当なんですか」

思わず顔を上げ、青年が信じられないという表情でいう。安心させるように言葉を継いだ。

「質問に答えたらの話だが」

「質問って、どんな」

「中邑さんが死んだのは二年前だね」

こちらを上目遣いに見ながら、臆病そうな表情で青年が小さく頷いた。質問を重ねながら滞りがちの言葉を繋ぎあわせてみる。中邑が倒れたのは二年前の春、詳しいことはわからないが心臓発作だったようだ。心筋梗塞かもしれない。

その前にも一度倒れて、救急車で病院に運びこまれたことがあった。今回は救急車を呼ぶなと息子に命じ、机の抽出に遺言代わりのメモがある、そこに書かれている通りにしろと喘ぎながら言い残して中邑は絶命した。

父親が残したメモには、自分が死んだら地下室に運ぶようにと記されていた。死亡した事実を隠し続ければ、これまで通り息子は年金で暮らしていくことができる。引きこもりで生活能力のない子供に死んでいく親ができることは、それくらいしかないと覚悟を決めていたのだろう。

「地下室とは」

「父親のメモで僕も知ったんだが、この家には小さな地下室がある。居間の床下に鉄蓋があって、それを開くと天井の低い二畳間ほどの空間が。家を建てるとき建築業者にワインセラーだといって造らせたとか。部屋というよりも、湿気が完璧に遮断できる鉄の箱をそのまま埋めた感じ」

父親の指示通り屍体は地下室に運び、地下室に置かれていたジュラルミンケースなどの荷物は二階の天井裏に隠したという。

「例のハンドルネームは」

「なんというか、まあ自虐だな」

病死した父親を葬ろうともしないで、いわば屍体に経済的に寄生し続けている息子。そんな鬱屈が〈イワンの馬鹿〉というハンドルネームには込められていたようだ。

「寝室で寝ていた男の正体は」

「父親の友だちで飯倉という人」

失踪した飯倉皓一と中邑卓真は以前から接触があった。死んだ中邑と入れ替わっていた飯倉を中邑本人と思いこんだ、自分の間抜けさ加減に思わず舌打ちする。なにしろ飯倉本人に飯倉の行方を尋ね、この家を八月十五日に訪問する予定だと適当なことをいわれて、依頼された仕事も峠を越えたと思いこんだのだから。私立探偵が訪ねてきたら自分のことを父親だといえと、崇司は飯倉から命じられていたようだ。

「どうして飯倉が中邑さんのベッドで寝ていたんだね」

「気がついたら家に入りこんでいた。玄関も窓も施錠してあるのに、どうして入れたのか。どうやら鍵を父親から渡されていたようだ」

「いつのことだね」

「六月下旬の土曜だから……二十七日かな」

モニターに出したカレンダーを見ながら崇司が答える。どこかに身を隠している友人に、中邑は家の鍵を郵送したのか。たぶん違う。鍵を庭の猿石の下に隠しておき、そのことを手紙で書き送ったのではないか。ひそかに中邑家を訪れた飯倉は、その鍵を使って玄関扉を開いた。出発するときに鍵は元の場所に戻しておいた。

中邑のメモには、もしも友人が訪ねてきたら家に泊めるようにと書かれていた。鍵の隠し場所を知らせたのは中邑卓真が存命中のことで、少なくとも二年前、それ以前かもしれない。かなり前から飯倉の来訪は予定されていたことになる。

訪ねてきたら家に泊めろという父親の指示もあったし、滞在していても邪魔にはならない。飯倉からは初日に、日用品や食料品の代金として充分以上の額を渡されていた。こうして奇妙な同居生活が一ヵ月半は続いた。飯倉が外出したのは数回で、ほとんどは卓真の寝室に籠もっていた。

「最初に外出したのは」

「七月に入ってからかな」

長いことどこかに隠れ潜んでいた男が、どうして東京にあらわれたのか。憲法九条の解釈改憲と戦争法の成立に危機感を抱いて、国会前での抗議集会に参加するのが目的とも思えないのだが。

「飯倉が履いていたのはワークブーツだな」

「そう、履き古した黒のブーツ」

「別に白と茶のコンビ靴を旅行鞄に入れていたことは」

「ないと思う、出かけたときは玄関からワークブーツが消えていたし」

　バケットハットを被っているところも見たことはないというし、飯倉と巽探偵事務所に侵入しようとした男はどうやら別人のようだ。

「どんな目的で、飯倉はこの家に来たんだろう」

「わからない、でも……」

「なんだね」

「目的のひとつは地下室の荷物だったかもしれない。父親が手紙に書いていたのか、あの人は地下室のことを知っていた。地下室にあった荷物は移したと説明すると、二階の天井裏に上がってしばらく下りてこなかった」

「いつ、姿を消したんだね」

「先週の土曜のことだ、明日には出ていく、長いこと世話になったといわれたのは。日曜の早朝、僕が寝つこうとしていたころに家の前で車が停まる音が聞こえた。直後に玄関で物音がしていたし、天井裏から下ろした荷物を迎えにきた車に積みこんでいたんじゃないか」

荷物は重たそうなジュラルミンケースに木箱が三箇で、車がなければ運べない量だったという。その車はどこで手配したのか。飯倉には車を調達できる友人や知人が、東ア研の関係者以外にいたことになる。

「この家に山科という人は来ていないか」

「あんたがうちに来た翌々日の夜だと思う、留守電に飯倉さん宛のメッセージが入っていた。できるだけ早く自分の携帯に折り返してほしいと。その電話の主が、たしか山科という女の人だったような」

どうやら依頼人は、巽探偵事務所を出た直後に中邑宅に電話したようだ。しかも中邑宛にでなく飯倉宛にメッセージを残している。そのとき山科三奈子はすでに、中邑と称した男の正体が飯倉であると察していたわけだ。これでは私立探偵の調査を終わらせたのにも、まだ語られていない裏があると考えざるをえない。

飯倉皓一の行動は、何十年かぶりの東京を楽しむ旅行者のそれではない。人目を怖れて潜伏している犯罪者のようにも見える。目の前にあらわれた私立探偵には、友人の中邑卓真を装って自分の正体を隠そうとした。

鳳凰大学のサークル棟四階の部室で、埜木と飯倉の人生は四十三年前に交差したことがある。正確にいえば埜木が演出した糾弾劇に、自覚的にか無自覚にか出演したという過去が。もしも埜木を突き落としたのが飯倉であれば、隠れ家に潜んでいたという不審な行動も理解できる。

残されている謎は二つ。どうして飯倉皓一が東京に潜んでいる事実を、山科三奈子は知りえたのか。さらに、その飯倉を捜しだしたいと思った真の理由は。

いうまでもないが、転生をめぐるジンの話はフィクションに違いない。四十三年前のジン消失の謎を解くため、その場に居合わせた飯倉皓一から話を聞きたい。だから飯倉を捜してもらいたいという依頼人の言葉も、いまとなっては信じるに値しない。

考えられるのは埜木綏郎の墜死事件と、数十年ぶりに姿をあらわした飯倉皓一になんらかの関係があると山科三奈子が疑い、その真偽をたしかめるため探偵に調査を依頼したという可能性だ。とすれば飯倉には三奈子の口を封じなければならない理由がある。しかも山科三奈子とは、もう三日も連絡がとれていないのだ。

助けを求められてもいないのに、横からいらぬ世話を焼こうとするのはパターナリズム的な行為だ。主義に反することをする気はないが、こんな状況で電話も通じない状態に置かれている様子であれば、仕事を頼まれたことのある者として放置はできない。

山科郁から三奈子と連絡がとれない、行方不明かもしれないことを知った。その直後に、中邑だと信じこんでいた人物の正体は飯倉かもしれないと思いあたって、最悪の可能性を想定し中邑家に急行した。

留守電のメッセージを聞いた直後に飯倉が依頼人に電話していれば、八月五日の時点で二人は接触できたことになる。山科三奈子がキャリーバッグを引いて横浜の実家を出たのは翌日の八月六日だ。

飯倉皓一が中邑家を出発したのが三日後の八月九日。二人が消えた日は同じではない、三日というタイムラグがある。また郁の母親が姑の山科三奈子に電話したのは八月十日で、その前日に飯倉は潜伏先を出ている。

六日に山科三奈子が小諸の家に帰宅していれば、その後の連絡途絶に飯倉が関係している可能性は少し薄くなる。その日から自宅で普通に暮らしていたのだが、八月九日から十日のあいだにまた上京し、どこかで飯倉に自由を奪われた可能性もゼロではないとしても。

あるいは八月六日から三日間、依頼人は首都圏のどこかに滞在していたのかもしれない。そして九日に中邑家を出発した飯倉と接触し、家族にも連絡できない状態に置かれた。いまも置かれている可能性はある。

依頼人の行方が気になる、小諸まで行ったほうがいいだろう。たとえ女主人が不在でも八月六日にいったん帰宅しているのか、その場合はいつから姿が見えないのかくらいは確認できるはずだ。

巽探偵事務所に戻ったら、インターネットにアップされている七月十五日の国会前動画を端から確認すること。たとえ徹夜になろうと、国会周辺で撮影されたに違いない人物を見つけださなければならない。

16

東西に延びるしなの鉄道線と北陸新幹線に挟まれた、小諸市でも南側の山奥に山科三奈子の山荘はある。

上信越自動車道を小諸インターチェンジで下り、小諸の市街地を南北に横切った。県道一五三号で愛宕山の山中に入り、鴇久保の小集落を抜けて樹林帯の山道を登りはじめたのが午前十時すぎ。今日も国会前だという山科郁が昨夜の電話で説明していた。

「いちばん近い集落が鴇久保なんですが、祖母の山荘に行くたびに子供のときから思ってました。昔は小諸にもニッポニア・ニッポンがいたのかと。あの村があるのは丘陵地帯では窪地だし、鴇久保はトキが群棲していた窪という意味ではないかと」

車を使わないで山科三奈子の家まで行くのは、なかなか大変らしい。軽井沢まで新幹線、その先は在来線で、小諸駅からは本数の少ないバスになる。しかも最寄りのバス停から山荘まで、一時間以上も歩かなければならない。今日これから山科三奈子の無事を確認できれば、半日がかりで郁が祖母の山荘まで出かける必要もなくなるのだが。

山道は旺盛に繁茂した緑の樹林帯を蛇行している。目印の標識をすぎたところで、その先の私道から白のランドクルーザーが飛びだしてきた。往復二車線はない狭い山道だ。やむなく車を路肩に寄せて一時停止すると、サイドミラーが接触しそうな至近距離ですれ違ったSUVが、挨拶のホーンもなく乱暴な運転で走り去る。

無礼な車に乗っていたのは運転者一人だった、同乗者が上体を倒し身を隠していたのでなければ。一瞬だが、フロントガラス越しに運転者の顔が目に入った。山科家の私道から出てきた車を追跡するべきか。いや、こうした事情では山荘の様子を確認するのが先決だろう。

ギアを二速に落として私道の急坂を登りはじめる。山科三奈子が山荘で暮らしているのは三月から十二月までのことで、真冬の二ヵ月は横浜の実家にいるようだ。雪の多い年は三ヵ月以上も。多少の積雪なら自治体が除雪する山道まで出られるが、最低地上高が高い本格的なオフロード四駆車でも、大雪になると私道が通れなくなる。

しばらく急坂を這いあがると、前方に赤い洋瓦の大きな山荘が見えてくる。テラスや柱や窓枠はウォールナット色の防腐剤が塗られ、壁は白い漆喰で仕上げられている。前庭には緑色の鋳物テーブルと椅子、花壇にはグラジオラスが咲き乱れていた。

庭の右側にあるガレージには、シルバーメタリックのボルボが停められている。車がある以上、住人は家にいるのではないか。バス停まで一時間も歩いて外出した可能性は否定できないにしても、わざわざそんなことをする理由がわからない。

花壇の手前にジムニーシエラを停めた。車の音を聞いて顔を見せようとする者はいない。テラスに面した硝子戸には深緑のカーテンが引かれていて、室内の様子を窺うこともできない。

昨夜から助手席の床に置いてある道具鞄を開いた。特殊警棒を出してベルトの背中に差しこみ、その上からジャケットを羽織った。同じような年齢だし、先方が刃物を振りまわしてもこれでなんとかなるだろう。木曽修行場の男のように銃を持っていたりすると厄介だが。

あたりに注意しながら小走りに山荘の玄関をめざす。朝方に消し忘れたのか、カンテラ状の玄関灯が仄黄色い光をぼんやりと放っていた。

チャイムは鳴らさないで玄関扉のノブを廻してみる。扉は開いた。三畳ほどもある広い三和土には、女物のサンダルやパンプスの他に、サイズからして男物と思われるワークブーツ。踝の上までの黒いブーツには見覚えがある。

急いで脱出しなければならない場合に備え、靴のまま上がることにした。もしも判断が間違っていたら、あとから床の掃除をすればいい。子供のころから雑巾がけは得意なほうだ。

　玄関間から奥にフローリングの廊下が延びている。左側には天井までの大鏡と模造大理石の洗面台がある洗面室、その先にはトイレや浴室。廊下の突きあたりには上と下に向かう階段、右側の硝子扉からはテラスに面した広大なリヴィングを覗き見ることができる。天井のシャンデリアは消えているし、大小の窓はどれもカーテンが引かれているため室内は薄暗い。

　硝子の屋内扉を開いて右側のキッチンを覗いてみるが、やはり無人だ。室内にはエアコンの冷気が流れている。小諸は軽井沢ほど標高が高くないし、真夏に閉めきりでは暑くてたまらないだろう。

　半円状に置かれた赤革のソファの陰から、続けて床を叩くような物音がした。広間の中央に置かれたグランドピアノを廻って、楽に八人は坐れそうなソファの後ろ側を覗きこんでみる。

　両手を縛られ床に転がされている女が、なんとか合図をしようと踵（かかと）で床を叩いていたようだ。もともとは足首も縛られていたようで、解けかけたロープが脚にからんでいる。

　猿轡（さるぐつわ）の下から見覚えのある顔があらわれた。髪は乱れているし化粧も落ちているが、依頼人として巽探偵事務所を訪れた女性に違いない。手首のロープを解きはじめると、ほっとした様子で山科三奈子がいう。

「ありがとうございます、本当にどうなることかと思ったわ。でも、どうして飛鳥井さんがここに」

「山科さんが電話に出ない、連絡がとれないから心配だと郁君から相談されまして」

「誘われて、お友だちの別荘にしばらく滞在していたの。携帯のアンテナも立たないような草津（くさつ）の山奥の家。

さきほど帰宅すると、わが家の敷地に入る私道の途中に、近所では見たことのない自動車が停められていた。どこの車かしらと思いながら家に入ると、知らない男と鉢合わせしてびっくり。思わず悲鳴をあげていたわ」

私道の入り口で見たというのは、この家に来るときにすれ違ったプラドに違いない。山科三奈子に確認しておく。

「私道に駐車していたというのは、白のランドクルーザーで間違いありませんね」

「そう、ランクルでした」

学生時代にGT－Rを乗り廻していたというだけあって、この年齢の女性にしては車の知識があるようだ。ガレージに入っているのはボルボXCで、車の趣味も悪くない。

「知らない男とは」

「空き巣狙いだったのね。そいつが居直り強盗に変身した、わたしを脅して紐で縛って」

「男が出ていったのは」

「飛鳥井さんが来る五分ほど前かしら」

ランドクルーザーの運転者が居直り強盗ということになる。山荘の女主人の言葉には疑問もあるが、とりあえずなにか飲ませて落ち着かせたほうがいい。乱れた髪を手で押さえている山科三奈子は疲労困憊し、年相応の老いはじめた横顔を見せている。

「土足のままで失礼しますよ」

まだ靴は脱がないほうがいい。キッチンの冷蔵庫から、緑茶のペットボトルとグラスをテーブルまで運んだ。山荘の女主人と向きあった椅子に腰を下ろす。グラスに注いで差しだすと、山科三奈子が緑茶を一口含んだ。

「一瞬のことですが、ランクルを運転していた男の顔は目撃している。あの男、空き巣狙いではない。この家に押しこんできたのも今朝ではなく数日前のことだ、違いますか」

浴室の乱れ籠(かご)には何枚ものバスタオルが丸められていた。幾度も入浴し、そのたびに洗濯ずみのタオルを出して使用した者がいたようだ。またキッチンのシンクには汚れた食器が重ねられ、野菜屑(くず)などが三角コーナーから溢れていた。いずれも、帰宅したところを襲われたという証言が事実に反していることを示す証拠だ。

「この家に最長で一週間ものあいだ潜んでいたのは、山科さんがご存じの人物ですよね」

「いいえ、存じません。わざわざ来ていただいたことにお礼を申しあげます。でも、もう大丈夫ですから……」

私立探偵が早めに立ち去ることを、どうやら山荘の女主人は望んでいるようだ。調査なら依頼人の意向を優先しなければならないが、ここには仕事で来ているわけではない。孫に頼みこまれて様子を見にきた以上、祖母が拘束された事情は正確に把握しなければならない。少し押してみることにした。

「居直り強盗の件を警察に通報しましょうか」

「いいえ、それは」

女主人が慌てたようにかぶりを振る。この件は警察に知られたくないようだ。

「あなたが異探偵事務所を訪ねてきたとき、報告から除外したことがあります。裏がとれていない憶測だし、依頼された調査の仕事と直接には関係しない事柄だったので」

「憶測……」

「そう、ジンの正体と転生の秘密にかんしての」

「もしかして、動画の娘さんを見つけたんですか」

予想外だったのか驚いたように女主人が叫んだ。かぶりを振って続ける。

「いえ。ジンに酷似しているという女性は発見できていませんが、ジンをめぐる謎が解明できれば動画の女を捜す理由も失われる」

「どういうことでしょう」

「話を四十三年前に戻したいんですが、かまいませんか」

「ええ、もちろん」

力なくソファに凭れていた山科三奈子が、背筋を伸ばして坐り直した。これからの話に対応するには、力を奮い起こさなければならないと察したようだ。

「一九七二年十二月二十五日に東ア研でなにが起きたのかは、すでに説明した通りです。第二資料室の窓から飛び降りたと見せかけて、会員たちが墜落現場に急行した隙にベラはサークル棟から脱出した。しかし山科さんは、歴研から通路に出てきたベラの姿を見ていません。

あなたは放送研究会の部室前で、午後四時過ぎから九時少し前まで歴研の部室を見張っていたんですよね。この話を聞いたとき、いささか納得できない気分でした」

十二月も末だというのに、サークル棟の吹きさらしの通路で五時間も監視を続けていたというのだ。それが商売の私立探偵ならともかく、女子学生が一人で。消えた友人のことが、それほどまでに心配だったのか。

他にも不自然な点はあった。閉鎖の時刻が迫ってくると、警備員はサークル棟を巡廻しはじめる。四階の東ア研にも声をかけに来たというが、放送研究会前の通路に潜んでいた女子学生のことを田邊には話していない。山荘の女主人が緊張した表情で反論する。

「田邊さんから質問されないので、その人は黙っていたんでしょう」

「それだけではないんですね。あなたはサークル棟を出るとき、エントランスで警備員に『もう少し早く帰りなさい』と注意されたという。しかし警備員が学生たちを見送ったのは玄関の外で、エントランスのなかではない」

山科三奈子がサークル棟を出たことさえ警備員は知らなかったようだ。この点は田邊善之が質問し回答を得ているが、奇妙といわざるをえない。この人物の証言が事実で、もしも他大学の女子学生がサークル棟から出ていなかった場合は、そのまま朝まで閉じこめられたことになる。

「ベラは四階の窓からではなく正面玄関からサークル棟を脱出した。しかし今度はベラでなく、山科さん自身がサークル棟から出られない状態に陥ってしまう。田邊氏から話を聞いたあと、この撞着を整合的に解釈できる仮説を検討してみたんですがね」

「仮説って」

「放送研究会の前で五時間も歴研の人の出入りを監視していた。この山科さんの話は事実ではないという仮説」

「わたしが嘘をついたとでも」

「露骨にいえば、そういうことになりますね」

二重の消失事件のうちベラの件は解決ずみだが、ジンの場合はどうなのか。ある可能性を想定すればジンの消失をめぐる謎も解ける。一九七二年の十二月二十五日、鳳凰大学のサークル棟にも歴史学研究部にもジンはあらわれていないという可能性だ。とすればジンは消えていない、いや、はじめから消えていた。

「はじめから消えていた……」

「最初から存在しなかった、ということです」

花房も三橋もジンのことなど知らない、会議中に東ア研を訪ねてきた女など記憶にないと証言した。嘘ではない、それは事実だった。最初から存在していない女に東ア研のドアをノックできたわけはない。

「飛鳥井さんに嘘の説明をしたと。でも、わたしは四十三年前に田邊さんに、ジンが消えたことを話しているんですよ」

「そのとき山科さんは、『友人』が消えたと説明したそうですね。『ジン』という名前は口にしていない」

ジンが存在しないとすれば、その日の午後四時にサークル棟の前で待ちあわせたことも、歴研の部室からジンが消えたことも、友人を心配して放送研究会の前で歴研を見張ったことも、いっさいがなかったことになる。

「二度にわたって警備員が、それぞれの場所にいたはずの山科さんを目にしていないのも当然です。あなたは八時五十分ごろに放送研前にいなかったし、九時少し前にサークル棟の正面玄関も通っていない」

「でも、飛鳥井さんには写真をお見せしました、若いころのわたしとジンが写っている写真」

「あれ、パソコンで作ったコラージュ画像をスマートフォンで撮影したものですよね。専用のアプリケーションを使えば簡単に作れる。自分でやるのが難しければ、誰かに頼んで作らせればいい」

あの程度のコラージュ画像で私立探偵の目はごまかせない。ジンも、ジンをめぐる話も依頼人のフィクションであることは、あの写真によって逆に裏づけられた。まったく同じ構図のもう一枚の写真のほうが問題なのだが、この件は後廻しにしよう。

黒澤陽と同時期に姿を消した飯倉皓一は黒澤と同じように海外に、おそらくフランスに渡った。公判中で出国が難しい黒澤とは違って、飯倉に海外渡航の制限はない。本人のパスポートで出国することに問題はなかったろう。

「そのまま四十年以上も海外にいた可能性の高い飯倉氏ですが、この夏に帰国したと考えられます。学生時代に同じサークル部室を使っていた旧知の田邊善之が、七月十五日に国会前で飯倉氏を目撃している。飯倉氏が国会前にあらわれたことは、山科さんもご存じでしたね」

「わたし、七月十五日に国会前には行っていませんし、田邊さんとお会いしたのは四十三年も昔のこと。飯倉さんが日本にいることを知るなど不可能ですよ」

「国会前の大群衆のなかで飯倉氏をじかに目撃しなくても、飯倉氏を見たという証人の話を聞かなくても、この人物の帰国を知ることはできる。自宅にいながらにして」

中邑家の訪問を終え帰宅してから夜が白むまでパソコンの前にいた。インターネットで七月十五日に撮影された国会前の動画を、端からチェックしていたのだ。

「徹夜の甲斐あって、なんとか目的の動画を発見できました」

「目的の動画って」

「中邑家の寝室で中邑卓真と称していた人物、ようするに飯倉皓一氏が映っている動画です。カメラがパンしたとき、群衆に紛れこんでいる飯倉氏がたまたま映りこんでいた」

「その日その場所に飯倉さんがいた事実は、すでに田邊さんから聞いていたのでは」

「ネットにアップされた動画に、飯倉氏が映りこんでいた事実こそ決定的なんです。

ネットに接続すれば、誰でも飯倉氏の顔を動画で確認できた。そう、山科さん、あなたでもね」

「わたしが飯倉さんを……」

孫の郁が映った動画を山科三奈子はネットで探していた。そのうちに偶然、群衆に紛れこんでいる飯倉の映像を目にしたに違いない。四十三年も経過するうちに、すっかり面変わりしてしまう者もいる。しかし田邊に判別できたわけだから、誰もが見違えるほどに飯倉の容貌が変わっていたとは思えない。

「もちろん山科さんにも見分けられたはずだ。飯倉皓一が生存し、東京あるいは東京近辺にいるらしいと知って、私立探偵に調査を依頼することにした」

しばらく口を噤んでいた女主人が、疲れたような表情で小さく頷いた。そして申し訳なさそうな口調でいう。

「あなたに隠しておけると思ったのが間違いね。そう、ネットの動画で飯倉さんらしい人を見たのは事実です。飯倉さんならジンの行方を知っていそうだから、飛鳥井さんに調べていただくことにしたの」

「いいや、話が逆でしょう。飯倉さんの調査を依頼する口実として、ジンなる人物が創作されたのだから」

どうしても飯倉と会いたいが、第三者に理由を知られたくない。調査を依頼する私立探偵にも。だから山科三奈子はジンという架空の女を発明した。ジンの転生の是非を確認するのが第一の目的で、そのために動画の女を発見したい。またジンが消えた前後の事情を知っているかもしれない飯倉も、できれば捜しだしたい。

このように調査の目的を説明しておけば、飯倉を見つけたい真の理由を私立探偵に知られなくてすむ。ジンと関係があるのは四十年以上も前の飯倉だが、調査結果を報告するたびに依頼人はまっ先に質問してきた。当時の関係者の前に飯倉が最近あらわれていないか、と。

「インターネットにアップされた、七月十五日の国会前集会の動画に映っている若い女性を、あなたは適当に選ぶことにした。

動画の女性がジンに似ているのではない、反対です。肩胛骨の上にある三角形の黒子も同じことでしょう。動画の女に三角の黒子があるので、ジンにも同じ場所に黒子があったことにした」

顔だけならともかく黒子まで同じというのは、いささか演出過剰ではないか。他人の空似の可能性を残しておけば、ジンをめぐる物語にも常識的なリアリティは確保できたのに、黒子まで持ちだしたことで疑惑を招く結果となる。即物的な発想をする私立探偵が、そもそも転生の奇蹟など信じるわけがない。

ジンをめぐるフィクションの崩壊を回避しようと、山科三奈子は七月三十一日の国会前で動画の女が群衆に紛れていたと騒ぎたて、さらに証拠となるコラージュ画像まで作ることにした。自分と女友だちが写っている昔の写真を素材に、友人の顔と動画の女の顔をすげ替えてヘアスタイルもショートに変えた。

「存在しないジンには、山科さんを鳳凰大学のサークル棟に呼びだしたりできませんね」

「あの日、わたしはサークル棟にも歴研の部室にも行っていないと」

歴研や東ア研をめぐる人の出入りにかんして、山科三奈子の証言はきわめて正確だった。四時十分すぎに鹿島田誠が歴研に入る。八時三十分に黒澤と飯倉が、その五分後に花房、中邑、三橋が歴研から走りだしてきた。八時四十五分に五人が一緒に戻って、五十五分には全員で部室を出た、などなど。これらは花房や三橋、中邑と称していた飯倉の証言と細部まで一致する。

「会合に出席した六人の誰かから、あなたは必要な情報を得たに違いない。ただし、東ア研の会員たちはベラが墜死したと信じこんだのだから、秘密の暴露に通じかねない情報を第三者に洩らしたりはしなかったはず」

その当時、東ア研の周辺に山科三奈子の影は認められない。大学も違うし、三奈子が朝鮮や中国など旧植民地出身者を支援する運動に参加していた形跡もない。東ア研の準メンバーのような恰好で、秘密に関与できる立場だったという想定は成立しがたい。

「だったらわたしは、どうやって詳しい事情を知ることができたんですか」

「山科さんの卒論はサルトルでしたね。少し調べてみたんですが、その当時、星北大学の仏文科でサルトル研究の専門家といえば五十嵐哲しか見当たらない。五十嵐助教授はサルトルの翻訳書も出していた。あなたの指導教授だったのは五十嵐哲ですね」

他方、学生時代の埜木綏郎は政治的なラディカリストとして、また創造的な演劇家としても五十嵐から将来を期待されていた。黒澤陽を五十嵐に紹介したのも埜木らしい。五十嵐を媒介項として山科三奈子と埜木綏郎は繫がる。

「あなたは埜木氏と面識があったのでは」

東ア研の部室で演じられた芝居の演出家は埜木綏郎に違いない。その場に俳優として居合わせた黒澤陽から、芝居の首尾は演出家に報告されたことだろう。

「当日の話を、わたしは埜木さんから聞いたと」

ここまでの推理はおおむね正解だったようだ。埜木が旧知の人物であることを、山科三奈子は言外に認めている。

「黒澤に聞いた可能性も。しかし、いずれの想定も説得力に欠けるんですね。警備員は東ア研の部室まで見廻りに行き、少しあとに正面玄関で会員たちを見送ったと田邊氏に証言している。東ア研メンバーからじかに情報を得ていれば、この二点をめぐる齟齬は生じる余地がない。こうした点もまた、あなたが会員たちから当日の事情を聞いたのでないことを暗示しているようだ」

それ以外にも山科三奈子の目撃談には事実と異なる点がある。中庭を隔てた場所から歴研の部室を見張っていたというが、第二資料室のテーブルの下に隠れていたベラが午後八時三十五分から四十五分のあいだに通路に出て、階段室に消えたことに触れていない点だ。疲れて見逃したのかもしれないと本人は弁明していたが。

「当日の人の動きをめぐる山科さんの説明は、ベラの脱出を見ていない点で東ア研の会員と共通し、警備員の件にかんしては会員たちと相違する。いったいどういうことなんでしょうね」

山科三奈子はベラ糾弾劇の首尾を埜木綏郎、あるいは黒澤陽から聞くことができた。しかし東ア研の現場に居合わせた黒澤が情報源だったとすれば、警備員をめぐる証言の齟齬は生じえない。黒澤は知っているはずの事実だからだ。

ゲストの黒澤を含めて全員が駐車場に下りていた以上、部室から通路に脱出するベラを誰も見ていないし、そのことは誰にも証言できない。ただし自分の目で見ていないにしろ、こうした事実を糾弾劇に出演した黒澤、あるいは芝居の台本を書いた埜木は当然にも把握していた。

二人のいずれかに話を聞いたとすれば、ベラの動きにかんして山科三奈子は正確に語ることができたろう。しかし、その証言にはベラの脱出が含まれていない。

「あなたは東ア研の会員たちからも、埜木や黒澤からも当日の事情を説明されていないらしい。にもかかわらず会員たちの動きを、ほとんど正確に語ることができた。撞着といわざるをえませんね。ところで警備員の証言をめぐる二点の齟齬ですが、ここには無視できない共通点がある」

「共通点……」

「そう。ベラが自分では目撃していない事実という点で、二つは共通している」

八時三十五分以降の十分のうちにサークル棟を出たとすれば、ベラは八時五十分に東ア研に声をかけにきた警備員を見ていないし、九時直前の正面玄関の状況も知らないことになる。警備員がエントランスで待機していたか、すでに建物の外に出ていたか正確なところはわからないわけだ。

「歴研のドアから通路に出たのはベラ本人だ。通路を歩いて階段室に消える自分の姿を、自分の目で見るわけにはいきません。ベラであれば自分の行動を、目撃談から無意識のうちに削除した可能性がある」

「だから、わたしの証言はベラから聞いた話の受け売りだと」

「いや、そうとはいいません。放送研究会の前で五時間も寒風に吹かれていたのは、事実ではないだろうと」

「クリスマスの日にサークル棟になど行っていない、放送研究会の前で歴研を見張っていたのも嘘だと飛鳥井さんはいいたいんですね。あなたはジンなど存在しないといいますが、でも歴研の部室から消えたジンのことが心配で、わたしは翌朝早くに鳳凰大学のサークル棟まで行ったんですよ。このことは田邊さんからも確認したはず。ジンが存在しないなら消失事件も起きていないことになる。だったらなぜ、わたしは東ア研の室内を調べようとしたんですか」

そう、それが問題なのだ。どんなわけで山科三奈子は二十六日の朝に歴研を訪れたのか。しかも二重密室からの人間消失事件をその場で創作し、どうしても部室を調べたいと歴研部長の田邊善之に訴えた。不可解な消失事件を口実にすれば部室に入れそうだと、とっさに思いついたのだろう。

「歴研、旧第一資料室の東ア研、第二資料室のあちこちを田邊氏と二人で調べてまわり、そしてベラのものらしいバッグを発見した。はじめから山科さんは、臙脂色のショルダーバッグを見つけようとしていたのでは」

「でも、そのバッグを持ち帰ったりはしていません。バッグが目的で部室に入ったとすれば、それでは辻褄が合いませんね」

「バッグそのものでなく中身が目的だった」

田邊善之によれば、山科三奈子は発見したショルダーバッグをひっくり返していた。入っていたのはハンカチやポケットティッシュ、数千円の現金など。

「わたし、金銭はもちろん、ハンカチもティッシュも盗ったりなどしていません」

　山科三奈子が憤然とした面持ちでいった。苦笑いして続ける。

「失礼しました。しかし、東ア研の会員たちに発見されてはならない品、たとえば墜落事件の真相やベラの正体を暴露しかねない品がバッグに入っていたとすれば」

「なにが入っていたというんです」

「墜死を偽装する計画のメモではないでしょう。そんなものを計画の当日、ベラが現場に持ちこんだとは思えない。もっとも常識的な回答は、身分証明になる品」

　死亡したと見せかけながら、どこかでベラは生存している。もしも身元を知られたなら、まだ生きている事実が露顕しかねない。そうなれば墜死事件の真相を知られてしまう。

「ベラを演じた役者は、健康保険証もパスポートも持ち歩かなかったでしょう。この時代、健康保険証はカード式でなかったし。運転免許証の可能性が高いと思うんですね」

　当日、鳳凰大学までスカイラインを運転してきたのはベラだ。運転免許証は車に残しておくか黒澤に預けるか、でなければ服のポケットにでも移すつもりだった。

　バッグに入れたまま忘れたことに気づいたのは、サークル棟を脱出したあとのことで、その夜のうちはどうすることもできない。翌朝の九時までサークル棟は閉鎖されていて誰も立ち入れないからだ。

「わたしがベラに頼まれて、免許証を取りもどすため東ア研に行ったとでも。東ア研の人の出入りを聞くにしても免許証のことを頼まれるにしても、それ以前からわたしとベラは面識があったことになりますけど、どうしてそんなふうにいえるんですか。

もしもベラとジンが同一人物であれば、わたしはジンの友人でしたからベラとも面識があったことになる。でも飛鳥井さんはジンなど存在しないというのだし、二人が同じ人物だったという仮説も崩れてしまいました」

「あなたはベラのことをよく知っていた、しかし面識があったといえるかどうか」

「なにをおっしゃりたいのか、よくわかりません」

山科三奈子が切り口上で返してくる。逃げ場がないところまで追いつめたし、そろそろ話を核心に運んでもいいだろう。本人の身を守るためにも、知っていることを打ち明けてもらわなければならない。

一九七二年のクリスマスに東ア研で上演された糾弾と墜死をめぐる芝居で、ベラとしてヒロインを演じたのは木枯ベラの可能性が高い。木枯ベラはまた、三年前の一九六九年に『転生の魔』の主役ジンを演じてもいる。

「木枯ベラの存在を山科さんはご存じでしたね」

山科三奈子は『転生の魔』を観ていないというが、それでも主演女優のことは知っていたはずだ。五十嵐助教授から演出家の埜木綏郎を紹介されていれば、三奈子とベラが接触していた可能性も浮かんでくるが、想定しているのはその種のことではない。

「でも飛鳥井さんは、わたしとベラは面識がなかったと」

「あったともなかったともいいませんよ。自分のことを自分で面識があるとかないとか、普通はいいませんからね」

「どういうことですか」

「『転生の魔』を観ていないというあなたの証言は、たしかに嘘ではない。出演者が観客になるのは不可能だから。この芝居でヒロインを演じた木枯ベラの正体は、山科さん、あなたですね」

「まさか」

山科三奈子の声は悲鳴のようだった。それを無視して話を続ける。

「新宿のジャズ喫茶で知りあった娘を、ジンと呼びはじめたのは山科さんだとか。一九六九年にバリケードで上演された芝居のことを私立探偵が摑んでからは、ジンは娘の自称だったかもしれない、その点の記憶は曖昧だといいはじめました。辻褄が合わないことを口にしたのは、あなたがベラ本人だからではありませんか。木枯ベラは

『転生の魔』で主役のジンを演じた。ジンというのは山科さん本人のことなので、ジンの名前も命名したのは自分だと思わず口にしてしまった」

　五十嵐哲を通じて埜木綏郎と山科三奈子は繋がる。『転生の魔』の主役として埜木が抜擢した女子学生、ジンを演じた木枯ベラの正体は山科三奈子だったと考えるしかない。

「上演の際にカメラマンを務めた水嶋氏の話を聞いた時点で、ジンが架空の人物であることや、あなたが木枯ベラかもしれない可能性は頭に浮かびました。しかし、こうした疑惑が浮かんだとしても、依頼された仕事の中身が変わるわけではない」

　依頼人が探偵に調査の理由などを正直に語ることなく、隠し事をするケースは珍しくない。山科三奈子が同じことをしても驚くようなことだろうか。依頼人の秘密を暴くのは探偵の仕事ではない。木枯ベラが山科三奈子であろうとなかろうと、仕事は飯倉皓一の行方を突きとめることなのだ。

　としても東ア研の消失事件への興味が失われたわけではない。小諸まで来たのは山科三奈子の身の安全を確認するためだが、元依頼人が話してくれるなら本当のことを知りたいとも思っていた。すでに勝負はついているのに、それでも山科三奈子は弱々しく反論する。

「わたしが木枯ベラだとしても、木枯ベラが東ア研に黒澤陽と一緒にあらわれた女子活動家とは限りませんよ」

「中邑氏だと称して愚かな探偵をまんまと騙しおおせた男の話で、その点も明確になりました」

駐車場に墜ちた人形を運んだのはスカイラインだ。山科三奈子は学生時代、GT－Rを乗り回していたという。兄が所有していたのは初代のスカイラインGT－Rで、二つは同じ車だったに違いない。

もう一点、きわめて興味深い符合がある。山科三奈子はクリスマスの当日に歴研で、通路から部室に入ろうとする者の目から逃れようと、とっさにテーブルの下に隠れたという。ベラも第二資料室でテーブルの下に隠れたはずだ。

「どういうわけか二人ともテーブルの下です。事実だったのは、あなたが第二資料室のテーブルに隠れたこと。しかし田邊氏に架空の話をするとき、無意識のうちにベラとしての自分の行動をなぞって、歴研のテーブルの下に隠れたと口にしていたのでは」

山科三奈子がベラであれば放送研究会の前で巡廻する警備員に見られることもないし、午後九時にサークル棟から出るところを目撃されることもない。もっと早い時刻にサークル棟を脱出しているからだ。

「歴研から出てくるベラを見ていないと証言したのは、あなた自身がベラだから。自分で自分の姿を、他人の視点で外側から見たように語るのは難しい。とっさのことであればなおさら」

自分の行動を他人、たとえば回廊の反対側にいる監視者にどう見えたのかを克明に想像し、それを語ったなら齟齬は生じない。しかし山科三奈子は歴研の部室に入るため、その場で思いついた架空の話を田邊部長の前で口にしたのだ。

監視者が目撃したはずのことを細部まで想像し再現するような余裕はなく、歴研のドアから出てくる自分の姿を語り落としてしまったに違いない。

「わたしが木枯ベラだということに、なにか客観的な証拠はあるんですか」

「これで調査は終わりにしたいという意向を伺った三日後でした、埜木夫人の緋縒小春と会えることになったのは。『転生の魔』上演の直後に、木枯ベラと記念撮影したという写真を見せてくれましたよ」

「写真……」

「一瞬、あなたからスマホで見せられたのと同じ写真かと。しかし、すぐに違うとわかった。山科さんが携帯のカメラ機能で複写したという第一の写真では、右にロングヘアの娘、左にショートヘアの娘が写っていた。構図は同じ、それぞれが着ている服も同じですが、緋縒さんの第二の写真では右がショートで左がロングなんですね」

しかも、第一の写真で右側にいるのは山科三奈子なのだ。四十年以上昔の写真であろうと見違えようはない。第二の写真も右側は三奈子だがヘアスタイルは違う。『転生の魔』上演当時の三奈子はセシルカットだった。携帯に保存された写真ではヘアスタイルが違っているのだが、それはパソコンでコラージュされた画像だからだ。

「緋縒さんによれば右側にいるのは木枯ベラ。ということは山科さん、あなたがベラだということになる。この写真を素材に画像処理して第一の写真は作られたに違いありません。確証はないとしても、木枯ベラの正体は山科さんではないかという可能性を検討してはいた。緋縒さんの写真を目にした瞬間、疑惑は確信に変わりましたよ」

緋縒小春と木枯ベラの写真の件まで持ちだされては、もう反論の余地がないからだろう。山荘の女主人は硬い表情で沈黙している。

インターネットの動画で孫を捜そうとして、たまたま飯倉皓一が日本に、東京にいることを知った山科三奈子＝木枯ベラは、かつて芝居で騙したことのある男にどうしても会いたいと思った。自分には無理なので私立探偵に捜させることにした。

そのための口実として、ジンという存在しなかった友人を持ちだした。ジンの消失劇にかんしては、四十三年前に歴研の部長だった田邊に話したことがある。その作り話を使い廻して、とりあえず探偵にも話しておこう。

依頼人が私立探偵に期待したのは、両親や兄弟姉妹、東ア研の関係者をはじめ学生時代の友人など、帰国した飯倉が連絡をとりそうな人々に男の行方を訊いてまわることだった。ジン消失の謎を真に受けた探偵がベラの墜死という事件まで新たに掘りだし、この謎に興味を持ちはじめたのを見て依頼人は困惑したことだろう。

山科三奈子の学生時代の写真を入手して東ア研の関係者に見せれば、糾弾で追いつめられ四階の窓から飛び降りたという女の正体は確認される。三崎町の広東料理屋で田邊善之と話してから、その可能性も頭に浮かびはじめた。依頼人の昔の写真を手に入れて事実を明らかにする手間を惜しんだのは、そうしたところで飯倉皓一の発見には繋がらないからだ。

ただしベラの正体が何者であろうと、ベラ消失の謎は解明する必要があった。一九七二年のクリスマスの夜を最後に、飯倉皓一が友人知人や家族の前からも姿を消した理由を知ることは、二〇一五年の飯倉を発見するという仕事にも有益に違いない。

精力的な活動家で意志強固な飯倉皓一に黒澤が目を付けた。東ア研を舞台とするベラの墜死劇は、飯倉のために演じられたのではないか。埜木と五十嵐と黒澤が構想したパリを拠点とする地下活動には、献身的な前線兵士が不可欠だ。しかし国内でゲリラ活動を開始しようとしていた飯倉は、海外での活動に踏みきろうとはしない。

説得に応じない飯倉の背中を押すため、ネチャーエフに学んだ埜木と黒澤はベラ墜死劇を仕組んだ。東ア研の三人も組織する対象に含んでいたとしても、陰謀の中心的な標的は飯倉だった。

東ア研の事件のあと黒澤陽はフランスに渡航し、一九七四年に消息を絶つまでパリを舞台に非合法活動をしていた。おそらく黒澤と同じ時期に、あるいは黒澤と同じ航空便で飯倉はフランスに渡り、この六月まで一度も帰国することなく海外生活を続けてきたようだ。

「わからないのは、どうして山科さんが飯倉氏に会おうとしたのかです。もちろん依頼人は調査の理由を、一から十まで私立探偵に説明する義務などない。そもそも山科さんとの契約は終了していて、あなたはもう依頼人でさえありません。

こんなことを質問したのは好奇心からです。回答を無理強いすることなどできないし、厭なら口を閉じていてもかまいませんが」

山科三奈子が静かに頷いて薄く微笑んだ。私立探偵の個人的興味に応じる気が、どうやら皆無というわけではないようだ。

「かまいませんよ。飛鳥井さんの推理に反論してきたのは、わたしの場合も半ば好奇心からでしたし。探偵さんがどこまで、どんなふうに真相に迫るものか見てみたいと思ったの。

湾岸戦争の年でした、パリで観光ガイドをしていた日本人と出遇ったのは。マドレーヌ寺院の前でジタンの子供たちに囲まれて、ハンドバッグを奪われそうなところを助けられて。

若いころは海外旅行中もジーンズにセーターといった軽装でしたから、引ったくりの子に目を付けられることもなかったんですが。お礼をいおうとして気がつきました、どこかで会ったことのある人だと」

マドレーヌ広場で日本人観光客の一団を案内していた男は、茫然として山科三奈子の顔を見つめていた。しばらくして男は「もしかしたら黒澤、黒澤陽という人物をご存じでは。映画監督の黒澤明ではなく、一九七〇年ごろに星北大学の学生だった……」と遠慮がちに問いかけてきた。

「ベラではないかと確認するのは気が引けたんでしょうね。なにしろ四階の窓から墜ちて死んだと思いこんでいたのだから」

山科三奈子のほうも飯倉の現在に興味があった。鳳凰大学のノンセクト活動家だった人物が、どんなわけでパリに流れ着いてガイドの仕事をしているのか。昼食のため観光客をレストランに案内するというガイドにつきあって、同じ席で食事をすることにした。

一九七三年の一月に、友人知人に別れの挨拶をすることも許されないまま日本を離れた飯倉は、それから一度も帰国していないと語った。

フランスに滞在して三年目に、飯倉はアルジェリア系フランス人のソラヤと結婚したという。ソラヤは再婚で、死んだ前夫とのあいだにアイシャという娘がいる。アイシャのことを、飯倉皓一は自分の娘のように愛情を込めて話した。

　現在の暮らしをめぐる雑談はじきに種が尽きた。決意したように飯倉が問いかけてくる。「あなたがサークル棟四階の窓から墜ちたベラですね。あれからどうしたんですか。黒澤に車で病院まで運ばれて、命を取りとめたんでしょうか」と。

「問われるままに、あの日のことを飯倉さんに話していきました。黒澤さんの親友が埜木さんで、大学一年のときに埜木さんの芝居に出たということも」

　高校時代からサルトルの戯曲を愛読していた山科三奈子は、大学に入学した直後に五十嵐哲の研究室を訪れた。五十嵐助教授がサルトル研究では著名で、サルトル本人とも面識があることを本で読んでいたからだ。そのときたまたま研究室にいた学生が埜木綏郎で、高校では演劇部だったという三奈子に興味を示した。

「埜木さんから『転生の魔』に出演しないかと誘われたのは、その年の七月のこと。予定された公演日まで一ヵ月もないころだったわ。自信がないので渋ったんですが、けっきょく押し切られて。才能がある人のつねなのか、埜木さんはいつも自信満々で、かならず他人を思うようにしてしまうんです」

『転生の魔』の公演はなんとか無難に終えたが、サクヤ役の学生女優の演技に圧倒されて二度と舞台に立たないことを誓ったという。

「小春さんが女優として成功したのは当然です。高校の演劇部で学芸会みたいな芝居しか経験していないわたしと違って、最初からプロの気迫に満ちていましたから。自分はサルトルの演劇や演劇論に興味があるので、女優になりたいわけではないこともよくわかったし」

「それでも山科さんは、三年後にまた架空の役を演じることになる。それが芝居であることを知らない、ほんの数人の観客を前にして」

「五十嵐先生の研究室で埜木さんと、カントクという渾名の黒澤さんに頼みこまれたの。そのころのテレヴィ番組『どっきりカメラ』と同じようなことを、埜木さんは鳳凰大学のサークル学生にしかけたいと」

ダダイストは展覧会で便器を陳列して世に衝撃を与えたが、それを演劇でやったらどうなるのか。フィクションとリアル、舞台と観客席がメビウスの環状に連続している芝居をやる気はないかと、埜木は山科三奈子を説得した。

「強引な説得に負けたんですが、正直にいえばメビウス演劇という構想に刺激されたところも。それで役を引きうける気になりました」

特権化された美術の場に卑俗な日常を持ちこんだのがマルセル・デュシャンだとすれば、埜木綏郎は日常の場に悟られることなく演劇を持ちこもうとした。それが前衛的であるなら、銀行の応接室で演じられる取り込み詐欺もアヴァンギャルドになるだろうと、芸術とは無縁の卑俗な日常にまみれた私立探偵は考えてしまう。

役名をベラとしたのは、『転生の魔』のヒロインを演じた山科三奈子が木枯ベラと名乗っていたからだ。この芝居の構想からして役者は実名で出演するのが望ましい。三奈子がそれを嫌うのなら、女優としての仮名を使うことにしよう。〈鎚の会〉の女子活動家という役だから、ヴェラ・ザスーリチやヴェラ・フィグネルに憧れてベラと称したという裏設定にも無理はない。

「木枯ベラのベラはハンガリーの映画理論家の名前を借りたもので、ロシアの女性革命家とは関係ないんですけど。高校の演劇部の顧問だった先生が、ベラ・バラージュのこともいろいろと教えてくれたの。バルトークのオペラ『青髯公の城』の原作もバラージュの戯曲なんですよ」

「飯倉氏はどこまで知っていたんですか、東ア研で演じられた芝居にかんして」

「ベラが東ア研のメンバーに糾弾されるところまでは、黒澤さんと合意していたとか。ベラが第二資料室に走りこんでドアを内側から施錠したとき、予想外の出来事に動転したと」

東ア研の床に落ちていた紙片の『ネチャーエフ↓イワノフ/ザスーリチ』は、やはり飯倉が書いたメモだったようだ。

「東ア研のメンバーが駐車場に出向いて部室が無人になった隙に、あなたはサークル棟を出たんですね」

「飛鳥井さんの推理はほとんど正確でした。セシルカットにしてみたのは大学に入学した直後のことで、四年の冬は髪を伸ばしていたとか細かいところで違う点はあるとしても。

小道具に使った人形は、埜木さんが用意してカントクが第二資料室のテーブルの下に隠しておいたもの。その日のわたしと同じコートを着せ、同じ髪型にカットしたウィッグを接着剤で頭に貼りつけたゴム人形。別の小道具として必要だった車は、兄のスカGを使うことに」

「黒澤は歴研の鍵を持っていたんですか」

「どうなんでしょう、詳しいことは知りません」

メビウス演劇では事前に決められた台詞はない、すべてがアドリブだ。五十嵐哲のゼミで新左翼活動家の言動は間近に見ていたし、その当時の政治情勢、新左翼党派それぞれの理論や集合離散の現状などは黒澤から叩きこまれた。

できるだけの準備と練習はしたが、山科三奈子が〈鎚の会〉のベラ役をアドリブで演じきるのは、『転生の魔』の主役の場合より難しそうに感じたという。しかし結果を見ると、ベラとしての演技は成功だった。東ア研の誰一人として、それが芝居だとは見抜けなかったのだから。

「その日は渋谷で待ちあわせ、カントクを車に乗せて鳳凰大学をめざしたわ。大学の駐車場ゲートのところで待っていたのが飯倉さん。三人でサークル棟四階の東ア研に向かいました」

四階の窓から落下して駐車場に叩きつけられた人形を車のトランクに隠し、学外に運びだす役目の黒澤に車のキイは渡した。東ア研に残しておかなければならないバッグには、身元を暗示するような品を入れるわけにはいかない。唯一の計算違いは、あとから出そうと思っていた運転免許証をバッグに置き忘れたことだ。

「免許証のことに気づいて埜木さんに電話すると、ちょうど出かけるところでした。埜木さんが筋書きを書いた芝居はまだ続いていたのね。カントクは飯倉さんと一緒に屍体に見せかけた人形を処分し、もう海外逃亡しかないと脅迫的な説得を続けていた。埜木さんも〈鎚の会〉のリーダーとして説得の現場に行くところだったのでしょう」

山科三奈子は翌朝、また鳳凰大学のサークル棟まで出かけることにした。運転免許証の件は自分でなんとかしろというのが、埜木の指示だったからだ。関係者に知られることなく証拠品を回収しなければ、画期的なメビウス演劇は失敗に終わってしまう。なんとかして運転免許証を取りもどさなければならない。

前夜の電話の際に、三奈子がサークル棟を脱出したあとの出来事は埜木から伝えられていた。埜木は黒澤に報告されていたようだ。

自身の体験と埜木から知った事情で、ジンの消失をめぐる物語を創作した。それを口実に歴研の田邊善之から部室に立ち入る許可を得て、免許証はなんとか回収することができた。

「翌年三月には大学を卒業したし、そのあと埜木さんと話したのは一度だけでした」

「あなたがサークル棟を脱出したあとの東ア研会員の動きは、そのとき埜木氏から聞いたんですね」

山荘の女主人が頷いた。ベラとしてサークル棟を脱出したあとのことも、山科三奈子は正確に証言していた。黒澤から話を聞いた埜木が、問われるまま三奈子に説明したからだ。ただし埜木は駐車場から五人が部室に戻った時刻、全員が部室を出た時刻は教えたが、見廻りにきた警備員のことは語らなかった。もともと黒澤が埜木に話し忘れたのかもしれない。

また芝居の真の目的については、最後まで口を閉じていたようだ。それがメビウス演劇の試みだったことを、パリで飯倉に出遇うまで主演女優の三奈子は信じて疑わなかったという。

「パリで暮らしているはずの飯倉氏が帰国しているなら、また会いたいものだと私立探偵に調査を頼んだ。それなら調査の目的を秘匿する必要などなかったのでは」

「マドレーヌ広場のレストランで食事したとき、東ア研メンバーにメビウス演劇をしかけた人が、いまでは演劇人として成功していることを話しました。

埜木綏郎という名前を出したとき、飯倉さんの態度は少し異常だった。温厚な態度を一変させて、埜木なら知っている、あの男は絶対に許さないと呻（うめ）くようにいうんです。二人のあいだにどんなことがあったのか、尋ねるのも難しそうな雰囲気。会話は後味の悪い終わり方をして、住所や連絡先の交換を申し出ることもできませんでした」

なるほど。六月二十九日に鳳凰大学で特任教授の墜死体が発見され、七月十五日の国会前動画には飯倉皓一が映っていた。フランスで暮らしているはずの人物が日本に帰国していて、しかも飯倉に憎悪されていた埜木が不審死を遂げている。自殺として処理されたようだが、突き落とされ殺害された可能性も否定はできない。

「どうしても気になって、できれば飯倉さんに訊いてみたいと思いました。埜木さんの事件のことを」

飯倉が事件の犯人だとしても自首を勧めるならともかく、警察に売るようなことはしたくない。どこまで信頼できるかわからない私立探偵に、詳しい事情は知られないようにしよう。飯倉皓一を捜していることも伏せたほうがいい。というわけで虚構の人物ジンが調査の口実として呼びだされた。

「調査の理由を飛鳥井さんに説明しなければならないとき、メビウス演劇の翌日に田邊さんに話した架空の友人のことを思いだしました。

　一九七〇年に刊行された『暁の寺』を読んで、前年にわたしも出演した『転生の魔』とのシンクロニシティに驚いたわ。影響関係はありえないのに、転生を主題にした二つの作品のいずれにもジンというヒロインが登場するのだから。

　ジンを演じた木枯ベラ、そのベラを主役とする芝居が進行中に歴研を訪ねてきた架空の女。とっさに、彼女の名前はジン以外にないと思ったんでしょうね。もちろん『暁の寺』のジン・ジャンのことも意識はしていました。

　エキセントリックな娘の転生をめぐる告白から、『暁の寺』のヒロインにちなんでジンと呼ぶことにしたと説明すればいい。飛鳥井さんが『転生の魔』のことまで洗いだしてしまって、話の辻褄を合わせるのに苦労しましたが。

　歴研の部室からジンが消えたなんて苦しまぎれに口にしたせいで、余計な手間をとらせて本当に申し訳ありませんでした。もともといないジンを捜すため国会前で夜遅くまで引きとめたり、パソコンに詳しい甥に作らせた偽写真を飛鳥井さんに見せたり」

「その分の調査費も請求したので問題ありませんよ。それよりも気になるのは、山科さんがまだ話そうとしていないことです」

「わたし、飛鳥井さんの質問には正直に答えましたよ。昔のことも最近のことも」

「調査を打ち切ったあと、中邑家に電話して飯倉さん宛のメッセージを残していますね」

「ああ、そのことですか。巽探偵事務所で飛鳥井さんの報告を聞いてわかりました、中邑さんと称したのは飯倉さんだったことが。パリで一緒に食事したとき飯倉さんの手の甲に大きな古傷があることに気づいたんです、三日月形の傷跡」

男の正体を見抜いた山科三奈子は、その場で調査の終了を宣言し、直後に飯倉に電話したわけだ。

八月十五日に飯倉が中邑家を訪れる予定だと男は語った、そうしたいなら飯倉と会えるように手配しようとも。男の正体が飯倉本人だった以上、あの言葉が意味していたのは、自分は八月十五日までに中邑家を離れるだろうということでしかない。

八月十五日、ようするに明日までは私立探偵の動きを封じておかなければならない。その日に飯倉と接触できるという餌さえ与えれば、あとは余計なことを嗅ぎ廻ることもなく、日付が十五日になるのを大人しく待つだろう。

「山科さんに折り返し連絡してきたんですね、飯倉氏は」

「……電話、お待ちしていたんですが」

山科三奈子が曖昧に口を濁した。飯倉が中邑家に潜んでいることを知りながら、東京を離れたりするものだろうか。しかもその後は、携帯電話も通じない僻地の友人宅に滞在していたというのだ。飯倉と連絡がとれた事実を、どうしてか山科三奈子は認めたくないようだ。

「八月九日の朝、中邑家まで飯倉氏を車で迎えにきた人物が存在します。その人物と二人で山科さんの家まで来たのでは」

潜伏先を私立探偵に突きとめられた飯倉は、安全を期して新たな隠れ家に移動することにした。そうなることを期待しているが、八月十五日まで探偵が動かないでいるとは限らないからだ。新たな隠れ家として選んだのは小諸の山奥にある家だった。

「国会前の動画に映っている飯倉氏は、隣の男と言葉をかわしているように見えました。帽子を目深に被っていて顔はよくわからないが、背丈が百八十センチ以上ある飯倉氏に少し及ばないだけの大柄な男。この男とは少しばかり因縁がありましてね」

「因縁、ですか」

「七月三十一日の夜、あなたと桜田門で別れて四谷三丁目に戻ったときのことです。巽探偵事務所に侵入しようとしていた男にビルの階段で襲われたんですが、犯人が被っていた薄茶のバケットハットや明るい色のスーツと飯倉氏の横にいた人物の服装がよく似ている。この二人は同一人物ではないだろうか」

飯倉がバケットハットの男と一緒に行動していたのは、七月十五日の国会前だけではないかもしれない。それ以前も以降も緊密に連絡をとりあい、示しあわせて動いてきたのではないか。

国会前の動画で二人の姿を確認した一時間後には、地下駐車場からジムニーシエラを出していた。午前中に小諸まで行こうと決めたのは、飯倉だけでなくバケットハットの男も山科三奈子の家に潜伏している可能性が濃厚だからだ。

私立探偵を襲ったことからも窺えるように、飯倉はともかく第二の男はきわめて危険だ。小諸の山奥の一軒家に押しこんだとしたら、女主人の身が心配になる。少し強い調子で押してみた。

「飯倉氏からの電話を待っていて、どうなったんですか」

「その日のうちに携帯に電話してきました。なんだか体調がよくなさそうだし、中邑さんの家は早めに出たいという飯倉さんに、積もる話もあるから小諸まで来ませんかと誘ってみたの。この家ならゆっくり静養できるはずだし。でもランクルから下りてきたのは、飛鳥井さんがいう通り二人でした」

「飯倉皓一に同行してきたのは、国会前の動画で飯倉さんの隣にいた男ですか」

「間違いありません、服装も同じだったし」

「二人目の男の靴は白と茶のコンビですね」

「ええ、たしかに」

動画で飯倉の横にいた男、巽探偵事務所に侵入を企てた男、そして飯倉とこの山荘に来た男は同一人物だ。公安は黒澤陽の日本潜入を察知し、懸命に追跡して身柄を押さえようとしている。裁判中に海外逃亡した被告というだけでなく、東京で大規模テロを計画しているジハディストとして。

東ア研の事件のあと、いずれも日本を離れた飯倉と黒澤なのだ。この二人が同時期に帰国している以上、とても無関係とは考えられない。動画で飯倉の横にバケットハットの男を見たとき、黒澤陽に違いないと確信していた。

「いつでしたか、男の正体が黒澤だと気づいたのは」

「一緒にメビウス演劇に出演したときの黒澤さんは、顎髭を生やしていました。動画の人には髭がないし歳もとっているし、はっきりしたことはなんとも。動画の人が黒澤さんだと確信できたのは、実際に顔を見て声を聴いてから」

ムスリムなら髭を生やしているのは当然だ。剃ったとすれば、警察に保管されているのが顎髭のある昔の写真だからだろう。

飯倉と黒澤の二人が八月九日に、白のランドクルーザーで山荘に到着した。しかも黒澤は出迎えた女主人に「この家を使わせてもらう、異論は許さない」と宣告して外出を禁じた上、携帯電話まで取りあげたという。男二人を相手に抵抗などできない。しかも黒澤は、どこから入手したものか拳銃で武装していた。

「黒澤さんはわたしを、外から鍵をかけた寝室に閉じこめようとしたんです。そんなふうに監禁するのは気の毒だと飯倉さんがいって、外と連絡しないことを条件に屋内では自由にしていられることに」

「あなたを閉じこめて、どんなふうに過ごしていたんですか。この家で二人は」

「黒澤さんはわたしが逃げないように監視し、飯倉さんは地下室に入っていることが多かったような」

三奈子の父の時代には趣味の作業室として使われていた、八畳ほどの地下室が山荘にはあるという。木工で第二次大戦当時の軍艦模型を作るのが父親の趣味だったそうだが、飯倉が戦艦大和や重巡鳥海や空母赤城のモデル製作に熱中していたとも思えない。

「飯倉氏の体調はどうでした。ベッドで中邑卓真と称していたときは、あまりよくない様子だったが」

「顔色は悪いし躰を動かすのも大儀そうだし、小諸の病院に連れていきたいと思ったんですが、わたしが家に閉じこめられている状態ではどうしようもなくて」

「あなたを縛りあげたのも黒澤なんですね」

「ええ。でも出ていきましたよ、二人とも。黒澤さんがわたしを縛ったのは、車で出発する直前のことでした」

玄関のほうから物音が聞こえる。訪問客なのか玄関扉を開閉した者がいるようだ。

腰を浮かせたときだ、若々しい声が廊下に響いたのは。

「誰なんですか、あなた」

ベルトの背中に腕を廻しながら、小走りに居間を出る。玄関間に山科郁が、洗面室の前に長身で半袖シャツにジーンズ姿の男がいた。足音を耳にしたのか、こちらを振り返る。間違いない、中邑家の二階で中邑卓真と称していた男だ。祖母の家で見知らぬ男を見て、警戒している様子の郁に声をかける。

「その人は山科三奈子さんが捜していた飯倉皓一氏。山科さんがお待ちだから、二人とも居間のほうに」

「よう、私立探偵。こんなところで、また会おうとはな」

熱でもあるのか苦しそうに喘ぎながら、飯倉は気楽な態度を装っている。山荘の二階に隠れていた男が女主人と私立探偵の会話を立ち聞きしようと階段を下り、洗面室の前に潜んでいた。ふいに玄関扉が開いて、山科郁が家に入ってきたということらしい。

飯倉に特殊警棒は不要のようだ。黒澤が相手であれば、中途半端な防犯グッズなど役に立ちそうにない。どこから入手したのか、拳銃を所持しているというのだから。

背は高いが病的に痩せている男の細い腕を摑んで、居間に連れこんだ。とくに抵抗する様子のない男をピアノの椅子に坐らせる。

これで緊急脱出の必要はなくなった。カーテンと硝子戸を大きく開いて、それまで履いていた靴をテラスの板敷きに置く。疲れたようにソファに凭れている祖母の前に立って、ハーフパンツに白いTシャツ姿の郁が問いかけた。

「お祖母さんが電話に出ないから心配で。無理に時間を作って、ここまで来てみることにしたんだ。これまで幾日もどうしていたの」

「心配させて悪かったわ。でも、この通りわたしは元気」

「とても元気そうには見えないけど」

少し横になりたいという祖母を、郁が広間の隅に置かれた寝椅子まで連れていき、二階の寝室から取ってきた毛布を躰に掛けた。寝椅子の横に運んできたストゥールに腰かけて、眉を顰（ひそ）めるようにこちらを見る。

女主人が休んだのを見てから、同じように体調が万全とはいえそうにない男が大きく息を吐き、そして口を開いた。

「この家に私がいるのを、あんたは最初から見抜いていたのかね」

「私道から出てきたSUVと山道ですれ違った。薄茶のバケットハットの男、黒澤陽が運転していた車だ。しかし助手席にも後部席にも飯倉さん、あなたの姿は見えなかった」

玄関には中邑家で見たのと同じ男物のワークブーツがある。黒澤の靴は白と茶のコンビネーションだし、これが飯倉皓一のものであることは確実だ。であれば出発したのは黒澤一人で、もう一人はこの家に居残っていると判断できる。

依頼人だった女性の安否を確認するため、敵地に乗りこむつもりで車を飛ばしてきた。出発した男と玄関のワークブーツを見て、相手は飯倉一人だと推測した。居間で山科三奈子を発見し、飯倉が女主人には害意がないらしいと見当をつけた。

「縛られている三奈子さんを見つけたとき、どうして警察に通報しなかったんだね」

「すでに足首のロープは解かれていた。自分で解けるわけはない、この家にいるもう一人の人物が解いたに違いない。黒澤が家を離れた直後に、山科さんを解放しようとしたわけだ。足のロープを解いたところで車の音を耳にして、大急ぎで物陰に隠れたんだろう。

ということであれば、慌てふためいて警察に電話するまでもない。それに山科さんは、どうしてか警察の介入を望まない様子だったし」

ピアノの前の男が、郁に運ばせた冷たい緑茶をグラスから啜った。逃げる気も抵抗する気もないようだ。

「あなたには、訊いておきたいことが少なからずある」

「なんだね」

「まずは一九七二年のクリスマスの夜に東ア研の部室で起きたこと。中邑家の寝室では騙されたが、あのとき中邑氏を装って喋ったことは事実なのかどうか」

「事実だよ、基本的には。中邑の立場を想定した上で、彼が知っていることだけを話すようにした。花房や三橋がきみに質問されたとき、連中の答えが私の話と喰い違っては困るからな」

「ベラの吊しあげはなりゆきで起きたことではない、事前から計画されていたことだね」

　都市ゲリラ闘争を闘いうる主体の確立のため、飯倉は整風運動と称して東ア研メンバーの選別を進めていた。極秘裡に接触してきた黒澤と討議を重ね、十二月二十五日に選び抜かれた三人と引きあわせることにした。中邑たちの合意が得られたなら〈鎚の会〉と東ア研が連合する可能性も出てくる。

　しかし、なんの実績もない〈鎚の会〉が東ア研メンバーの信頼を得られるだろうか。黒澤が提案した糾弾劇のネチャーエフ的な陰険さに抵抗を覚えた飯倉も、政治にはリアリズムが必要だ、有効なものこそ正義なのだという論理に最後には押し切られてしまう。

　とはいえ一方的な糾弾に耐えかねたベラが、第二資料室に逃げこむという筋書きなど、飯倉は聞かされていなかった。

「その先の計画も、まったく知らなかった。私は愚かにも黒澤に、むしろ台本を書いた埜木にいいように踊らされたことになるな」

「黒澤たちは事前に、どんなふうにして人形を第二資料室に隠せたんだろう。会合の予定が決められたのは二日前のことだという。そのあいだに歴研のドアが開け放しで、部室は無人というチャンスが生じ、学外者が等身大の人形を運びこめたとは考えられないんだが」

「黒澤のアジトに招かれて密談したことがある。猛烈な睡魔に襲われて寝込んでしまったが、そのとき私のポケットから黒澤が歴研の部室の鍵を盗んで複製し、そして元に戻した可能性がある。突然の睡魔に襲われたのは、睡眠薬を飲まされたからかもしれないな」

　冬休み中のことだ。サークル棟は閑散としているし、鍵さえあれば第二資料室に人形を運びこむのも容易だったろう。ここまでのところは推理と山科三奈子の告白とで予想はついた。本当に訊いておきたいのは、これから先の話だ。

「歴研の部長だった田邊氏に聞いたんだが、東ア研の床に『ネチャーエフ↓イワノフ／ザスーリチ』というメモが落ちていたとか」

「田邊善之ね、もちろん覚えているよ。史学が専攻でも日帝の侵略の歴史には関心を持とうとしない、衛生無害なミステリマニアだったたな。あの悪戯書きを田邊が拾ったってわけか」

ネチャーエフ＝黒澤が組織を固めるため、イワノフの役を演じるザスーリチ＝ベラを犠牲の山羊に仕立てようとしている。そんな比較を糾弾劇のあいだに手帳に書きつけ、その頁だけちぎって丸めたと飯倉はいう。

「しかし本当にベラを死に追いこむとは。いや、それさえも私や東ア研メンバーに君臨し、思いのまま操るために打たれた陰険な芝居だったとはな。

はじめから黒澤の遣り口には抵抗があった。としても反日武装闘争を開始するには、パレスチナゲリラの一員と称する黒澤と手を組むのが有利だ。ＰＬＯ幹部の息子だというふれこみが、あの男の口からでまかせだと知ったのは渡仏してからだ」

「クリスマスの事件の直後に、墜死が偽装だとは疑わなかったのかね」

「どことなく妙だとは感じたな。ベラの屍体を確認したのは黒澤一人だし、その処分の際も私を遠ざけようとしていたし」

「ベラのことは黒澤から、どんなふうに聞いていたんだね」

「ベラはV音のヴェラだが、アレクサンドル二世暗殺に反対したヴェラ・ザスーリチでなく、暗殺を実行したヴェラ・フィグネルのヴェラだと。帝政ロシアと闘った女テロリストを畏敬して、そう名乗っているとかなんとか」

ベラの墜死という予想外の事態に混乱しながらも、屍体を処分するという男に飯倉は同行を主張した。迷惑そうな顔つきの黒澤だったが、拒絶にも限界があると判断したのだろう。同行させないのなら屍体を確認する、いまここで車のトランクを開けろといいだしかねない。

「目的地は」

「荒川(あらかわ)だ。黒澤が車を停めて、橋の上から毛布に包まれた重たそうなものを川に放りこんだ。指示されて私は、人や車が橋を通らないかどうか見張っていた。あのとき包みに触っていれば、中身が人間の躰でないことに気づいたかもしれないな」

「日本を離れたのは」

「一九七三年の一月半ばだ」

荒川から世田谷代田のアパートに戻り、パスポートと預金通帳だけ持って杉並の個人住宅に移動した。家はフランス滞在中の五十嵐哲のもので、黒澤が家主から鍵を預けられていた。

荒川に遺棄した屍体は遠からず発見され、殺人事件としての捜査が開始されるだろう。最終的には東ア研メンバーの全員が逮捕される。何年も、あるいは十何年も自由を奪われるのなら、活動の場を海外に移したほうがいい。

家に閉じこめられ、黒澤や〈鎚の会〉の同志だという埜木に休む間もなく強引に説得され続け、半ば朦朧とした精神状態で日本を出ることを決めた。

捜査の状況を見守って、必要な場合にはベラの死の責任は自分にあるという告白文を公表し、罪は飯倉が一人で被る。犯人が海外に潜伏していては警察も手を出せない、こうするのが最良の選択だろうという埜木の言葉に、最後は飯倉も頷くしかなかった。

「誰かに知らせたのかね、フランス行きを」

「家族にも知らせていない。例外は中邑だったが、花房と三橋には事情を伏せるように指示した。東ア研を〈鎚の会〉の細胞として再編し、埜木の指導下に入れとも。中邑は非合法活動の鉄則に忠実に、おれのフランス渡航を恋人の三橋恭子にも隠し通したんだな。この秘密が中邑と三橋のあいだに距離を生じさせた一因のようで、申し訳ないことをしたと思っているよ」

第二次大戦中に強制連行された朝鮮人労働者から聴き取り調査をする目的で、以前から飯倉は韓国旅行を計画していた。そのために用意していた資金とパスポートで出国することになる。

「パリに着いてから最初の一年は、昼は外国人向けのフランス語学校に通い、夜は中華料理店で皿洗いをしていた。多少はフランス語が喋れるようになると、仕事は皿洗いから給仕に変わって給料も増えたし待遇もわずかながら改善されたよ」

十九区のアラブ人街にある最貧の屋根裏部屋から、もう少しましな住居に移れる程度の月収は得られるようになったが、相変わらず同じ部屋に住み続けたという。マグレブや西アフリカなど貧しい旧植民地出身者が、差別されながら身を寄せて暮らす場末街に愛着を感じはじめたのかもしれない。

「語学学校に通ってレストランで働く以外には」

「五十嵐と組んで動いている黒澤の指示で、レポや運び屋のようなことをやらされた。詳しいことは話せないが安全とはいえない仕事で、手の甲の傷はナイフで襲われたときのものだ。黒澤が進めていた陰謀の実働部隊としての活動が、本格的にはじまろうとしていた時期だった。あの事件が起きたのは」

あの事件とはハーグ事件のことだ。パリを拠点に国際的な都市ゲリラネットワークに接続し、日本で本格的な武装闘争を開始するという〈鎚の会〉グループの構想は、海外でのゲリラ活動で実績を重ねていた日本赤軍の路線と対立していた。

路線論争を前提に共闘の可能性を探るため、〈鎚の会〉は日本赤軍との接触を試みていた。しかしハーグのフランス大使館占拠の余波で、〈鎚の会〉グループの運命も激変することになる。

フランスは世界最初の近代的な警察国家で、そもそも公安という言葉自体がフランス語の〈セキュリテ　ピュブリク〉に由来している。治安維持をめぐるフランスの公安の徹底性と残忍性は日本の比ではない。

これはアメリカのＦＢＩにあたる国土監視局（DST）でなくＣＩＡにあたる国外情報諜報部（SDECE）、

現在の対外治安総局（DGSE）による仕事だが、小説や映画の『ジャッカルの日』で描かれているように、アルジェリアで反乱を起こした派遣軍の幹部たちを続けざまに暗殺したこともある。日本では信じられないことだが、内乱の首謀者とはいえ国民としての権利がある者たちを、公的な政府機関が裁判の手続きもなく秘密裡に殺害した。アルジェリア反戦デモの参加者を何十人も殺して、屍体をセーヌ川に投げこんだ機動隊（CRS）の暴力性も同じような事例といえる。

「ハーグ事件が起きたとき埜木はパリにいた、連絡がとれそうな日本赤軍の活動家と接触し説得しろと黒澤にいわれて。日本赤軍との関連をフランスの公安にたぐられ逮捕された埜木は、だらしなく自供した。

拷問と変わらないハードな訊問であろうと、革命家として絶対に許されない恥ずべき裏切り行為で、連合赤軍なら即処刑だな」

しょせん埜木綏郎は文化左翼の域を出ない、革命家としては不徹底な人物だったのだろう。ベラ墜死の芝居を演出し飯倉をパリに送りだした時期を頂点に、革命運動への熱意は希薄化しはじめた。

人生を賭けるに値するのはアナキズムの理念でも革命の行動でもない。そう思いはじめた埜木は演劇以外のことに興味を失っていく。日本を出た飯倉や黒澤に代わって、東ア研の三人や他大学の〈鎚の会〉メンバーを指導するという任務は半ば以上も放棄した。

「埜木の裏切りのために逮捕された五十嵐が、国外追放ですんだのは幸運だった。いわば軍師格の男で、ゲリラ活動の現場にはタッチしていなかったからだ。しかし黒澤の場合、もしも逮捕されたら長期拘留は避けられない」

黒澤は危機を察知する動物的な嗅覚(きゅうかく)の持ち主で、DSTの刑事に踏みこまれる寸前にアジトからの脱出に成功したらしい。一人で安全圏に逃走した男から詳しい情報さえ与えられることなく、ようするに飯倉は見捨てられた。

「黒澤に放りだされたあと、どんなふうに生き延びたのかな」

「埜木が逮捕された直後から、ねぐらの屋根裏には戻らないことにした。匿(かくま)ってくれたのはソラヤというアルジェリア人の女だった。万引きしたとスーパーの警備員に因縁をつけられていた小学生の少女がいて、彼女は無実だと横から口を出したことがある。その礼をいいにきた母親がソラヤだった」

ソラヤは父親の代からの世俗主義派で、パリのムスリム共同体とも縁は薄く、事故で夫を失ってからは一人きりで娘のアイシャを育てていた。アイシャが飯倉になついたこともあって、それ以前から家に招いたり招かれたりする間柄だった。公安機関の追及を怖れた飯倉に、ソラヤが自宅を潜伏先として提供したのも自然の流れといえる。

ハーグ事件のほとぼりも冷めたころ、観光ガイドの仕事を見つけた飯倉はソラヤと結婚した。日本帝国主義の侵略と民族差別に抗議した活動家が、流れ着いたパリでアルジェリア系フランス人の女と結婚するのは意外だろうか。

驚くほどのことではない気がする。飯倉の経歴や信条を考えれば、落ち着くべき場所に落ち着いたともいえるのではないか。

「帰国することは」

「日本に帰ろうとは思わなかった。ベラは墜死したと思いこんでいたし、パリの移民街での生活になじんできたこともある」

「パリを旅行中の山科さんからベラ事件の真相を知ったとか」

「そう、あのときはじめて埜木と黒澤の陰謀を知ったんだ。虚偽と欺瞞で他人の運命を弄(もてあそ)んだ、ネチャーエフ気取りの偽革命家たちには腹の底からの怒りを覚えたが、それで肩の力が抜けた気もする。空中に漂いだしそうなほど躰が軽く感じられたな。侵略者の子や孫だという行き場のない自責と自罰の意識が、よほど精神的な重荷だったんだろう」

旧植民地出身者への抑圧や差別と闘うことは必要だが、そのために爆弾闘争が有効だという判断は空想的としかいえない。それは社会生活を経験していない学生の、現実を見ない思いこみと愚かな先走りだった。

一九八〇年代を通じてヨーロッパの都市ゲリラ派はしだいに失速していく。止めを刺したのは一九八九年の東欧社会主義政権の連続倒壊と、それに続くソ連崩壊だった。

東ア研メンバーでは中邑とだけ連絡をとっていた飯倉だが、日本でも東アジア反日武装戦線が壊滅して以降、都市ゲリラ派の退潮傾向はヨーロッパと変わらないか、さらに進行しているように思われた。この時期の日本は経済的停滞と失業者の増加に悩む西ヨーロッパ諸国と違って、かつてない繁栄を謳歌していたからだろう。

ソラヤとのあいだに子供はできなかったが、連れ子の少女を飯倉は自分の娘のように愛した。アルジェリア系の妻と娘を守ることが反差別の日常的な実践だと信じた飯倉は、パリの移民社会の片隅に安定した家庭を築こうと努めた。

「ソラヤと暮らしはじめて四十年、きみに興味がありそうな出来事はなにもなかった。アラビア語も多少は使えるようになり、通訳や観光案内で親子三人の生活は支えることができた。

変わったことといえば、結婚した娘が男の子を産んだことくらいだ。シングルマザーのアイシャに育てられたアブデルは素直で、本当に可愛くてね」

しかしリセに通いはじめたころから、アブデルはしだいに反抗的になった。二〇〇五年のパリ郊外暴動に友人たちと加わって逮捕され、移民の子を不当に扱う暴力的な警察に、さらにはフランスの社会全体に敵意を向けるようになる。

「あの国では、アフリカ系の移民が警官に暴行され殺害されるのは日常茶飯事で、たいしたニュースにならない。殺されたのは警官を襲ったチンピラだといわれるが、差別と失業と貧困の泥沼で育った若者が反社会的な行動に走っても、一方的に非難することなどできない」

　学校を中退したアブデルは、どこで暮らしているのか母親にもよくわからない状態が続いた。おそらく失業青少年の不良グループに入っていたのだろう。窃盗や麻薬の売買に手を染めていたのかもしれない。

「アイシャはもちろんソラヤも心痛のため、暗い表情を見せることが多くなった。とても見過ごしてはいられない。孫を家庭に連れもどしたいと、私もできるだけの努力はしたんだが」

　二十五歳の誕生日を過ぎたころ、ひさしぶりに帰宅したアブデルは、母親のアイシャにさえ信じられないほど変貌していた。これまで見たことのない敬虔な態度で、ムスリムとしての義務に目覚めた、これからはムハンマドの教えに忠実に従うと口にした。

　母も祖母もアブデルの変貌に不吉なものを感じたという。街の非行少年であれば家庭に引きもどすことも可能だ。しかしサラフィストやジハディストの極端な主張に感化され、フェダインを気取るようでは。

　まもなくアブデルは消息を絶った。体調を崩していた飯倉はソラヤに支えられ、郊外（バンリュー）のあちこちにある不良グループの溜まり場を捜し歩いた。しかし、どうしても孫を見つけることはできない。何ヵ月も前に不良仲間とは関係を絶っていたようだ。アブデルはシリアに行ったらしいという曖昧な噂を耳にして、飯倉たちは戦慄（せんりつ）した。

「今年の春のことだ、ふいに家を訪ねてきた男がいた。頬の削げた浅黒い顔を見て愕然としたよ、四十年ぶりの黒澤陽だったからだ。親しげな態度でアラビア語を流暢（りゅうちょう）に操る日本人をソラヤは歓待しようとしたが、家に入れたくない私は近所の公園に連れだした。

　平然と嘘八百を並べて人を誑（たら）しこむ、黒澤の薄汚い手口はよく知っている。おだてと脅しを巧妙にとり混ぜて他人を操り、ぼろぼろになるまで利用した上で使い捨てようとしているに違いない。あんな男を家には入れたくない、ソラヤとも話をさせたくない」

　場末の公園のベンチで黒澤はノートパソコンを立ち上げた。親密そうな態度から一転した無表情で無言のまま飯倉に見せたのは、乾いた荒れ地を背景とした数分の動画だった。

　後ろ手に縛られたアブデルが薄茶色の乾燥した大地に跪（ひざまず）いている。カラシニコフ銃を背負い黒い布で顔を隠した男が、新月刀（シャムシール）を青年の首に押しあて甲高い声で威嚇の言葉を叫ぶ。飯倉は激しい恐怖で目を覆いたい気分だった。しかし目をそらしてはならない、見なければならない。意志を奮い起こし映像を凝視していると、怯えきったアブデルが必死で語りはじめた。

「お願いだ、お祖父（じい）さん。アフマド・ファッダーム・クロサワの指示に従ってください、そうでないと僕は殺される」

アフマド・ファッダーム・クロサワとは旧知の黒澤陽のことに違いない。フェダインに志願したアブデルは、友人たちとトルコを経由してシリアに入国した。半年ほど政府軍と激闘を続けた果てに、戦線を離脱し逃亡しようとして身柄を拘束されたようだ。

「敵が怖くて逃げたんじゃない、たとえ上官の命令でも無抵抗の女や子供は殺せない。殺したくないから宿営地を出た。できることならフランスに、家に帰りたい。お母さんに会いたいんだ」

ノートパソコンを閉じた男が皮肉そうな顔で語りはじめた。動画はラッカ郊外の宿営地で撮影されたものだという。助言役として関与していた部隊から逃亡兵が出た。報告を受けて処刑の前に訊問してみると、逃亡兵の身元が判明した。

「血の繋がりはないが祖父は飯倉皓一だというじゃないか、これも運命だと思ったな。ムスリムとして闘うことを選んだ私は、もはやきみを同志とは呼べない。それでも古い友人であることに変わりはない。

　親しかった友人の孫が、新月刀で首を切り落とされる光景など見たくない。そこで考えてみた、アブデルの命を救うための方途を。動画は半月前に撮影したものだが、アブデルはいまも生きている。私の指示があれば、きみの孫はトルコ国境で解放されフランスに帰国できるんだがね」

「……なにをしろというんだ、私に」

「簡単なことだ。われわれは世界のいたるところで敵に攻撃をしかけている。今年の一月に〈シャルリ・エブド〉を標的として偉大な戦果をあげたように。しかし東アジアでは戦線の形成が進んでいない。インドネシアとフィリピンからさらに北上し、愚かにもわれわれに敵対しはじめた新たな敵に決定的な攻撃をしかけねばならない。

　アメリカやフランスと口を揃えてフェダインをテロリストと罵り、アメリカ軍の弾よけとして自衛隊を海外に送ろうとしている日本こそ、東アジアの新たな戦場にふさわしい。われわれの作戦に協力することだ、もしもアブデルの命を救いたいのなら」

　あの黒澤のことだから約束を守る保証などないし、すでにアブデルは処刑されてしまったのかもしれない。それでも青年時代につきまとわれたことのあるメフィストフェレスの誘惑を、今回も飯倉は退けることができなかった。どんなに小さな可能性であろうと、それに賭けるしかないのだから。

「やつの言葉を信じたのか」

「あの詐欺師の手口はよく知っている。むろん信じられない、それでも信じるしかないと思った」

病院通いを続けてきた飯倉だが、フランスでの治療は一時休むことにした。命を縮めることになると医者には警告されたが、老人より青年の命を優先しなければならない。

「日本に帰国して、すぐ中邑家に出向いたのかね」

「成田(なりた)空港に着いたのが六月二十五日の夕方、それから二晩は都内のビジネスホテルに宿泊し、中邑の家に着いたのは二十七日の深夜だった」

ただちに中邑家に向かわなかったのは、半月前から日本に潜入している黒澤に到着したことを伝え、今後のことを打ちあわせる必要があったからだ。

「中邑家の前で誰かに姿を見られたのでは」

「隣家の住人らしい男に」

柴田舞子の父親が目撃したのは中邑崇司ではなく、中邑家に入ろうとしていた飯倉皓一だった。飯倉が抱えていた旅行用の荷物を、目撃者はゴミ袋と思いこんだようだ。

「中邑氏には事前に連絡をとろうとしたのかね」

「三年前の手紙を最後に中邑とは音信不通の状態が続いていたのさ。スノーデンの暴露の前から中邑とは電子メールを使わないようにしていた。手紙を出しても返事はないし、国際電話にも出ようとしない。

最後の手紙には不吉なことが書かれていた。あるいは中邑の予感が当たったのかもしれない、そう考えてもいたよ」

三年前に中邑卓真は心臓発作を起こしている。担ぎこまれた病院で医者には、継続的な治療をしないと命にかかわると脅されたが、入院を拒否して帰宅したらしい。事情があって自分は病院のベッドで死ぬわけにはいかない、自宅で誰にも知られることなく息を引きとるつもりだと飯倉宛のエアメールには記されていた。

死期を悟った中邑は生活能力のない息子が自分の年金で生きていけるように、病院でなく自宅で息を引きとろうと心に決めていた。

父親の屍体さえ隠匿してしまえば、崇司はこれまで通りの引きこもり生活を続けられる。それが息子の生存に不可欠の貴重な遺産になると中邑は考えたのだろう。最後の手紙には家に入るための玄関の鍵の隠し場所、飯倉から保管するよう指示された品の収納場所なども書かれていた。

「その後も黒澤とは接触したのかな」

「中邑家に潜んでいるあいだに三回、新宿や上野や池袋で打ちあわせをした。やつは日本でも使える携帯電話を持っていたし、こちらには中邑の家の電話がある。必要ならいつでも連絡がとれた」

「黒澤から埜木殺しの話は聞いていないのか」

「どうして黒澤が埜木を殺したといえるんだね」

軽く咳きこんでから、飯倉が皮肉そうな顔でこちらを見た。上体を立てているのも難儀なのか、ピアノに背をもたせている。倒れられても困るから、ストゥールからソファに移って体を休めるように勧めた。それでも首を横に振って、男はピアノの前から動こうとしない。

「東ア研の三人はベラ事件の真相も、芝居の筋書きを書いた人物のことも知らない。黒澤でなければ飯倉さん、あなたですよ。四十三年前の墜死劇を忠実になぞるようなしかたで演出家の埜木を始末しようとするのは。

二人とも墜死現場に土地鑑があるし、四十三年後まで保管していれば歴研の鍵も用意できた。しかし、あなたには六月二十八日の夜にアリバイがある。家から一歩も出ていないと中邑崇司が証言している以上、犯人が黒澤という結論は動かない」

「なるほどな。二度目に上野公園で会ったとき、やつは自慢そうに事件の真相を喋ったよ。チャンスが到来した以上、埜木綏郎には鉄槌(てつつい)を下さなければならない。裏切り者を処刑するという革命家の義務を、日本に潜入した直後に果たせて満足していると。

いまさら埜木に落とし前をつけようとは思わなかった私だが、黒澤は四十年前の借りをきっちり返したわけだ。あの男らしい蛇の執念だな」

モロッコ人の偽パスポートで入国した直後に、黒澤は日本脱出の前に隠した鞄を回収したようだ。鞄には拳銃の他に歴研の鍵も入れられていた。

埜木を電話で捉まえることに成功した黒澤は、鳳凰大学のサークル棟で話したいことがあると告げた。サークル棟の正面玄関の鍵を日曜出勤していた大学職員から借りだしたのは埜木、施錠されていた歴研のドアを開いたのは黒澤だった。

埜木を第二資料室の窓から突き落としたあと、いったん駐車場まで下りて屍体から靴を回収した。自殺を装うために靴は、サークル棟の屋上に『あなたは変わらないで』の頁と一緒に置いた。

「きみを襲ったのも黒澤だ。中邑の家の留守電に私立探偵からのメッセージが入っていたと話したら、依頼人は誰か、どんな理由で中邑に会おうとしているのか自分が調べると」

調査ファイルを盗み読むため巽探偵事務所に侵入しようとしたところ、事務所の主が帰ってきた。逃げ場はない、やむなく階段で突き倒し逃走したということらしい。

「黒澤は本気でアッラーを信じていたんだろうか」

「もちろん偽ムスリムだ、ネチャーエフ主義と信仰は水と油だしな。やつはイスラム教徒の義務として定められている一日五回の礼拝（サラート）もやらないし、ラマダーンだというのに山科さんが出してくれたポークチョップを昼間から旨そうに喰っていた。酒を飲まないのは非合法活動家としての心得で、信仰とは関係がない。

ただしやつのことだから、まわりの人間を欺瞞する手管は完璧だったろうな。『ハディース』を斜め読みして、いっぱしのことを立て板に水で喋りまくっていたに相違ない。もちろんムスリムに紛れこんでいるときは礼拝（サラート）も欠かさないし、ラマダーンには禁欲生活を送ったろう」

「一九七四年にフランスを脱出したあと四十年のあいだ、どんなふうに生きてきたのか黒澤は話したかね」

「正確なところはわからない、ただし言葉の端々（はしばし）から推測したことはある。フランスからアラブに渡ってあちこちを転々としたあと、生き延びるためにイラクの謀略機関の手先になったようだ。ようするにサダムの犬だな」

二〇〇三年のイラク戦争でフセイン体制が崩壊して以降は、フセイン派の秘密警察や軍の残党と反米ゲリラ戦を継続し、イラク西部やシリア北部で勢力を拡大してきたジハディストの武装勢力と数年前に合流したようだ。

「地下室で保管されている品のことも、中邑氏の手紙に書かれていたのか」

「……ああ」

「中邑家を訪問した当初の目的は、問題の品の保管状態を確認し回収することだった。警察沙汰などごめんだという息子一人しか中邑家にはいない、好都合だと判断して潜伏することにしたわけか」

「なんですか、問題の品って」

寝椅子の横からソファに席を移してきた山科郁が、興味津々という表情で横から口を出した。口を閉ざしている男に、あらためて問いかける。

「四十三年前に製造した爆弾だろう、違うかね」

「いまさら隠す必要もない、たしかに爆弾だ」

重たい口を開いて男が語りはじめる。郁は顔を顰めるようにして飯倉の話に集中していた。

「一九七二年のことだ、理工学部の中邑と二人で爆弾製造の研究と実験をひそかに重ねていた。日本を出ようと決意してから、完成品の第一号は中邑に保管を委ねることにしたんだ」

その爆弾と資材や器具類は、湿気が入らないように厳重に密閉した地下室に隠してあると、中邑からの手紙には書かれていた。地下室には息子が中邑の遺体を運び、保管されていた品々は天井裏に移された。

　アブデル解放の条件として黒澤が持ちかけてきたのは、東京を舞台とした無差別爆弾テロへの協力だった。東ア研時代に試みていた爆弾製造については、連携を打診してきた〈鎚の会〉指導者にも伝えていた。

　その爆弾の出番がついに来たと、パリの場末にある小公園のベンチで黒澤は力説した。〈シャルリ・エブド〉事件に匹敵する大規模作戦を東京で実行しなければならないと。

「ラッカの司令部から、東京での作戦は八月半ばまでに決行することを命じられている。遅くとも八月十五日までだ。でなければアブデルは首を切り落とされると黒澤に脅された」

「孫一人の命を救うために無差別テロで何十人か、それ以上の犠牲者が出てもかまわないと飯倉さん、あなたは考えたわけか」

「むろん、そんなことが許されるわけはない。しかし黒澤が持ちかけてきた話を公園で蹴って、アブデルを処刑の運命に追いこんでしまうことなど不可能だった」

　黒澤に面従腹背しながら、誰も殺すことなく孫の命を救える方法を飯倉は考え続けた。

「四十年以上も前に市販の窒素肥料を原料として作った爆発物は、劣化して使いものにならない状態で、私としては一安心だった。これで黒澤のテロ計画に協力しなくてもすむからな。やつにこのことを伝えると新しい爆弾を作れという、でないと孫の命はないと。

入手可能な窒素化合物から爆薬を作ったのは中邑で、私にそんな技術はない。担当したのは信管や時限装置の製作だった。爆発物を肉厚の金属容器にパッケージするのは二人でやった」

アルバイトとして潜りこんだ採石場で、爆薬の保管小屋から盗みだしたダイナマイトも中邑家の地下には保管されていた。保存状態のよいダイナマイトを使えば、強力な時限爆弾を作ることも可能だろう。追いつめられた飯倉は、時間稼ぎのためにダイナマイトの件を黒澤に持ちだした。

「そのダイナマイトで新しい爆弾を作れと黒澤はいう。そんなやりとりを重ねていたときのことだ、中邑家の留守電に私立探偵からのメッセージが入りはじめたのは」

中邑の息子の目を盗んで爆弾を作るのは難しいし、探偵に目を付けられた以上は潜伏先も安全とはいえない。そんな口実で製作の開始を一日延ばしにしていると、今度は東ア研メンバーだった三橋恭子から電話があった。

そのまま対応しないでいれば、中邑卓真は死亡していると私立探偵が騒ぎはじめるかもしれない。やむなく探偵を家に招き入れることにした。

「中邑氏を装うことは、はじめから計画していたのかね」

「中邑とは面識がないはずの男だから、その手は使えると思っていた。予想した以上の成功だったが」

肉の落ちた頬に男が皮肉な薄笑いを浮かべる。まんまと騙された無能な探偵は無表情を装うしかない。

「そして二日後に山科さんが連絡してきた」

「留守電のメッセージに入っていた携帯番号に電話すると、三奈子さんから自宅に招待された。潜伏先は変えると黒澤に伝えたんだが、山奥の一軒家なら爆弾製造に好都合だ、そこを基地にするといいはじめた。事実、そろそろはじめないと八月十五日には間にあいそうにない。

やつの仲間が用意したらしい車に、ダイナマイトや製造器具を積みこんで小諸に来た。黒澤は三奈子さんを監視し、私は地下室で二発の爆弾を作れと命じられた」

命令に従うふりをして、外観だけ爆弾の無害な装置を作ることも考えた。しかし、この手は使えそうにない。完成した二発のうち、黒澤は自分が選んだ一発でテストするつもりだからだ。テストに失敗したら、その時点でアブデルの命はない。やむなく飯倉は爆弾の製造に取りかかった。

「完成したのかね」

「〈狼〉が三菱重工本社爆破に使ったのと同じ破壊力の爆弾を作れと、黒澤には命じられていた。昨日の夜、やつが選んだほうを浅間山の山麓でテストしたんだが、森の奥の大地は大きく抉られていた。あたりの樹木は鉄片のシャワーを浴びて倒れかけていたし、たぶん〈狼〉の爆弾以上の破壊力だろう」

「爆弾テロなんて本気なんですか」

山科郁が呆(あき)れたように飯倉を見る。〈エイレーネ〉の運動を支持する大学教授は、飯倉たちの世代の無展望な過激化が日本の社会運動を閉塞(へいそく)させたと主張しているとか。それと同意見なのかもしれない郁に、飯倉が反論した。

「便宜的にテロという言葉を使うのはかまわないが、テロという実体があるとはいえないな」

「9・11とか〈シャルリ・エブド〉事件とか、テロじゃないんですか」

「では、アメリカ独立革命の発火点になったボストン茶会事件はどうだろう。イギリスや植民地政府にとって、あれはテロ以外のなにものでもない。独立戦争は最悪の犯罪として断罪される内乱そのものだ。テロと内乱によって成立したアメリカ国家が、今度は9・11をテロだと非難する。どう考えるのかな、きみはこの事実を」

「爆弾で人が死ねばテロですよ。アメリカがやろうがアルカイダがやろうが」

「きみはテロを暴力に還元しているだけだ。この世界に暴力は溢れている。しかし、あらゆる暴力がテロだとはいえない。たとえば国家による戦争は巨大な暴力だが、普通はテロとはいわない。人間の命を強制的に奪う点で死刑も暴力だが、これも同じことだ」

「テロとは、国家によって合法化されていない暴力のことだと」

「マフィアの暴力も合法化されていないがテロとはいわないね。ボストン茶会事件がイギリス国家への、9・11がアメリカ国家への挑戦だったように、国家に反逆する暴力だけがテロと呼ばれてきた」

「無関係な第三者を巻きこんで大量に殺してしまう無差別テロが典型的なテロですよ。マンハッタンのツインタワーにいた何千人という人が殺された。飯倉さんの時代の三菱重工本社爆破事件も、そのあとの地下鉄サリン事件も同じだったんじゃないですか」

「戦争は国家によって合法化された暴力だから無制約的ではない、戦時国際法に定められたルールがある。ただしそれは十九世紀までの話で、二十世紀になると戦争はルールから逸脱しはじめた」

たとえば戦争法は非戦闘員の殺傷を禁じていた。戦闘員と非戦闘員の区別がつくように、戦闘員は一目で判別できる制服を着用することが定められていた。ところが二十世紀の植民地解放戦争では、軍服を着ていないゲリラ兵が主役になる。ゲリラが紛れこんでいるかもしれない一般民衆を、宗主国や侵略国の軍隊は無差別に攻撃しはじめた。こうして非人道的な大量虐殺の時代がはじまる。

それだけではない。二十世紀の戦争は総力戦だから、軍事力を支える敵国の市民社会それ自体が攻撃対象になる。典型が第二次大戦での戦略爆撃だ。当初は軍需工場などの民間施設を標的にしていたが、たちまち一般市民の居住地までを無差別に爆撃するようになる。ゲルニカ、重慶(じゅうけい)、ロンドン、ドレスデン、東京。戦略爆撃は広島、長崎への原爆投下で極限に達する。

「アルカイダはアメリカに国際パルチザン戦争を挑んでいた。戦略爆撃でドイツや日本の非戦闘員を無差別殺戮したアメリカを手本に9・11が計画されたとしたら、ブッシュ大統領がアルカイダをテロリストと非難した根拠はどこにあるんだろう」

「飯倉さんは、どっちもどっちだと」

「きみの言い方ではシニカルに聞こえるな。どちらも許してはならない、私ならそういう。もちろん、戦時国際法が通用していた十九世紀までの戦争に戻ればいいわけではない。そもそも、そんなことは不可能だ」

十九世紀でもルールに則って、紳士的な決闘のように戦争が行われていたのはヨーロッパの大国間でのことにすぎない。列強といわれるヨーロッパの大国がアジアやアフリカを植民地化する場合、軍事侵略に抵抗する現地住民とのあいだに武力衝突が生じても、これは「戦争」ではない。

　少なくとも戦時国際法が適用される合法的な戦争ではない。植民地であれば列強の軍隊は、法に制約されない暴力を無制限に行使するのが当然だった。大砲と新式銃で武装した近代的な軍隊がアフリカでもアジアでも、粗末な武器で抵抗するしかない現地の兵士を一方的に蹂躙した。

「植民地化され、奴隷さながらの屈従を強いられてきた人々が自己解放の闘争に立ちあがるとき、ヨーロッパがヨーロッパのために定めた戦争法など無視するのが当然だ。昔のことだが、アルジェリア解放戦争の映画を観たことがある。フランス人が談笑するアルジェのカフェに時限爆弾をしかけて、植民者の女も子供も吹き飛ばしてしまう場面が印象的だった」

　同じようなことはかつての中国でもヴェトナムでも、アパルトヘイトの南アフリカでも多かれ少なかれ行われていたろう。アルジェリアやヴェトナムの解放勢力と違うのは、まだアルカイダが勝利していない点に尽きるのではないか。

「私たちはアルジェリアやヴェトナムの勝利を目撃したし、その末路も熟知している。独立後、革命後に訪れた社会がユートピアだとはとてもいえない。革命にかけられた夢の半分以上、いや九割までが悪夢と化したといわざるをえない。だからといって解放戦争を戦っていたアルジェリアやヴェトナムの人々に、それはテロだ、暴力だからやめろといえるだろうか」

「でも、アルジェリアやヴェトナムの解放勢力とアルカイダのようなジハディストは違うと思います」

「であれば、きみが批判しなければならないのはジハディズムであって、テロとして排撃される反国家の暴力ではないのでは」

「一般論ですよ、それは。たとえ僕が生まれる前のことでも、あなたたちの爆弾事件が、アルジェリアやヴェトナムの解放戦争のように民衆の支持を得ていたとは思えません」

「なるほど、民衆の支持さえあれば爆弾もテロも容認するというわけだね。宗教的な非暴力主義の立場ではないと」

「……そうなるのかもしれません。でも、いまの運動に暴力は必要ないし、爆弾なんかを持ちこんだら政府や警察の思う壺だから」

「どのような戦術が有効なのかは、当事者であるきみたちが判断すればいい。私のような部外者が口を挟めることではない」

「それなら飯倉さんたちが当事者だった四十年前、爆弾は本当に必要だったんですか」

「チェ・ゲバラの『二つ、三つ、多くのヴェトナムを』という言葉に、当時の若者の少なからぬ者たちが応えようとした。メコンデルタで戦われているゲリラ戦を、条件が違う先進国でもやらなければならない、いや、やればできることを信じようとした。

しかしゲバラはボリビアの密林で射殺されたし、人民戦争型の農村ゲリラや山岳ゲリラはネパールやコロンビアなど、世界のいたるところで失敗したといわざるをえない。先進国の場合も同じで、ドイツやイタリア、アイルランドやスペインなど都市ゲリラ派は壊滅し、あるいは軍事闘争を停止した。日本もその一例というわけだから、あのころの政治判断は誤っていたんだろう。

しかし世界が無数に交錯する力の場である以上、抗議や抵抗にともなう実力の行使を原理的に否認することなど不可能だ。いまのところ軍事闘争は現実的でない、有効でないという判断はむろんありうる。しかし未来永劫、絶対的に暴力と無縁でいたいという願望は空想的だと思うがね」

「それは……」

まだ続きそうな二人の議論を遮ることにした。社会運動と暴力の関係は主題として重要だとしても、いまはもっと重要なことがある。飯倉に質問をぶつけてみた。

「もう一発の爆弾は地下室にあるんだろうな」

「いいや」

「どういうことなんだ」

「浅間山でのテストが成功したあと、決行の直前になって計画が変更されたんだ。それまでは私が東京に爆弾を運び、黒澤に指定された場所にしかけることになっていた」

四十年前にヨーロッパで活動していたときも同じことで、黒澤は安全なところから指示するだけ、危険に身を晒しながら現場で動くのはいつも飯倉だったという。だから決行前日まで黒澤の命令に従うこともできた。爆弾さえ手許に押さえていれば土壇場で爆発させないことも、人のいない場所にしかけることもできる。

「今朝のことだ。ふいにやつが、これから東京に行く、爆弾を車に積めといいだしたのは。私の計画を見抜いていた黒澤が、危険な仕事を自分でやることにしたに違いない。いったん黒澤の車に積まれてしまえば、その時点で私にはどうすることもできなくなる。実力で出発を阻止することも考えたが、体力が衰えたいまの自分では黒澤と格闘して勝てるとは思えない。それにやつは拳銃を持っていたしな」

山科三奈子の手足を縛った黒澤は、日が暮れたら山荘に火を放ち、三奈子の車で上京するよう飯倉に命じた。警察にテロの計画を通報しかねない危険人物と、爆弾の製造現場を同時に始末しようというわけだ。作戦が成功したら飯倉の孫は解放される。

八月十五日を決行日としたのは、おそらく偶然ではない。ジハードはたんなる名目で、黒澤が計画したのは終戦記念日を標的とした無差別テロではないか。とすると政府の追悼行事や左右両派による記念の式典や集会、あるいは参拝客で賑わう靖国神社が標的かもしれない。

「黒澤が選んだ爆破地点は」

「わからない。明日の夕方に合流を指示されたのは大塚にあるスーパーマーケットの駐車場だが、攻撃地点が大塚周辺とは限らない。

　東京ドームの爆破を検討していたふしがある。いまの総理大臣の祖父が六〇年安保のとき、国会前でデモをしているような連中は一握りにすぎない、その証拠に後楽園球場は満員だ、声なき声は自分を支持しているとうそぶいたとか。

　だったら声なき声とやらを爆弾で吹き飛ばし、東京ドームを血の海にしてやるのも面白そうだと。十五日の巨人中日戦は名古屋だとわかって、東京ドームはやめにしたようだが。いずれにしても人通りの多い繁華街か、観客が密集する劇場や球場のような場所を狙うのだろう」

　しかも、今夜中に放火と殺人を実行しろというのが黒澤の指示だ。この命令に従わなければアブデルの命はない。ひそかに山科三奈子を逃がすことは可能でも、放火のほうはごまかせそうにない。この家を燃やさなければ、飯倉が契約に背いたことを黒澤は知ることになる。表情を変えて山科郁が椅子から立ちあがった。

「無差別テロなんてやらせるわけにはいかない、これから警察に通報しますよ。いまからなら丸一日か、それ以上の時間がありそうだ。爆弾をしかける前に犯人を逮捕できるかもしれない。少なくともスーパーの駐車場にあらわれた黒澤を、その場で捕まえることは可能でしょう」

それまで躰を休めていた山科三奈子が寝椅子から身を起こし、スマートフォンを取りだした孫に必死の声で訴えた。

「待って、郁。警察に電話するのは少し待ってね」

「だって、お祖母さん」

「もう十二時を過ぎた。申し訳ないがテレヴィを点けてくれないか、ニュースを観たいんだ」

「ニュース、ですか」

おぼつかない足取りで寝椅子を離れた山科三奈子が、不審そうな表情でテーブル上のリモートコントローラーを操作する。飯倉皓一はニュースでなにを確認しようというのか。テレヴィでは正午のニュース番組がはじまっていた。

ヘリコプターで空中から撮影したらしい映像が流れている。高速自動車道の上に黒焦げになった自動車の残骸が転がっている。アナウンサーの説明によると、関越自動車道の花園インターチェンジ付近で走行中の車がふいに爆発炎上したらしい。

　Uターンラッシュがはじまる前のことで、幸運にも道路は空いていた。先行車や後続車との車間距離も充分以上だったようで、爆発事故に巻きこまれた車は一台もない。飯倉がこちらを見て唇を曲げた。

「爆弾を車に積みこむ途中、黒澤が目を離した一瞬の隙に時限装置を起動したんだ。もしも可能だったら五分後に爆発するようにセットしたろう、それなら山のなかだから爆死するのは黒澤一人ですむ。しかし時限装置の設定は最大値になっていて、一時間後という爆発時刻を再設定する余裕もなく、事故の犠牲になる車が出ないことを祈るしかなかった」

「……なるほど」

　予想外の結末だった。時限装置が作動していることに気づかないまま、黒澤はランドクルーザーで高速自動車道を走行し、出発から一時間後に爆死したことになる。道路が混雑していれば爆発に巻きこまれる車も出たろうが、帰省ラッシュ前の関越道上り線には車が少なく、かろうじて惨事は回避された。

「黒澤が死んだ以上、アブデルの命の保証はないわけだが」

「こんなときのために緊急連絡用の電話番号を教えられている。日本に潜伏している黒澤の協力者には、なにかの間違いで時限装置が作動したらしいと言い訳するさ。幸運にも日本を出国できるなら、アブデルが捕らえられているラッカに行こうと思う。

黒澤などに頼ることなく自分の力でなんとかする、最初からそうすべきだったんだ」

その躰で戦場のシリアに行くのは無謀だが、他人が口を出す筋合いではない。死ぬために行くようなものだとしても、最終的には本人が決めることだ。

飯倉が作った爆弾では犠牲者が出なかったし、死んだのは首謀者の黒澤陽だ。それでも事件を警察に通報し、爆弾製造と黒澤殺害の事実を知らせるのかどうか。その判断は旧知の飯倉を警察に突きだしたくない様子の山科三奈子と、テロ計画の加担者に同情する気などなさそうな郁の二人に委ねよう。

徹夜明けだというのに小諸までジムニーシエラを飛ばしてきたのは、もちろん元依頼人の身の安全を確認するためだが、飯倉や黒澤という事件の登場人物に仕事外の興味を感じはじめたからでもある。依頼人の意向で調査を終えてからも心底に淀んでいた、割りきれない気分も一応のところ解消された。

「では、これで失礼します」

三人を居間に残して山荘の玄関を出る。真昼の直射日光が大地に照りつけていた。ジムニーシエラに乗りこむ前に、赤い洋瓦の古びた建物を振り返った。テラスまで山科三奈子が出ていて、手摺の向こうから深々と一礼する。この先のことには関知しないという私立探偵に、どうやら感謝しているようだ。

上信越道の上り車線は通行止めだろうし、しばらくは仕事の予定もない。更埴（こうしょく）で長野道に乗り換えて小淵沢インターチェンジに向かい、このまま白州の山小屋で夏休みに入ってしまおうか。運転席から山荘の女主人に軽く手を振って、おもむろに車を出した。

17

国道一四一号を佐久郵便局の角で左折すると、じきに総合病院の開放的な低い塀とコンクリートの門が見えてくる。広々とした緑の芝生に硝子と白壁の真新しい建物は、リゾートホテルのような雰囲気を漂わせている。三年前に入院したことのある、都内の老朽化した陰気な病院とは大違いだ。

敷地の奥にある三層の立体駐車場にジムニーシエラを乗り入れてから、建物の正面玄関をめざした。ホテルのフロントを思わせる受付カウンターで入院患者の病室を尋ね、院内に入っているコンビニエンスストアの前を通ってエレベーターに乗った。

外から声をかけて病室のドアを引く。入った左側がトイレで、奥の空間にベッドと戸棚、アームチェアが二脚と小さなテーブルが置かれている。電動ベッドの上体部分を斜めに立て、老眼鏡で文庫本を読んでいた女性患者がこちらを見た。

「あら、飛鳥井さん」

本を布団の上に伏せて山科三奈子が驚いたようにいう。背表紙を見ると、読んでいたのは埜木綏郎の『あなたは変わらないで』のようだ。

「山科さんが入院したことは巽から聞きました。軽井沢まで来る用件があったので、お見舞いに寄ることに。これ、皮ごと食べられる新種のマスカットとか。冷蔵庫に入れておきますか」

「お気遣いいただきまして」

見舞品は軽井沢の果物店で勧められたものだ。いまも点滴を二本打たれている患者だから、ベッドを出て動きまわるのは面倒だろう。贈答用の箱に入ったシャインマスカットはベッド横の冷蔵庫に押しこんだ。老眼鏡をはずした女性患者が弾んだ声でいう。

「嬉しいわ、退屈していたの。入院の日は兄と姪が付き添ってくれたんですけど、横浜の家族に幾度も来てもらうわけにはいきませんし」

「横浜で入院する手もあったのでは」

「ここは小諸の家に近いし、建物は新築で部屋もこんなふうに綺麗だし。消化器の手術では名人といわれる有名な先生もいるのよ」

「手術のあと化学療法という順番ですか」

「お詳しいのね、ガンのこと」

「ステージIIIの手前ということで、三年前に入院しましたから」

手術は成功し、退院後は以前と変わらない日常に復帰できた。禁酒したのは何十年も前だし、この機会に煙草までやめて、自然食品に毎日の運動と自分でも感心するほど健康的な日々を過ごしている。仮に再発しても心配することはない、老人は病状の進行が遅いから平均寿命まで逃げきれるだろうというのが、医者の託宣だった。

「あまり深刻に考えないで、山科さんも気楽に構えていたほうがいい」

「その通りね。この歳まで生きれば、人生、もう元は取ってお釣りが来るほどだし」

飯倉皓一をめぐる調査では病気持ちの関係者が多かった。なかには死亡した者もいる。ほとんどが高齢者だから当然といえば当然だが、依頼人と私立探偵はガンを抱えているし、中邑卓真は心臓発作で死んだらしい。病んだ飯倉を日本に連れてきた黒澤陽は、道路上で爆死した。

あれから一ヵ月以上たつが、花園インターチェンジ付近で起きた爆発事故の捜査はあまり進んでいないようだ。直後の警察発表によれば爆発炎上したランドクルーザーは盗難車、なんらかの爆発物が事故原因の模様、爆死した運転者の正体は不明。現場から採取された細片などから爆発物は手製の時限爆弾の可能性があり、詳しいことは調査中だとか。

日本に潜入したイスラム過激派のテロリストを追っていた公安は、花園爆発事件に注目したろう。逮捕歴がある黒澤陽の指紋は警視庁が保存している。もしも屍体から指紋が採取できたら、運転者は黒澤であることが確認されたろう。しかし黒焦げ屍体から指紋は採れそうにない。

ＤＮＡ鑑定はどうか。日本を離れて四十年以上という人物では屍体のＤＮＡと照合するために必要な、毛髪など鑑定のための試料を入手するのも難しそうだ。もう九月も下旬だが、爆死した運転者の正体は依然として明らかではない。

ただし確定的な証拠は得られないまま、警察が疑惑を公表してしまう可能性はある。与党の強行採決で成立した安保法を正当化するための、絶好の口実になるからだ。

大規模テロを計画したジハディストが車に爆弾を積んで移動中、事故を起こして爆死したという警察発表があれば、間違いなく日本中が大騒ぎになる。強行採決で急降下した内閣支持率は一気に跳ねあがるだろう。

警察が事件の真相を明らかにするための、決定的な証人が存在する。黒澤に脅迫されテロ計画に巻きこまれ、爆弾の製造を強制された飯倉皓一だ。しかし花園爆発事件をめぐる警察発表に、いまのところ飯倉の名前は出てきていない。その後どうなったのか、ベッドの山科三奈子に確認してみる。

「あれから飯倉氏は」

「なんとか郁を納得させて、わたしが佐久平の駅まで車で送り届けました。その日のうちに新幹線で上京し、できるだけ早い航空便でイスタンブールに向かうつもりだと。パリのご家族のところに、とにかく一度戻るように説得したのですが。……そういえば、こんな葉書が九月のはじめに」

山科三奈子が不思議な微笑を浮かべて、枕元の本から一枚の絵葉書を取りだした。裏の写真はモスクの内部で、アーチも淡い青や濃い青で華麗に彩色されている。イスタンブールの観光名所、ブルードームの絵葉書のようだ。葉書の表にあるのは、筆跡を隠すように乱雑なローマ字で書きなぐられた宛先だけ。配達中に誰に見られるかわからないと警戒したからか、差出人の名前もメッセージも見当たらない。

飯倉は孫が捕らえられているラッカをめざしたようだが、とても無事とは思えない。なんとかトルコ国境を越えたとしても、あの躰で砂漠や荒れ地を越えてラッカまで辿りつけるだろうか。そもそもアブデルが生存していることも期待はできない状況だ。死に場所を求めて、飯倉は成田空港からイスタンブール便に搭乗したのではないか。

そろそろ七十歳になろうという老人なのだ、死に急ごうが急ぐまいが、それほどの違いはない。本人の納得が第一で、横から他人があれこれと嘴を突っこむような筋合いでもない。それはそれとして、山科三奈子に届いた絵葉書のことは少し気になる。

「飯倉氏を出国させた件、郁君は納得しましたか」

「わたしの孫ですから、あの子も骨の髄まで合法主義ってわけでもないようね。八月三十日の国会前では先頭に立って警備の柵を乗り越えたそうだし。戦争法案は阻止できると本気で思っていたらしく、いまは虚脱状態ですが」

　八月三十日には主催者側発表で十二万という大群衆が国会前の路上を埋めた。狭い歩道に押しこめられていた抗議集会の参加者が、警察の阻止線を破って車道に溢れだしたようだ。六〇年安保の際に撮影された国会前の航空写真と並べて、この日の写真も新聞や雑誌に大きく掲載されていた。

「あれから少し考えてみたんですが、山科さんが捜そうとしていたのは飯倉氏以外の人物では」

「どういうことでしょう」

　国会前の動画を観た山科三奈子は、飯倉ではなく横にいる男に注目した。そもそも飯倉とは東ア研とマドレーヌ広場での二回しか顔を合わせていない。他人も同然の飯倉と違って『転生の魔』上演のときから黒澤とは顔見知りだし、二人は東ア研で実験されたメビウス演劇の共演者でもある。

「もしも埜木綏郎が殺害されたのなら、犯人として飯倉氏よりも疑わしい人物がいる。もちろん黒澤陽です」

　飯倉と埜木には黒澤を挟んだ間接的な関係しかない。高校時代からの親友で〈鎚の会〉の同志だった黒澤こそ、裏切った埜木を絶対に許さない人物ではないか。

　五十嵐哲と組んだ二人は国際的な都市ゲリラ闘争を計画し、黒澤は一九七三年からパリで極秘の活動をはじめていた。作戦に必要な使い捨て要員として見込まれたのが飯倉皓一だった。観客と俳優がメビウスの環状に連続する埜木の前衛劇を現実と思いこみ、女子活動家ベラの死に責任があると信じた飯倉は、海外逃亡するしか道はないと腹を括る。

　ハーグ事件との関係を疑われた在パリの日本人活動家や、その周辺に集まっていた者たちはフランスの公安警察や国土監視局（DST）の捜査で一網打尽になる。フランスを国外追放になった五十嵐は勤務先の大学からも追われ、かろうじて逃走した黒澤も完全に消息を絶った。フランス滞在中だった埜木一人が経歴に傷を残すことなく帰国し、演劇人として社会的な成功を収める。

　山科三奈子が疑ったのは裁判中に国外逃亡し、今回も日本に密入国してきたはずの黒澤だった。そんな危険人物を捜し極秘に接触しようとしている事実は、できれば第三者に知られたくない。

「捜したいのは飯倉氏であることを隠そうとして、山科さんはジンという虚構の人物を持ちだした。しかし飯倉氏も真の調査対象者ではなかった。あなたの意図は二重に秘匿されていたんですね。本当に会いたいと思っていたのは、そう、黒澤陽のほうだった」

飯倉の所在を捜しあてれば、一緒に行動しているらしい黒澤とも接触できる。依頼人の思惑通り二人は、誰にも知られないように小諸の家を訪ねてきた。

山科三奈子は自分の行動の危険性を自覚していたのだろうか。第三者に埜木殺害を疑われたら、それ以前に日本に潜入した事実を摑まれた場合でさえ、この男がどんなふうに問題を解決するものか予想はついたろう。

他人であれ知人であれ危険なファクターは排除し抹殺するのが、ネチャーエフ主義者だった学生時代から黒澤の信条だった。半世紀に近いあいだ戦場の中東という極限的な環境で生き延びてきたのは、この信条をわずかの妥協もなく守り続けてきたからに違いない。敵地である日本で同じように振る舞うことに、この男が躊躇するわけはない。

「危ないことをしたとわかっているのか、そのために家に火をつけられて殺されるところだった。助けてくれた飛鳥井さんには、こう叱られてもしかたありませんね」

「感謝するなら飯倉氏に。お節介な私立探偵には礼をいうまでもない」

「接触すれば黒澤さんがなにをするかわからないことくらい、わたしも覚悟していました。あの二人を国会前の動画で観たのは、医師からガンを宣告された直後のこと。お医者さんに勧められた治療をはじめても、この先どれほど生きられるものか、まったくわからない。たとえ手術が成功しても、死ぬまで入退院の繰り返しという闘病生活が続くのだろう。

だからこそ知りたいと思いました、人が変わること、変わらないことの本当の意味を。そのための危険ならかまわないと」

『あなたは変わらないで』で演劇人としての地位を確立した埜木綏郎は、「変わった」人物の典型だ。他方、埜木の親友だった黒澤は少しも「変わらない」非妥協的な人生を生き抜いてきたといえるのか。

埜木の死と黒澤の帰国は、「変わった」男と「変わらない」男の軌跡が交差した事実を暗示している。二人が再会したとき、いったいなにが起きたのか。ガンを宣告された山科三奈子は、たとえ身を危険に晒そうとも真実を知りたいと願った。

「埜木綏郎の最期にかんして、黒澤から話は聞けましたか」

「わたしを見張っている黒澤さんに、思いきって訊いてみたわ。最後には口を封じるつもりだからか、あの人は気負う様子もなく質問に答えた」

黒澤が電話で会いたいというと、理由を尋ねることもなく埜木はその場で応じ、当夜に大学構内で待ちあわせることになった。「私がなんのためにあらわれたのか、わざわざ説明するまでもなく一瞬で悟ったようだ。いつかこんな日が来ると、埜木は覚悟していたのかもしれない」と処刑者は語った。

四階の窓辺で埜木は、駐車場を見下ろしながら呟いたという。「ここがメビウス演劇の舞台なのか。あの芝居はわが演劇人生の最高傑作だったな」と。〈鎚の会〉と黒澤陽を裏切った埜木は、革命運動や政治活動を離れて演劇の世界に逃避した。

そんな自分を日和見主義者だと自嘲していたのだろう。「カントクのことが大嫌いだった坂崎小春と結婚して、自分は転向者以外の何者でもないと悟った。だから小春の芸名を緋縒にしたのさ」。劇団〈演劇機械〉の看板女優の芸名は緋縒小春だ。緋縒のヒヨリは日和見主義の日和を意味していた。

黒澤が訪ねてきた目的を埜木は直感したのではないか。それは第二資料室の窓辺で口にしたジョークからも推察できる。「悪魔に売るのは死後の魂だぜ。おれのメフィストフェレスは、生きてる人間からなにを巻きあげようというんだ」と、埜木は苦笑しながら黒澤に語りかけた。

埜木の死を自殺に見せかける目的でサークル棟の屋上に置かれた文庫本は、黒澤が海外で手に入れたものらしい。高校時代からの親友で同志、しかも自分を裏切ってフランスの公安に売り渡した男の著作を、どんなふうに読んだのだろうか。

「『あなたは変わらないで』のあなたは、あるいは黒澤さんのことだったかもしれない。変わってしまった埜木さんは変わらなかった黒澤さんに、最高傑作だと自任するメビウス演劇の舞台から突き落とされて死んだ……」

「で、どう思いましたか、山科さんは」

「手術を前にして、また『あなたは変わらないで』を読んでいます。安易に変わるのはよくないけれど、変わらなければいいのだともいえない。平凡ですけどそれが感想かしら。現実は虚構を模倣するのだから、埜木さんと黒澤さんの人生も同じことね」

通路から声がしてカートを押した看護師が病室に入ってくる。体温や血圧を測る時刻のようだ。それを機会に席を立つことにした。

ホールでエレベーターを待つあいだ、スマートフォンをインターネットに接続して「ブルーモスク」を検索してみる。絵葉書のモスクの正式名称は「スルタンアフメト・モスク」だった。オスマン帝国のスルタン、アフメト一世が建造した豪壮なモスクだという。

黒澤陽は現場仕事を下部組織員にやらせるのが常だった。八月十五日に時限爆弾をしかける場合はどうだったのか。日本に潜入した黒澤には協力者がいたらしい。小諸の市街か駅の付近で協力者と落ちあい、自分は列車で東京に向かうことにして、車を委ねたとは考えられないか。花園インターチェンジ付近で爆死したのは、黒澤本人でなかった可能性がある。

黒澤陽はイラクでアフマド・ファッダームと称していたようだ。アラビア語のアフマドがトルコ語でアフメトになるとすれば、ブルーモスクの写真それ自体が黒澤の署名だったのかもしれない。

　飯倉からの絵葉書に見せかけて旧知の女、作戦のためにいったんは抹殺しようとした山科三奈子に、黒澤は自身の生存と闘争の継続を宣言したのではないか。このメッセージに、もちろん元依頼人は気づいたろう。こちらに絵葉書を手渡したときの不思議な微笑と、「変わらなければいいともいえない」という言葉がそれを暗示している。

　いずれにしても、これで飯倉皓一をめぐる事件は終わった。依頼人だった山科三奈子と会うことはもうないだろう。

　エレベーターで一階に下りてエントランスに向かう。二重になった硝子の自動ドアから正面玄関を出ると、北には浅間山、南には北八ヶ岳の峰々が遠く霞んでいた。ジンという幻の女を探し歩いた酷暑の夏は過ぎ、病院の前に広がる芝生には秋の陽光が差している。

解説にかえて——笠井潔入門、一歩前

杉田俊介（批評家）

笠井潔の「私立探偵飛鳥井(あすかい)の事件簿」シリーズは、これまでに、長編『三匹の猿』（一九九五年）、短編集『道　ジェルソミーナ』（一九九六年）、二つの中編を収めた『魔』（二〇〇三年）の三冊が刊行されてきた。

三冊目の『魔』は、もともと三つの中編を収録して一冊の本となるはずだった。『魔』の第一作「追跡の魔」は一九九七年に、第二作「痩身(そうしん)の魔」は九八年に書かれ、九九年に第三作目が書かれる予定だったが、その作業は大幅に遅れた。第三作「壺中(こちゅう)の魔」は二〇〇二年に雑誌発表されたものの、未完となり、しかもその構想が膨張し、とても中編小説では終わらなくなった。そこで「追跡の魔」「痩身の魔」の二作だけでひとまず一冊の本とし、単行本『魔』が刊行された。

しかしその後「壺中の魔」の続きは書かれないままだった。一〇年以上の時が過ぎて、二〇一六年に雑誌「メフィスト」誌上で新作「転生(てんせい)の魔」の連載が始まり（これはかつての「壺中の魔」とは全く別の作品である）、同年に完結。連載版に大幅な加筆修正を施して単行本となったものが、本書『転生の魔』である。

　飛鳥井シリーズの特徴は、パズラー（本格探偵小説）と社会派ミステリとハードボイルドという三つのジャンルがモザイクのように組み合わさっているところにある。後述するように笠井の他の探偵シリーズの矢吹駆（やぶきかける）や大鳥安寿（おおとりあんじゅ）は天才型の名探偵であるが、飛鳥井は私立探偵であり、つまり探偵はあくまでも「職業」である。職業探偵は一介の労働者であり、市場経済の中で身銭を稼がねばならない。超然とした名探偵とは異なり、生活の泥臭さの中で生きるしかない。しかしだからこそ、飛鳥井は、世社会を生きながらそれを冷静に見つめる、という社会批評家的な側面を持つ。

　実際に笠井流のハードボイルド小説の特徴は、その時代を象徴する社会問題や事件（女子高生コンクリート詰め殺人事件、「ジャパゆき」、ホームレス、外国人の出稼ぎ労働、ストーカーなど）がモチーフとして積極的に扱われていることにある。

　ただしそれは、戦後日本の伝統としての、告発型の社会派ミステリとは異なる。飛鳥井は、社会正義やモラルには違和感を覚える男だ。労働者としての私立探偵は、正義やモラルをも市場で切り売りするような、人格的な空虚さを特徴とするからだ（ゆえに笠井は、ハードボイルドであるにもかかわらず、一人称主語代名詞をあえて使わない破格の一人称小説によって飛鳥井シリーズを書いた。日本人が好むチャンドラー作品のような、内省的で韜晦（とうかい）的な一人称は嫌いだという）。しかしその先にしか、「新しい社会派」と呼ぶに足るハードボイルド小説を生み出すことはできない――それが笠井の考えである。

さらにこれまでの飛鳥井シリーズのポイントは、親子関係の希薄化、引きこもり、母子密着、摂食障害など、日本社会の土台を蝕（むしば）む家族的な病理が焦点化されてきたことだ。この点は重要である。なぜならそれは、探偵である飛鳥井自身の家族問題の無意識を精神分析＝内省することでもあったからだ――エイズにかかり、非人情な夫にそれを相談できず、交通事故で胎児もろとも死んでいった妻のジュリアは、飛鳥井に対して「あなたの個人主義は常識をはずれている」という致命的な不信を投げかけていた。飛鳥井の暗部は、親密なはずの家族といえども個人主義の原則を「妥協」できない、というカッコいい理由では片付かない。そこには精神の不感症と非人情があり、だからこそ彼は、妻の死後に日本で探偵業を再開してからも人知れず苦しみ続けているのである。

＊

笠井潔という作家の全貌（ぜんぼう）は、いまだに明らかにならないばかりか、七〇歳を過ぎてその執筆活動はさらに旺盛（おうせい）になっていくかに見える。まさに怪物的な書き手と言っていい。

笠井潔には、大きく分ければ、(1)エンタメ系の小説家、(2)元活動家にして、政治・社会思想の理論家、(3)多様なジャンル(純文学・探偵小説・SF小説・幻想小説など)を横断する批評家、という三つの側面がある。

順に見ていこう。
(1)エンタメ小説家としての笠井潔は、探偵小説・ミステリ、伝奇小説、SF小説など、様々なジャンルの小説を書いている。
伝奇SF小説としては、『ヴァンパイヤー戦争(ウオーズ)』『サイキック戦争(ウオーズ)』『巨人伝説』などの「コムレ・サーガ」がある。探偵小説・ミステリとしては、代表作の矢吹駆シリーズ、笠井流ハードボイルドとしての私立探偵飛鳥井シリーズ、スキー探偵・大鳥安寿シリーズ(笠井の趣味の一つはスキーであり、『スキー的思考』という本もある)、メタミステリ「天啓」シリーズ(『天啓の宴(うたげ)』『天啓の器』、単行本未刊行の「天啓の虚(うつろ)」)などがある。

しかしやはりメインとなるのは、笠井自身が小説の「ライフワーク」と位置付ける矢吹駆連作だろう。謎(なぞ)めいた日本人青年の矢吹駆と、物語の案内人・ワトソン役のフランス人女性、ナディア・モガールが中心となるシリーズである。

探偵としてのカケルの推理方法は「本質直観」と呼ばれる。合理的な論理と推論だけで考えていくと、一つの事件について、可能性としては無数の解釈が成り立ちうる。科学的・警察的な知の限界はそこにある。これに対し探偵は、カケルによれば、論理的な推論をするまでもなく、あるいは真偽を実証的に確かめるまでもなく、最初から犯人を知っている。正しい直観がまず初めにある、ゆえに、無数の解釈の中から正しい真実に到達できる、というのである。カケルはたとえばある殺人事件について、「首なし死体とはそもそも何か」「密室とは何を意味するのか」というような哲学的な問いからはじめるだろう。

　矢吹駆シリーズの本編は一〇部作。現時点で書籍化されているのは、『バイバイ、エンジェル』（一九七九年）を皮切りに、『サマー・アポカリプス』（一九八一年）、『薔薇の女』（一九八三年）、『哲学者の密室』（一九九二年）、『オイディプス症候群』（二〇〇二年）、『吸血鬼と精神分析』（二〇一一年）の六作である。初期三部作以降は、ほぼ一〇年に一作のペースとなり、分量も長大化の傾向にある。またシリーズ「ゼロ作」の『熾天使の夏』（一九九七年）や、日本を舞台にした番外編『青銅の悲劇　瀕死の王』（二〇〇八年）もある。

　二〇〇八年頃から一挙に、七作目以降が雑誌連載された。七作目「煉獄の時」、八作目「夜と霧の誘拐」、九作目「魔の山の殺人」の連載はすでに終了しているが、いずれも単行本化されていない（笠井は単行本化に際して大幅な加筆修正を行う）。シリーズ最後を飾る一〇作目「屍たちの昏い宴」の連載も継続中である。かねてからの予告通り、ドストエフスキー『悪霊』や埴谷雄高『死霊』に挑戦するような、集大成的な作品になりそうである。

矢吹駆シリーズの最大の特徴は、本格探偵小説の形式と哲学的な思想バトルが高度に融合していることだろう。『バイバイ、エンジェル』ではマルクス主義的な観念の権化のような存在が登場するが、二作目以降は思想上の「敵」が登場し、しかも実在のモデルが存在する。たとえば、『サマー・アポカリプス』ではシモーヌ・ヴェイユ、『薔薇の女』ではジョルジュ・バタイユ、『哲学者の密室』ではマルティン・ハイデガーとエマニュエル・レヴィナス、『オイディプス症候群』ではミシェル・フーコー、『吸血鬼と精神分析』ではジャック・ラカンとジュリア・クリステヴァ、という具合である。

重要なのは、カケルの思想もまた未完成であることだろう。思想上の論敵たちとの対話と対決を経て、カケルの思想も（ある種の教養小説的／弁証法的／脱構築的な螺旋を描きつつ）変化し、成長していく。

そしてその論敵たちは、カケルと「悪」を共有する双生児であり、分身的な存在のような面がある。カケルの中には、もともと、生（生活）の全体を破壊し尽くしたたい、という邪悪な観念があった。探偵役になる以前のカケルの秘密を描いた『熾天使の夏』によれば、カケルは学生運動の時に仲間のリンチに荷担し、四年間刑務所に入り、その後爆弾テロで無差別に市民を殺傷し、海外へと逃亡し、自殺を試みるがそれを果たせず、ギャンブル中にある種の神秘に覚醒（かくせい）し、「すべてよし」という世界観に達した。その後はチベットの山奥で修行するなど各地を放浪していたようである。つまりカケルの中では、探偵と犯人、善と悪の境界線はそれほどはっきりしたものではない。カケルは、悪の観念に魅惑され、自らの内なる悪の深淵（しんえん）と対峙（たいじ）しながら、論敵たちの思想を「それでは足りない」「まだ先がある」と批評し続ける以外ない。

そしてシリーズ全体の背後には、各巻の犯人たちを背後から操っているニコライ・イリイチという究極の敵（絶対悪）が存在する。『悪霊』のニコライ・スタヴローギンは一九世紀的な絶対悪だったが、あたかもスタヴローギンが時代の変化と共に進化して二〇世紀／二一世紀に降り立ったような、究極の悪である——だが繰り返すが、カケルの（いや作者の笠井の？）中にも疑いなくそうした絶対悪があるのであり、ニコライは究極の敵であると同時に最大の友であるかもしれない。

本格探偵小説＋思想小説の高次元の融合——その緊張感そのものが矢吹駆シリーズの重要な魅力でもある。探偵小説の面白さと、思想小説としての面白さ。月並みな言い方ではあるが、ドストエフスキーの『罪と罰』は刑事コロンボのようであり、『カラマーゾフの兄弟』は密室殺人と裁判ミステリである。ならば探偵小説＋思想小説の融合は、近代小説の王道の一つであるとも言えるだろう。

（ちなみに名探偵ではなく私立探偵としての飛鳥井は、よく言えばクールな自由主義者＝リバタリアンであるが、悪く言えばカッコつけたがりの非人情な男であるようにも見える。しかし飛鳥井の人間的な弱さをも兼ね備えたそうした在り方は、ある意味では、高踏的な哲学・思想や社会革命の問題に延々と苦悩する矢吹駆という男のおぼっちゃんな余裕を、地を這う都市生活者の眼差しによって批評しているのかもしれない）

＊

（2）政治・社会思想の方面の仕事としては、これまでに、三つの理論的な主著がある。二〇代後半の苦闘を理論化した『テロルの現象学』（一九八四年）、個人のラディカルな自由のために国家すら民営化すべきだと宣言する『国家民営化論』（一九九五年）、そして二一世紀精神の特徴を分析し、現代においていかに民衆の蜂起は可能か、をあらためて考察する大著『例外社会　神的暴力と階級／文化／群衆』（二〇〇九年）である。

笠井の人生にとって「最大の思想的事件」は連合赤軍事件であり、笠井自身が参加した党派の自壊だった（『テロルの現象学』「あとがき」）。一度は正義と信じた共産主義革命という観念から生じる陰惨な内ゲバやリンチ。笠井は「連合赤軍事件に対して有責」という思いを長い間ぬぐえなかった。「人は観念という〈悪〉の累積をいかに浄化しうるのか」。その問いの先に進めないなら、何も書けず、何も出来ない。『テロルの現象学』はそうした責任と問いに向き合うために、ほぼ一〇年の月日を費やして書かれた血塗れの著作である。それはかつて政治論文を書いていた頃の黒木龍思という名前を棄て去ることでもあり、過去の自分を象徴的に殺すという激痛を伴う試みだった。

人間は観念に憑依された生き物である。観念は原理的に生（生活）に背反する。ゆえに、観念は生（生活）の永遠の否定という「悪」を宿す。人類の歴史は観念の自己累積的な過程として記述しうる。共同観念（法や制度、慣習などの共同幻想）↓自己観念（共同性に背反する孤独な自意識のあり方）↓党派観念（革命という観念にとり憑かれた人々の意識）という悪循環。人間が観念的存在である限り、こうしたテロルの暴力が拡大再生産されるのをどうにもできない。しかしこの出口なき悪循環の中で、人類の歴史上には度々、アナーキーな大衆蜂起や民衆反乱が生起してきた。黙示派的な千年王国運動の歴史——笠井はそれを「集合観念」と呼んだ。初期社会主義やブランキズム、フランス革命などの場に垣間見られた経験である。マルクス主義的な革命（党派観念）とは異なる、もう一つの革命。

それでは、マルクス主義や社会主義の不可能を宣告するとして、私たちは資本主義／市場経済に対してどのように関わるべきなのか。社会契約論や二〇世紀のリベラリズム思想との対決を経て、そのことを原理的に問おうとしたのが、この方面での第二の主著『国家民営化論』である。実際にエンタメ小説の書き手として過酷な市場競争の中で勝負してきた笠井は、アナルコ・キャピタリスト（無政府資本主義者）のスタンスをはっきりと打ち出した。それは個人主義＋市場経済を全肯定するアナーキズムの思想である。

さらに第三の主著としての『例外社会』では、シュミットとフーコーの理論装置を援用しながら、「二一世紀精神」の問題が論じられる。断片的かつ預言的な面もあるが、笠井によれば、一九世紀は国民国家の世紀であり、二〇世紀は例外国家の世紀だった。これに対し、二一世紀は「例外社会」の世紀である。かつての二〇世紀型の例外国家とは、絶滅戦争や強制収容所などの「例外」を内的に構造化しつつ、福祉政策や金融政策を通して「ゆたかな社会」の実現を目指してきた。しかし冷戦時代が終わり、グローバリズムが進んだ結果、今では例外状態が多様な形で世界中に存在するようになり、いわば「社会化」＝恒常化している。それが例外社会である。国内における例外社会のあり方を予兆的に示すのが、宅間守（たくままもる）や加藤智大（かとうともひろ）のような「歩く例外状態」たちである。

それでは、例外社会＋世界内戦の時代としての二一世紀において、新しい千年王国主義運動はどんな形を取りうるのか。笠井はそれをバタイユの「アセファル」等を念頭に置きつつ、「生存のためのサンディカ」と名づけるだろう。

簡単に見てきたが、こうした観念的テロルの根源的な批判と、資本主義／市場経済をいかに生きるかという問題と、二一世紀精神の特異性の分析と、来るべき千年王国主義運動の可能性——それらは笠井思想の中でどのような関係にあるのか。それは現時点では必ずしも明らかではない。これらの政治思想的な著作がいかに有機的に結合し、体系として構築されるかは、今後の理論的発展が待たれる（『テロルの現象学』の続編としての『ユートピアの現象学』も準備中だという）。

＊

（3）批評家としての笠井潔についても見ていこう。

笠井は理論的な体系化（形式化）を志向するタイプである。しかし同時に、時代の不透明な変化に寄りそい、自らの思索を修正し深めようともしてきた。時評的な性格の批評文も相当量ある。つまり理論と時評が絡み合いながら、笠井の思想はたえまなく更新されてきたのだ。

批評家としての仕事だけを取り上げても、じつに多岐にわたる。一九八〇年代～一九九〇年代前半は、ＳＦ小説や幻想文学、探偵小説、純文学についての批評を書き、また『〈戯れ〉という制度』（一九八五年）その他において、蓮實重彦や浅田彰ら日本型ポストモダニズム（構築なき脱構築）に対して激烈な批判を行った。笠井はその中でも、欧米ＳＦ小説論『機械じかけの夢　私的ＳＦ作家論』（一九八二年）、戦前の「新青年」系の作家を論じた『物語のウロボロス　日本幻想作家論』（一九八八年）、戦後文学論『球体と亀裂』（一九九五年）の三冊のことを「私的文学論三部作」と呼んでいる。

しかし笠井の多彩な批評の仕事は、次第に、二〇世紀型の本格探偵小説をめぐる壮大な理論化へと収斂していく。これは一九九〇年代後半以降、「探偵小説論」シリーズとして結実し、批評的な領域のライフワークとなった（『探偵小説論』Ⅰ～Ⅲ、序説、また現在Ⅳを準備中だという）。

笠井の理論によれば、二つの大戦間に発達した英米の本格探偵小説は、第一次大戦という世界戦争（絶対戦争）のインパクトから生まれた「戦後」の小説であり、二〇世紀的な大量死の時代の精神性を逆説的に示す文学形式である。世界大戦後の人間は、近代人としての自己実現や夢や理想を容赦なくローラーで押し潰され、匿名的で無意味な屍体の山とまったく等価になった。人の命をゲームのコマのように弄ぶ本格探偵小説の中には、無意味な屍体の山から、名前のある、固有の、尊厳のある死を何とかして奪い返したい、という逆説的な情熱があるのだ。

　こうした笠井の探偵小説論は、二〇世紀精神を体現する本格探偵小説の射程を理論化しつつ、国内の現代ミステリ作家たちを的確に論じうる批評言語を練り上げる、という二つの軸を行きつ戻りつしながら展開されてきた。

二〇〇〇年代には、『探偵小説の再定義』（二〇〇一年）を皮切りとし、『探偵小説と二〇世紀精神』（二〇〇五年）、『探偵小説と記号的人物』（二〇〇六年）、『探偵小説と叙述トリック』（二〇一一年）、という「ミネルヴァの梟は黄昏に飛びたつか？」シリーズが時評的に書き継がれていく。『探偵小説は「セカイ」と遭遇した』（二〇〇八年）という重要な著作もある。

　こうした一九九〇年代以降の（広義の）新本格を論じるという時評的な仕事が、その延長上において、「二一世紀精神とは何か」というより大きな問いに帰結していった。東浩紀との往復書簡『動物化する世界の中で』（二〇〇三年）の失敗（すれ違い）と、二〇〇五年末頃からの『容疑者Xの献身』論争が大きな意味を持った。その大きな成果の一つとして、先ほどの『例外社会』もある。

　前記のⅣまでの「探偵小説論」連作によって、笠井はこの領域の仕事には一段落を付けるようであり、今後は矢吹駆シリーズの完成と、政治・社会思想領域の仕事に集中したい、ということを述べている。

*

さて、一四年ぶりの飛鳥井シリーズの新刊となった本書『転生の魔』の舞台となるのは、東日本大震災から四年後の二〇一五年。依頼人は還暦を過ぎた山科三奈子（やましなみなこ）という女性である。国会前には、戦争法案の強行採決に抗議する民衆が結集している。ネット動画でそれを見た三奈子は、群衆の中に、かつて知り合いだったジンという若い女性の姿を見る。ジンは一九七二年の夏、二一歳当時と全く同じ容姿をしていたという——。

しかもジンという女性は、奇妙な失踪（しっそう）事件とも関わっていた。一九七二年のクリスマスの日、東アジア史研究会という学生サークルの会合の場で、二人の女性がサークル棟の密室状況の中から消失した。消えた女性の一人はジンであり、もう一人は研究会の外部から来た「ベラ」というこれも謎の女性。あの日、彼女たちはどこへ消えたのか？　彼女たちはそもそも何者だったのか？　あるいはジンとベラは同一人物だったのか？　果たして誰があの場にいて、誰がいなかったのか？

私立探偵＝労働者としての飛鳥井は、本作でもひたすら自分の足で歩き回り、当時の東ア研の関係者たちのもとを訪ねて回る（ちなみに本作では、探偵も依頼人も関係者も、多くの人間が高齢者である点にも注意が必要である）。

そして飛鳥井の歩みとともに、その背景として、SEALDs、国会前抗議行動、秋葉原事件の加藤智大を連想させる派遣社員によるダガーナイフでの殺傷事件、不登校、社会的引きこもり、イスラム過激派の問題など、現代の日本社会を様々な形で象徴するような社会現象や事件が浮かび上がってくる。

そしてそれらの現代的事象は、さらに、三島由紀夫のクーデター未遂と自決、連合赤軍事件、東アジア反日武装戦線による三菱重工爆破事件、オウム真理教を連想させるカルト団体による無差別テロ事件など、この国の戦後史に刻み目を入れた様々な社会的事件――それらは複雑な意味での「反日武装闘争」という共通点を持っていた――とも網の目状にリンクし、さらには海外のネチャーエフ事件やイスラム過激派のテロリズムなどとも星座のように響きあっていくだろう。

本書における飛鳥井の執拗な歩みと調査を通して、読者はこの国の戦後史――ただしそれはいわば笠井潔史観とでも呼ぶべきユニークなものだが――の総体とも自ずと向き合うことになるはずだ。

＊

本格探偵小説と政治・社会思想とハードボイルドが混然となった本書『転生の魔』には、笠井潔という特異な作家のユニークな特質がいかんなく詰め込まれており、本書を入り口として、私たち読者は「笠井潔という怪物的な存在は何者なのか」という迷宮的な問いへと、あらためて足を踏み入れていくことができるはずだ。

本書は二〇一七年十月に小社より単行本として刊行されたものです。

|著者| 笠井 潔　1948年東京生まれ。'79年デビュー作『バイバイ、エンジェル』で第6回角川小説賞受賞。'98年『本格ミステリの現在』編纂で第51回日本推理作家協会賞受賞。『オイディプス症候群』と『探偵小説論序説』で第3回本格ミステリ大賞小説部門と評論・研究部門を同時受賞。2012年『探偵小説と叙述トリック』で第12回本格ミステリ大賞評論・研究部門を受賞。現象学を駆使する矢吹駆が登場する『哲学者の密室』『サマー・アポカリプス』や伝奇小説「ヴァンパイヤー戦争」シリーズなどの著作がある。小説のみならず評論においても旺盛な活動を続ける。

JASRAC 出2109795-101

転生の魔　私立探偵飛鳥井の事件簿

笠井 潔

2022年2月15日第1刷発行

講談社文庫
定価はカバーに
表示してあります

発行者——鈴木章一
発行所——株式会社　講談社
東京都文京区音羽2-12-21　〒112-8001
電話　出版 (03) 5395-3510
　　　販売 (03) 5395-5817
　　　業務 (03) 5395-3615

Printed in Japan

デザイン—菊地信義
本文データ制作—講談社デジタル製作
印刷———豊国印刷株式会社
製本———株式会社国宝社

ISBN978-4-06-526212-2

講談社文庫刊行の辞

二十一世紀の到来を目睫に望みながら、われわれはいま、人類史上かつて例を見ない巨大な転換期をむかえようとしている。

世界も、日本も、激動の予兆に対する期待とおののきを内に蔵して、未知の時代に歩み入ろうとしている。このときにあたり、創業の人野間清治の「ナショナル・エデュケイター」への志を現代に甦らせようと意図して、われわれはここに古今の文芸作品はいうまでもなく、ひろく人文・社会・自然の諸科学から東西の名著を網羅する、新しい綜合文庫の発刊を決意した。

激動の転換期はまた断絶の時代である。われわれは戦後二十五年間の出版文化のありかたへの深い反省をこめて、この断絶の時代にあえて人間的な持続を求めようとする。いたずらに浮薄な商業主義のあだ花を追い求めることなく、長期にわたって良書に生命をあたえようとつとめるところにしか、今後の出版文化の真の繁栄はあり得ないと信じるからである。

同時にわれわれはこの綜合文庫の刊行を通じて、人文・社会・自然の諸科学が、結局人間の学にほかならないことを立証しようと願っている。かつて知識とは、「汝自身を知る」ことにつきていた。現代社会の瑣末な情報の氾濫のなかから、力強い知識の源泉を掘り起し、技術文明のただなかに、生きた人間の姿を復活させること。それこそわれわれの切なる希求である。

われわれは権威に盲従せず、俗流に媚びることなく、渾然一体となって日本の「草の根」をかたちづくる若く新しい世代の人々に、心をこめてこの新しい綜合文庫をおくり届けたい。それは知識の泉であるとともに感受性のふるさとであり、もっとも有機的に組織され、社会に開かれた万人のための大学をめざしている。大方の支援と協力を衷心より切望してやまない。

一九七一年七月

野間省一